指导单位 ｜ 中共贵州省委宣传部

第一书记

贵州决胜脱贫攻坚先进群像

GUIZHOUJUESHENGTUOPINGONGJIANXIANJINQUNXIANG

 贵州出版集团
贵州人民出版社

图书在版编目（ＣＩＰ）数据

第一书记.贵州决胜脱贫攻坚先进群像 / 王华, 肖
勤著. -- 贵阳 : 贵州人民出版社, 2019.12
ISBN 978-7-221-15925-0

Ⅰ.①第… Ⅱ.①王… ②肖… Ⅲ.①报告文学－中
国－当代 Ⅳ.①I25

中国版本图书馆CIP数据核字(2019)第298909号

书　　名　**第一书记** ——贵州决胜脱贫攻坚先进群像
_____

著　　者　王　华　肖　勤等

统　　筹　黄　冰

责任编辑　陈田田　张　晥

版式设计　丹　丽

出版发行　贵州出版集团　贵州人民出版社

社　　址　贵州省贵阳市观山湖区中天会展城会展东路SOHO办公区
　　　　　贵州出版集团大楼（邮编：550081）

印　　刷　深圳市和谐印刷有限公司

开　　本　787×1092mm 16开

印　　张　22

字　　数　300千字

版　　次　2019年12月第1版

印　　次　2019年12月第1次印刷

书　　号　ISBN 978-7-221-15925-0

定　　价　48.00元

向信仰致敬

欧阳黔森

  这本报告文学作品集的描写对象，大多从在 2019 年全省脱贫攻坚"七一"表彰大会上，受到贵州省委、省政府表彰的三百名"全省脱贫攻坚优秀村第一书记"中选出。通过书写驻村帮扶工作，侧面反映贵州脱贫攻坚的艰辛历程和辉煌成就。这是一个顺应时代，回应使命的选题，它能告诉我们幸福永远来之不易，每一个时代，都有人在负重前行。而那些深入第一线与贫困搏斗的驻村第一书记，就是当下这个时代那一群负重前行的人。他们的行为无疑是高尚的，正如马克思在《青年在选择职业时的考虑》一文中讲到——如果我们选择了最能为人类福利而劳动的职业，那么，重担就不能把我们压倒，因为这是为大家而献身；那时我们所感到的就不是可怜的、有限的、自私的乐趣，我们的幸福将属于千百万人，我们的事业将默默地、但是永恒发挥作用地存在下去……

  这正是信仰的伟大力量，正是他们这样的一群人，使人民感受到了信仰所带来的光芒。因而向这一群人致敬，就是向信仰致敬。

  2015 年 11 月的中央扶贫开发工作会议上，党中央做出了打赢脱贫攻坚战的历史性决定，在全国人民面前立下愚公移山志，揭开了轰轰烈烈的驻村帮扶工作序幕。一时间，全国党员、干部情绪激昂，积极响应中央命令和号召，背上被褥，奔走基层，驻扎在最需要帮助的贫困群众身边，在火热的精准扶贫事业中挥洒汗水，这一去，就是几年。

  贵州作为全国脱贫攻坚的主战场，基础差、底子薄、欠账多，要和全国人民同步走上小康路谈何容易，所需要付出的艰辛可想而知。这几年时间里，贵州各级党委、政府和广大党员、干部以习近平新时代中国特色社会主义思想为指引，牢记习近平总书记对贵州工作的指示和嘱托，把脱贫攻坚作为头等大事和第一民生工程，以驻村帮扶为重要形式，团结全省各族人民共同打好"四场硬仗"，在脱贫攻坚战线上取得了丰硕的战果，涌现出了一大批帮扶驻村的优秀村第一书记，为人民群众所津津乐道。

这些驻村帮扶的第一书记，基本都是来自全省各级各部门的党员干部。作为党员，为人民谋幸福是他们的使命，作为干部，帮助百姓奔小康是他们的职责。驻村帮扶对他们来说既是工作和事业，更是一种无私的奉献。他们放弃了舒适的城市生活，在贵州大山深处向百姓倾注自己的心血；他们告别自己的双亲，日夜与困难群众为伴，甚至不能顾及父母和新婚妻子、年幼的儿女。他们舍小家顾大家的感人情怀，以及在扶贫工作中那些一个个鲜活而感人至深的故事，为广大作家提供了取之不尽的创作源泉。而这些故事中所昭示的，正是心怀百姓、公而忘私的党性光芒。

　　在不算长也不算短的驻村工作中，这些第一书记身上悄然发生了变化。城市娃变成了农村汉，"外来人"成了村里的百事通，羞于言辞的小姑娘变成了风风火火的娘子军。在顽固而险恶的贫困面前，他们变得自信、坚强，充满希望、斗志昂扬。最重要的是，人民群众的腰包变鼓了，生活条件变好了，脸上的笑容变多了。他们用自己的言行，兑现了党对人民群众的庄严承诺。当他们在党的生日这一天，在现场和电视机前无数观众的注目下，戴上优秀村第一书记的奖章，我想这就是他们人生中最重要的一次升华。这其中的过程必然不会是一帆风顺的，一定充满了困难和曲折。在脱贫攻坚的道路上，他们一次次跌倒，一次次站起来，并且鼓舞身边的群众一起迎难而上，砥砺前行，创造了一个又一个奇迹，书写了一段又一段动人的故事。这样的故事，广大作家有责任用文字记录下来，并通过作品传播出去。这样的故事，不需要作家进行杜撰和粉饰，只要如实记叙，自然充满了鼓舞人心的力量。

　　这本作品集编撰完成的时候，我们也迎来了脱贫攻坚战役决胜之年，这是我们翘首以盼，并为之奋斗了多年的历史节点。写下这些文字之际，我又听到全省经济工作会上传来贵州全面完成一百八十八万人易地扶贫搬迁的喜讯，我们距离摆脱贫困同步小康的宏伟目标又近了一步。在这个关键年头，全省各族人民更需要在党的领导下，撸起袖子加油干，以驰而不息的精神状态，牢记嘱托，感恩奋进，齐心合力迎接最终的胜利。

　　希望每一位读到这本书的读者，都能受到其中所蕴含的那份伟大精神的感召，在决胜脱贫攻坚的最后时刻迸发磅礴力量，在今后的人生道路中，始终心怀希望和坚强。希望每一位曾经在这场脱贫攻坚战役中奋不顾身的人，都能留下自己用热血书写的故事，为人民群众久久传唱，在历史的星河长存。

　　是为序。

目录

赤子谣

王　华

乐

瑶

　　赤水市葫市镇天堂村第一书记乐瑶。

　　2009 年 7 月，毕业于湖北武汉科技大学中南分校文法学院；2010 年参加贵州省公务员考试，到贵州省赤水市财政局办公室工作；2015 年，任赤水市人民政府服务中心财政窗口首席代表；2016 年，任赤水市财政局驻葫市镇天堂村第一书记、同步小康工作组组长。

2009 年 7 月，毕业于湖北武汉科技大学中南分校文法学院；2010 年参加贵州省公务员考试，到贵州省赤水市财政局工作；2015 年，任赤水市人民政府政务服务中心财政窗口首席代表；2016 年，任赤水市财政局驻葫市镇天堂村第一书记、同步小康工作组组长。这是赤水市葫市镇天堂村第一书记乐瑶的简历。简历总归是简单的，但是，一段脚踏实地的人生，又岂是几句简历可以说完的。

一次偶遇，结缘贵州

人生有很多偶遇，但成为佳话的却不多。2009 年 7 月，刚刚大学毕业的乐瑶随一位贵州籍的同学一起来到了贵州……

乐瑶来贵州的初衷本是旅行。十几年的苦读史终于结束，是投身社会的时候了，在这之前放松一下心情，以备打起精神迎向社会。之所以来贵州，不过是因为同学的一句建议。毕业晚会上，同学们最关心的是这个里程碑似的暑假打算怎么过。怎么过呢？最受认同的自然是，趁还没有被工作捆绑之前先享受人生这一小段最难得的自由时间了。

"那么不如跟我到贵州去走走喽。"这便是乐瑶同学的建议。

就这样，这位湖北小伙子来到了贵州，而且一下子就喜欢上这里了。"既然喜欢，那就留下吧。"这依然是这位贵州籍同学的建议。就跟前一次建议一样，说者和听者都并没有抱一种十分严肃认真的态度。完全是一种游戏的心态，乐瑶参加了贵州省的公务员考试。那当口，赤水市财政局刚刚成立了法制科，正要为这个岗位招聘一名科员。乐瑶毕业于法学专业，正好对口，便报考了这个岗位。虽然是闹着玩，但因为性格使然，他还是很认真地对待了他的第一次公务员考试。考试结果很好，笔试面试都是第一，赤水市财政局顺理成章地录用了他。

有点儿歪打正着的意思。拿到这个结果，乐瑶和他的同学都忍不住乐了。而这个时间，父母已经觉得他在贵州待的时间太久，试着催他回家了。大学已经毕业，是该考虑找工作的时候了，父母操心的是这个。他们哪里会想到，乐瑶已经不需要他们操这份儿心了。当乐瑶告诉他们，他已经考上公务员，要留在贵州工作的时候，他们是那么惊讶。乐瑶从来没告诉过他们，他要报考贵州的公务员。贵州他们是知道的，因"地无三尺平，人无三分银"而有名。虽然这些年，贵州的发展也一样名声响亮，但成见依然影响着大多数人对它的判断。况且他们双双都是县处级干部，儿子回家工作，自然能得到许多照应。但乐瑶的想法竟是那么朴实而简单："其实这里很不错。既然都考上了，我也很高兴能留在这里工作。"

是的，这位长着一张略带点儿婴儿肥的娃娃脸，看上去还稚气未脱的大学毕业生，事实上已经有了自己的主意。做父母的，总是迟迟看不见孩子的长大，不知道他们已经不需要再牵着父母的衣襟去经历春秋冬夏。这时候的乐瑶，虽然时常还想起小时候坐在父亲的自行车行李架上跟着他一起下乡的场景，但回想时填满他的内心的已经不仅仅是温情，而是这种温情次生出的一种渴望，一种对人生第一份工作的渴望，对人生将面临的新的体验的渴望。尤其当这种体验可能会跟童年的那些记忆相似，儿子就要像父亲当年一样，去干一份农村基层工作了，这一点便足以让人振奋。

2010 年 1 月，乐瑶满怀欣慰地走上了他的工作岗位——赤水市财政局法制科科员，并在这个岗位上递交了他的第一份入党申请书。在同事们眼里，乐瑶就是个年轻娃娃，可很快他们就看见了，这个年轻娃娃的骨子里有一股子同龄人少有的认真劲儿。在法制科工作不到半年，局领导已经看到了他的可塑性，他骨子里那份赤诚和踏实已经在工作中体现得很明显。于是，他被调到了支付中心。对于财政局来说，相当于去了前线。在这个岗位上，他不负期望，又成长为赤水市人民政府政务服务中心财政窗口首席代表。

同样的工作岗位，有的人可能会庸庸碌碌混日子；而有的人，则总在积极要求上进。要上进也不难，但有的人会讲条件，而有的人则纯粹因为一颗赤子之心，像婴儿渴望长大一般纯洁简单。

乐瑶属于后者。

2016 年，财政局需要下派一位第一书记，局领导第一时间便想到了他。这一次，他要去的是全市脱贫攻坚的前线。

说普通话的第一书记不普通

那段时间，山里人感到新鲜的事，是村里来了一个说普通话的第一书记。过了一阵儿他们就有了一句朴素的总结：这个说普通话的第一书记可不普通哦。

乐瑶要去的是葫市镇的天堂村。一听这村名，就能听出那种遥远的感觉来。事实上它也的确不近，从市里出发，得一个多小时的车程。当然，这一路可能带来的劳顿，总是会在你到达的那一瞬间消失殆尽。天堂村森林覆盖率达 95% 以上，整个村庄掩映于葱郁的竹林之间，雾岚或者随意地飘在山间，或者像懒猫一样蜷伏在屋顶，再或者干脆像醉汉一样酣睡于大马路上。这当口，你就明白它为什么叫天堂村了。

乐瑶报到的那天，村子刚刚被头天晚上的一场雨洗过，一进村，那带着薄荷味的清冽的空气便扑鼻而来。因为路烂，乐瑶原本被颠得昏昏欲睡，当一口清凉吸入肺腑，他立刻感觉神清气爽起来了。留意着满目的苍翠，乐瑶第一次发现了自然之美和人类文明间的矛盾——那些建在苍茫中、映照在夕阳下的茅屋被拍成照片便成了伟大的艺术作品，可那些茅屋下的现实却总代表的是"落后"和"贫穷"。生活在天堂村如画的原生态美景之中的，正是需要脱贫的两千五百多名贫困的山民。

村委办公楼处于一个陡坡之上，坡上是挤在一起的几十户村民。或许这里的村民不喜欢养狗，乐瑶的到来并没能引起一声狗吠，或者其他任何可以打破静谧的声音。办公楼里同样很安静，刚到任才一个月的刘开富支书正埋头翻着一堆资料，冲着乐瑶的是一头花白的头发。

乐瑶轻轻敲了两下门。刘支书没有抬头，只应了一声"进来"。

他走到跟前，试着问道："刘支书？"

这一下，刘支书抬起头来了，因为进来的竟然是一个说普通话的人。由于刚才太专注，这下他愣了一小会儿。当然他很快就想到了今天要来报到的第一书记了，不过他完全没想到竟然是这么一个细皮嫩肉的年轻娃娃。他当然也不老，作为一个男人来说，他正是风华正茂的年龄。他的头发是乡镇工作给熬白的，跟年龄没有关系。你明白这一点的时候，想到的只是他那头白发的欺骗性，而他自己明白这一点，想到的却是工作经验。跟前这张娃娃脸，就等于一张白纸，工作经验的等号那边写的是"零"。

乐瑶说："刘支书好，我是新任的驻村第一书记乐瑶，我来报到。"

刘开富本能地"哦"了一声，算是回答。他是本地人，又一直都工作于本土，对普通话比较生疏，回应起来就显得有点儿迟钝。过了那个劲儿，他才用生硬的普通话说："小伙子，欢迎你。"末了，下面的话已经是赤水普通话了："你来得正好，一会跟我一起入户采集数据去吧。"不过，这回他觉得舌头麻利多了。他起身带乐瑶去二楼，那里是村干部们的宿舍。因为这里气候潮湿，推开门便感觉一股霉味扑面打来。刘开富指给他一张床，让他把简单的行李放上去，便算是安顿下来了。

逗留了半分钟，刘开富已经将车打上火。乐瑶三步并作两步赶下楼，刚上车，车就驶出了村院子。因为路太烂，刘开富那辆刚买不到半年的北京现代吃力地刨了两下"蹄子"，用力甩出几块稀泥，才勉强歪歪扭扭地行驶起来。这样的路乐瑶五分钟前才见识过，新修时只在土坯路面上铺一层石子，因为使用的时间已经足够长了，石子早已经被车轮挤到了土里，倒是狡猾的泥巴翻身来到了路面，一遇上下雨，泥泞便在车轮下狂欢，跟车上的人们开着玩笑。从葫市镇来天堂村的主干道也是这样的路，就更别说入户的路了。事实上，就这样的路也很快就没有了。天堂村是由三个村合并的，村民居住很不集中，东一户西一户地撒落于茫茫的竹海。要想见到村民，他们就得跋山涉水，到密林中找到他们。对于乐瑶来说，这无疑是第一次体验——虽然已经在贵州工作了五年，他并不曾认真跟贵州的大山打过交道。一开始，自然对这种陌生的体验充满了新奇，一路上凡能触动他感观的事物都能给他带来欣喜，即便是脚下一滑摔了一屁股蹲儿，他双手撑在稀泥里，还笑得跟个傻瓜似的。

因为还不太熟，刘开富没有笑他，只用一双过来人的眼睛看着他，说："你最好快点起来，不然屁股要湿透了。"

这样他才赶紧爬了起来。两只手上全是泥，裤子上也全是泥巴，他一时间不知道这种情况该怎么办才好，徒劳地举着双手，傻傻地看着刘开富。

刘开富顺手抓下一把竹叶，说："擦擦。"

他才接过竹叶擦手，末了又换了一把竹叶擦裤子。这当口刘支书已经朝前走自己的路了，他只好加快脚步追上去。就这样他还忍不住笑，好像摔屁股墩儿是一件多么开心的事情。

　　刘开富头也不回地说："还没摔够？"

　　乐瑶问："嗯？"

　　刘开富说："摔够了，你就笑不出来了。"

　　乐瑶"呵呵"笑，心里嘀咕道：千万别再摔了。他这才记起摔下去时其实是很痛的，现在那些痛过的地方还火辣辣的。他忍不住笑，主要是因为一大个人走路摔跤显得很滑稽。可如果你面临的是一条条像泥鳅一样的山路，正好你又不具备走这样山路的经验，这样的滑稽事件便注定会不断发生。那个上午，他们跟这样的山路足足打了五个小时的交道，乐瑶摔了十多次大小不等的跤。见到村民的时候，村民们都一眼一眼地看他，那些不用跟刘支书答话的，就躲在背后捂着嘴嘲笑乐瑶的那一身泥巴。一开始泥少一点，村民们也就是捂着嘴笑笑，到最后，他身上的泥已经多得不成样子了，村民们也就不认生了。当然，人虽然是生人，但泥巴是熟得不能再熟的东西呀。于是他们干脆开起了玩笑："这位领导是学水牛滚水了？哈哈哈……"更搞笑的是对于乐瑶来说，当地土话就相当于外语，他根本不知道他们说了什么。看他们笑得欢，他也感染上那份开心，跟着笑。别人看他这么傻，自然就笑得更开心，连刘开富见了，也忍不住笑。

　　乐瑶明白大家都在笑他那一身泥巴，所以他觉得有必要解释一下。"这路太难走了，我可是差点儿把屁股都摔没了。"他说。

　　他一张口，村民们就闭口不笑了。他的普通话对于这些世代幽居于大山之中的山民来说，也成了外语。

　　来了个说普通话的干部。他们悄悄在心里嘀咕。通过刘开富的介绍，他们又才明白，这说普通话的干部，是上面派下来的第一书记。因为这一点，他们跟他之间一下子就生分了很多。好在这一路上都是刘支书在跟村民交流，乐瑶只需要静静地跟着，默默地听着就是了。五个小时，他们才走了十多户人家。不是他们走得太慢，实在是住户太分散。那情形，就像在一堆豆其中寻找那些漏掉的豆，你的多数力气，不是花在捡豆上，而是花在拨拉豆其上了。

下午两点，他们回到了村委会。早过了吃午饭的点儿，两人已经饿得前胸贴后背，一进门，刘开富就直奔厨房。他们有厨房，但没有专门的厨娘，谁空谁做饭。当然，这所谓的空，也就是指不用出门而已。通常都是留在办公室干活的那一位抽空就把饭做了。没有专门的手艺，饭就做得将就。不过好在天堂村这几位村干部也都属于不挑剔的那种人，好吃不好吃都能把肚子填饱。如果你没法理解这个问题，他们会用开玩笑的口吻对你说："不填饱肚皮，你如何能爬山路？"

饭菜留在灶台上，但早已经凉了。刘开富扭头问乐瑶："将就？"

乐瑶这会儿已经饿得两眼发晕，想热热也有心无力了，便说："太饿了，凑合着吃吧。"

两人便各自取了碗筷，对着冷盘冷菜狼吞虎咽起来。

或许是肚子垫了点儿底，终于有了力气，刘开富这才冲着乐瑶那身泥巴认真干笑了两声，说："小伙子，农村工作就是这样摸爬滚打过来的，你要尽快适应啊！"

乐瑶包着半口饭点点头，笑了笑，他的意思很明白，这点儿苦根本不在话下。

刘开富暗地里松口气，心想自己可能小看这娃娃了。

乐瑶很快进入角色，似乎是因为村里那台老年痴呆一样的电脑。那天跟刘支书摸了一天数据，晚上他打算把数据保存进电脑，却发现仅仅开机就耗掉了他全部的耐性。对于一个"90后"来说，没有电脑几乎就没法工作。更何况都数据时代了，办公室那一套工作又怎么离得开电脑？因此第二天清早一见到刘支书，他便问："我们好像只有那一台电脑？"

刘开富看他一眼，没吱声。村委会办公室就这么大，那还不一目了然？

乐瑶说："我们得有一套像样的办公设备。"

他说："起码得人手一台电脑。"

刘开富笑着说："我也是这样想的，但村委会账户上只有两万块钱。"这位村支书有时候看上去似乎不是那么正经，说这种话的时候也带着一脸开玩笑的表情。

乐瑶咬着下嘴唇沉默着，看上去倒像他才是大哥，刘支书才是那吊儿郎当的小弟弟似的。

乐瑶那会儿想到了他的"娘家"——市财政局。当晚回到市里，他便连夜赶写了一个"关于天堂村办公阵地建设的报告"，第二天一大早就带着这份报告到财政局门口去堵分管领导。

刚嫁出门的"姑娘"心急火燎回门来了，手上还拿着份报告，这多少令他的分管领导有些哭笑不得。但自家"姑娘"回来求助，哪有不支持的道理呢？乐瑶的报告打得很小心，他只提到了电脑。

所以领导看完报告便问："只要电脑？"

乐瑶听出了这话里的慷慨，明摆着话背后还有可以给予更多的意思。娃娃脸莞尔一笑，便厚着脸说："当然……如果可以的话……我们的办公室可是什么都没有。"

这话听得分管领导又忍不住笑了。

天堂村办公楼是前任村委会贷款新修的，办公室里的确是啥都没有。"娘家"派人同乐瑶往村里走了一趟。与此同时，乐瑶又到天堂村的挂帮单位——赤水市桫椤管理局走了一趟。结果两个单位达成一致协议：共同赞助天堂村六万元。这样一来，他们不光配齐了电脑，还配置了一台打印复印一体机以及LED显示设备、多媒体播放设备、村支两委标准化公开栏、党务政务标准化宣传栏、会议音响设备等。

这是乐瑶为天堂村办的第一件实事。事情虽然不大，但却为这位年轻的第一书记增添了不少信心。上任不到一个月，他已经和刘支书一起访遍了天堂村的所有农户。而且他早已经不再是一个默默的跟班，相反他倒是给人一个话多的印象。他喜欢打听，打听人家有多少亩竹林，养了什么家畜，有没有人在外面打工，甚至于，如果看到人家脸色发黄了，还要打听人家最近都吃了些啥，反正他是不相信山里人还会刻意减肥的。村民们很不习惯他那口普通话，根本没法直接跟他交流，所以大多数时间，同行的同事就成了他的翻译。这么闹来闹去，他就成了天堂村村民茶余饭后的谈资。那一阵，村民们随时都在谈论新来的第一书记，那位说普通话的第一书记，那位长一张娃娃脸的第一书记。据说是湖北人？湖北在哪里？湖北呀，远得很喽！

但不管如何，有一种现实是令我们欣喜的，那就是不管我们的村民有多封闭、多没见识，却都知道第一书记意味着什么。意味着什么呢？意味着带来脱贫资金，或者说脱贫办法。老百姓讲不了大道理，就只讲最实在的那句话。一个月以后，他们已经很熟悉这位娃娃脸书记了。他们管他叫乐（Lè）书记。他们不知道这个字作为姓氏的时候应该念 yuè。但这有什么关系呢？一点也不影响他们向这位第一书记表达他们的愿望。

一天早上，乐瑶接到了七组村民吴思德的电话："乐书记，你好。我是天堂村七组村民吴思德，听说你是组织上派来帮助我们群众脱贫致富的，我们组里的群众一直想架一座桥方便过河去砍竹子，我们想请你帮忙想想办法呢。"

"好，好。"乐瑶在这边不假思索地连应了两声好，才意识到这不是一个一般的电话，回答不能如此轻率。因此他最后给了对方一个很慎重的回答："等我了解一下情况再说，如果可以的话，我一定会尽力的。"

如果接电话的是那种得过且过的人，那么这个电话就会被看成一个麻烦。但乐瑶很珍视这份麻烦，因为他是一个把责任看得很重要的人。在他看来，这种麻烦代表的是信任。更何况，他原本就不是打算来这里混日子的。如果他一时间还不清楚村民们的切实需求，那么他们主动提出来不是更好？总之，这个电话带给他的不是烦恼，而是一种莫名的振奋。挂掉电话后，他竟抑制不住激动，感觉心都跳到太阳穴了。

他就那样兴致勃勃地走到刘支书跟前，尽量压抑着激动的心情对他说："村民跟我提出要修桥，说为了方便过河砍竹子。"刘支书正盯着电脑审阅同事刚传给他的一份资料哩，手指间的半截烟袅袅地冒着烟雾。他透过烟雾看了一眼乐瑶，因为他听上去，乐瑶说的不是村民要修桥，倒像是村民要发给他一个什么奖。那一眼没看错，乐瑶冲着他的，的确是一脸幸运的表情。

他说："这是我驻村后群众打给我的第一个求助电话哩。既然群众有困难找到我，那就是对我的信任对吧？尽我所能帮助他们解决困难，也是我这位驻村干部的责任对吧？"

盯着电脑屏幕的时候，刘开富本来是一脸严肃，听乐瑶说着这样的话，他那一脸的严肃便慢慢化开，化成了一脸的欣慰。

"你这样想就太对了。"他用夹舌的普通话称赞了这位曾经差一点被他以貌取人的同事。随后又说："有你这样的话，我这当支书的也来劲了，往后你就知道了，我们村的困难可多着呢。就说这路吧，主干道还是条烂路呢，还有通组路、入户路，不修路怎么脱贫……"

乐瑶说："你的意思是先修路？"

刘开富说："我的意思是，不光要架桥，还要修路。你是组织下派的第一书记，就看你的喽。"

乐瑶开玩笑说："别忘了你也是上头下派来收拾'烂摊子'的。"

脱贫攻坚战打了十多年，各个地方都纷纷脱贫，喜报连连，天堂村却依然戴着顶穷帽子，究其原因，症结就出在村支两委班子上，前一任村支部被定义为"软弱涣散党支部"。刘开富接任天堂村支部书记的第一要务，便是脱掉"软弱涣散党支部"的帽子。所以，乐瑶的意思是，天堂村今后要干些什么，要怎么干，肯定不光要看他这位第一书记，更多的人正眼巴巴看着他这位支书哩。

俗话说，不是那家人，不进那家门。这支书跟这第一书记确有很多相似之处，就比如在荣誉感的认识问题上，他们竟是那么地高度一致。正如乐瑶会把群众的信任看成是荣耀一样，刘开富也把组织的信任看成是荣耀。用庸俗的眼光看他们，他们就是一对傻蛋。

现在，"刘傻蛋"略带点儿得意地悄声告诉"乐傻蛋"说："我正看着的，便是一份脱掉'软弱涣散党支部''后进村'帽子的整顿工作报告，我希望上头抓紧下来验收，让我们甩掉这顶不光彩的帽子。"说着，他把电脑显示屏转到乐瑶这面，让乐瑶看。乐瑶没有逐字逐句去看那份报告，事实上他只需要知道有这份报告，就已经意识到他应该抓紧去办理那座桥的事情了。

花了几天时间摸了个底，乐瑶摸清了七组的情况：七组53户村民常年在家务农，主要是从事竹产业。可七组超过一半的竹林都在幺站河对面，多年来他们一直都只能蹚水过河砍竹子，一旦涨水，便没法干活。就是说，一座桥，的确是七组村民实实在在的需求。可修一座桥又谈何容易？当乐瑶在会上把他的想法信誓旦旦提出来的时候，有人善意地提醒他说，修桥可不容易，不仅要协调土地，而且还要组织群众投工投劳，除此之外，需要的钱也不少。这样的声音虽然很小，但从某种意义上说它又属于"忠言"，是那种自认为是为了你好的人说的。况且，它也的确让乐瑶清醒地意识到了这件事情的不易。他把目光投向刘支书，是寻求平衡的意思吧。没想到，刘支书也正看着他。两双眼睛对上，乐瑶的心便不再摇晃了。

他在心底里对自己说：我的字典里可没有"放弃"这个词，更何况，第一书记驻村的目的，不就是为群众解决困难吗？

刚散会，他就抓住了同事肖成刚。

"咱们一起跑一趟七组。"他对肖成刚说。

肖成刚二话没说就发动了摩托车。车都跑起来了，他才问乐瑶："去组长家？"

乐瑶说："先找周边的村民了解一下情况。"

由于摩托车声音太大，他们说话不得不扯着嗓门喊。路太烂，摩托车跑成了马，他们的五脏六腑给颠错了位，才见到了一户七组村民。摩托车没熄火，乐瑶也没从车屁股上下来。他们就那样歪在路边大着嗓门儿问："你们家竹林有多少在河对面？"

"多啊，大多数都在对面。"回答的人嘴上还咬着根烟斗，说话时烟斗也没离开嘴。

"想不想架一座桥到对面？"

"当然想啊！早就想了，只是架桥要钱，你们拨钱？"这回他把烟斗从嘴里拿掉了。

乐瑶冲他笑笑，戳戳肖成刚的背，两人又往前走了。

这一回到的地方集中居住着五六户人家，看村干部来了，大人孩子就都围了过来。

"听你们组长说，你们想架一座桥，大家好到对面砍竹子，这是你们大家的想法吧？"乐瑶问。

"是呢。"

"是喽。"

"必须有座桥啊，要不然，到对面砍竹子很不方便喽。"

"修桥得投工投劳，还有可能涉及土地征用，那你们是不是都支持？"

"当然支持，当然支持，无条件支持啊，我们盼这桥都盼了多年，主要就是钱啦。"

从这里离开，他们直接去了组长家。乐瑶说话还不太会拐弯抹角，一见面他就直奔主题："你说要建桥，你能保证所有村民都支持吗？比如投工投劳问题，再比如征用土地的问题？"

吴思德是个机灵人，一下就听出这话里的希望来了。别提他是如何偷着乐的了，他一张嘴就说了一串串的"能保证，能保证"。他说："架桥是所有人的盼望呢，这个问题你不用担心。"

乐瑶说："那你们准备架在哪里，带我们去看看？"

吴思德一拍屁股就朝前带路了。那两天刚涨过水，幺站河水流湍急，吼声如雷。村民们的确是早在心里计划好了，桥建在哪儿既居中又最省工省钱。吴思德直接就把乐瑶他们带到了那个地方。那里河床相对窄一些，而且河岸一边有一块巨大的岩石，正好可以充当桥墩，这些条件都可以为他们省钱。而且就地理位置来说，又相对处于他们七组的中间。这实在是一个完美的桥址，可谓万事俱备，只欠资金了。

回到村里，乐瑶第一时间就打电话托朋友帮忙请来技术员对现场进行了勘察，并估了一下架这座桥需要的资金数目。估算的结果是 8 至 10 万。这个数目不大，但对于当时的乐瑶来说，也不算小。他下来的时候，组织上为他匹配了一万元资金，但那不明明还差个零吗？零独自存在的时候代表着什么都没有，但它往数字后面一站，就代表着倍数。去找谁争取到这个倍数呢？乐瑶又想到了"娘家"。临行前何局长的嘱托还清晰地响在耳畔："虽然单位派你一人驻村，但是全单位都要参与帮扶，只要你一心为群众办好事、解决困难，我们都会全力支持你。有困难就找组织。"

于是，他抓紧时间把受益农户、项目概算、施工选址等情况形成了详细的报告，第一时间便向财政局主要领导做了汇报。"娘家"的确是大力支持的，最终同意追加列入当年度"一事一议"项目，落实资金 8.3 万元；并及时安排了基财局的同志赶赴天堂村七组实地勘察，提供必要的技术指导。

2016 年 11 月，幺站河迎来了枯水期，在机器的轰隆声里，天堂村七组店子上人行桥开工了。2017 年 1 月，这座桥竣工了。村民们梦中的那座桥变成了现实，他们终于可以踏上这座桥到对面去干活了。

竣工那天，组长吴思德激动地对乐瑶说："七组的群众再也不用蹚水过河砍竹子了，我们都不知道怎么感谢你。"

对此，乐瑶只咧开嘴开心地笑。如果这座桥令村民们欢喜，那他比村民们更欢喜。

七组建了一座桥的事情一经传开，八组村民便坐不住了。那是一个下雨天，都等不及雨停，八组组长赵正品便领着村民李太明一行几人直奔乐瑶而来。那会儿村里正开着一个会，听他们吵嚷，乐瑶只好离会到办公室见他们。

原来，八组村民在好几年前筹资十万元修建的桥早被洪水冲走了，这些年来，一直都靠爬小水电站的拦水坝过河砍竹子，既不方便又危险，因此他们也巴望能修复那座被洪水冲毁了的大桥。但前些年筹资建桥已经使村民大伤元气，现在他们要再筹资一次已经无能为力，所以他们也希望乐书记能帮他们一把。

他们说："我们知道你是上级组织派来的，点子多，办法多，我们今天来就是想请你帮帮我们修复大桥。"

听他们一说，乐瑶暗地里禁不住羞愧：这样实实在在、睁眼可见的现实困难，我们怎么就非得等群众指出来才知道呢？

他说："你们放心吧，这样的困难一定要解决，我们共同努力，我也一定会尽最大的努力，好吗？"

尽管说这话的人看上去那么年轻，但村民们临走时还是充满了信心。看一个人值不值得信任，不能看外表，要看他的内心。正是乐瑶那颗赤子之心给了他们信心。

"这回你们放心吧，乐书记一定有办法的。"

"这位说普通话的书记可不普通啊！"

离开村委会的时候，他们这么议论着。

小家与大家

几乎每一个献身事业的人，都会遇上同样的矛盾：家庭和事业。有一天，妻子终于怒不可遏地质问他：到底是你的村民重要，还是你的老婆重要？

在贵州安定下来后，乐瑶也成了家。妻子办了一个培训学校，培训学校声誉不错，生源也很好。就这样的前景，把一个小家的幸福生活寄托于这间培训学校是完全没有问题的。可是，学校刚刚走上正轨，乐瑶就驻村了。学校虽然一直都是妻子在管理，但乐瑶业余时间帮忙也是必不可少的。这一抽身，就等于抽掉了学校的半边顶梁柱，学校便摇摇欲坠了。

"跟领导说一下情，不去驻村行不？"妻子说。

"你要是有脸去说这个情，也不是不行，问题是我为什么要去说这个情？能派我下村当第一书记，那是组织信任我，我怎么有脸去说这个情？"乐瑶说。

"那你就尽量抽出时间来帮一下忙，不然我一个人肯定干不了。"妻子退而求其次地要求道。

乐瑶当时是说了"行"的，他也希望能大家、小家两全。可是没想到一驻村，就顾不上小家了。一开始，妻子还能抱着一种理解的态度，耐心地等待着他的醒悟，等待着"明天"或者"后天"，他哪怕挤出一点时间来履行一下他的诺言。可是她一天天等来的只有失望，乐瑶每次回市里都只是为村里找钱。她跟他说学校撑不下去了，没有他，她一个人根本就应付不了，可他愣了半天，却说："那就停掉吧。"

妻子有点不相信自己的耳朵："停掉？好不容易才办起来，这才刚开始就要停掉？"

"这有什么大不了的，等我驻村回来再办嘛。"乐瑶说。

妻子生了气，一甩手，果真将培训学校停掉了。这个结果对于乐瑶来说，是一种减负后的轻松，没有了这份牵挂，他便可以甩开膀子投入驻村工作了。但对于妻子来说，这却是一次打击。她把它当成了自己人生中的一个波折，很有些一蹶不振的意思。可就这样乐瑶依然顾不上她，顾不上看她的脸色，顾不上关心她每天都在干什么，甚至都顾不上好好待在家里跟她吃上一顿便饭。

那一阵，乐瑶正忙着天堂村的第二座桥。

八组共 43 户村民，其中就有 40 户的山林被库区阻隔在河对面，而水面宽度超过 40 米，最大水深达 15 米。就建桥而言，施工条件差，施工难度大，修桥所需资金量也大。乐瑶在忙什么呢？忙跑项目，忙找专家。妻子得知他回市里了，也是在局里，或者就在某个他要去求助的单位，或者正在跟一位桥梁专家请教，并希望他明天能一起走一趟天堂村。虽然脱贫攻坚是全国人民的战争，但具体到钱要投到哪里，投多少，投给谁，肯定是一件十分严肃的事情。这就意味着乐瑶得争取到对方的信任，还要跟对方建立起一个战壕里的战友般的感情。也就意味着乐瑶得一次又一次地请相关单位领导到天堂村去做实地调研，请专家到实地做项目预算。那些日子，他跑财政局，跑建设局，跑桫椤管理局，鞋跑烂了，腿跑细了，可说到回家，那不过是为了有个过夜的地方而已了。每次回家，都很晚。妻子一直在生他的气，为了不看到他，他回来的时候，她早都睡了。即使没睡着，也都装睡。这样装了一阵子，有天晚上她终于不想装了，乐瑶刚要把自己瘫到床上去，她突然就腾起来了。乐瑶着实给吓了一大跳。

"你还知道回来？！"妻子完全是一副暴怒的样子。

他一时间丈二和尚摸不着头脑，因为他觉得自己根本没有惹她。

看他傻呆呆的样子，妻子更来气："你为什么要回来？！"

他说："我不回来，我去哪里睡觉呢？"

这话差一点儿就把妻子逗笑了，可她没笑，她正在气头上哩。她踢了他一脚，而且下脚还不轻。她说："你还知道这里是家啊？可你看看这像个家吗？"

乐瑶环视了一下他们这套刚按揭来的新房子，的确感觉到这里很缺乏一个家的气息。但他意识到的却不是因为自己的严重缺席导致的冷清，而是因为妻子很少在家里做饭的原因。所以他傻乎乎地问妻子："你很少在家里做饭吧？"

妻子爆出一句："我为什么要在家里做饭？我做给谁吃？"

乐瑶知道她这是在指责自己经常不在家了，他说："你自己不也要吃饭吗？"

妻子说："街上到处都是吃的，我为什么要做饭？"

乐瑶"哦"了一声就算了。他那脑子给村里那些事儿挤得满当当的，妻子提供的这些信息便做了简单处理。更何况他迫切需要躺下，需要把疲惫不堪的身体放松了，摊开了，抻直了，来一次彻底的休息。

可妻子不让他得逞，她又踢了他一脚。她说："你不能睡，今晚我们要好好谈谈。"但他还是躺下了，他实在是眼睛都睁不开了，在被瞌睡淹没之前，他梦呓一样咕哝了一句："谈什么？"

被惹火的妻子终于歇斯底里了："到底是村民重要，还是你的老婆重要？！"

他只好再一次强打精神撑起半个身体，问她："为什么要这么问？"

妻子喊道："为什么这样问你不知道吗？你知不知道，你有多久没关心过你的老婆了？你问过她在干什么吗？问过她这一阵过得怎么样了吗？"这么喊完，他就看到了妻子的眼泪，它们在灯光下晶莹剔透。乐瑶不是那种动不动就腿软的男人，却生来就惧怕眼泪，尤其是女人的眼泪。他情不自禁地伸出手去替她擦泪，却挨了她的打。她打了他的手，但那只手并没有退缩，反倒是另一只手也增援上去，把她一把搂过来。妻子还反抗了几下，但他没有松手。他就那么紧紧地搂着她，把他五味杂陈的感情全都托付给了这一个紧紧的拥抱。

妻子就在他的怀里慢慢平息了下来。

他就那样在她耳边问道："工作找得怎样？"

"别提这个好不好？"妻子怨声说道。

"你干脆去考教师编制吧，你有教师资格证的呀。"

"那要等到9月份啊。"妻子说。

"那有什么，你这段时间正好可以用来做准备。"

妻子没吱声，但他知道她认可了他的建议。

或许在他看来，妻子又不是小孩子，完全不用操她的心。那之后，他又一头扎进了工作，不再关照她了。

那一阵，他们面临的可不仅仅是八组村民修桥的事儿。想打赢天堂村这场脱贫之仗，小到贫困户的医疗费救济、路面硬化、环境整治、新增公路，大到架桥修路、移民搬迁、发展集体经济，可谓八面埋伏。而他们的突围，却必须是全方位的。脱贫不是从一个突破口逃离贫困，而是全面突围地拿下和占领。这便意味着他们没有喘息的机会。

天堂村以高山、半高山、丘陵为主，是典型的丹霞地貌，海拔最高地二郎坝约1200米，最低海拔约400米，区内水系属赤水河系，有幺站沟支流一条主要溪流，气候属典型亚热带季风气候，林地面积广袤。其优势在于优良的特色种养殖环境和优美的自然环境，因而他们决定采取"支部＋村集体＋企业＋农户"的模式，发展村集体经济。村支两委组织召开金钗石斛种植动员会，并邀请赤水市红石源农业开发有限公司到村里洽谈发展金钗石斛种植项目。经过多次协商，最终促成赤水市红石源农业开发有限公司与农户签订217亩土地流转协议，村集体与企业达成合作协议，由天堂村争取扶贫项目资金 65 万元入股项目，5 年后村集体可取得石斛种植项目 20% 的纯利润分成。

同时，就天堂村的环境优势而言，以乡村旅游来发展壮大村集体经济也是一个很好的突破口。于是，村党支部多次牵头与赤水市聚峰生态农业有限责任公司进行了合作洽谈，并邀请赤水市委组织部、宣传部、财政局、农牧局、扶贫办等相关部门到"红岩洞天"项目进行实地考察，希望以"村集体 + 企业 + 贫困户"的模式，成立一个农业农民专业合作社。

这无论如何都是两件前景大好的事情，可他们要面临的不仅仅是争取项目资金，还有村民的思想包袱。在那些观念保守的村民看来，这只是一个画出来的饼。尽管村民不需要自己投入一分钱，只需在一个入股协议上签个字，就可成为股民。可他们小心惯了，又是那么地目光短浅。他们看不到 5 年后的那个时空，也就不愿相信那个并不遥远的"馅饼"。单做这些人的思想工作，他们就得跑烂几双鞋，磨破几张嘴。

然而，要让村民吃上定心丸，依靠的肯定不是几张嘴，而是项目资金。老百姓只相信看得见、摸得着的东西。引来了项目资金，才具有说服力。

乐瑶有个小麻烦，就是他所在的村，没能跟"娘家"——市财政局结上扶贫对子。一般情况下，挂帮单位都是和下派的第一书记绑在一起的，这样更有助于开展工作。但乐瑶被派驻到天堂村以后，他的"娘家"分配到的扶贫点却是高桥村。虽然严格讲起来，这也并不矛盾，但现实是高桥村也是个赤贫村。高桥村和乐瑶，手心手背，可现在他们双双都端着一只空碗，饿着肚皮。"娘家"虽然名叫"财政局"，可要想两全，还是很费劲。况且乐瑶每次回家要钱，要的都不是小数目。

当然，"娘家"还是"娘家"，不管如何，他们都得支持自己的干部，最终，他们拿出了 160 万作为天堂村的村集体发展资金。提供帮助的还有天堂村的挂帮单位——赤水市桫椤管理局、赤水市政协、赤水市农牧局、赤水市扶贫办、赤水市天鹅堡康养度假小镇等热心的单位以及淦小波等企业家。两年来，来自大后方的项目资金和帮扶资金共 475 万元。有了这笔钱，天堂村这个大家算是有了点家底。入股赤水市红石源农业开发有限公司的 65 万项目资金有了，入股赤水市聚峰生态农业有限责任公司下属的"红岩洞天"乡村旅游（酒店客栈）项目的 204.5 万股金也有了。

2016 年 7 月与聚峰公司签订合作协议，项目当年就产生了 14.86 万元收益，其中村集体 10.5 万元、贫困户分红 4.36 万元。

截至 2017 年底，天堂村实现村集体经济收入 23.92 万元，村集体经济实现 11.3 万，利益联结 75 户贫困户累计实现分红 12.62 万元。相比于前两年增加收入 21.9 万元，脱贫 69 户。

百姓无小事，八组那座桥涉及 43 户村民的竹原料运输问题。就八组所处的位置，幺站河水面宽度达 40 多米，水深达 15 米。这便意味着施工条件差，施工难度大，修桥所需的资金量也大。乐瑶找人初步预算了一下，修建那座桥，大约需要 30 多万。

又去哪里找这么大一笔钱啊！乐瑶把眉头都挤出水来了。可总不能因为钱不好找，就让 40 多户眼巴巴的村民失望吧？乐瑶只得再一次为这个项目四处奔走。在机关的时候，乐瑶是一个有几分腼腆的人，驻村一年多之后，他已经完全变成一个脸厚的人了。虽然并没有人当面把"脸厚"这个词儿说出来，但在一次又一次的求助过程中，他明显能从对方那善意的目光里看到这种意思。可这又能怎样呢？只要能解决问题，他个人的脸皮又算得了什么？

就"娘家"而言，赤水市财政局已经给予乐瑶很大力度的支持。要是乐瑶能够体贴一点，他就不应该再向"娘家人"开口了。况且，就当时的情况而言，赤水市财政局本级预算已经没有钱了。可话又说回来，他要不向"娘家人"开口，又去找谁开口呢？没办法，赤水市财政局只好向遵义市财政局申请了一个脱贫攻坚补短板的项目，为他争取到了25万。

大头资金解决了，桫椤管理局也帮了一把，出了3万。还有个缺口啊！乐瑶跑到八组去开群众大会。他把预算、已经争取到的资金数目都告诉他们，对他们说："大头都解决了，就差那么一点儿了，要不，我们自己筹点儿？"

村民们纷纷支持啊，都说"好啊好啊，剩下的我们来筹啊"。可到最后，整个八组总共才筹了4000块。这个结果有点儿让人哭笑不得，可你又怎能去怪村民呢？他们要是拿得出钱来，还需要你来脱贫吗？

乐瑶又去找幺站河上那个小水电站的老板了。已经找过他几次了，这方面的话题早有聊过，自然就少了见面的那些客套，开门见山也并不唐突。

"怎么样，八组那座桥还有一小个缺口，支持一下？"乐瑶一见面就说。

电站老板只笑，并不作声。这位年轻的第一书记在天堂村不光以说普通话而有名，还以要钱厉害而名满幺站河。他的厉害，又不仅仅体现在他要得多，还体现在他的"不依不饶"。

"你难道希望他们一直爬你的大坝？要是在你的大坝上出了什么安全问题，你心里肯定也过意不去。"乐瑶说。

这回，电站老板笑出声来。乐瑶实在是一个没有经验的"乞丐"，跟人要钱还拧人脖子。好在人家本身是有觉悟的，小电站生在这幺站河上，他跟这一方百姓便有了共生之缘，现在百姓要脱贫，他岂能坐视不管？笑完后他问："还缺多少？"

"大概还缺5万。"乐瑶说。

"我出。"电站老板说。

乐瑶一口气提到嗓子眼，很久才吐了出来。这一下，天堂村八组沙塘人行桥终于立项，项目总投入33.4万元。2018年3月，项目建成投入使用，八组村民将这座桥起名为"连心桥"。他们说："这桥不仅连起了幺站河的两岸，更是连起了群众和干部的心。"

生活百般滋味

"生活百般滋味"是乐瑶的微信名，是他驻村两年后为自己起的。你很难想象，一个三十刚出头的年轻人，怎么会有如此沧桑的感慨。一般情况下，我们得靠岁月来积累人生滋味。像乐瑶这般年纪的人，生活才开了个头，绝大多数人都还在享受年轻和放纵，可乐瑶不一样，驻村两年，他可差不多把别人一辈子都不一定能体验到的酸甜苦辣体验了个透。

你很难相信一个人在他刚三十出头的一段人生里竟然没牙吧？那种靠吃流食充饥的日子不是婴儿和耄耋老人才有的吗？可乐瑶偏偏就遇上了这样的事情。

要脱贫，仅仅是往村里输入一些资金搞一些建设是不够的。授人以鱼不如授人以渔，如何引导村民利用好他们的责任地，让他们能长久拥有土地带来的富足也非常重要。长期以来，村干部没少在这个问题上下工夫，土里不能种钞票，但可以种值钱的农作物。这些年来，村民们在村干部的引导下也没少尝试，很多村民也从中得到了实惠。当然，这都是一些勤快的村民。遇上懒惰的村民，他们就还是喜欢种传统农作物，因为那不需要动脑去琢磨技术，只需遵守世代相传的那一套种法就够了。这样的人，不在乎自己是不是还在贫困线上挣扎，也不去羡慕别人的地里挣了多少钱。每天只要有一杯烧酒，他就能稀里糊涂地把日子过下去。可是村干部不能稀里糊涂啊，他们必须想办法让每一户都脱贫，这就得每年春天都苦口婆心去教农民种地。本来种地的内行是庄稼人，可这年头反过来了，地里种什么，该怎么种，内行的是技术人员，是村干部。勤快人爱听，很配合；懒人就把村干部的动员当耳边风，吹过了，他照样只往地里埋几颗玉米种子。玉米苗长起来了，村干部还想补救，趁节令还没远去，抓紧改种还来得及。一些脑子没糊涂的，看干部们一直坚持，接受了建议。而刚才我说过的那种每天都给烧酒烧得神志不清的人，便会做一些蛮横不讲道理的事情。

乐瑶就遇上了这种人和这种事。、

如果你一个人不想脱贫，不影响到整个村的脱贫攻坚，那也可以姑息一下。可问题是你的不上进不积极，必然要拖全村的后腿。那么在反复动员都不听的情况下，村干部便只能采取强制办法。那天，乐瑶他们到地里强行要求村民改种的时候，土地的主人刚刚喝过三两烧酒。酒精给了他一个无赖的胆，他躺在地里死乞白赖地阻拦他们开展工作，情急之间还拿石头砸人。乐瑶怕他伤着人，上前劝阻，没想到他却疯了一样将一块书本大的石头砸到了他的脸上，顿时间，乐瑶的半个脸便给砸得血肉模糊。

"你看你，这是何苦呢？"这是妻子跟他在医院见面后的第一句话。那时候他刚从急诊室出来，半个脸都被裹在纱布里。纱布很好地掩盖了乐瑶伤势的可怕，以至于妻子并没意识到他伤得有多严重。不然，即便是他们之间的感情已经稀薄如清汤，她也不应该说这样不冷不热的话。

乐瑶已经记不得有多长时间，妻子已经不再主动给他打电话了。工作再忙，乐瑶还是会在那些工作间隙里想起妻子。驻村的前一段时间，他会在某个时间想起应该给妻子一个电话。当然有时候打成了，有时候刚拨通手机又被突然冒出来的什么事情打断了。当然，那一阵妻子还会主动给他打电话，虽然更多的时候她打电话来只是为了质问他"为什么连个电话都没有"。她其实要求也不高，忙得脱不开身回不了家，总可以打个电话吧？他的理由当然只有一个：村里的事儿太多。他说的是大实话，妻子也明白这一点。但明白并不等于理解，尤其当这种实话挑战的是自己的情感需求的时候。因为他的无暇顾及于家庭，妻子对他的感情已经一天天变冷，而且正在越来越冷。他们的婚姻还很年轻，乐瑶驻村前他们才刚刚经历了它的春季，那是一段美丽而温暖的日子。入夏后，乐瑶却驻村了。这在妻子看来，就像遇到了那种糟糕的年头，该是骄阳似火的节令却天天阴雨，她的感情给泡坏了根，变得枯萎了。维系婚姻的关键元素是陪伴。乐瑶把时间从她这里抽走了，把在她看来应该给予她的时间给了工作，她的感情便注定要在这种冷落中枯萎。后来的这些日子，乐瑶时时会在那些时间间隙里突然渴望她的电话，渴望她哪怕仅仅是为了质问他为什么连一个电话都没有的电话。可这种事情已经很久没有发生了。他如果晚上能回趟家，家里也是冷冰冰的，没有一点烟火气息。妻子已经考上了教师编制，在一间学校里任教。学校里任务重，她也很忙，索性就很少在家。住进来时他们充了100块钱的煤气费，两年多了，还没扣完哩。在这个问题上妻子曾经发过一个感慨：这是过的什么日子啊！话里当然带着许多埋怨。

但不管如何，他们谁也没提出分手。妻子虽然满腹抱怨，但到底还不至于那么绝情。而乐瑶，则一直期待的是驻村工作结束后的修复。只要天堂村脱了贫，他就有时间也有信心重新培养他们的婚姻，让它回到曾经的恩爱有加。这种期待注定会很残酷，在同事们送他去医院的途中，他是那么渴望妻子就在身边。她哪怕不说一句话，只要多少带点儿感情地注视着他，他就很安慰。可是这样的事情并没有发生，妻子接到同事的电话后依然是在他已经从急诊室出来以后才到的。

那块石头伤到的不光是半个脸，还有牙。不是一两颗牙，而是排在前面的所有牙：门牙和两侧切齿。他不得不住几天院。住院期间，多数时间是妻子在陪护。他吃不下饭，说不好话，妻子也很心疼。但因为她对乐瑶抱着埋怨，并不愿把心疼表现出来。除了刷手机，她更多的时间是在冷嘲热讽。因为他没法互动，她的话也不多，但每一次的意思都很明白：活该。对于这一点，乐瑶从来没怨过她。他很喜欢有她在病床边，即便她坐在那里多数时间只看着手机，看他一眼也用的是不冷不热的目光。他住院期间依然会有电话找他。脚停下来了，事儿却停不下来。如果他能接电话，那妻子就没法理解他不能跟她说话。接完电话，有时候他还必须再打上两个电话。这时候她就会走出病房，不知道去哪里生闷气去了。她的表现让人觉得他们已经不是夫妻，不过是一对住在一个屋檐下的熟人，连朋友都算不上。不过他总是能为她找到理由，他习惯于无条件地善解她的言行。她毕竟是一个普通人嘛。

不过这倒也罢了，最大的问题是这次受伤造成的后果。他的牙周遭到严重损伤，一半的牙摇摇晃晃，一开始是保守治疗，他毕竟还那么年轻，连牙医也希望那些断了的牙能恢复回去，这样他就能避免年纪轻轻就装上半口假牙。但最后又是牙医得出了必须手术的结论。就是说，他还是得失去自己一半的牙，年纪轻轻就装着满口假牙。

牙周手术很复杂，周期也很长。可恰恰在这个时候，刘开富支书又调回镇里，乐瑶便只能村支书、第一书记一肩挑。这可不仅仅意味着他身上多了一个头衔，而是多了一份责任。村里正在发展冷水鱼养殖。现代人生活水平提高了，就要求把生活品质提高。肥鱼没人爱吃了，要吃减过肥的鱼。在幺站河上游那些山涧间建些鱼池，把肥鱼买来放池里，让它们喝泉水洗上半年胃，便可卖出高于肥鱼一倍的价来。这当然是村干部们看到的前景，村民们只看得见这鱼减了肥，斤头就跟着减了，到底能不能赚到钱？再说，这鱼是活的，它们要是嫌这冷水里待着不舒服，逃了，或者给饿老鹳叼了呢？毕竟这种养法是他们没见过的，你说把一池小鱼养大吧，它们毕竟是在往大里长，中途抛撒一点没关系。可这鱼是来减肥的，是倒着养呢，哪能亏得起抛撒？这建鱼池要花钱，买鱼苗要花钱，这钱花出去了，要是挣不回来，岂不是白干？

一涉及钱，他们就万般小心。你非得让他们看到你的嘴皮都磨起茧子了，他们才答应试一试。而与此同时，一组、二组的变压设备扩容改造又在即。那同样是乐瑶多次跟市供电局、镇供电所协调促成的一件好事。况且还有很多说不上大事儿的事儿。比如七组村民吴思勇因心脏病住院，治病花去了 14 万，二次报销承担了 6 万多，他不光一夜"返贫"，术后又丧失了劳动力，因此他还得操心他那一家子的生活后续。得去为他争取低保，申请救助资金，最好还为他安排一个公益性岗位……

说到"脱贫攻坚"的时候，我们想到的只是一个词语概念，但具体到一件件实事，却不是开口说出一个词语那么简单。更何况，这当口脱贫攻坚已经进入决战时期，战斗在一线的人没有一个能歇下来认真喘口气。可怜乐瑶那稚嫩的肩膀，活生生压着天堂村"决战决胜"的承诺。那压力，一个健康的人还可以承受，可一个需要连续四次手术的病人，就有些承受不住了。

那几个月，乐瑶天天口腔上火，鼻腔出血。白天吃不好饭，晚上睡不好觉，半夜痛苦得直想拿头撞墙。可是，哪怕刚刚术后出院，他还是第一时间就去村里，因为住院耽误下了很多事儿。

如果你没法理解的话，他可以用一句话来告诉你，因为这是在打仗，而他，是前线的战士。

乐瑶到天堂村是为了让村民们脱贫，是为了 2020 年中国的全面小康，可没想到，天堂村是越来越好了，他却一病"返贫"了。乐瑶负的是工伤，但工伤鉴定却有它的原则：只涉及外伤范围。而牙和牙周，不属于外伤。这个原则有多令人哭笑不得，不重要，重要的是乐瑶四次手术欠下了二十几万的债，没办法，他只能卖房了。

对于他来说，房卖了还可以再买，很容易接受。但妻子却没法接受一个这么贫穷赤裸的日子。

"那就离吧。"乐瑶说。

"曾经，我还可以给你一个屋檐遮风避雨，现在屋檐没了，牙也没了，我已经一无所有。我放了手，你也可以趁早为自己做打算。"他说。

虽说男儿有泪不轻弹，可这个时候乐瑶还是忍不住眼眶发酸。他可不是那种无趣而呆板、只知道工作不懂得生活的人。当生活安定舒适的时候，他也能活得十分浪漫。2015 年的中秋节那天，小两口在超市里买了许多菜，准备在家好好过一个中秋节的。可走出超市的那当口妻子提出了质疑："难道我们真打算在家里过中秋节？"他当然一下就听出了这话背后的那个"不"。没等出超市，他就在手机上找到了他们要去的地方：广州塔。

"那就去广州塔？"他说。

妻子自然是欢呼雀跃了。于是，他们当即就在手机上订了票，把大包小包的菜随手送给面前的人，便奔广州去了。

当天晚上，朋友打电话约喝酒哩，他在电话里笑着说："哥们儿，喝不了，我现在在广州塔赏月。"

这样的一个人，让他割舍一段感情谈何容易啊！可同样因为他是这样的一个人，才不愿意让人为他所累，才会放手让爱人去追求自己的生活。

于是，他们才刚刚开始的婚姻，就这样结束了……

两年间，他可是把有的人一辈子才能尝到的酸甜苦辣都尝尽了。

三十岁的那面锦旗

2017 年 9 月 4 日这天早上，坪上的苗族同胞熊志香等人将一面锦旗送到了村委会。那是送给乐瑶的，上面写着："赠赤水市葫市镇天堂村第一书记乐瑶，情系百姓 · 为民脱贫。"

脱贫攻坚这些年，我们时常在感慨易地搬迁这项工作的难度和好处。那些世代居住在大山深处的乡亲，因为长期视野封闭，并不完全了解山外的世界。他们也知道自己穷困，也明白自己生存的环境不好。改革开放以后，他们也打开了视野，知道山外交通发达、生活方便，但这里有他们赖以生存的土地。他们世代都是在土里刨日子，你让他们离开那片土地，去过另一种生活，他们就会惊慌失措。

乐瑶驻村后的头两个月时间，几乎全用于走访村民了。这相当于一次破冰行动，既然要在这里工作，先互相认识认识。但是因为语言不通，第一次的九组、十组之行，基本上没用。虽然他告诉他们："我是组织上下派的第一书记，你们有什么困难就找我。"但既然没听懂，那就只能当他是一个路人了。再说了，即便多少能猜出点儿他的意思，谁又会相信一个白面书生呢？

不过，对于乐瑶来说，这一趟走访却是感慨万千。

"下来之前，我想到过天堂村有多穷，可没想到竟是这么穷。"跋山涉水两个月之后，他对刘开富支书说。

刘开富只是笑，那意思很明白："知道就好。知道了，就免得我再告诉你了。"

"他们住在那么远的深山老林里，能不穷吗？"乐瑶说。

"我正要跟你商量这事儿呢！"刘开富把话说了一半儿，便看着面前这位像牛奶泡出来的家伙。

"你是说移民搬迁的事儿？"乐瑶问。

"你怎么知道是这事儿？"刘开富稍稍有点儿意外，因为乐瑶并没有说过他会读心术。

乐瑶说："这些年我虽然在财政局工作，但也时常听到这移民搬迁的事儿。"

又说："事实上我爸就是搞农村工作的，小时候我一到周末就骑在他的自行车屁股上跟他一起下村。我们湖北的脱贫攻坚开始得早，所以农村这一套工作我早就耳濡目染。"

刘开富开心了："这可太好了，省掉慢慢熟悉工作的时间，能干很多事儿啦。"

乐瑶说："我初步估算了一下，我们村要搬迁的可不是几户，而是几十户。"

刘开富说："我知道你说的是九组和十组，最近我也老在想这件事情，这涉及整体搬迁的问题。自然村庄整体搬迁，在赤水还没有过先例。"

乐瑶把一口气吸到丹田，说："我去协调。"

那之后，乐瑶便开始跑移民局，跑扶贫办，跑民宗局。

扶贫政策就像蛋糕，是专门为贫困人口准备的蛋糕。一个乡镇、一个村就相当于一个家庭，对于还没能摘掉贫困帽的县市来说，家家都有贫困人口，那么当家的就得去替他们要蛋糕。跑了几趟相关单位，乐瑶才明白，这蛋糕也不是随便分的，得有实实在在的数据支撑。于是，乐瑶又回过头来搞摸底调查。这就相当于，他得重新用双脚把天堂村再丈量一遍。

事实证明摸底调查的确重要，因为就老百姓而言，谁都希望天上掉下的馅饼能砸到自己头上。对于易地搬迁工作来说，这是一个很矛盾的现象。村民们不乐意搬，并不等于他们不稀罕政府白给的那套房子。这样一来，摸底调查的时候就可能遇上谎报和隐瞒。这样的事儿，在交流没有障碍的情况下倒也不是个事儿，因为村干部早就了解村民们肚子里那点儿小九九，开个玩笑揭穿一下，事情就解决了。

难办的是九组、十组，这里属于苗族聚居的自然村寨，因为长期世居于深山之中，绝大多数人甚至不会汉语，这就给乐瑶的摸底调查带来了障碍。

有了第一次走访的经历，这一次，他专门邀请上一位能懂汉语的苗族同胞当翻译。对于这些山民来说，这倒是件新鲜事儿了。每说一句话都要转来转去，倒蛮有趣的。或许是因为这一点，村民们就像跟他开玩笑似的，不穷的也跟他哭穷。好在他身边的翻译做人本分，遇上他了解情况的，他就实实在在地纠正："你家是有辆农用车的哦，你家不算贫困户。" "我晓得哩，你家儿子在市里买了商品房呢。"

摸完底，乐瑶又往上头跑。有了数据，事情办起来顺利了很多，但这只针对那些贫困户呢。可一旦涉及二十几户非贫困户，问题就不简单了。非贫困户不能享受扶贫蛋糕。

可是，在天堂村的村干部们看来，九组、十组那样的深山老林，实在不适合人居。事实上由于这一点，那些非贫困户也不过是刚好摆脱了贫困。如果把大多数贫困户搬走了，留下那少数的几十户非贫困户，说不定他们不注意就滑回到贫困里去了。

最好的结果，还是整体搬迁。如果仅凭村里单方面汇报不行，那就诚恳邀请相关单位到村里做实地调查。

这么折腾来折腾去，总算是把指标协调下来了：全村 66 户搬迁户，几乎占全镇的半数，其中贫困户有 43 户、非贫困户 23 户。九组、十组是赤水市唯一一个自然村寨整体搬迁的案例。

剩下的就是搬迁动员工作了，可问题又来了。之前做摸底调查的时候，不是都积极争取资格吗？可真到了这个时候，他们又纠结上了。但凡封闭的地方，百姓都很固执，事情明摆着了，政府在城里为他们修了漂亮的新房子，他们不用花一分钱就可以住进去。他们也知道那里既热闹，又方便，住进去，今后就不用到城里租房陪孩子上学了。可他们却说："好倒是好，可我们去了那里怎么生活啦？"你说："这一点我们肯定要考虑到，你就放心吧，我们让你们搬迁的目的就是要让你们生活变好，肯定不会让你们搬出去挨饿。"可如果你暂时还不能告诉他，他到了城里能得到个什么具体的工作，他就没法放心。那年老的，在这山窝里住着还可以掐把草放个牛啥的，可住进城里他就不知道能干啥了。更有甚者，突然间又眷恋起院子里的某一棵树，或者他家那只人近不了身的猫来。

"那棵树可比我的年纪还大呀，树又不能一起搬，好可惜啊！"

"我那猫从来没人抓得着噢，这一搬，它留下来怎么活啊！"

虽是鸡毛蒜皮的小纠结，可它是人之常情，依然要影响搬迁工作的进行。没办法，天堂村的移民搬迁只能分三批进行。分三批就分三批吧，只要能顺利搬迁也不错。可是搬迁过程中还有各种各样的问题，比如天堂村九组的贫困户侯志清，抽签抽到了赤水市一小附近棚户区电梯楼。电梯楼多方便呀，但他们家里的老人不会使用电梯。学习使用电梯也很简单啊，可他们非得认为这是一个大问题，就是不满意。这种问题多少有点令人啼笑皆非。之所以要抽签，就是为了公平，但如果群众不满意，这种公平就失去了意义。没办法，乐瑶只好一次又一次地跑镇经发办、赤水市移民局、赤水市国投公司、赤水市政协，最后终于帮助侯志清一家在规定时间内，住进了赤水市杨家湾小区。

跟着便是搬迁户的生计问题，他得履行承诺，不光让他们住进安全漂亮的房子，还得给他们找到维持生计的办法。一部分联系安排城区就业；一部分鼓励他们出门务工增加收入；家庭综合收入低的，有残疾的，帮他们落实城镇低保；等等。

当然，我们的老百姓也不是那种没心没肺的人，乐瑶的辛苦，他们全都看在眼里，记在心里。有时候，他们也会给你一个惊喜。2017年9月4号这天早上，坪上的苗族同胞熊志香等人将一面锦旗送到了村委会，那是送给乐瑶的，上面写着："赠赤水市葫市镇天堂村第一书记乐瑶，情系百姓·为民脱贫。"

乐瑶很是意外。"这是干什么呢？"他问。

熊志香说："没有党的好政策，没有乐书记不是亲人胜似亲人样的帮扶，就没有我们今天的幸福生活，我们是代表贫困户来感谢恩人乐瑶书记的！"

乐瑶很不好意思，毕竟他从来没有想过要他们把自己当成一个恩人。

"以前我们为照顾孩子读书，四处租房，处处为家，搬迁后，我们在住房、交通、教育、医疗等方面的巨大变化，不仅要感恩党的好政策，还要感恩帮扶我们的好干部乐瑶书记。你为帮扶我们翻山越岭、受苦受累，还自己出钱为我们搬迁户购买生活所缺物资，我们真的很感谢你！"这是马国富的话，虽然山里人说书面语显得有些别扭，但他说得满怀深情。

说起来，天堂村这群村干部的确是一班子细心之人。搬走了六十几户村民之后，他们考虑到上万亩楠竹林没有产生经济价值，又开始跑交通局、市政协，又把省交通厅专家请到村里来做实地考察，最终争取到了 11 公里的"组组通"。解决了万亩竹林的交通问题，竹子也就能够下山变成钱了。如今你到天堂村的坪上，时常还能看到路边放着一捆一捆的竹料，那是要卖到山外做纸的。

千人团圆宴

我们常说的团圆饭，都指的是一个家庭的团聚宴。但天堂村来了一个村的团聚宴，一千多人的阵容。

那是 2019 年的 1 月 11 日，由赤水市葫市镇党委、政府主办，天堂村村支两委、天堂村新时代文明实践站承办，在葫市镇天堂村红岩洞天广场隆重举行的。那天是个好天气，艳阳高照，可天堂村依然习惯性地在半山腰飘着几缕雾岚。当然村民们对这样的蓬莱之景已经见惯不鲜了，只是乐瑶在这样的景致前却不免有些感伤。这个时候，他的工作关系已经调到了市纪委。他的驻村工作结束了，很快就要离开天堂村了。所以，今天的团圆宴对于他来说，也就是一个告别宴了。两年多的朝夕相处，他跟这里的山水、这里的人已经有了难以割舍的感情。第一书记不是过客，这里的每一寸土地，都曾留下他的足迹，每一个表情都曾是他的牵挂。想想几年前的天堂村，只有一条唯一的官葫公路穿境而过，全村几乎没有通组公路。

都21世纪了，天堂村绝大部分村民还过着肩挑背磨的苦日子。现在总算是好起来了，脱贫攻坚惠民政策实施后，全村的水、电、路、讯、房等基础实施得到全面改善。2016年顺利摘掉了贫困村的帽子，村集体经济从以前不到3万元到村集体经济项目固定资产超过280万元，累计纯收入超过30万元。新挖通组公路12条22.88公里，完成组组通硬化路18.4公里，新建人行桥3座共长200米；全村完成黔北民居改造70户，危房改造26户，人居环境改造85户，易地搬迁66户253人……这些数据，代表的不光是党的好政策的落实，也代表了脱贫攻坚战中像乐瑶这样的农村基层干部的战绩。想到这一点，他才是欣慰的。

天堂村依托村内"红岩洞天高效农业观光园区"和就近企业天岛湖、天鹅堡两个大型高山旅游休闲度假项目，利用天堂村劳务公司，吸收农村剩余劳动力服务周边企业，解决了当地群众一千余人次就业，带动近三千群众致富，真正实现农民既是"服务员"又是"管理者"的转变。因而这一次，天堂村有一千五百余名村民参加了这个团员宴。大家欢聚一起，畅谈着脱贫攻坚取得的丰硕成果和天堂村的新变化，谈得最多的，当然是村集体经济给他们带来的红利。

刘永龙代表全村村民发了言："是脱贫攻坚惠民政策，让天堂村旧貌换新颜，是党的好政策让大家过上了幸福的生活。尤其是新时代实践志愿工作开展以来，广大志愿者们实实在在地为群众排忧解难，办实事、解难事，拉近了干群关系，凝聚了党心民心，我们要懂得感恩，携手共建美好家园、共享幸福生活。"

宴会上，苗族村民载歌载舞，用自编自演的芦笙二人舞、连枪谣来助兴，其他村民则用广场舞和大合唱《没有共产党就没有新中国》《社会主义好》《感恩的心》来表达他们的心声。

乐瑶从市里请了几位爱好书法的志愿者来，他们在现场挥毫泼墨，为乡亲们写了上百副感恩奋进的励志春联。马上要过年了，村民们的门框上也该换新春联了。

最后乐瑶也要了两副。村委会大楼也要贴两副春联，过年才喜庆哩。

作者简介

王华，女，国家一级作家，贵州省作家协会副主席。著有《桥溪庄》《傩赐》《家园》《花河》《花村》《花城》等多部长篇小说，发表小说两百多万字。作品多次获奖，有作品被改编成电影，多部作品翻译到海外。

从解剖一只麻雀开始……

——遵义市汇川区芝麻镇深度贫困村竹元村脱贫攻坚纪实

肖　勤

谢佳清

谢佳清，女，51 岁，汉族，中共党员，遵义市纪委监察委宣传部副部长，汇川区芝麻镇竹元村驻村工作组组长、第一书记。

2015 年 7 月经市委组织部统一安排，到汇川区芝麻镇新民村担任驻村工作组组长、第一书记。新民村出列后，2016 年 9 月，她又转到该镇所属的全省深度贫困村竹元村继续担任驻村工作组组长、第一书记至今。

她积极做好项目规划并争取上亿元资金落地，带领村支两委干部并发动群众在悬崖绝壁上修建了总长为 60.5 公里的一条通村公路和 21 条通组公路；新建水库、水厂、基站、幼儿园、卫生院、群众文化广场等；发动群众并积极联系相关企业签订合同，走生态种养业发展道路，比如发动好全村老百姓为茅台集团种植有机红高粱、为向黔进集团养殖生态猪等，产值成倍增长；发动亲友及社会力量资助 70 余名贫困学生顺利读上各级各类学校……

通过几年的奋战努力，从 2015 年到 2018 年，竹元村的集体经济积累从零增加到 42.2 万元，贫困发生率从 32.22% 降到 8.2%，年人均纯收入从 876 元增加到 8816 元，2019 年将超万元，确保实现贫困人口全面脱贫，摘掉深度贫困村帽子的既定目标。谢佳清和她的战友们"描绘美好竹元，建设幸福家园"的目标正在实现。

谢佳清系贵州省作协会员，贵州省诗人协会会员。谢佳清五姐妹合著出版有谢氏姊妹诗文集《生命之弧》《五味真情》，她们五姊妹与他人合著出版长诗《匠心茅台》。

第一次到竹元，我就闹了个笑话。

我问到竹元村四十分钟够不够。竹元村驻村书记谢佳清哧地笑了，同行的遵义市汇川区文联主席陈健迟疑地答，得两三小时。

我不太相信，三个钟头够我们跨省到重庆了，这可是在汇川区采访呢。汇川区是什么概念？它是历史文化名城遵义的政治经济文化中心，说到底是遵义最繁华的所在。而现在，他们告诉我去汇川的一个村子开车居然要花两三个小时？这一天来来回回路上就是五六个钟头，人还能干什么？

陈健主席慢吞吞补上一刀——比你从遵义跑一趟贵阳花的时间还多。

我没说话，开始隐隐感觉到，在竹元这个村子搞脱贫攻坚，够呛。

第一次听说竹元村，源于驻村书记谢佳清。她是一名女检察官，或者现在应该说是一名女纪检监察干部——因为在驻村期间，她已经从遵义市检察院转隶到了遵义市纪委监察委工作。在全遵义市的驻村书记中，五十岁的谢佳清大概是女性中年岁最长的。她是老驻村书记，2015 年在一个叫新民的村子驻村，新民出列后，2016 年 3 月她又接着在竹元驻村。三年多时间，她的身份从一名女检察官变成女纪检监察干部，唯一没有变的是驻村书记的身份，颇有点"不破楼兰誓不还"的巾帼气概。

舟行水上，只有船桨知道滩险；鹰翔九天，只有翅膀知道沉重；只有当过驻村书记的人才知道，这几年的驻村工作有多难！中国离第一个百年目标时间越来越近，脱贫攻坚的冲锋号响彻云天，全国上下都进入了啃硬骨头、打硬仗的阶段。这一时期去驻村，等于是签军令状，"不成功，便成仁"。坐在车上，我想，谢佳清是不是脑子犯轴，竹元村既然在汇川区这种水好鱼肥的地方内都能"荣登"省级深度贫困村榜，不是山高水深，就是欠账太大，再不就是种地地不活、养猪猪不肥，用农村人的话说，是"生封相"了的地方。她一个明明已经驻过村，完全可以回检察院端着架子当"老前辈"的女人，竟然愿意接着在竹元当驻村书记，实在是有点冒傻气。

然而，谢佳清在车上却自豪地告诉我，两年半以来，他们竹元村脱贫攻坚效果不是一般的好，精准扶贫建档立卡的 427 户 1810 人中，已经脱贫 71 户 357 人；未脱贫的 1453 人中，通过政策兜底的有 118 人。按照"五个一批"要求，全村医疗救助 96 户 402 人，教育扶助 74 户 99 人，易地扶贫搬迁 44 户 402 人，产业扶持且是全村覆盖，五保户 19 户 19 人。

听起来好像很不错。这就有点意思了，我倒想去看看，是前头的人不给力，还是后头的人太攒劲？是靠了谢佳清的傻气，还是天上掉下来了什么运气？

深山孤岛上的银色情怀

去汇川区竹元村，要借仁怀市的道。没错，仁怀，中国贵州茅台的故乡，这有点进自己家的园子要从别人家的院坎借道一样。沿着高速公路一直前行，我们进入仁怀市境内，然后又下高速去往仁怀市喜头镇方向，之后，在半山的地方分岔，左走喜头，右拐回到汇川境内，这时，车子开始攀爬高高的奶子山——竹元地貌称为三山夹两沟，便指的是奶子山、太阴山、太阳山。竹元的 41 个村民组 876 户人家 4510 人，便散居在三山两沟之间。此处地势最低处 618 米,最高处 1650 米,海拔高差足足有 1000 多米。由于山体切割太大,很多地方形成急上急下之势,路径曲度也大,通行难不仅仅体现在路本身,更体现在复杂的地形地貌上——高崖、深沟、陡坎、窄壁、急弯。谢佳清说,以前的竹元只通摩托车,几乎每年都有人不慎摔伤或坠崖,很多山间小道都是直上直下,无遮无挡,出点事,一跟头就跌下去,在城市里飙摩托叫潇洒,在竹元骑摩托叫玩命。

路险,2013 年,镇派出所民警到竹元隔壁的高原村办案,那里的通行条件比竹元好得多,但也因山路过于险峻,车上的民警、辅警遭遇车祸殉职。

看着窗外葳蕤巍峨的大山,我不禁黯然,青山处处埋忠骨,大山无言,但大山有痛呐。

一路上,车窗外动不动就是数百米深的悬崖,我问:"还有其他路走竹元吗?"谢佳清说:"有,也是从遵义市区上高速,在播州区平正仡佬族自治乡下高速,再从平正乡沿着他们的通村公路拐拐拐,再到竹元,不过,那边的通村水泥路也是去年才修的。"

我这种路盲一听就脑袋胀,但终归明白,汇川区要到自己家的竹元,无论从仁怀市还是播州区取道,过的都是人家的山头。

山路弯弯,我们像棒槌纺线一样一路往上绕,等绕行到奶子山顶,远山一片绵延无边的黛色山峦层层叠叠出现在我们眼前,出发前繁华热闹的都市景象消失了,感觉到了另外一个与遵义市相距遥远的地方。同时,我惊讶地发现,气温变了,比在山下低了四五度,酷热消失,取而代之的是凉爽舒适。山风带着清澈的香味,天空碧蓝,云朵们在晴朗明媚的山岗上留下一片片美丽而轻盈的投影。

是大山的味道,也是幸福的气息,因为路通了。

谢佳清说,一年多以前,还没有我们车行的这条路,整个村四十一个村民组,没有一条真正的公路,只有一条四米左右宽、长期杂草淹没的泥石毛路勉强接通其中七个村民组,其他三十多个村民组之间全是山林田地劳作的通行便道，宽的一米左右，窄的只有四五十厘米，要么弯特别急，要么路特别陡，加上坑洼不平，有些地方摩托车开在上面像一只狂跳的蚂蚱，每一次跳跃都让人心惊肉跳。就算是胆子大的、水平高的，也经常是手忙脚乱、两腿发麻。所以，竹元的村民大部分出门和下山都靠步行。

"冬天取暖怎么办？烤火煤怎么运呢？"我担忧地问。我们在遵义市区热得冒汗，可在这里才待几分钟，体感已经很凉爽了，这么推算，竹元的冬天一定很难熬。

"小一点的运货车开到路尽头，然后换人工一筐筐背。村里还喂马，几户人家共同喂一匹，用来驮东西。"谢佳清长叹口气，旋而展颜一笑，指着山下如银色飘带一样的公路说，"不过，现在都过去了，这就是我们脱贫攻坚的第一大战果——路。"

黔道难，难于上青天。路一直是阻碍贵州发展的拦路虎。

竹元，这个曾经红军长征路过的地方，红旗和红腰带迎风飞扬过的地方，一直渴望着有这么一条银色的飘带，能将它与现代化、小康、幸福和喜悦联系起来。

2017 年 7 月，贵州省召开全省深度贫困地区脱贫攻坚工作推进大会，省委、省政府提出打响"四场硬仗"的要求，即基础设施建设硬仗、易地搬迁扶贫硬仗、产业扶贫硬仗、教育医疗住房"三保障"硬仗。其中，对基础设施建设硬仗的要求是三年大决战，实现农村公路"组组通"。会上，贵州省列出深度贫困县 14 个、极度贫困乡镇 20 个、深度贫困村 2760 个。在认定的 2760 个深度贫困村中，汇川区有二：芝麻镇竹元村、松林镇新庄村。

作为一个已经在 2015 年通过国家验收的全面小康区县，突然又出现两个深度贫困村，并不是工作上的失误或浮夸。汇川区委书记姜世甫告诉我，这两个村是"外来户"，2016 年遵义市行政区划改革，汇川区作为遵义核心城区，在区划改革中接纳了另外一个区的五个最边远、贫困人口最多的乡镇，一下子，汇川从高帅富变成了穿着西装戴草帽的城乡接合部青年，区域面积从 700 多平方公里变成 1515 平方公里，贫困人口从两千猛增到两万多，贫困发生率也从以往的 2% 左右增加到了 7%。

这一睁眼面前就多出将近两万贫困群众，什么感觉？我问姜世甫书记。

姜世甫边笑边摇头，说："压力大，不过大也得干，不光得干，还要好好干、带头干。我自己就领了个竹元村。"

"你第一眼看到竹元，是什么印象？"

"破、旧。"姜世甫皱起眉头，陷入回忆，"破瓦房、烂猪圈，没一栋像样的房子，没一条像样的路，过一辆摩托车，铺天盖地全是黄泥巴灰尘。"

"为什么会穷成那样子呢？"我问了一个很尖锐的问题。

"地理条件太恶劣了，整个村都在深山老坳里。"姜世甫答。人说贵州是八山一水一分田，竹元山体切割度大到几乎没有田，说九山半水半分田都是夸张——竹元人均只有水稻田 0.16 亩。修路更是难度大、投入高，加上村里又没有自然资源可供开发，所以掉了队。

"那为什么现在才用两年多时间就实现了几十年的跨越呢？"

"接手竹元后，我们深感群众之苦，于是，举全区之力做好深度贫困村的脱贫攻坚工作。当然，竹元穷了上百年，说到底还是跟以往的经济水平有关，毕竟统筹平衡发展是有一个过程的。十八大以后，我们的发展进入了快车道，可以说是一天一个样，汇川也有了更多的精力和条件来抓脱贫攻坚，以迎接中国的第一个一百年目标。可以自豪地讲，我们用两年时间补齐了前面几十年欠下的短板。比如……"

我笑着接过去："比如竹元人盼了一代又一代的水泥路。"

"对，有了路，产业才活，致富才有希望。"姜世甫点点头，"路让竹元具备了山货出山的能力。以前种点桃子、李子、杨梅还有蔬菜，除了自家吃，都眼看着烂地里，现在方便，运到山下就能换钱。除了修好通村通组路，我们还放眼区域整体规划。"姜世甫伸出手在空中划了个圈。"我们通过努力，结合金沙、仁怀、桐梓的高速公路建设，把五个边远穷困乡镇全部纳入这条线上，既解决了出山难的问题，又解决了跑得快的问题。"

听到这里，我对竹元的脱贫战绩有了一个大概的认知，竹元村所在镇叫芝麻镇，但汇川显然没把芝麻当一粒单纯的小芝麻看，而是倾力帮扶，并以此为一个战略点，把扶贫战略辐射到全区，做到了全面统筹、各个突破。

汇川首先突破的是路，截至 2018 年 9 月 20 日，汇川区新建通村通组公路 1825 公里。

1825 公里有多长？我用百度地图导航了一下，遵义到北京是 2069 公里，也就是说，汇川区用两年时间，修了一条几乎能到首都北京那么长的路，它实现了 101 个村（居）通村公路的 100% 全覆盖，让 1608 个村民组的石化路覆盖率达到了 95%，预计 2018 年 10 月底，汇川就可以向全区人民交一张通组硬化路 100% 全覆盖的满分答卷。

这堆数据在我采访路上，变成了脚下的眼前可以展望到的踏实和真实。站在岭岗上，我看到一条条银色的飘带正在初秋的阳光下闪闪发光，它真实地映亮了竹元人的未来，在 41 个村民组之间、在 4000 多名村民心中搭起了通往幸福和喜悦的桥梁。

关于通路前后的区别，年轻的扶贫干部胡泽波毫不掩饰地说，没通路之前，竹元村人去仁怀赶集卖高粱，从来都说自己是喜头镇人，绝不提竹元两个字。因为不通路，竹元村民受够了出行的苦，娃娃在山下读初中，每周回一次家，摩托车单面收费就是 80 块钱，一周花在来回路上的车费高达 160 元。这种经济压力，寻常农村人家都很难撑下去，何况贫困的竹元。有的人家实在是没钱，孩子就只能走路，一个单边，孩子足足要走四五个小时，夏天汗流浃背，冬天寒风刺骨，苦得很。

原镇党委书记黎治刚补充说，以前镇里开会，基本不强求竹元村来人，因为人家上下山一趟，包个摩托车就得一两百块钱，谁拿得出那么多钱啊……都是电话里说事，也说不透。

从 2017 年开始，竹元人终于不再羞于说自己是竹元人了，路修好后，白花花的瓷砖、黑亮亮的煤、金光闪闪的大铁门……都可以运到家门口了，竹元村终于有了第一栋像样的瓷砖外墙房，接着，第二栋、第三栋、第四栋……它们洁白而明亮地矗立在山弯弯中、树丫丫下、土坎坎边，展示着一种舒展开来的存在，这存在让整个竹元的气息都顺畅开来，也让整个竹元的腰板都硬朗起来。

走在山路上，我耳畔响起村民们在春节期间自编自唱的竹板声——

十九春风遍天下，农村风光美如画
通村公路真伟大，荒山野岭造神话

她开始解剖一只麻雀

神话总得有书写者。

深度贫困村竹元在两年半时间里，从一只羽毛杂乱的麻雀变成今天斗志昂扬的模样，是靠什么实现的呢？

所有人的回答都是一句话——靠人。

这些人，便是驻村书记谢佳清和她的队友们。

谢佳清初到竹元时，和镇村两级干部一起在食堂吃饭，刚坐下就吓得站了起来，只听木房子顶上的阁板上一阵又一阵鼓点似的声音，"牵梢打浪一样"。谢佳清知道是老鼠，顿时脸都麻了。

女人都怕老鼠，何况这动静可不是一只两只，倒像是千军万马。

镇村干部一看急了，这老鼠闹得不是时候啊！听说这个女检察官在前一个村的驻村工作口碑好得很，这样的干部要是留不下来就可惜了。于是慌乱地说："谢书记，不怕不怕，你不住这里，你住办公楼那边，那栋房子没有老鼠。"

谢佳清感动了，她知道他们在说谎，老鼠还能不跑不挪的？但她更知道，镇里村里渴望着能有一份力量和他们一起共同克难攻坚。她脑海里又浮起了那幅画面——数年前，遵义市检察院为芝麻镇协调经费 110 万元，帮助村民修建了不少小水窖，解决了吃水难问题。这事过了就过了，大家也没当功劳时刻挂在嘴边。可是有一天，谢佳清去村里，村民却带她去看了小水窖，他们翻起盖板给谢佳清看，谢佳清这才看到水泥盖板上赫然刻着七个字——"吃水不忘共产党"。那一瞬间，谢佳清的心被什么东西触碰了一下，温热而柔软。

此刻，谢佳清的心再次柔软下来，她冷静地对镇村干部说："我留下来。"

2016 年 3 月，谢佳清正式作为第一书记进驻了竹元。她做的第一件事情就是买来硫酸，强忍着恶心，蹲在厕所里一刷子一刷子清洗村委会那个肮脏不堪的厕所。她的举动让大家都挺尴尬，但是她说的话却感动了大家："我们干事情要有个样子，村委会的厕所整洁了，让人家看着，相信我们的确有做事情的样子。"

她就是以这样独特的女性的细腻，从视若无睹的细节处改变着大家，用清新整洁的环境振奋了士气。

接下来，谢佳清开始了她的第二步方案——寻找出路。

竹元深度贫困的原因人人都知道，自然条件差，历史欠账大，交通不方便。但怎么个改变法，大家说得出一二，却道不出三四，不外乎是那几句话，修路、弄电、通水。但路怎么走、电从哪个山头架、水源点怎么分配，东边来的说东，西边来的说西，没有章法可言。同样，很多帮扶单位到了村里，也是蚂蚁啃猪，不知道从哪里下嘴，除了今天送几台电脑，明天捐助几个贫困生，后天送几只羊之外，也同样不得章法。

脱贫攻坚是一篇大问卷，也是门学问，要答好它、理顺它，根本没那么容易。

谢佳清敏锐地察觉到了这一点，在回市检察院汇报工作的过程中，党组副书记、常务副检察长苟玉吉肯定了谢佳清的想法——竹元要彻底发生变化，不能搞小敲小打，不能靠东一勺西一碗的临时接济，得有一个整体规划和方案。于是，谢佳清开始四处去请"神仙"来指路。

谢佳清请的第一批"神仙"是汇川区农牧局的人马，他们的名字至今一直被竹元村的干部们牢记着：局长郭大友、办公室主任赵忠阳、畜牧科负责人汤洪……接到谢佳清的"请战书"后，赵忠阳和汤洪两个人骑着摩托车进了村，在村里一扎就是十多天，在镇村干部王正林、夏时乾、杨治鑫、夏应礼等人的陪同下，每天惊险万分地从山顶开到沟底，又从山沟爬到山上。摩托车不通的地方就步行，十多天里，他们从村委会下到河沟坝，走到观音寺，路过吊岩腔，通过吊二嘴……把三山夹两沟的地形看了个遍，最后，农牧局与谢佳清、村支两委干部反复商议讨论，为竹元做出了第一套历史性的整体发展规划方案。这个方案足足有四十多项，首要的是基础设施建设类。方案把四十一个村民组路线怎么连接、人畜饮水点怎么科学定点、水处理厂设在哪里、提灌站摆在何处、哪几口山塘分别怎么治理、高压线路怎么走更合适……统统做出了条理性的梳理。第二大项是产业发展类，规划中结合地理环境、土壤、气候和温度，提出了发展脱毒马铃薯、山羊肉牛生猪养殖、花卉苗圃、有机高粱、有机蔬菜等几大项。第三大项则是放眼未来，结合竹元村的红色历史与独特的高山森林、石林溶洞等，做出了奶子山森林公园建设、生态湿地建设等规划。最有趣的是，规划人员认为竹元村要脱贫，人是个大问题，得先把人给"变"了，于是把全村贫困状况挖掘整理，将职业技术和乡风文明培训等都纳入了方案中，真是上管天下管地，中间还要管人如何说话如何喘气。

好家伙，拿着这一本厚厚的规划书，谢佳清和村支两委干部的心激动得怦怦直跳，要是这些规划一桩桩一件件都实现了，那该是个什么光景？

心动不如行动，谢佳清二话不说，抱起规划方案就往区里跑。她要去见书记姜世甫，她要讨项目去。

那时候，进出竹元，依然没有一条完整的路。

听了谢佳清的汇报，看到规划方案，区委区政府的领导震撼了，区里对深度贫困村的帮扶方案还在分析进行中，没想到竹元就拿出了这么完整的方案，虽然有些地方不尽科学，但毫不影响它的重量。这规划有两个意义，一是它体现了脱贫攻坚工作的整体性和科学性；二是它体现了脱贫攻坚工作人员的担当与责任，体现了主动作为和"四个意识"。

作为一名区级领导干部，姜世甫深知总体规划方案的重要性，脱贫攻坚工作时间紧、任务重，不少地方在架线修路建水窖的过程中图快、轻、省，导致劳而无功，或者是先迎接验收，后又来花钱查缺补漏。有些村组常常因为电线杆子扎杆地点不合理，导致后来花钱搞搬迁，也常常因为通村公路规划不科学，不是甩掉了这个村民组，就是在那个村民组走了冤枉路。事实上，每一个事项的完成，要想既节约钱、又节约人力，还能实现项目受益最大化，以及项目可行性最大化，都需要做详细的调研与思考。而不是当"拍脑袋"干部，想起一出是一出，想走一步是一步。

谢佳清抱来的这个规划，难能可贵地做到了这一点。

那是 6 月，满山洁白或粉红的刺梨花在山野里次第开放，洋溢着期盼的芬芳，竹元人守在高高的奶子山上，忐忑不安地等待着谢书记的消息。她此去回来，会带回什么呢？区里会答应吗？那么多项目，都得花钱呢。

有人嘀咕，只要能把路修通就阿弥陀佛了。

还有水和电，有人接着说。

贫困制约了人们的想象，他们不知道，竹元除了水电路，还可以更好！

2016 年 7 月，竹元人和竹元的干部职工们永远记得这美丽而神奇的 7 月，以至于写快板时都不忘写进去。他们送到区里的规划，居然被区委办以红头文件的方式下发到了各部门，也就是说，他们的规划和想法已经变成了区委的工作实施意见，作为工作任务分解到了各部门。7月2日，区委书记便带着各科局到竹元开会，在会上，再一次对竹元这只麻雀又做了一场详细的"解剖"，对规划发展方案进行了认真细化，于是，涉及水、电、路、讯、房、产业、民生等领域的四十六项工作任务正式由各科局"认领"。这次解剖会，把竹元解剖分析了个透，上至领导，下至群众都清楚，该做什么，该怎么做，做完后会是什么样子。一瞬间，竹元的夜空变得璀璨而明亮，真正的转变开始了！

接下来的日子里，谢佳清和她的战友们开始了不停地奔跑、开会。

开若干的会。

全村千人动员大会，给村民描绘前景、打鸡血。

村民代表大会，让村民的意愿集中起来，理顺思想。

村民组会，告诉村民们自己该怎么出工出力出地，不能干坐着，都说项目资金来得好，好比瞌睡来了遇到枕头，现在枕头到了，你总得主动躺一下吧？总不能躺那一工夫都让别人替你干。

筹委会，村民组选出人员共同参与采路定线和管理监督工作。

倒计时会，倒逼思想落后和故意扯皮的农户，不能因为你一个人的自私自利，而影响全组全村人的共同利益。

沟通协调会，事干到哪儿，接着怎么办，走群众路线，所有政策全透明，发展思路共商议……

会开着开着，路走着走着，村子的俏模样看着看着就出来了。春去秋来，全村群众都知道了谢佳清——一个年近五十岁，完全可以在家里享清福却依然奔波在竹元高山之巅的第一书记。

上下奶子山，并不是一件容易的事，遵义市检察院的领导数次进出竹元后，深感山深路险，此后，再不允许谢佳清自己开自己家的私车进出竹元，而是行特例——每周谢佳清进出竹元，都由经验丰富长期奔走在乡镇村组间的单位专职司机接送。

这样的绿灯，我们敢开，我们也应该开，市检察院领导说。一切为了群众，谢佳清跑进跑出都是为了竹元，为了脱贫攻坚。

谢佳清却为这险峻的山路留下了一份诗意，她在诗歌中写道：

窄有窄的好处
如果路宽的话
怎么可能对两旁的油菜花
有这种触手可及的体验

当谢佳清记住了路畔的油菜花香的时候，竹元人也都记住她。可谢佳清却说，所有的工作都是大家一起做的，不单单是她做的。比如赵忠阳、汤洪，为了做规划，晴天一身汗，雨天一身泥。比如分管公路建设的曾庆海，不分白天黑夜守在工地上。比如姜书记，一进村，不是今天带资金就是明天带项目。比如村民杨明禹，因为修路，无偿让出了家中十多亩地，要知道在竹元，土地就是宝。比如七十六岁高龄的果树专家王金玉，为了指导农户栽种好新品种核桃并解决核桃不挂果的问题，他一次次从长顺县赶到竹元，每次都是七八个小时的车程……

提起核桃，便要说到谢佳清的执拗，她到竹元后，看到竹元有数千亩核桃，一问，是当年产业扶贫时种的，可是由于苗种不好，核桃树一直不挂果。

那么，竹元到底适不适合种核桃？谢佳清又去找专业的农业技师，得到肯定的回答后，谢佳清便决定再种一批能挂果的核桃苗。她四处打听调研，了解到长顺县的核桃种植非常成功，果树专家王金玉老师在那里专抓项目，严把苗关，科学种植，已经取得极好的效果。谢佳清心想这回有戏了，赶紧回到村里动员村民。

可村民不干。哄一回就算了，又来哄？

谢佳清说，你们负责栽，我负责它挂果！

人家不信。你又不是核桃它妈。

也有信的，想，栽就栽吧，反正白给苗，不行接着种地。

动员完村民，她回头又奔区里要项目资金。区里一听到核桃就头大，那山坡上不挂果的核桃树正嗖嗖朝人翻白眼呢，又来提核桃。谢佳清打定主意死磕，找了科长找局长，找了局长找区委书记，区委书记正忙，顺口开了句玩笑，说："你敢保证这回的核桃能挂果？"

"能。"谢佳清想都不想就回答说，"我保证，不挂果所有损失我赔。"

区委书记一时间进退两难，心想谢佳清你这揽的不是事，是麻烦呐。给吧，前面的事还没整利索呢；不给吧，你都立军令状了，挂果还好，不挂果，谁还能真叫你赔？

思来想去，书记最终提心吊胆地点了头，给竹元村三百亩核桃苗，边同意边强调，要挂果啊！一定要挂果！

那些日子，天蓝得像湖水，看着一株株核桃苗栽下去，前面不搭理谢佳清的农户们心动了，整天磨叽着要苗。谢佳清算一算，足足八十亩，可是苗没了啊。谢佳清没法，又到区里找到厦门日懋城建园林公司支持四十亩，找单位支持二十亩，剩下二十亩实在没办法，就找家里五姐妹"化缘"。整得家里的五姐妹哭笑不得，说，你"祸害"了区里不算完，还回家"祸害"咱们。

最后，五姐妹筹齐了二十亩核桃苗钱。四妹告诉我说，这么做她们啥也不为，也不想村民们记住她们，只是想着二姐五十来岁了，风里雨里的往村里跑、往山上跑，心痛。"她要我们做什么，我们就顺着她做，因为我姐以前生过大病。"四妹低声说着，声音轻微发颤，"她曾经患子宫癌，动过手术。"

我有点惊诧，局促地闭上了嘴，因为我觉得对于一个坚强的女人来说，在她面前流露出任何悲伤或怜悯都是对她的不敬。

偷看一眼坐在我旁边静默不语的谢佳清，她脸上有细致而内敛的妆，尽管年华正逝，加上服用过大量激素药物的缘故，她整个人略显虚胖，但这些都不影响她对生活的态度，她依然活得精致而柔美。在竹元，她写下一首首诗歌，那些诗歌充满生长的勇气和对未来的憧憬，像山间茂密生长的芦苇或藤蔓。

"我愿意做点事情，你看他们和我说话，他们信任我，我喜欢。"谢佳清缓缓地答。

是的，我已经听见了村民对她的信任。半路上，一个村民打电话给她，大声说（竹元村民打电话有个特点，不是说话，是吼话）村里要她家打水泥院坝，她是打还是不打？

"打呀。"谢佳清说，"家家户户都要打，有项目的。"

"哦哦哦，你说打我就相信了。"村民说完也不寒暄客套，径直就挂断了电话。

想不出该说点什么，但总得说点什么，我脑子笨拙地转了半圈，突兀地问："核桃挂果了没？"

"哈哈。"谢佳清开心地笑起来，"挂了，才栽下去三个月就挂果了，村民看着乖噜噜的一颗颗核桃，都不舍得摘，我一颗颗帮他们摘掉，还急得跟他们冒火呢。苗小根弱，不能让它挂果，要先养好根。"

"你懂啊？"我故意揶揄她，"诗人。"

"我学嘛。"谢佳清很认真地答，"这些年驻村我学了很多，特别是农业产业调整，老百姓祖祖辈辈生活在山里头，易地扶贫搬迁只能搬迁一小部分，更多的还要靠山吃山、靠地吃地。在竹元，产业调整是解决长远生计和致富的根本，我当然要学。"

"你们怎么个调整法的？"

"我们搞了个'3335'。"

我转头问村里一直陪着我采访的镇包村领导、组织委员杨森：

"'3335'，什么意思？"

杨森开始扳手指："就是户均种经果林3亩、马铃薯3亩、高粱3亩，养猪5头。现在竹元村已经种了脆红李3187亩、脱毒马铃薯3000亩、高粱2300亩、核桃1300亩，猪和羊……"

我点头，说："猪和羊就不用讲了，我们来的路上都看到了，成堆地挡在路中间搞欢迎仪式。"

"但你没看到兔子，我们不准兔子出来欢迎你，因为兔子要跑。我们村已经养了几千只兔子。"谢佳清又开心地笑。

"种这么多东西，怎么卖？"这些年手机头条号和网易号里没少报道，不是这个贫困县的西红柿卖不出去烂地里了，就是那个贫困村的老百姓哭求收购他们的大白菜。总之，贫困地区的产业调整背后，经常曝出供需不对称、产销不对路而导致群众丰收却无收的悲剧。

村支书黄光领是个退伍军人，听到这里爽朗地答："不担心，我们有数。马铃薯专供杨老大面粉厂，订单定价。生态猪专供向黔进集团，十二个月出栏一批，不喂饲料喂猪草，绿色食品，紧俏得很。脆红李更不愁销路，现在交通解决了，拉下山去没走到遵义市区就能卖完。高粱，高粱的事你问谢书记。"

原来，竹元紧邻仁怀市，仁怀出产的贵州茅台，酿酒最需要的原料之一就是高粱，但竹元由于一直没有进入茅台供应商的收购订单里，只有眼睁睁看着人家的高粱以三四块一斤的高价卖给茅台供应商，而竹元的高粱只能一块多一斤卖给小酿酒商。谢佳清四处奔走，利用她所有的人脉资源打通了供应公司这条渠道，由这家公司到竹元村，对竹元村的高粱品种和种植模式做出具体的要求和指导，她和村里则负责成立高粱合作社，以合作社的方式与公司签订单合同。高粱有问题，由合作社承担，她担保竹元村种出的一定是优质的有机高粱。

我想，谢佳清是一名检察官，她这个身份做出的承诺和担保当然比其他人有用得多。

于是，从 2017 年开始，竹元村的高粱种植户有福了。采访当天，正推着"鸡公车"去收割高粱的村民杨光芹告诉我，他家种了三亩高粱，以前一斤一块八，差的时候才一块钱一斤，现在一斤三四块，好得很。

"厉害！"我夸赞谢佳清。

谢佳清嘻嘻笑，低声说："别提了，为了帮大家推销高粱增加收入，我可丢了脸了。"

"什么意思？"

"我求的那个公司，是托我前夫联系上的，我们都二十多年没来往了，结果这次厚着脸皮去找人家，连我爱人都揶揄我说，必须当一回厚脸皮，因为竹元村没有你不转。"谢佳清捂着嘴，笑得跟天真烂漫的孩子一样。

我看着谢佳清，哭笑不得，女侠啊，真豁得出去！竹元村民对她来说非亲非故，为了他们，她犯得着这么使劲么？我该说她傻呢还是夸她好？

在谢佳清和区、镇、村脱贫攻坚工作组队员们的努力下，除了修通公路，搞产业调整，竹元村还投资 1840 万元，修山塘建设水厂铺管网，让家家户户喝上自来水。投资 160 万，建起了移动基站，以前 7 个身处沟底通信不畅的村民组终于欢天喜地用起了手机。而广电网络公司则给竹元全村装上了"户户通"，最边远吊散的 58 户人家，公司则给他们装上了"户户用"，这样，全村 876 户人家全部看上了电视。寨和房方面，则投资 5100 万，修改建新居 800 栋，改危房 132 户，改厕若干，改院坝、改电线、改圈、修连户路若干……这些数字又多又大，我放弃了记录，只问了一句："说到底，竹元老百姓 2017 年的收入和以前相比，多多少？"

"2015 年竹元人均收入不到 4000 块，2017 年是 8864 块。"村支书黄光领稳稳当当地接了过去。

翻倍。我想，人家今年年底怕是还要翻呢，且先记着吧。

不要小瞧黄光领，他可是个明星支书，曾经在三个村当村支书，也在贵州省委党校讲过课，属于"我是党的一块砖，哪里需要哪里搬"的典型人物。他到竹元，也是谢佳清去镇党委和区委"缠"来的，区里考察后报遵义市委组织部批准。于是，黄光领和谢佳清两个人，一个村支书，一个驻村第一书记，驻村书记先到竹元，完成了解剖麻雀的工作，村支书后到竹元，跟着完成了解剖麻雀后的治疗工作。

这台手术做得漂亮，竹元村千年的贫困万年的穷根，在这一群扶贫干部的努力下，把脉的把脉，握柳叶刀的握柳叶刀，输血的输血，缝伤口的缝伤口。最后，一只麻雀飞起来，变成了凤凰。

我给苍天磕个头

很多人不知道竹元，但中国有很多人都知道一个叫王安娜的小女孩。

王安娜，2017 年全国"十佳最美孝心少年"，她就是竹元村人。

2017 年 10 月 29 日，央视综合频道和少儿频道联合播出"2017 年寻找最美孝心少年"大型公益活动颁奖典礼，著名节目主持人白岩松动情地向全国观众介绍了六岁的王安娜孝老爱亲的事迹。

王安娜的父亲早年入狱，母亲生下她七个月后离开了贫困的竹元，一去不回，小安娜是爷爷奶奶还有九十多岁的曾祖母带大的。可是祸不单行，前几年，爷爷也去世了，整个家只剩下三个女性，一个是年幼的王安娜，一个是多病的奶奶，一个是九十多岁高龄的曾祖母。王安娜五岁时，家中的顶梁柱——奶奶因患滑膜炎无法行走，只好住院治疗。奶奶住院期间，小安娜独自在家照顾曾祖母，煮饭、喂药、洗脸、洗脚……小安娜的孝行感动了全国人民。

因为王安娜，竹元村和汇川区受了不少委屈，铺天盖地的舆论砸向竹元。其实，麻雀大小的一个竹元村，王安娜家的情况大家怎么可能不知道？满山满岭都在搞脱贫攻坚，又怎么可能不管小安娜家？只是村里不可能派人二十四小时与安娜及其家人生活在一起，而小安娜也确确实实懂事贴心地做到了照顾曾祖母。从小安娜奶奶一住院开始，谢佳清和镇村干部就没轻省过，先是按程序和规定把小安娜的曾祖母纳入低保，然后对照相关政策把小安娜和奶奶孟天秀也纳入保障范围，再就是帮着给奶奶交住院费，给小安娜联系幼儿园，安排老师注意小安娜情绪状况……

只是，任何关心，也抵不上一个圆满的家来得幸福。冬季，寒风刺骨，高高的奶子山，寂寞一片的山谷，小安娜思念着父亲，老人思念着儿子孙子。大山是沉默的，连火炉里的火苗也是沉默的。

谢佳清和村里的干部们也沉默了，尽管大家把一笔笔临时救助金和特困慰问金送过去了，把菜油、棉被、大米送过去了。小安娜也进了竹元村刚修好的幼儿园，有老师给她做周一到周五的"代理家长"，也有村干部王芳给她当周末的"代理家长"。小安娜家里房前屋后的院子、菜地路、进户路还有破木房也都修好了。可是，小安娜心里那个伤口，他们补不好。脱贫攻坚也好，帮扶也好，都不可能代替父母与孩子之间的亲情。

2018 年 7 月，安娜九十三岁的曾祖母去世，炮仗鸣响后的烟雾笼罩在山岭上，笼罩在小安娜家青色的瓦片上，一缕缕，尽是无处可依无处倾诉的茫然。

尽管村里已经为小安娜安排好了曾祖母后事，但看着小安娜那无助的眼神和哽咽中的渴望，谢佳清和黄光领坐不住了，两个人不约而同想去同一个地方——遵义监狱。

遵义监狱，黔北地区唯一一所高度戒备监狱，关押的全是有期徒刑十五年以上、无期徒刑、死刑缓期两年执行的重刑犯。

王安娜的父亲王建民就关押在这里。

王建民是因为犯盗窃罪入狱的。当年，他和小安娜的妈妈在外打工相识、恋爱，和所有贫困山区外出打工娶妻的人家一样，当新娘子来到竹元时，第一个反应就是转身就走。看着妻子一脸上当受骗的表情，王建民惴惴不安，他知道妻子嫌家里穷，要想守住这个家，他就得做点什么。

于是王建民选择了一条犯罪的"致富路"，最终锒铛入狱，被判处十五年有期徒刑。

这天清晨，谢佳清和黄光领驱车三个小时从竹元村来到了遵义监狱。狱政管理科科长欧嘉友接待了两人，当时他只听说竹元村的村领导来了，还有一个是检察官，等见面后，欧嘉友才发现，来的检察官第一书记居然是他的老同学，欧嘉友不禁惊得瞪大了眼——谢佳清在他的印象里是浪漫讲究、阳春白雪，结果她居然去竹元驻村当了第一书记。

我问欧警官："你这老同学当时找到你，怎么说的？"

"他们说想让王建民离监回家奔丧。"

"国家允许吗？"

"国家有相关规定，对一贯改造表现特别好的罪犯，家庭发生重大变故且必须本人回家处理、剩余刑期在十年以下、家住本省的，可以经程序审批后特许离监探亲。"欧警官非常流利地答。

"这样的情况多吗？"

"在我们高度戒备监狱这种情况比其他监狱要多一点。"欧警官说，"因为我们关押的罪犯刑期普遍较长，无期徒刑表现好最低服刑年限要十四年以上，死缓罪犯要十七年以上，一个犯人如果活八十岁，就算减刑，他们的人生大约有五分之一在这里度过，期间家里发生重大变故可能性比其他监狱多。但审核非常严，这里是一个充满绝望也充满渴望的地方，也是一个情法、理法交融，法律政策和情理很难把握的地方。罪犯因长期关押，一旦走出监狱大门，不可控的因素多，情感极易产生重大变化，安全风险很大。所以我们的审核必须严之又严，并且还要求直系亲属担保。"

"王建民符合条件吗？"

"经我们审核，王建民是符合条件的。"欧嘉友缓缓道，"去年王安娜的事迹在中央电视台播放，我们监狱也收看了，并且专门组织了捐款，由监狱团委牵头和王犯监区的民警前往其家中进行看望慰问。这事在犯群中引起了强烈反响，王建民本人深受感动。看着电视中懂事的女儿，王建民发自内心地忏悔了，可以说这是他的一次涅槃。但我们没想到谢书记和黄支书两个村领导居然亲自来监狱谈这事，让人感动震撼。要知道从竹元到遵义来，少说得三小时，而且那条路很险，可是他们俩八点不到就已经在监狱门口了。当我们提出需要直系亲属担保时，谢书记介绍了王建民家中人员情况，愿意以一名执法干部的身份和党支部第一书记的身份担保。"

"你怎么看待村里两位领导'冒冒失失'来找你们这个行为？"

"我不觉得冒失，我反而觉得，党性在谢书记和黄支书身上有一个很明亮的折射。"欧警官沉吟片刻，喟叹道，"这种为老百姓办事的作风、态度，诠释了什么是一心一意、全心全意，让人钦佩。谢佳清这个年纪，已经不需要下去当第一书记镀金了，可她能把一件事做到这样极致，我服。说实话，不是谁都会为了一个孩子，兴起到监狱来办这种事的念头，你看监狱的大门，这么高、这么厚，门后面的世界，对常人来说，那么远、那么陌生……"

我有点惊异地看了眼欧嘉友，这是一个皮肤黝黑面相刻板的警官，居然说出这么一番话来，看来，监狱背后的确非我们想象之坚硬无情，而是有许多这样深谙人性真情，懂得法理情责何施何教的好警官，在常人未见之地，布其该布之道。

就这样，在谢佳清和黄光领的担保下，遵义监狱按程序审批，做出王建民特许离监探亲的决定，除去路途耗时，他可以和家人在一起待三个小时。

三小时。

我们的生命中有多少个被浪费掉的三小时？

人，只有在这种时候才知道，每一分每一秒的珍贵。

第二天，谢佳清、黄光领和监狱民警们带着王建民走出了监狱……

当遵义监狱威严厚重的大门缓缓开启，当眼前突然呈现出车水马龙、人群如织，当一缕缕带着市场与街道、蔬菜或水果、生活与家庭的气息扑面而来时，王建民轰然跪倒在监狱大门口，号啕大哭。

大家都沉默了。

警车驶出遵义市区，上高速，下高速，过喜头镇，往奶子山分叉前行……一直沉默看着窗外的王建民躁动起来，他左右张望，显得很不安。

"干什么？"民警心头一紧，问他。

"我……"王建民茫然四顾，不知所措地问，"这是去竹元吗？"

黄光领笑了，他知道，王建民接下来还会更震惊的。

当车行至竹元村时，王建民的眼睛瞪得越发大了，他看到了四通八达的水泥公路，看到了来来往往的车辆，看到了一栋栋整洁的黔北民居，还看到了卫生室和幼儿园！

"不可能啊，这怎么会是竹元啊？竹元没有路，也没有这么好的房子。"他惊讶地说。

"这就是竹元，"黄光领指着路边一栋正在建设中的砖房，说，"这是村里给你家盖的新房子。"

王建民震惊了，定定地看着那栋房子，眼眶红肿。

车继续开，驶到他家门前。

院坝里站满了村民，所有人都静静地看着打开的车门。泪流满面的王建民在大家的注视下蹒跚着下了车，咚的一声再次跪下来。千言万语，他不知道说哪一句。母亲老了，满头白发。女儿大了，眼睛黑漆漆的，像葡萄。

家也变了，破旧的老木房变好了，歪斜的柱头立正了，斑驳的木板重新闪着红彤彤的新油漆，泥泞一片的院坝也平整了……

这是变出来的吗？谁给变出来的？王建民泪眼模糊，回头看着围绕在他身边的每一张脸，他跪在地上，久久不起。

敬香、磕头、烧纸……三个小时的时间一分一秒地流逝，最后，小安娜和父亲在家里吃了父女俩人生中的第一顿团圆饭。

你是我爸爸，但是，我长这么大，你从来没有扶我走过路、教我说过话……

你是我女儿，但是，你长这么大，我从来没有抱过你一回、教你画过画……

屋檐下，父女俩仿佛千言万语，却又无话可说，只有懂事的小安娜不断给父亲夹菜……

此情此景，看得谢佳清和黄光领鼻头发酸、百感交集。违法的代价是沉痛的，王建民试图用违法的行为去换取家庭的富裕和幸福，换取妻子的安心和安娜的未来。可事实上，他只换来了妻离人散，换来了十五年的监狱生涯。

王建民的悲剧不能再在竹元重演了。

但竹元向来不是安宁之地，因为穷，打架、斗殴、偷盗没消停过，现在竹元环境好了、村民富了，但不良的劣习仍然像河流下的漩涡，时不时来一漩，搅得竹元这里一浑、那里一浊。王建民曾经走错的路，或许还有人会继续走下去。而真正的脱贫致富、幸福圆满，还得有精神上的引导和文明上的教化。

于是，当过检察官的谢佳清诚恳地建议让王建民在离开前给大家现身说法。

站在警车前的王建民沉痛地低下了头。

他说，竹元现在的日子好了，大家不要学他犯傻违法。

他说，回来看到这一切，他放心了，回了监狱，一定会好好改造，争取早日重回竹元，全家团圆。

他说，谢谢大家。

沉默中，一双双眼睛看着王建民，没有嫌弃，只有温情。

其中最闪亮的一双眼睛，是小安娜的。

这双清澈的大眼睛，让谢佳清和黄光领以及在场的所有干警和干部、村民们的心，在纠结的离别与痛惜中变得笃定而温暖。所有参与脱贫攻坚的人、所有苦累的最后，不就是希望看到这样一双眼睛吗？它干净、透亮，充满对未来的憧憬和笃定，没有胆怯和茫然。

这一双清澈闪亮的大眼睛是竹元的未来和希望。

看窗外，阳光明媚；听一听，竹元村新建成的幼儿园里，歌声欢快，像云雀飞过蓝天。

塑一副有灵魂和筋骨的脊梁

听说我在芝麻镇竹元村采访，诗人船夫给我发来数千字的文史资料。

原来，1935 年，遵义会议和四渡赤水期间，红军曾三过芝麻。其中，红军第四渡后，3 月 24 日便驻扎在竹元村的吊二嘴沙滩。

这是一片留下红色印迹的土地，这是一片播撒过革命种子的土地。

今天的竹元，也有一群人在这里坚毅行走、播撒种子，这种子是文化和法治。

文化是什么？梁晓声曾经给文化这样定义："根植于内心的修养、无须提醒的自觉、以约束为前提的自由、为别人着想的善良。"

脱贫攻坚中，人们经历过太多太多的例子，比如以抢到贫困户指标为荣；比如躺在床上等脱贫；再比如，送猪杀猪吃，送鸡炖鸡吃。种种现象，再经过段子手的演绎，扶贫工作成了一场笑话，扶贫队员和老百姓共同奋斗所创造的奇迹没有人关注，反而是这些碎片化的存在，成了人们在手机微信和头条新闻中常读常新的话题，让扶贫队员们有苦难言。

类似的事情，在竹元同样有。谢佳清和她的战友们深知，这种人和事，出一个就得治一个，竹元不能出这种洋相。脱贫攻坚工作中，最重要的就是要确保民生资金和民生项目使用规范。而她作为一名曾经的检察官、今天的纪检监察干部，更应该把好关。同时，在治标的同时，还要想法治本。

于是，针对竹元这只麻雀，区、镇、村三级联动，挂帮部门协同，展开了一场扶智与扶志的脱贫行动。

文化要深植于内心，前提得有阵地。为此，区委书记姜世甫再次调研，为竹元新增了四个项目。

村委会办公楼。有了它，群众来上个网，查个资料，打个电话，复印个证件，方便又快速。有了它，政务全部在一楼大厅统一办理，群众少跑一趟路，家里就能多薅两行苗。关键是，它让村民们有一种归属感和认同感。

村卫生室。解决群众头痛脑热看病难，再不用为了买一包药，下山到芝麻镇或者喜头镇。它让村民有安全感。

幼儿园。让山里的娃娃走出去也会唱"小燕子，穿花衣，年年春天来这里"。人生而平等，不也从这里开始吗？唱歌跳舞的娃娃们让竹元年轻的夫妇们感觉日子过得更有底气了。

教师周转房。让年轻的老师们有一个放心、舒适、安全的宿舍，住得下来，教得下去，再不用今天跑了一个，明天去要一个，后天又跑一个……所有人的心都稳稳当当地放在心窝里，看着孩子走进学校，学会礼貌，父母的心在感恩中沉静下来，不再浮躁。

四个项目像定心丸一样伫立在新建的水泥公路旁，漂亮大方又充满吸引力。竹元人开始有了自己的心脏，所有的目光、惦记、未来和希望都围着这个核心转动起来，渐渐地，一个完全没有内生动力的竹元开始自己学会转动，并越转越敞亮，越转越欢腾。竹元从一个暮气沉沉、毫无生气的状况向一个灵动的、活泛的、充溢着动静和声响的状况变化发展。

这个变化体现在人的身上，就是——文明。

好孩子一天天在学校学到的，回去教给了父母；好父母在家里谨行的，孩子在学校里相互流传。

"小车开进竹元了，商人进来，咱们得学会礼貌用语，做生意要诚信。"

"摄影家进来了，大家不要穿得脏兮兮的，随时注意衣着整洁。"

"区里镇里的文艺队进来了，唱的花灯调没有咱们竹元特色，干脆我们自己来当一回编剧。"

"老李家的姑娘回竹元，人家那个女婿二话不说就拿钱出来给老李家修房子，莫非竹元这些当儿子的还不如当女婿的？"

路好了，摩托车在新路上开心得要飞起来，可戴红领巾的孩子却站在路边对着它敬礼，车上的人一瞬间就羞涩了、柔软了，他们放慢速度，让车的轰鸣变成温和的吟唱……

渐渐地，竹元人感受到了文明带来的好处，开始从内心认可并发扬它。短短一年多时间，竹元村已经搞了两场精彩纷呈的大型文艺演出，其中，竹元小学的校长范继成为学校写了一首校歌，于是，竹元的山岭间开始飘扬出这么一段朴素而简单的歌声——"一生一世读好书，一生一世做好人。"

教化，在一种自然流淌又潜移默化的过程中得到了推动，而轻推小舟的，正是谢佳清和她的战友们。

他们给村里每一户需要帮助的学生家庭开展一对一帮扶，市检察院的检察官们每人结对一户，全村 74 户 99 人全部得到教育政策保障和教育帮扶。一株株得到滋润的禾苗，最知道感恩土地，善良早年根植于心，他年必当温暖天下。

他们为竹元漆黑的夜安装了 130 盏路灯，路灯照亮的不光是夜，也是人心。

他们为竹元建起了一个个垃圾池，让任性的手和任性的心有所收敛，懂得什么是"无须提醒的自觉"。

他们建立严格规范的机制，让不该懒的人不再懒，让该受助的人有所盼，贫困指标绝不出错、绝不漏户。

他们为在外地读大学的贫困生寻找和联系假期打工的机会，让贫困生懂得，凭借自己的双手和能力挣钱是最幸福的事……

　　我觉得谢佳清他们做得太多了，管得也太杂。管事管到这份上，真太累了。

　　在走访谢佳清现在的单位——遵义市纪委监察委的时候，我也谈到了谢佳清的"细"。市纪委监察委机关党委书记陶刚也不禁笑，说："就是她管得太细，所以竹元不放她走，搞得我们也多了个战场，但是我们挺自豪的。"

　　原来，竹元村是市检察院的帮扶村，而2017年底，按照中国监察体制改革的要求，谢佳清从市检察院转隶到市纪委监察委工作，按理说，市检察院需要另派一名第一书记去竹元，换出谢佳清。

　　但是竹元的老百姓和区、镇、村的干部都不放谢佳清，谢佳清也舍不得，她说，就像办案子，弄到一半，走人了，心头总是个事。

　　遵义市纪委监察委主要领导得知这一情况后，笑，既然他们"不放"，那我们就"放"呗。于是，谢佳清作为市纪委监察委派出的第一书记，继续在市检察院的帮扶村里驻村，而市纪委监察委自己的帮扶村，则又选派其他干部下去驻村开展工作。

　　随着这几年反腐工作的推进和八项规定等法规制度的颁布施行，纪检监察机关的工作压力以数倍计增，人手不足、节假日无休早已成为纪检监察干部们的工作常态，因此，纪委监察委最缺的就是人。而现在他们却"放"了谢佳清。

　　用句农村的土话说，就是自己的猪草都还没割完，还要帮人家放牛。

　　我问陶书记："当时单位怎么想的？是不是觉得算是卖给市检察院一个人情？"

　　"没那么想过。"陶书记想都不想就摇头了，"当时我们陈为民书记就说了，脱贫攻坚是当下最重要的任务，只要群众有需要，我们就要上，不怕多出几个人，这不是卖人情的问题，是同力攻坚克难。"

　　"谢佳清要把竹元做成法治教育示范村，你们怎么看？"

"竹元山高水穷，人心杂芜，民风并不是很好。"陶刚书记说，"谢佳清是搞政法出身，有敏感性。她看到了竹元深层次的问题，这个决定我们是支持的，下一步我们打算结合脱贫攻坚领域中的民生监督工作，从谢佳清驻村的竹元开始，将法治理念、民生监督、教育文化等综合铺开。有句话说得好，法治塑筋骨，教育塑灵魂。这事得干，一是确保脱贫攻坚落到实处，二是真真正正让老百姓从精神上、文化上、思想上、经济上一起脱贫，只有这样的脱贫，才能防止反弹，步子才扎得更加稳当。"

"谢佳清划到这边来后，一天班没上，大家怎么想？会不会忽略她，或者觉得多了一个负担？"我问。

"没有，咱们七月份都已经明确她担任宣传部副部长了。"陶刚打趣道，"怎么可能让在前线打仗的战士吃亏呢。尽管她没来上过班，但大家都清楚，她比我们更苦。竹元路险，春节前后下雪凝冻，我们陈为民书记和周旭初常务副书记还专门打电话给谢佳清，提醒她注意安全和保暖。总之，她在前线拼搏，我们在后方支持，前两天，我们还按照谢大姐的'重要指示'，与市交通局协调对接了，争取将建设规划中的遵仁高速公路的平正乡出口通道延伸到竹元村，有了这个延伸通道，竹元到遵义市区的路程就可以缩短一个小时。这是个大进步。都说要求打通最后一公里，我们呢，是要拉近最后一小时。"

走出市纪委监察委办公楼，一树树桂花香扑鼻而来，这是一个收获的季节，只是，闻着桂花香的人永远不知道，泥土为之奉献了什么。

竹元也永远不知道，有多少人在山与水的背后为他们砌筑未来。竹元或许更不知道，在它慢慢站起来、走起来、跑起来的过程中，正是这么一群默默无声的人的呵护与塑造，才让它渐渐拥有了一副有灵魂与筋骨的脊梁——这才是竹元可以永远在春风中奔跑驰骋，昂首于山岭大地间的理由与力量所在。

离现代化最远的最近

烈日炎炎，我和副区长谢国蕾一行去竹元考察石林旅游资源，路过一片茂密生长的杉树林，头顶顿时清凉一片。歇息间，我注意到每棵树上都贴着条，上面写着什么，走近其中一棵看，原来是一串编号——G004024345。

难道是森林碳汇？我暗自嘀咕，却不敢确定，这么现代化的经济模式，不可能出现在这么偏远的竹元。

2018 年 7 月，省政协十二届常委会第三次会议上，就有省政协委员在大会上作了关于生态补偿扶贫模式的精彩发言，其中重点谈到了碳汇精准扶贫工作。然而，在大众眼中，碳汇经济还是一个很陌生的概念，莫非在这个边远的小山村里，连很多市县干部都说不上名堂的新词、"新玩意儿"，竟在竹元露了脸？

正想着，黄光领开心地拍拍他身边的一棵杉树，说："这是我们的单株碳汇精准扶贫项目，一户贫困户 450 棵树，按 3 元每棵计算，5 年一期，每年每户收入 1350 元。现在这每棵树都是钱啦，个个排着队编着号，成了贫困户的'钱柱子'。"

单株碳汇精准脱贫是把建档立卡的贫困户种植的每一棵树按照科学方法测算出碳汇量，在碳汇交易市场进行销售，获得收益全部进入贫困户个人账户的模式。按国家造林技术规程，每棵树碳汇量价值 3 元，也就是说，贫困户每种两亩碳汇林，每年就能增收 1300 元左右。

原来，省发改委将单株碳汇精准扶贫试点放到了竹元，将树木吸收的二氧化碳在移动电商平台上出售，收益归贫困户。这样一来，既实现了有效的生态保护，又实现了生态补偿扶贫。竹元石林一带乱石嶙立、异石众多，但植被少、荒地多，属于生态比较脆弱的区域，通过单株碳汇扶贫模式，确保了蓝天常在、青山常绿、绿水长流。

我们正聊着，林子旁的石林间传来一声温柔的"哞"，仿佛在应合村支书黄光领的喜悦，那是一头漂亮的肉牛，白鼻额、白眼眶，体态均匀，毛色在阳光下一片金黄，它正眉眼温和地站在巨大的蚌壳蕨丛中，安详自在地反刍着。

这是我见过的最美丽最干净的牛，每一缕毛发都闪着自然健康的金色光泽，一对雪白的眼眶，像极了美人妆，大自然的放养模式给予了肉牛最佳的生长环境，以及心境——如果它有心境的话。想到这里，我不禁感受到竹元别样的美，那就是对生态的尊重与保护，无论是让人觉得神奇费解的碳汇，还是迷人的石林，或是其中的一头牛一丛蕨，都写满了竹元人对家园的珍爱。

从神秘美丽的石林归来，已是傍晚，我们筋疲力尽，但年轻的扶贫干部胡泽波却丝毫没歇，又开始倒腾起手机来，我以为他在瞎玩，结果一问，人家在忙正事——他正在村里的学生群里忙着通知所有人——胡泽波是群主。

年前，为了加强扶贫工作队的力量，区里镇里增派了不少年轻干部到村里来，这群本来在常人眼中只能是跟在老干部们屁股后面跑的年轻人，却在村里凭借他们的独特优势，发挥起独特的作用来——他们把村里所有就读高中以上的学生团结起来，创建起了微信群。胡泽波认为，有很多政策和思路，跟没有文化的老人们是讲不透的，得跟懂文化的年轻人说，于是，胡泽波把群建起来后，一是在群里及时发布助学贷款、助学帮扶等信息；二是告知各种申请和事务的办理程序；三是将公益事业开展的内容和步骤在群里公布，使得群里的学生们全部成了村公益事业的参与者，学生们的主人翁意识大大增强。现在全村 96 个高中以上的学生，还有 22 个大学生全部都在群里，在千里之外念大学的孩子们每天都能看到村里的变化。在外生活困难的在群里说一声，村里马上会落实帮扶。学校放假想在当地打暑假工的，村里也想尽办法在当地找遵义籍企业家帮助解决……为了扩大队伍，谢佳清还把市检察院一对一帮扶的检察官们、提供帮扶的企业家们也拉进了群，使得微信群发挥的功效越来越大。

微信群更好地连接了人心，反过来，受到关心和资助的学生们也成了村支两委的好帮手。有一次，村民杨明凯夫妻因为占地问题，不支持道路拓宽，胡泽波就向他们家在西南交大就读的女儿杨治先"求援"。那天胡泽波在微信里说到晚上两点多，一点点一滴滴讲透讲清，杨治先听完后，心里有了数，第二天就打电话给家里做通了工作。

除了这个群，竹元村还有一个隶属于芝麻镇的数据化管理平台和微信平台，里面有所有贫困户的数据。同时市住建局进驻芝麻镇任党委副书记的王晓茂还联系企业免费为芝麻镇开发了一个 APP 软件——山水芝麻。在这个 APP 里，所有信息变化和数据更替都清清楚楚明明白白，算是一个拥有大数据的小世界。现代化管理手段在竹元可以说是运用到了极致。此外，谢佳清还四处筹资，在村里成立了农民网吧，手机没有流量上网的农户进货和销售都可以到网吧来对接联系，村里第一户肉兔养殖户杨中的销售市场就是靠这个网吧打开的。到 2018 年为止，杨中已经从一个贫困户发展成了有近三千只肉兔的养殖大户，可喜的是，杨中还带动村里十二户贫困户一起搞起了肉兔养殖。

大数据，好处多。除了村里，汇川区也有效利用网络平台这个优势，他们通过中科院院士团队，在区里建起了互联网电商平台，全区脱贫攻坚产业调整后产出的宝贝们全部从这个平台往外推送，羊肚菌、生态鸡、生态肉兔、李子……区委书记姜世甫一说起平台就乐得不行——去年我们山盆产的李子搞了很多促销活动，什么采摘节、旅游节的，费好大劲才卖完，今年通过平台，没费什么心思就全卖完了，新时代，我们也要学会用新思维新方法，才能实现新跨越啊。

是的，从竹元，我的确看到了一个让人难以置信的跨越——从深度贫困走向与现代化同步；从路不通、电不稳、通信难、缺医少药、教育落后，到两年之间一跃而成为美丽新农村。竹元这一步几乎跨越了足足三十年。一个离现代化最遥远的村，如今离现代化最近。这不得不让人心生敬意，年轻的新干部们带着全新的生活观念与工作模式，为竹元发展插上了腾飞的翅膀，经验丰富的老干部们则用踏实的工作作风和稳健的发展思路为竹元发展打下了坚实的基础。事实证明，一个时代的进步，一个地方的发展，既离不开老法师，也需要新战士。竹元焕发的生命力，正是新老干部互相补充而碰撞出的火花，它让竹元的精神世界更加丰润，让竹元的未来更加可以触摸。

关于未来，作为遵义的历史文化经济中心，汇川区有着更深和更进一步的诠释和目标。姜世甫说，他们的目标是"五民共建"。第一步，脱贫攻坚，聚民心、惠民生，在这里，惠民生是一个初级目标。第二步，带民富、解民忧。带民富是一个比惠民生更高层次的目标，但是，民富并不代表着社会矛盾与问题的消失，还要解民忧，解决结构性矛盾问题……如此这般，通过一个个不断提升的层面，我们最终要通过党建引领，努力追求更高一个层次的目标，那就是纯民风，让农民真正实现人的全面发展，社会管理的全面发展，让治理体系和治理能力、自治水平达到最佳化，从而一步一步让农村大地真正实现海晏河清、朗朗乾坤。

海晏河清，朗朗乾坤。这来自于十九大报告的八个字，仅是念在唇齿之间，都能感受到清风扑面而来的美好，举目蓝天碧水，天高地阔、鱼跃鹰翔，阳光下的每一张脸都是舒畅的，每一枚稻穗都是金色的。

我喜欢这八个字，更喜欢它背后的一切景象。它让我想起小安娜清澈的目光，想起谢佳清的诗，想起杨森的"3335"，想起黄光领给我的照片，照片上，竹元的山野盛开着成片的荞麦花，像雪，像梦。我还想起了胡泽波说起奶子山、太阴山、太阳山时深藏的眷恋，想起了采访那两位曾经贫穷得四处打工、现在回到家里搞养殖的张明康、张明虎两兄弟憨厚喜悦的表情。"竹元的变化？啊呀，根本没办法形容啊，不晓得说什么好，反正是想都想不到的好，几辈子的人都想不到的好。"

海晏河清，朗朗乾坤。

竹元满山红彤彤沉甸甸的高粱喜欢这八个字。

竹元满山白花花亮闪闪的新房子喜欢这八个字。

竹元满山喜洋洋乐呵呵的村民喜欢这八个字。

我们未来最美丽的风景是这八个字。

如此，真好。

后记

采访结束后很长一段时间里，我脑子里依然盘桓着一声声清脆的竹板声，还有竹元村民自娱自乐的黔北花灯调，那里面的唱词比我的记录更加翔实而真诚，因为那是他们发自内心的声音：

正月里 正月正，遵义有个竹元村；山高坡陡穷得很，走亲访友路难行。

二月里 百花开，要想赚钱必出外；老父老母丢家里，妻氏儿女也分开。

三月里 是清明，青年壮汉都出门；家中田地老人做，累死累活干不赢。

四月里 栽早秧，在外游子想爹娘；两手空空难回转；躺在床上泪汪汪。

五月里 是端阳，网上炒得沸扬扬；竹元划到汇川区，第一书记就进场。

六月里 三伏天，佳清书记不得闲；家家户户去摸底，穷富一一记心间。

七月里 秋风凉，党委政府两头忙，第一书记去汇报，区委书记来挂帮。

八月里 是中秋，要想致富把路修，通组连户都硬化，车子开到院坝头。

九月里 是重阳，为了饮水修堰塘；还修现代净水厂，家家水管进厨房。

十月里 小阳春，种养产业齐进村，东边纳凉又避暑，西边规划大石林。

冬月里 冬月冬，太阳集板把电充，大路小路都安起，家家户户亮通通。

腊月里 又一年，竹元发展说不完，来自党的好政策，男女老少来团圆。

千百年来，土地和人民给予了我们太多太多。今天，干部们带着深浓的情感和担当，以亲吻泥土的方式再一次站到最贫瘠的泥土和最需要帮助的人民中间，同他们一起走过泥泞艰辛的奋斗路途，一起去往幸福。脱贫攻坚不仅仅是中国对世界的一个百年承诺，更是我们对生我养我的土地与人民的爱与承诺，山水相连、相伴相亲、不离不弃！以前如此，现在如此，将来也如此。

所以，无论你是站在河岸这边，还是彼岸，真正的幸福永远来自于彼此的守望。这一点，谢佳清和她的战友们做到了。一生酷爱诗歌的谢佳清，在大山深处用她的责任与担当抵达了她的诗歌与远方，唯愿世间所有的努力与携手，都在大山中生长出翅膀，飞越蓝天，抵达他们美好的诗歌与远方。

作者简介

肖勤，作家，女，1976 年生。鲁迅文学院第十二期高研班学员，中国作协会员，第十届全国少数民族文学骏马奖得主，贵州省第十四届"五个一"工程奖得主，曾荣获贵州省第二届德艺双馨文艺工作者，贵州省第三批"四个一批"人才，贵州省青年作家特别贡献奖等，代表作有《暖》《所有的星星都有秘密》《丹砂》等，已创作近两百万字小说，作品多见于《人民文学》《十月》《民族文学》《芳草》《山花》等，有作品被《新华文摘》《中篇小说选刊》《小说月报》《小说选刊》选载。小说集《丹砂》入选中国 2010 年度 21 世纪文学之星丛书。曾多次荣获《小说选刊》年度奖、《民族文学》年度奖、十月文学奖等奖项。有多部小说、诗歌入选中国各年度选本并译为韩、法、蒙古、哈萨克斯坦等文。根据其小说改编的电影有《小等》《碧血丹砂》。

大道尽处是桃源

林　吟

张静

张静，1978年12月出生，现任贵阳市住房公积金管理中心办公室主任、一级主任科员（兼任贵阳市住房公积金管理中心修文管理部主任），本科学历。

1997年7月，张静于贵阳市财经学校会计专业中专毕业后，分配到贵阳市服务大楼工作，工作期间于1998年12月通过自学考试获得贵州省财经学院会计专业专科学历，于2000年6月获得贵州大学计算机及应用专业专科学历。

2002年5月通过事业单位招考，进入贵阳市住房资金管理中心工作。于2003年6月被任命为贵阳市住房公积金管理中心科员；于2009年6月通过自学考试获得贵州省财经学院会计专业本科学历；2010年3月提拔为贵阳市住房公积金管理中心办公室副主任并主持办公室工作；2013年3月，提拔为贵阳市住房公积金管理中心办公室主任。进入中心工作后，多次被评选为优秀共产党员，连续多次年度考核优秀，并荣获过"三等功"。

2018年4月，贵阳市住房公积金管理中心选派张静到贵阳市修文县扎佐镇驻村帮扶，任该镇党委委员、副书记，香巴湖村驻村第一书记。在驻村工作期间，不畏艰苦，克服家中孩子尚小、父母体弱等诸多困难，热心、热忱、热情地开展脱贫攻坚工作，得到当地政府和村民的一致认可，帮扶工作成效显著，于2019年7月1日被中共贵州省委评为"全省脱贫攻坚优秀村第一书记"。

一

2018 年 4 月，一条大道悄然建成。

这条大道双向六车道或八车道，南接贵阳，北衔扎佐，全长三十余公里。这条道路从修建到完成都很"低调"，不闻谈论，也少见报端，然而，在带动贵阳北部经济发生历史性变革、加速周边乡镇村寨的文明进程上，起到的作用非同小可。

大道有名，名"同城大道"。有了这条大道，贵阳到扎佐只消半小时。开着车驰行在这条大道上，只见天阔云低、平野浩荡。雾霭中，大道两旁的农舍和庄稼铺入天际，巨大的贵钢物流园区、农产品物流园区、"黔轮胎"厂区以及数不清的厂房、仓储披着霞光，好一派辽阔的新区风光。

上得同城大道，道路中央灯杆上一幅幅"桃源河漂流"的广告不断从眼前掠过。原来，这条大道直通扎佐的著名景区桃源河。

据《元史》载，扎佐原名"刬左"，意思是路边处理公文的地方，后"刬左"写成同音的"扎佐"。元天历二年（1329 年），播州至贵阳的驿道开通，始置扎佐驿站；明洪武五年（1372 年）正月，改置"扎佐长官司"。

明天启六年（1626年），扎佐城始建。因凡须北上，必经此城，故而历史上这里农产汇聚，商贾云集。到了明崇祯三年（1630年），扎佐改土归流，废长官司而改置修文守御千户所，扎佐始为汉官统辖之地。清乾隆十五年（1750年），贵阳县于扎佐设巡检署；"民国"四年（1915年）12月，修文南区始建，治所设于扎佐街；"民国"三十一年（1942年），改设扎佐乡。中华人民共和国成立后，扎佐的沿革又几经变化。1991年11月，扎佐镇、扎佐乡、三元乡和清让乡合并建成新的扎佐镇。时光流转七百年，"扎佐"地名一直未变，一代又一代的扎佐人在这片土地上生生不息。

扎佐镇有个大河村，著名的桃源河流经此地，"大河村"由此得名，桃源河景区的"桃源八寨"，就有三个寨在大河村界内。扎佐镇还有长坡村和葛马村。葛马村位于修文县东，川黔铁路、210国道贯穿南北，境内还有两个铁路客货运站，贵毕、贵遵的高等级公路也在此交汇。长坡村位于扎佐镇东，森林覆盖率达50%，村子里水资源丰富，种养殖业的发展很有基础。2014年，这三个村子以及三里村、小堡村的一些村民小组合并为一个大村，名为"香巴湖村"。原大河村村支部书记徐若说："这名字是我取的。桃源河俗名'香巴湖'，因此把它作为村名。"

三村合为一大村，因资金不足一直没有修建新的村委会，而是因陋就简，借原先的大河村村委会办公。2019年，桃源水库即将建成，大河村三分之二的辖地将成水淹区，于是村委会搬到原先的葛马村村委会。葛马村村委会离同城大道很近，同城大道的尽处拐个弯，从097县道岔向192县道，走个八百来米，就到了。

二

2018年3月8日，一个妇女们的节日。清晨，一辆白色的大众小"POLO"车在同城大道的尽处拐个弯，停进了葛马村村委会的小广场。

一位女子下车来。

她中等个头，戴着一副近视眼镜，脑后扎着个马尾。

村支两委的干部们迎上前去。

眼前这个有着浓浓书卷气的女子，还是让大家都愣了一下：这就是派驻我们村的第一书记？女的？那么文秀，能担起这个村的全面工作么？

女子大方地笑着，与村干部们一一握手，自我介绍道："我是张静，来自贵阳市住房公积金管理中心，派驻到香巴湖村工作。"

简洁的话语，真诚的笑容，让村干部们觉得，眼前这个女干部值得信任。

张静从车上把自己的铺盖卷搬下来，搬进一位村民的家中，住下了。

其实张静是不必住在村里的，张静每天经同城大道回到自己金阳的家，不过半小时车程。况且，儿子正值"小升初"，丈夫上个月又到黔西南参加金融扶贫，年迈的父母也需要照料，她白天来村晚上回家也是常情。不过，张静毫不迟疑地住下了，因为，她已将自己定位为一个"农村人"。张静是要读香巴湖村，白天读晚上也读，读透了村子，工作就好开展了。

冥冥之中，张静的人生与数字有着特别的关联。在学校，她学习的专业是财务；毕业后，她来到贵阳的服务大楼工作，担任会计。几年的数字工作练就了张静严密的大脑以及捕捉事物本质的机敏。不久，经过自学，张静考取了中国注册会计师。这是中国财政部组织领导的一项全国统一考试，难度很大，而张静一次考试就轻松摘得。后又经过考试，张静来到贵阳市住房公积金管理中心工作。在管理中心，除了每天跟数字打交道，张静还担任办公室主任。"张静"这个名字不只跟管理中心的各种数字和报表密切联系，还跟单位的组织、人事和各项芜杂的事务相关。张静迅速成长，静能游弋于数字世界中，动则与领导和同事友好共事。她总是平和地微笑着，以数字的严密和女人的温婉迎接处理着工作中生活中的一切，包括困难和阻碍。

管理中心的机关党委书记顾德光舍不得张静离开单位到香巴湖村："中

层干部中她最年轻，也最能干，工作独当一面，她走了我很忙。但组织部有要求，要让年轻干部锻炼。张静从学校到单位，没有下过乡，担任第一书记，对她的锻炼很重要。"

在香巴湖村担任第一书记的同时，张静还挂职扎佐镇党委副书记，领导扶贫工作。

肩上的担子重了，而张静心态不改，仍是那么地平和豁达，面带微笑。"任何工作都离不开与人相处，当得到足够的尊重，心灵由此契合，工作就很好开展。"这是张静的看法。

如同一条鱼儿，张静从管理中心的小池塘里来到香巴湖村的大池塘。她适应各种水况，自由地游动着、呼吸着、成长着。

三

放下铺盖卷，"访村情"的工作就开始了。

张静穿上她的那双运动鞋，把她的小POLO开进村组的路口，然后下车，爬坡上坎。夜幕降临，张静就坐上村里的警务面包车，在村子里巡逻。

春三月，所有植根于土地的生命都在香巴湖村苏醒，在濛濛细雨中绽放着最美的姿态。

香巴湖村大面积种植了艳红桃和黄金李、蜂糖李，这个春季，山坡上、农舍旁，随处可见一团团一簇簇的粉红和雪白，风一吹，花瓣如雪飘然而下。种植了两百多亩白芨的土地上，春天里也铺着无边的玫瑰红，展示着生机。桃源河在山谷里潺潺流淌，两旁的山峰云雾缭绕，不远处两山间的桃源水库大坝正在建设，已经能看出坝体的模样。村民们已经开始耙田了，山野间不时传来的牛哞声和耕机的"轰轰"声，打破了空山的寂静。除了硬化道路，脚下总是柔软的。香巴湖村的泥土很亲和，只要踩在上面，就会把脚底轻轻抱住。香巴湖村的土地是有生命的，又孕育着生命。

香巴湖村很大，方圆 19.7 平方公里，是修文县的第一大村。开着小POLO 围着村子绕一圈，一看里程，竟有 38 公里。村子的土地面积有 6300 亩，其中，田 3000 亩，坡土 2000 亩，林地是 1300 亩。全村以发展传统农业为主，现有的产业有猕猴桃 1180 亩、葡萄 1000 亩、艳红桃 800 亩、香榧 1000 亩、折耳根 200 亩……

香巴湖村委会辖 23 个村民小组，全村有 1635 多户 5917 人，其中，劳动力有 3682 人。这个有着几百年历史的村庄，深受儒家学说和阳明理学的影响，家家供有"天地君亲师"牌位。村委会的办公室里，墙上"崇简、尚义、报国、尽孝"的标语与正对面的"不忘初心、牢记使命"标语交相辉映。

大多数的村组都已经通水通电了，打开村民家的水龙头，水就哗哗淌出。水冰凉凉的，透着甜味。这是抽自暗河的水。

香巴湖村的村党支部书记是陈祖发，副支书是徐若，村委会主任助理是周珍品，全村共有中共党员 105 名。不过，大多数党员都老了，平均年纪都在 60 岁以上。年轻点的党员很多常年在外打工，散在各处，很难把人召集拢来，好几年，村里没有发展新党员了。

白天，村里老人多娃娃多，看不到几个年轻人的身影。村里的年轻人中学毕业后，多是到浙江打工，或是一脚跨到省城贵阳寻找自己的生活。有的牵挂着家，就到近处同城大道旁的贵钢集团、"黔轮胎"或农产品物流园就业，几公里的路程，晚上就可以照顾家了。一些年轻人脑子活，文化水平也不低，忙时稼穑，闲时经商，一年收入可达一二十万。

村里的房屋都是自建的，全是砖混结构，见不到茅草屋了。村里进行过危房改造，一些贫困户只出一半资金，就可以建起一座四十平方米左右的新房。村民家的收入和生活如何，从修建的房屋就可以看出来的。条件好的，外墙贴上闪亮的瓷砖，安上玻璃大门。香巴湖村建档立卡贫困户不过 27 户 83 人，只占全村总户数的 1.65%、人口的 0.71%。

3 月，天还寒凉，张静推门进了农家，接过村民倒的一杯热茶，坐在铁炉子边的沙发上，问着，聊着。不一会儿起身，从堂屋的粮食口袋里抓一把玉米谷粒，问问去年的收成；又走到鸡窝猪圈边，看看家禽家畜吃的是什么饲料。张静还来到田坎边、土坡上，接过村民手中的铁锹除草，又抬起身问问亩产，了解庄稼的特性和可能遇到的灾情……

从省城办公室来到乡村，张静的心很快跟这片土地融合了。才一个月时间，张静的走访就达八十余次，"办公室"基本是在村民家的地头和灶头。张静很快成了村民的熟人，她熟悉每一个建档立卡贫困户的情况，知道每个村组在工作中取得的成绩和存在的困难。村民的矛盾调解，比如小两口吵架、老人的赡养、邻里的土地纠纷等等，很多时候她也在场。她是一个说话管用的调解人。

张静真的成一个农村人了，一个有着特殊使命的农村人。只要张静走进村子，看见她的村民都会由衷地笑着，热情地大声招呼道："张书记，来家坐，喝杯茶！"就连狗儿们看见她，也不停地摇尾巴。

"张书记行事稳健，待人真诚，务实尽心，有大局观念，是一个干实事的第一书记。"一个月时间，村支两委干部就做出这样的评论。

四

香巴湖村西靠修文，南承贵阳，北接息烽，东望开阳。这里经济基础不错，不是深度贫困村，文明程度也较高。来到这样的村子担任第一书记，该如何开展工作？"访村情"之后是"理思路"。

应当有怎样的思路？张静在思考……

和住房公积金管理中心相比，乡村工作的维度大得多了。香巴湖村就是一个不大不小的社会，是近 6000 村民的生活共同体，建强组织、发展经济、创建新貌、扶贫帮困，每一件都那么重要，每一件都不可掉以轻心。

我开始熟悉香巴湖村了，它的山水，它的土地，它的气息，都进入了我的情怀。来到这里，我站在了一个新起点上，人生也变得更丰富……

2000年9月，在联合国，近两百个国家签署了《联合国千年宣言》，就消除贫穷、饥饿、疾病、文盲、环境恶化等制定了一套有时限的目标和指标。这是一幅世界的宏伟蓝图，是这个星球几十亿人的梦想。中国是一个大国，理应对世界减贫做出贡献。脱贫攻坚是中国共产党的伟大创举，是中华民族造福子孙后代的伟大工程，千百年来，没有哪个朝廷和政府有这样的气魄和能力，领导全中国的人民跟贫穷决战，只有中国共产党才能领导中国人民开展这场旷世战役。我有幸成为这场战役中的一分子，来到贵州决战贫穷的前线，作为第一书记，我的责任光荣而伟大。

香巴湖村原先是一个贫困村，在前任第一书记和村支两委会以及上级领导的不懈努力下，香巴湖村已摘掉了贫困村的帽子。我来担任第一书记，是香巴湖村脱贫攻坚的第二阶段。属于我张静的香巴湖村的脱贫攻坚，应当创出什么样的成绩，我又应当怎么学习和提高……

香巴湖村地理位置不错，具有一定的区域优势。村民的家庭经济收入整体不错，有的家庭还可以说很富有。不过，村集体经济太薄弱了，账本上的数字少得可怜，要花钱解决问题就要到处化缘……

村里的贫困户都是因病致贫，因残致贫，因老致贫。党的农村政策很好，"社会兜底"，"两不愁三保障"，贫困户的生活改善了很多，我应当怎样更进一步改善贫困户的生活，让他们感受到党和政府的温暖……

不日，张静拟出了扎佐镇香湖村驻村第一书记责任清单：

一、宣传党的方针政策，帮助建强党的基层组织。

二、积极配合镇村两级大力发展村级产业经济，抓好农业产业结构调整。

三、认真开展群众走访和矛盾纠纷排查。

四、聚民心解民意，为村民解决实际困难。

……

这个清单，是张静的奋斗目标。

五

新的香巴湖村驻村工作组很快成立。

第一书记张静是组长，另四位组员是：修文编委办黄琪，扎佐镇群众工作中心干部敖诚，扎佐计生办干部罗江，香巴湖村村委会工作员王露。

工作组成员的派出单位、照片、联系电话等，都印成宣传单，张贴在村组醒目的地方和每位贫困户的家中。

香巴湖村的驻村工作计划、帮扶单位工作计划、驻村工作队员工作计划、建档立卡贫困户个人帮扶计划等都已拟定。扶贫政策宣传小手册和相关宣传画册也印了足够数量，向村民发放。

不到一个月时间，驻村工作组就出了第一份简报，报道驻村帮扶工作的情况。

每周一是工作例会时间。学习相关文件精神，汇总村里的工作和问题，分析总结找出对策。除去这块时间，要找驻村干部和村支两委干部就要到田间地头去，或是在村民家的铁炉子旁。

香巴湖村的农民讲习所继续开办，并进一步丰富内容。讲读讨论的内容增加了"怎样推进村治理体系和治理能力的现代化"，参加学习的有村支两委领导、驻村干部、二十三个小组的组长和村民代表。

所有的工作，党建仍然是核心。

不到两个月，张静走访了全村大部分党员，听取他们对村党组织的要求和建议，启动了党员主题会。《中国共产党章程》的章节是每次主题会都要重温的，"破陋习、树新风、抓产业、促发展，走现代农业发展之路，打造乡村休闲旅游"的村发展目标经常是主题会的中心议题。村里的组织生活会和民主生活会以及党课制度也逐步恢复，实现了村党支部工作的正常运行。党员们都重新意识到作为一个党员的作用，组织观念逐步增强。组织发展也提上了日程。

王关伦四十出头，是香巴湖村第六组的组长，他的老父亲是香巴湖村的老党员之一。十多岁时，王关伦初中毕业到浙江打工，后又从事装修。2010 年，王关伦回乡，不久被村民推举为六组组长。受父亲影响，王关伦认为，干部最重要的是要正直、正派，心里装着村民，实事求是地面对问题和处理问题，这样才能得到村民的支持。因此，在这个有 66 户 256 人的小组里，王关伦的工作一直比较顺手。当得知王关伦竟还不是入党申请人，张静就动员他写入党申请书。现在，王关伦已是入党积极分子，在村组的环境治理中发挥着重要作用。

陈敏是家中老大，初中毕业回到家中，帮父母分担生活的担子。2000 年，陈敏从息烽嫁到香巴湖村十二组，与丈夫一起开创新生活，承包一些小工程。2013 年，香巴湖村成立，陈敏应聘来到村委会，担任社保管理工作。村里这项工作到陈敏换了第五茬，前面几任都因工作繁杂而待遇低离开了。在乡村搞社保必须细心耐心，陈敏肯学习又不怕苦，经常走村串寨挨家挨户做工作。农村社保一年只收两百元钱，可初上门时，村民都用怀疑甚至敌视的眼睛看着她，怀疑她图谋不轨。陈敏耐心解释，并热心为村民办事，比如办理养老保险、新生儿上户口等等，村民把要办的事发到她的手机，她就开始为村民跑路。她说："村民也真难，办个事在哪里坐车在哪里办都不知道，作为村委会干部，我帮帮忙理所应当。"在陈敏的努力下，香巴湖村有一半的村民与政府签订了合同，办了社保。见陈敏能干热心，张静就动员她申请加入党组织。现在，陈敏也成为香巴湖村党组织的发展对象。

2018 年 6 月初，从修文县一中的《义务教育阶段学生辍学情况报告书》中张静得知，十六组的苏必江的女儿辍学了。苏必江在扎佐镇上打工，妻子在村里搞种植，家中育有两个孩子，大女儿名叫苏语，十四岁，在一中念书。2017 年 4 月开始，苏语就常常辍学。张静和干部们来到苏语家中，了解孩子辍学的原因，又跟苏语的班主任白老师取得联系，还想办法联系到苏语本人，在电话中力劝她返校，并再次来到苏语家，请她母亲在她回家后告知，干部们将面对面规劝。张静的认真感动了苏语的父母，他们说："感谢张书记把我的孩子放在心上。"

每逢节日，张静就和干部们一起，开着她的小 POLO，走进贫困户的家中，为他们送去毯子、菜油、大米等生活物资。张静说："这些救济物品由我们送去不一样的，它带去的不仅是有形的物品，更是无形的党组织的温度。"

2019 年春节，张静收到一条短信："张书记，你好！谢谢你给我的大米与油，我已收到。虽是小小一桶油一袋米，但我心中确（却）有千言万语要感谢你，为此我只有提前祝你春节愉快，身体健康，合家幸福，好人一身（生）平安。"

六

党课上，张静说："党中央提出，要实施乡村振兴战略。2018 年元月，中央一号文件继续锁定'实施乡村振兴战略'，指出，必须按照'产业兴旺、生态宜居、乡风文明、治理有效、生活富裕'这二十个字来打造社会主义新农村，实现乡村振兴。我们香巴湖村的扶贫工作是显著的，贫困户已减至 11 户 25 人。抓经济发展，抓乡村产业，这条路我们走得对，不过，这个成就离党中央的要求还有差距。经济搞不上去，产业不旺、生活不富，干部就没有话语权，说什么都是群众的耳边风。我们要再思考，打赢脱贫攻坚这一仗，香巴湖村有什么优势？发展村级产业经济，什么是龙头？"

张静要求干部们思考，自己也在思考。

香巴湖村处于扎佐交通核心区，周边的产业有修文医药园区，已拥有医药企业22家；贵钢集团、"黔轮胎"正式搬迁至扎佐，甘龙洞材料工业园区、黑山坝后备工业园区、贵航集团高科技工业园区也落户扎佐；扎佐还建起贵阳农产品物流园，这里将成为贵阳市农副产品交易、加工、存储的重要集散地；猕猴桃已经是修文的地理标志了，香巴湖村也已大量种植。总体看，医药业、农产品、物流业和工业是扎佐的经济支柱。扎佐又是贵阳市北部的休闲娱乐中心，贵阳野生动物园也位于扎佐，桃源河漂流景区的一部分还分布在香巴湖村。香巴湖村森林覆盖率高，还拥有双河溶洞、古村落等特色优势，发展度假旅游养生产业有一定的基础。这些，决定了香巴湖村具有丰富多样的增收致富的途径……

贵州省委不久前号召："要来一场振兴农村经济的深刻的产业革命。"现在，这场革命已经在扎佐大地打响，资源变资产、资金变股金、农民变股东的"三变"改革、"公司＋农民合作社＋农户"的生产经营方式的乡村振兴理念，已如同漫山的猕猴桃花一样香浸人心……

香巴湖村最重要的资源是什么呢？我认为还是土地。香巴湖村的土地是那么肥沃，那么富有生机，插一根筷子似乎也能长出绿芽。香巴湖村要发展，就要依托土地资源，依托同城大道周边的产业，进行产业结构调整，走出一条村级产业发展之路……

张静的思考不久就成为香巴湖村的现实图景。

香巴湖村有一位能人，名叫周开录，是第二十三组人。十多年前，周开录从武汉的一所专科学校的土木工程班毕业，先是做些工程，后又跑运输，跑了几年觉得，运输业不是很景气，单价低、风险还大；还有，两个孩子出生了，需要比较稳定的生活。于是，周开录就回到了家乡，眼光向内找寻发展机会。周开录见过世面，头脑灵活，得知同城大道边有医药企业入驻，就很快与贵州农科院的吴明开博士取得联系。吴博士已研制出高产植物药白芨，这种白芨种植三年后，每亩新鲜白芨的产量可达 2500 多斤，晾干后可得 800 多斤。白芨是一味常用中药，有收敛止血、消肿生肌的功效，止血功能尤其好，市场前景可观，一斤干白芨可获 400 多元的收入。

2016 年 10 月，周开录成立了一家公司——香巴湖合众种养有限责任公司，以每亩 600 元的价格在村里流转了 500 来亩土地，240 多亩种白芨，其余种蔬菜。流转土地的 50 来户村民每年都参加公司分红。中药土地是不能施农药的，周开录就雇用十多位村民除草和管理土地，每天开工资 80 元。

张静和村支两委干部找到周开录，与他协商，采取政府入股的方式，将扎佐镇的 2019 年市级第一批财政专项扶贫资金的 40 万元保底入股于周开录的公司，这样，发展生产就有了一定的资金保障，村里无业可扶、无力脱贫的建档立卡贫困户每年也可保底分红。周开录正想争取资金扩建白芨基地，并为乡亲们做点事，于是双方在扎佐镇政府的见证下达成一致：每年红利按投入本金的 8% 兑现给村支两委，总红利 11076.93 元。

2018 年年末，公司对 13 户贫困户按人口进行了分红，每人分得 359 元，家庭人口多的一户分得 2154 元。

依托周开录的公司，张静采取"公司 + 农户"的方式，在香巴湖村实现了第一个"三变"，成功进行了农村产业结构的部分调整。

张静并没有感到满足。她认为，在村实体经济的发展上，党员不应缺位。因此，她努力推进"党员创业带富工程"。

前面说到的香巴湖村的村委会主任助理周珍品，是一位老兵、中共党员。1985 年周珍品退役，之后打过工，跑过客运。2011 年，他回乡创业，承包了一片 300 多亩的火烧坡。这片被大火烧过的坡地光秃秃的，周珍品却看上它，在这里种植起猕猴桃。香巴湖村地处云贵高原东侧的梯状斜坡，气候温和湿润，土壤呈弱酸性，非常适合猕猴桃生长，可由于完全不懂猕猴桃的种植和土地管理，这片坡地到了第三年挂果期，却几乎是颗粒未收。周珍品失败了。不过，军人永不言败的精神在他身上体现出来。第四年，周珍品又补种果苗，并增大种植规模。没有技术，周珍品就学习技术，并投资一千多万，建起了"修文华云猕猴桃生态农业农民专业合作社"，承包的土地扩展为1200亩。

在张静的协同努力下，周珍品的合作社与"修文县农业投资开发有限公司"这个龙头公司合作，创建了修文猕猴桃著名的"贵长"品牌，带动了十二家种植户进入市场，提升了农产品的组织化程度，还解决了闲置的三十五个劳动力就业。现在，这个合作社有完善的管理制度，并引进大数据系统，安装了监控摄像镜头，种植全程可追踪可监控，示范性地实现了"公司＋合作社＋农户"的产业调整，成为香巴湖村知名的"党员创业带富工程"。

张静又力促这个合作社成为乡村新文化的引路人。现在，周珍品的合作社是"修文县新型职业农民培育田间学校""香巴湖村红十字会励业帮扶示范基地"，被贵阳农业委员会授予"贵阳市农产品质量安全诚信AA级合作社""修文猕猴桃最美果园"。

走在如今的香巴湖村，举目望去，随山势起伏的有猕猴桃园，还有葡萄园、艳红桃园、李子园、香榧园，是一片生机勃勃的花果山。

对于香巴湖村的产业调整，张静有着更多的展望。她说："桃源水库即将建成，还将建一条环湖路，香巴湖村有望成为贵阳人和省外游客的优选旅游项目。在修文经济发展的大好态势的带动下，我们香巴湖村将成为集农业观光、猕猴桃产业与桃源河旅游业深度融合发展的新型产业园，游客到这里来，观，有沿途的美景；玩，能下河漂流；吃，能摘到甜美的水果，是一条现代农业的观光旅游带。"

七

得到儿子的低保金，香巴湖村十八组村民肖吉学满含感激，不停地对张静说："谢谢张书记！"

建档立卡贫困户肖吉学七十一岁了。他有二女一男，按说日子应当不错，可命运偏与他作对。四十年前，肖吉学的妻子因病离世，留下三个孩子。肖吉学跟命运抗争，不再续弦，咬着牙拉扯着孩子。终于，两个女儿长大了，出嫁了，身边只留下一个儿子。这也许是多数人迈入老年的最好结局，可这儿子再怎么长也需要人照顾——他智力低下，能做的唯一事情就是，四处游走捡拾塑料瓶子换钱。想到儿子以后的生存，肖吉学为儿子向村里申请低保。儿子有残疾证，是符合条件的，可种种原因，低保就是批不下来。张静听说后，就为他奔走。终于，肖吉学儿子的低保办下来了。

肖吉学家的情况，就业扶贫是不可能的了，那产业扶贫有没有可能呢？得知肖吉学会养蜂，于是张静又为肖吉学向县扶贫办申请到了16箱蜜蜂，他自己只自筹了80元钱。

看到蜂箱从车上搬到屋旁的空地上，肖吉学好开心，笑着对大家说："这蜂子好养的，漫山遍野什么花都能采的，酿的蜜是百花蜜。平均下来，一年一箱蜂子可以挣得七八百块钱呢。"

肖吉学家门口的那条村道扩建，来往的人和车多了起来。迟疑一下，肖吉学又给张静说："我这个蜂场要是能装个监控就好了，我小姨妹家的蜂场在路边上，箱子就被人抬走了。"肖吉学说这话时，也是随便聊聊。哪知才一个星期，张静就请镇上的技术员人员上门，给他把监控摄像头安好了，还教他使用，这让肖吉学乐得手足无措。

香巴湖村十八组的蒋菲初中毕业后，在浙江打工多年，期间认识了重庆小伙张修林，两人不久结成夫妻，还养育了两个孩子。跟村里在外打工的青年一样，除了过年，蒋菲很少回家。这个家是让人放心的，两层的贴了白瓷砖的小楼里住着父亲母亲，他们身体都不错，养了猪、鸡、鹅，还种了梨树，一亩多的稻田里一年有十挑谷子的收成，坡上还种了苞谷喂猪。为了不让父母冬天出门打谷子，蒋菲还给家里买了打米机。蒋菲虽说没有兄弟，上面只有两个姐姐，但这个家不愁吃穿，日子好过的。

蒋菲没有想到，她的好日子结束起来会那么快。三年前，母亲突患脑病，人瘫了，眼睛也看不到了，两条腿肿得菜碗那么粗。母亲病了，蒋菲回来又走了。家里有父亲呢，嫁到邻村的姐姐也经常回家操持，作为小女儿的她不必多操心。哪知第二年，父亲也患上了脑梗。父亲半边身子动不了了，再也无力把老伴抱上抱下；姐姐又个头弱小，抱不动胖大的母亲。蒋菲只有回来了。蒋菲回家来，丈夫和两个孩子也跟着回来了，浙江的幸福生活就此结束。回到家的蒋菲除了照顾父亲母亲，还要养育两个孩子。可家里比不得浙江，现金收入太少，而家里处处要花钱：父母治病要花钱，孩子上学要花钱，买米买菜等吃穿用度更要花钱。正月间，蒋菲买了三头猪来喂，不想今年天旱，苞谷收成不好，猪食都不够，还要再买苞谷和谷糠来搭着喂。丈夫张修林一心一意帮这个家，在荒坡上种了葡萄和西瓜，怎奈这些东西一年只能收一季，而这个家太费钱……

张静把蒋菲的家事放在心上。正好，村里整治环境，需要人来保洁，张静就想到了蒋菲，于是到蒋菲家里来。听张静一说，蒋菲答应了下来。清扫村子里的旅游区，时间不定，能照顾到父母和孩子，一个月还能挣到一千元钱，这是解了蒋菲的燃眉之急了。

跟张静一样，香巴湖村的书记主任们都很务实，很少坐在村委会里，而是开着车在村组的路口停下，走进村民家中，实地解决问题。这天，张静和村干部们一起走进十七组张恩城的家。

抬头看张恩城家还没建好的两层小楼，就可以看到五米开外的贵渝线高铁。阳光下，白亮的机车如同一道闪电，带着风声从张恩城家的小楼旁划过。不过，在张恩城家是感受不到现代生活的。前些年，他老婆得了重病，小脑萎缩、精神分裂、心力衰竭集于一身。女人病了，张恩城家变得脏乱差，物件放得都不是地方，邋遢的病妻坐在阴暗的厢房的铁炉子边不停地比画着嘟囔着，整个家显出颓败。

张恩城家门前的晒坝还没有硬化，是一个斜斜的土坡，土坡的边缘用两根树干拦着，下面是另一户人家。这样的地势让张静和干部们很担心，多来几场大雨，这晒坝就会塌。张静和村支两委之前给张恩城协调了两千块钱，让他自己再添一点，购买材料建个堡坎，把晒坝也硬化一下，可张恩城怎么也不想动。因此这天，张静就和干部们又来到他家。

张恩城知道张静和干部们是为什么事情来的，可他说要照顾病妻，又说钱不够。张静就给他算账："你已经用'两不愁三保障'补短板项目的补助资金买了洗衣机了，可以得 800 元的补助，买桌子也补助了 350 元，再加上一些零星的补助和那 2000 元，就有 3500 元，够了。"张恩城才没有话说。

十来天后，贵阳住房公积金管理中心搬家，张静协调领导，把用不上的办公家具送到香巴湖村，给张恩城家也分去了沙发、茶几和木床。走进张家小院，张静看到，堡坎已经用水泥砖建好了，用于硬化晒坝的沙子也已经堆放在屋子边，这才放下心来。见到张静和村干部们，张恩城不停地道谢。他知道，张静和干部们是真心为他好。

香巴湖村一组的王家华家又添一个孩子了。这事让张静和驻村干部反而不开心。王家华家是村里兜底的建档立卡贫困户。快到中秋节了，这天，张静、黄琪还有王露，提着月饼去看望。路上，黄琪忍不住说："这王家华也是的，生什么二胎嘛。"

原来，王家华的妻子有智力障碍，他自己的智商也总不在线，生的头个孩子也先天愚钝。这种家庭，关照起来就不是一次两次了。2019 年初，村支两委还为他家申购了一套餐桌和一个衣柜。得知王家华的妻子怀上二胎，干部们都很无奈：如果这个孩子也是智障，这个家以后怎么过？不过，张静还是为王家华的女人协调了五千元的住院费。听说前几天孩子已经出生，产妇也回家了，于是她们去看望。

走进王家华家院子，把月饼递给王家华后，张静和黄琪就反复给他说："你老婆坐月子，你不许乱跑的，好好照顾她，不要让她落下毛病，听到没？"正巧王家华的老婆在门口出现了，张静和黄琪忙喊："不要吹着风了，快进屋去！"趁着这时，黄琪又问："王家华照护你没有？"女人答："照护的。"临走，两人又嘱咐王家华："不要乱跑，在家好好照顾你女人！"王家华不置可否地点头。

张静和黄琪发动汽车又往另一家去了。不巧有村民在办丧事，路堵了，只得掉头走另一条路。在路上，竟然看到了王家华，他无所事事地在路上瞎溜达。黄琪摇下车窗大喊："王家华，你又乱跑！"张静也喊："你老婆在坐月子呢，快回家去！"

听语气，她们更像是王家华的家人。

2018 年秋，收获的季节到了，村民们都在自己的地里忙碌着，收割着庄稼也收割着喜悦。可七十多岁的韩仁祥却高兴不起来。他望着堆在堂屋里的一大堆红薯发愁。

年初，修文县的简绿生态农业有限公司与韩仁祥签订了红薯的购销协议，承诺他只管种植不管销售，收获时公司会按略高于市场的价格来收购。9 月，韩仁祥收获了 1500 斤的红薯，电话联系公司时，对方却关机。半个月过去了，仍无法联系上。韩老汉急坏了——家里没有储存红薯的条件，时间一长，红薯就会发霉变质。

了解到这一情况，张静和驻村干部来到韩仁祥家："实在不行的话，我们买下你的全部红薯。"老人不愿给干部们添麻烦，委婉地拒绝了。感于老人的朴实，张静和干部们更想帮他一把，于是，就把这个信息发送到村小组长群，发动大家一起想办法。终于，联系到速达配送物流公司，公司按无论大小每斤六毛钱的价格，将韩仁祥的红薯全部收购。

一天，幼时患了小儿麻痹症的周学平，不停地给张静打电话，张静赶紧来到他家。原来，周学平见人养牛也想养，可他连站都站不稳，又孤身一人。张静就劝他打消这个念头，好好顾着自己的身体。

十四组的王继瑶、王裔博是两个五六岁的孩子，父母在省外打工，长期不归家，两个孩子与祖父一起生活，平日家里就老少三人。得知这一情况，张静和驻村干部来到他们家，了解两名儿童的成长和家庭的生活，还为两个孩子送去文具和玩具。

张静多次上引下联，推荐贫困户到周开录的白芨种植基地除草，到丁官的蛋禽批发市场运送货物，到同城大道边的"黔轮胎"和贵钢等工厂就业。张静说："一家只要有一个人在外就业拿到稳定的工资，这家的脱贫就有出路了。"

冬季来了。张静联系多家单位，获批一百床毛毯、两百双鞋等价值两万元的越冬物资，送到十二组建档立卡贫困户苏丽和十五组孤寡老人李光德等多位困难户的家中。见着村里晒药品的妇女，张静就走上前，问问中药的作用和价格。见着村里的老人，哪怕开着车，张静也会停下来问声好。

天地间有一种情怀，柔如水暖如春，这种情怀心系苍生，同情弱小，关爱他人。这是悲悯情怀。张静就有这样的情怀。而在村民眼中，张静则是党和政府派下来的"村干部"，有情有义的一个书记，把我们农村人看成是自家人。

八

很多村民在传统文化的影响下，自立自强，像泥泞里的牛一样，默默地奋力地拉动生活的车轮。这让张静很是感佩。

十六组的韩克忠家是不锁门的。韩克忠家在一条山路的斜坡上，房屋和厨房的门都虚掩着，窗前晒着刚收获的苞谷，门上贴着驻村干部联系卡。

韩克忠不在家，两个孩子也不在家。韩克忠到镇上打工去了，两个孩子也到学校读书去了。

张静推开韩克忠家的门，干部们走了进去。这天，他们是来看看，给两个孩子的课桌和衣柜放哪里合适，住房公积金管理中心不用的办公家具十来天后就要送来了。干部们都很熟悉韩克忠的家，就像亲戚一样，推开门就进去。

韩克忠家两层楼的小砖房外表看得过去，可屋内几乎家徒四壁。墙上有一张"贫困户收入确认表"，从中可见，韩克忠的结对帮扶人是修文教育局副局长李玉，他的收入主要靠零星打工和分红获得。十一年前，韩克忠的女人生了女儿一个月后，就得产褥热去世了，那时，他们的儿子才一岁。韩克忠历尽艰辛，独自把女儿和儿子拉扯大。地里长出来的东西换钱少，韩克忠就到镇上打零工。日子过成这样，韩克忠也从没有向村里干部说起过。听说韩克忠的情况，张静和干部们一同来看望。当听到要给他建档立卡时，韩克忠抬头说："堂堂男子汉，这点困难算个哪样，不要给政府找麻烦。"

韩克忠的这种与命运死磕的精神，让张静和干部们很是欣赏，觉得更应当帮助他。干部们在他家楼上楼下细细地看了，认为，韩克忠家的生活条件不利于两个娃娃的学习成长，于是就拟定了帮扶计划。一是联系贵阳市总工会，对韩克忠进行技能培训，扩大他的就业渠道；二是发动社会爱心人士对他进行生活用品、学习用品等的捐赠；三是对两个孩子进行助学帮扶，改善他们的学习条件。驻村工作组还帮韩克忠申请到低保和助学金，让他们家的生活有最基本的保障，又协调到资金，把他家的入户小路做了硬化。

9月底，张静联系了"蚂蚁搬家"的三部车，把住房公积金管理中心的家具送到村里。村干部们顾不上吃午饭，和张静一起，把家具送到韩克忠和其他贫困户家。

　　六十多岁的陈兴林也让张静和干部们肃然起敬。

　　陈兴林的一个儿子先天智力残疾，没有生活能力，但这并没有阻碍陈兴林把日子过好。他和妻子养猪养珍珠鸡，又种了几亩地，日子将就过得去。谁知，一场非洲猪瘟，陈兴林家的几头猪一下子全死光了。得知这事，张静和干部们来到他的家。

　　陈兴林和老伴还没有从沮丧难过中摆脱出来，他们把干部们招呼进屋，默默地倒上苦丁茶水。静默了一会儿，张静缓缓地说："扎佐扶贫办引来了几头牛，你们想不想喂呢？一头牛补助一半的钱。现在肉牛很受农户欢迎的，市场价也比较高。"陈兴林抬头说："喂吧，牛是喂过的。"老伴也说："我们接着干。"夫妻俩透出的对生活的不屈服，如同阳光一样照亮了整个房间。"牛好喂些，也不容易得病。"干部们异口同声地鼓励说。

　　不到两分钟，这事就敲定了。

　　走出陈兴林的家，陈祖发书记和徐若副书记说，党的农村政策非常好，但也需要村民们肯干。我们就很愿意帮助陈兴林这样的村民。

　　张静说，这样的村民是多数，他们脚踏实地全心全意地创造自己的美好生活，让我们的工作更有意义。

　　周晓明家不是建档立卡贫困户。走进周晓明的家是看不到周晓明的。他经常在镇上给人家开车拉货，早出晚归，甚至几天不着家。周晓明的妻子白天也难见到，哪怕是到地里收苞谷，收入很低，她也受雇接了活来干，为的是一天增个五六十块钱的收入。

　　周晓明家的三层小楼呈直角，外贴黄花瓷砖，一楼有八扇大玻璃门，二楼是两扇大玻璃窗，三楼是有栏杆的露台，很是漂亮。走进他家，单看厨房，就跟农村人不一样，有灶台、地柜和吊柜，还有抽油烟机。一看就知道，这家人过得勤奋。周晓明家里又总是有人的，他的老父亲和他的小女儿都在家里。每次，只要看到周晓明的女儿妞妞，驻村干部黄琪的泪水就止不住地流，张静也五味杂陈。

妞妞长得很漂亮，小瓜子脸，皮肤白白的，头发柔黄，可这孩子生下来就有脑瘫病，耳朵也听不见。不过妞妞聪明，从表情就能判断人们疼不疼她。为了给这个孩子治病，周晓明两口子不知想了多少办法，十五万元一针的进口针都注射过。他们太希望奇迹发生了。按说农村因为生产方式怎么都有点重男轻女，可他们家为了这个残疾的女儿拼命奋斗着，这让张静和驻村干部们都很敬佩。周晓明家不是贫困户，不过张静和驻村干部们都想为这个家做点什么。

经过多方协调，张静和驻村干部给妞妞送来六千元左右的一辆康复残疾车，让小女孩不出家门就能进行康复训练。平日没什么事，他们时常来看望；有好吃好玩的，也会给妞妞送来。这不，中秋节快到了，惦记着妞妞，张静和黄琪提着月饼来了。看到张静和黄琪，妞妞抿着小嘴甜甜地笑了，接过月饼搂在怀里，乐滋滋地看着张静她们说话。

离开周晓明家，张静说："我们的村民有一种自强不息的精神。香巴湖村有这种精神，乡村振兴才会有动力和希望。"

九

即将建成的桃源水库是修文的首个国家级中型水库。

修建这个水库是大势所趋。到了 2020 年，同城大道上的扎佐工业园区占地将达 21.24 平方公里，人口也将达到 4.65 万人，而各供水厂的水源或水库规模太小，仅靠抽取地下水应对。工业园区的缺水状况逐渐加重，周边乡村人畜饮水和灌溉的问题也很突出。这个水库建成后，每年能为园区提供生产和生活用水 4385 万立方米，下游农田灌溉和周边的人畜饮水问题也能得到解决。这个水库的修建意义重大，因此被列为贵阳市 2019 年拟办的"十件实事"之一。

由于修建桃源水库，香巴湖村的二组、三组、四组、五组、七组即将征拆，成为水淹区。这片区域很大，占了原先大河村的 60% 多的土地面积。

大河村是香巴湖村最富庶的一个村。天之所厚，桃源河穿村而过。夏季，这里气候凉爽，又邻近兰海高速，很多重庆游客到这里避暑游玩。大河村有四十多户村民住在桃源河边，他们抓住商机，开设了农家乐、旅馆等旅游设施，收入不菲。

张静刚到任，水库移民搬迁的工作即展开。此项工作关乎村民的利益，关乎扎佐工业园区的建设，张静能感觉肩上担子的分量。还是那样，工作都是从迈开双腿开始的。张静走进面临征拆迁徙的村民中间。

即将离开世代居住的古老家园，搬到陌生的地方，未来的生活有太多的不确定性，因此，村民们都有些忐忑。况且，村子已是四级文明村，土地上种植了大片的葡萄、艳红桃，建立的农家乐每年也能进账三四万元。张静理解村民的心情，白天晚上，她都来到村里，听取村民的想法，提出自己的建议，从扎佐发展的大局出发，给村民做工作。由于有一定的群众基础，国家提出的征拆条件也合情合理，因此，张静的工作一直开展得比较顺利。张静和村支两委还从生态和发展的角度考虑，寻找了两处安置点，一是在庄子山，一是在铜鼓山。不到一年时间，两个安置点的水电就都通了，设施比老村好得多。见安置点不错，很多村民开始搬迁，在安置点建造新屋。

2019 年秋，征拆工作基本完成，很多农舍都已拆掉，水淹区进入清淤阶段。这个阶段完成后，水库就开始蓄水了。

就在这时，二组的张世学提出，他不搬了。

几个月前说得好好的，张世学也已签订了搬迁合同，怎么现在变卦了？

张静和驻村干部黄琪、王露来到张世学家。

原来，张世学对安置点的宅基地不满意。

几个月前，张静就通知过张世学，让他尽早选择安置点的宅基地，可张世学没有抓紧。等他想到去选宅基地时，平整的地势都被挑完，只剩一处斜坡。在这里建房就要修高坎，张世学不干了，要求另选宅基地，否则就不搬迁。

张世学六十四岁了，有一儿一女，女儿早已出嫁到扎佐镇，身边就一个儿子和他们两老一起生活。按说日子应当不错，可张世学家却被列为建档立卡贫困户，吃低保，至今仍是村里没有脱贫的十一户之一。这是因为，张世学的儿子是个重病人。儿子三十出头，正常时候，行止坐卧看着跟一般年轻人没什么不同，人也蛮帅气，可他却患有癫痫和精神分裂症，发作起来会有暴力行为。儿子发病时，张世学就要用铁链将他锁住。有这样的儿子，好生活和好脾气离张世学很远。

张世学说："新宅基地以后肯定要修石坎的，我儿子这样子，很担心他突然发病从坡上滚下来。"

鉴于张家的特殊情况，张静和干部们实行一户一策，让张世学在自己未被征拆的地里建新房。可张世学又提出，斜坡上的宅基地仍然要给他。这可是违反国家政策的。张静坚持原则，又给张世学做工作。张世学最终同意，放弃斜坡上的宅基地。

张静跟张世学很熟悉了。刚驻村时就听说，村里有个村民上访了十年也没有解决历史遗留的问题，当事人就是这个张世学。

张世学的老伴叫曾国芬。1980年曾国芬未出嫁时，和自己的弟弟及母亲作为同一个承包户，共同承包了娘家的一块土地。后来曾国芬嫁到大河村，就由弟弟赡养母亲。二轮土地延包时，承包户主的名字就变更为曾国芬的弟弟、张世学的小舅子。2009年，贵钢集团建设征地，征收了小舅子承包的这6.6亩土地，土地征收款全部落入小舅子的钱袋中，于是矛盾始发。后经双方协商，达成了协议，却因履行不到位，矛盾又激化升级。为此，张世学和老伴走上了长达十年的诉讼上访之路。为解决曾氏姐弟的这个纠纷，扎佐镇多次组织协调，并邀请贵州电视台的调解大篷车栏目组与省司法厅特邀律师现场调解，但收效甚微。

　　张静了解此事后上门，多次与夫妇俩沟通，宣传相关法律法规，疏导他们的情绪，并帮助老两口争取到养殖资金五千多元，和结对帮扶张家的修文招商局的干部周敏一道，两次为他家共买到三头菜牛，并联系农业中心的技术人员来指导养殖。2019 年春节，张静去看望张家，得知他们的儿子癫痫加重，于是为他们送去米、油、毛毯等生活必需品，并表示，将全力帮助解决孩子近期的医疗费。张静和干部们邀请"和谐修文促进会"实地察看了他们家庭的情况，促进会同意，资助两万元解决孩子的医疗费。款项很快打入张家账户。看到张静和干部们实心实意帮助自己，张世学两口子流下感动的泪水，并表示，从此安心生活，不再上访。历经十年的矛盾终于化解。

　　2019 年，张家养的猪能卖 1500 元，养的牛预计可获收入 18000 元，种植的苞谷也能卖个 600 元；加上政府的惠农补贴 400 元，低保收入 4600 元，还有征拆获得的 7606 元以及购买的四份养老保险的 31200 元，虽说还没有摘帽，不过毛算下来，这年的收入可达 63906 元。

　　解决张家问题的案例只是一个典型。驻村一年多，张静和干部们参与协调解决的矛盾纠纷就达一百余起，化解了水库征地搬迁、土地林地划分、劳动社保、邻里纠纷、老人赡养等多个问题。问题总是旧的解决了新的又来，村委会时常变身调解室。村民前来寻求解决的问题或矛盾都很琐碎：有村民想在房屋顶上加盖一层却是违规的，电力部门需要在地里立电线杆子而村民却想要补偿，修建的环湖道路砍掉的几棵树是我家的等，都是些小小的经济利益之争。张静认为，这些矛盾纠纷看上去是很小，但如果得不到解决，就会影响党和政府在群众心中的威望，让村民"不舒服"，因而产生疏离感。像解决张家矛盾那样，张静真诚关心村民，依靠上级组织，把工作做到人心，最大限度地消除各种不稳定因素。

　　工作中，张静从未与村民发生过冲突，她平和温婉，如春雨，润物无声。

十

张静说："乡村振兴，人的改变是根本，干部的改变又是根本中之根本。新农村有新的思想方式的引领，才会带来新的行动和新的面貌，而这一切都需要学习。"

2019年春，张静的派出单位，贵阳市住房公积金管理中心得到了几个井冈山党建培训和武汉大学财经管理培训的名额。这两项学习，都是村干部素质提升的机会。张静快速反应，找到了顾德光书记，要顾书记一定给香巴湖村留出两个名额。顾书记答应了。张静又赶紧协调外出培训资金，把两位村干部送出去学习。这次学习让两位干部大开眼界，他们说："如果这样的学习再多一些就好了。"张静说："这种机会我会想办法再提供。"

张静说："村民的文化水平和见识的提升也很重要。年轻一代的成长，决定了村子将来的文明程度。"

1988年和1998年是十四组村民肖秀华记忆深刻的年份："1988年的一天，我因为烤烟叶热了，跳进河里游泳，水太凉，就得了神经性肌肉萎缩病。1998年，我唯一的儿子在浙江打工，出车祸，不在了……"

肖秀华还有两个女儿，大女儿出嫁到远方，小女儿在他们身边。十六年前，村里搞电改，来了个施工队，队里有个来自四川的年轻人。有人问他："愿不愿意入赘肖家？"年轻人答应了。于是这个年轻人就成了肖秀华的小女婿。第二年春，孙女肖佳仪出生了。有了上门女婿，还有了小孙女，肖秀华觉得，命运又重新青睐他了。哪知正月里，孙女出生才二十多天，女婿却突然离家"失踪"了。女婿消失没多久，小女儿也走了。小女儿打工时在外地结了婚，就很少回来了。

肖秀华的生活又陷入困境。他除了要对付自己的病腿，还要养活可怜的孙女肖佳仪。好在妻子能干，家里地里的活都干，才把岁月熬过来。

张静常来肖秀华家走访，并提供保底扶贫资金，吸纳肖秀华入股周开录的公司。分红加上一个月782元的低保，肖秀华家的生活不成问题。

2019年，孙女肖佳仪初中毕业了。这女孩想出门去打工，减轻家里的负担。张静得知后，赶来对她说："佳仪啊，读书才是你最好的选择。"

为了肖佳仪读书，张静找到贵阳幼儿师范高等专科学校的教育处。一了解，肖佳仪的考分离幼专录取分数线还差59分。张静向学校说到肖佳仪的情况，学校终于录取了肖佳仪。

这天，张静又来到肖秀华家。看到肖佳仪正在填写学校的"家庭经济困难学生认定申请表"，就坐下来帮她填写，并对肖佳仪说："佳仪，记住，你只有继续读书，才能摆脱乡村女孩旧有的生活惯性。"

建档立卡贫困户李腾银在十年前小腿受伤，全家主要的生活来源是经营零星水果批发。家里有两个孩子在上学，老大今年参加高考，成绩不理想，想重新复读，可因家庭困难，这孩子复读的希望很渺茫。张静把这个情况告诉干部们。正巧黄琪当过教师，对教育扶贫政策很熟悉，于是张静就和她一起，在多家学校奔走，最后选定修文县景阳中学。学校收费不菲，每年需要16000元。张静和黄琪又来到这所学校，向领导介绍李腾银家的情况。景阳中学不仅免除了孩子的全部费用，还安排了一个较好的班级让孩子就读。孩子复读的事解决了，李腾银一家非常感激。张静对孩子说："你一定要珍惜这个学习机会，来年考上一所理想的大学。只有学习，才能改变自己的命运，改变家乡的面貌。"

六一节到了，张静就和驻村干部来到清让小学，组织"童心悦读"活动，并捐赠三百个书包、一百双球鞋、两百个皮球等用品，还邀请专家给老师们授课。乡村振兴从娃娃抓起，娃娃成长从学习抓起，这是张静的想法。

张静说："环境整治是香巴湖村建设美丽乡村的必要条件，根本上体现的是人的精神面貌，村居和民居都应列入整治范围。"

香巴湖村位于桃源河上游，环境卫生直接影响水质。可各村民小组的垃圾处理很不规范。张静就跟市财政局、市生态委联系，申请到三十二万元专项资金，购置了一辆垃圾车和六十个垃圾箱。走到各村组就可看见，蓝白相间的金属垃圾箱放在路口，很是醒目。

村里的户用卫生厕所基础情况台账也建立起来，村干部一家一户做调查，现在，香巴湖村的水冲式厕所达到80%左右。

张静和干部们常来到村民家中查看卫生情况。见韩仁祥家的四壁被烟熏得漆黑，他和哑巴老伴又没有体力精力解决这个问题，于是大家就在韩老汉家里现场办公，协调资金和人员，帮他把屋壁重刷一遍。

村里违规办酒给村民的生活带来极大负担，有的人家一年的收入还不够几次酒席的支出，弄得好些年轻人不敢回家。2018年5月，张静和村干部们成立了"严禁滥办酒席工作指导小组"，接着在清让中学召开了"严禁违规操办酒席启动会"，要求村民在操办婚丧嫁娶前，必须先按程序进行申报备案，村民们也都在现场签订了严禁滥办酒席的承诺书。指导小组还发布了《香巴湖村规范村民操办酒席村规民约公告》，印好后在各小组张贴。这项工作有力地整治了变了味的"请酒风"。

2019年9月30日，张静带领驻村干部和村支两委干部以及各小组组长、党员、志愿者，拿起劳动工具，对村里的背街小巷、房前屋后等脏乱差问题突出的地方进行卫生清理，对村子的主次干道和道路周边多年遗留的垃圾集中清运。这个活动吸引了村民，很多人自觉加入行列。这天，香巴湖村以焕然一新的村容村貌，迎接第二天的中华人民共和国成立七十周年大庆。

十一

2019年秋，桃源水库大坝基本完工。两山之间，好似竖起了一座恢宏的高墙。坝下，桃源河的一潭清水映照着山色天光，潺潺流经景色幽然的峡谷；河岸的山腰上，一条蔚蓝色的园区道路已经铺好，路边雕龙刻凤的白绵石栏杆也已安装，各种叫不出名的奇花异草在路旁尽情生长。

　　到了年底，桃源河景区重新开放了，香巴湖村的好些村民就可以"重操旧业"，开设农家乐和销售各种旅游商品了，桃源河两岸欣欣向荣的景象又将重现。同城大道直达景区，那时，香巴湖村如张静所设想，将成为一条美丽的现代农业观光旅游带。

　　香巴湖村4条"组组通"的道路建设项目全部完成，全长共7.3公里，村民的电瓶车、三轮车、小轿车、货运车在这些道路上顺畅来往；亮化工程也已经基本完成，333盏路灯都安装好了，到了夜晚，灯光如星，撒在村子里；人饮工程也全部竣工投入使用，家家都有一股清泉从管道流出。村里还成立了两个卫生室，村民小伤小病再不用出远门。

　　在张静和干部们的努力下，香巴湖村已经基本消除贫困。

　　张静并不满足取得的成就，她认为，消除贫困的工作不可能一劳永逸。贫困如一头怪兽，稍有松懈，它就有可能重新扑来。为此，张静总在思考，怎样筑牢香巴湖村的扶贫攻坚的堤坝。

　　张静说："扶贫工作最缺的不是资金，而是好的想法。只要是有利于乡村振兴的好想法，我们都要'拿来'。我们的心中要有扶贫工作的大格局，要进一步转变观念、解放思想。"

　　张静说："经济是扶贫工作的命脉。香巴湖村没有产业的带动，永远不可能脱贫。我们要利用村子的自然资源、桃源水库以及桃源八寨的建设，抓好旅游扶贫，吸纳贫困户和低收入困难户就业，带动村级集体经济发展和农户增支创收。"

　　张静还说："驻村工作组要再进一步助推香巴湖村实现'三变'改革，大力推广'公司＋合作社＋农户'的生产经营方式，确保农户获得实实在在的收益。"

　　……

　　香巴湖村十六组的高铁墩子下的谷地里，有一条暗河，河水清澈，富含矿物质，具备养娃娃鱼的好资源。张静和村干部们已经在打这条暗河的"主意"了：由村集体来流转这片土地，引出暗河的水，种植纯天然蔬菜，供应开阳磷矿和贵阳市场；养殖娃娃鱼，供给高端饮食业；使这里形成新的村级产业，雇村民务工，每月发放工资。

张静还设想，组织一支村集体务工队伍，承包土建、装修等工作，让村集体的账本上有像样的数字，以应急需。

一本扶贫台账也装在张静的心里：

洪天福户，十四组村民，家庭人口3人，家庭收入低，有养殖经验和牛圈5平方米，可为他家申请养牛1头，以增加家庭收入。

曾树文户，三组村民，家庭人口2人，家庭收入低，有养殖经验和牛圈20平方米，可为他家申请养牛3头，增加家庭收入。

潘云周户，九组村民，家庭人口1人，五保户，目前住房因滑坡导致土壤挤压外墙，下雨天雨水经土壤透过外墙侵入室内，造成住房安全隐患和漏水，严重影响生产生活，现申请开挖土方，拟修建10米长、0.5米厚、2米高的挡土墙，消除安全隐患。

四户贫困户申请危房改造的资金已经到位了，接下来就是帮助他们进行危房的改造。

……

张静行走在村子里，调查了解村里的生产和资源。

渴了，就到村民家中喝一杯茶水，顺便跟他们聊一下新的生产经营方式；热了，就把外套扎在腰间，扯一枝树叶盖在头顶，去看看猕猴桃基地和白芨园；冷了，就裹上大衣，推开村民家的门，和村民一起围坐在铁炉子边，听他们诉说自己的生活。

张静真的是一位"农村人"了。她说的话村民都听进心里去，她做的事是村民一直想做的，她的心里，有一张香巴湖村的未来的蓝图。

千百年来，"桃源"是百姓心中的理想之境，是生活富足的代名词，是一代又一代人的梦想。两年来，张静带领干部们村民们，建设着属于他们的"桃源"，创造着属于他们的幸福。

张静依然在走着，走在村里的长长短短宽宽窄窄的路上。

她的脚印如路标，指向美好的"桃源"。

作者简介

林吟，贵阳学院中文系副教授，贵州作家协会理事，贵州文学院签约作家，多部小说、报告文学获贵州省政府文艺奖、贵州省乌江文学奖、贵州省精神文明"五个一"工程奖等奖项。

瓜果香里，尽是丰收的喜悦

——记脱贫攻坚优秀村第一书记齐小雯的脱贫之路

徐必常

齐小雯

　　1997年9月至2000年6月在贵州省城乡建设学院工民建专业学习；2000年11月至2001年10月在贵州省六盘水市六枝特区第一建筑工程公司见习；2000年9月至2004年7月在重庆大学建筑工程专业学习（专科）；2001年10月至2003年2月在贵州省六盘水市六枝特区第一建筑工程公司工作；2003年2月至2004年9月在贵州省六盘水市六枝特区规划设计室任技术员；2004年9月至2014年9月在贵州省六盘水市六枝特区规划设计室任助理工程师；2004年2月至2007年1月在浙江大学土木工程专业学习（本科）；2014年9月至2015年6月经贵州省六盘水市六枝特区人才引进在六盘水木岗产业园区管理委住建局见习；2015年6月至2016年2月经贵州省六盘水市六枝特区人才引进在六盘水木岗产业园区管理委住建局任助理工程师；2016年2月至2016年3月在贵州省六盘水市六枝特区建设工程管理站（六枝特区城市展览馆）任专业技术十三级岗位；2016年3月在贵州省六盘水市六枝特区建设工程管理站（六枝特区城市展览馆）任工程师专业技术十级岗位。

　　2018年从六枝特区住房和城乡建设局选派到郎岱镇青菜塘村任同步小康第一书记；2016年至2018年连续三年在事业单位人员年度考核中确定为优秀等次；2018年7月被评为全区脱贫攻坚优秀党务工作者；2019年6月被评为全市脱贫攻坚优秀党务工作者；2019年6月被评为全省脱贫攻坚优秀村第一书记。

家祭

　　组织上决定选派齐小雯到郎岱镇青菜塘村任第一书记的时间是 2018 年 3 月 16 日，也就是这一年刚过完三八妇女节的第一个星期。这一年她对人生有一个重大的规划，准备在 8 月份和相处一年多的男朋友走进婚姻的殿堂。她甚至已经和男朋友在规划新房如何布置，需要购置哪些物品，哪些是必需的，哪些是可以缓一下的。还有，由谁来主持她们的婚礼，婚礼需要哪些人参加，举行婚礼的地方选到哪儿，什么时候以正式的形式告知双方的老人及亲朋？她和男朋友都已经不小了，她生于 1981 年 7 月，是该有一个温暖的家庭了，一方面给母亲交代，一方面给自己的人生作一个交代。然而就在她和男朋友高兴和忙活得不知所以的时候，组织上让她挑这副担子。这副担子着实不轻，因为工作任务重，她和男朋友相处的时间太少，造成感情生疏，最终导致分手。青菜塘村之前有第一书记，别人也干得风生水起，让她来任这个村的第一书记，说小一点是组织上对她的信任，说大一点是整个六枝特区在脱贫攻坚战略上的重大调整。就是这个时间段，六枝特区决定对同步小康的第一书记，尤其是驻贫困村的第一书记提出更高的要求，不光是有党员身份，年龄还控制在三十五岁左右，还要是后备干部。一句话就是，年富力强。她是属于调整后的人员。

齐小雯在调整来青菜塘村之前，任了一年多六枝特区住房和城乡建设局房地产股负责人。她的人生经历坎坷，同时也富有传奇性。她，汉族，祖父齐首亭是河北省平向县齐庄人，烈士，如今安息在安顺烈士陵园；她父亲在她才两岁半时就撒手人寰，她和母亲相依为命，母亲一直没有再婚。

齐小雯在谈及她童年的成长时说，得到过好些左邻右舍以及好心人的帮助。她说，她小时候由于母亲要上班，饿了就到左邻右舍去找吃的，左邻右舍对她都很好。那时她就想，等她长大了，她也要对所有的人好。于是她发奋读书，于是她参加了工作，于是社会给她提供了一个又一个回报社会的机会，于是她抓住每一个机会努力为别人服务。

齐小雯 2000 年 7 月毕业于贵州省城乡建设学校，同年 11 月参加工作。她最早的工作是在一家建筑公司，然后又到"两路一区"办工作，她在设计院和监理公司都待过。用她的话说，她属于什么都不精、什么都会一点的万金油一样那种人。后来，她通过考试到六枝特区建设局工作。那时六枝特区建设局还没有和六枝特区房地产局合并，她到规划设计室搞规划，在规划岗位上待了十一年，比如测量、规划设计类似的工作，她都做得得心应手。后来，她为了改变身份又参加了考试，因为她当时在建设局的身份是属于自收自支。通过考试考到了六枝特区木岗工业园区，然后又借调到六枝特区益正公司平台公司，在那里工作有半年多，又调回六枝特区住房和城乡建设局。当时特区要建设一个城市规划展览馆，她就在那里负责，兢兢业业地干了一年，由于工作突出，又被伯乐发现。有一次，领导问到她的情况，得知情况后，领导说，你作为一名工程师，怎么会不在更好的岗位上发挥你的专长？于是她又被抽回局里，去了房地产市场监管股。因为她上学时学的是工业与民用建筑，对房地产这一块确实不懂，甚至说一窍不通，而房地产市场监管股是当时机构改革的时候六枝特区房管局和六枝特区建设局合并后才并过来的股室。不懂就学，不是慢慢学，而是挤出空闲时间来学，学以致用。功夫不负有心人，半年时间，她就成了这个股的负责人。

说起驻村工作，她还真有多年的工作经验。2010 年，她是驻六枝特区平寨镇云盘村的第一书记，在那里一驻就驻了两年。在这两年期间，她参与比较大的有两件事：一是第六次全国人口普查，一是十二届村支两委的换届选举。然后又到了平寨镇兴隆村任第一书记。在这驻村期间，平寨镇的计生工作压头，她又被抽到镇上的计生办。在齐小雯看来，那几年的工作比较杂，但在这杂中也给她提供了学习锻炼和成长的机会。社会真是一所大学校，每天在不同的脸上攻读无字天书。再后来，六枝特区开展"四在农家、美丽乡村"建设试点，当时六枝有四个试点，她又被抽出去搞了一年"四在农家"建设试点工作。那时，成天都在乡镇跑，跑着跑着，一年的光阴就在这条路上跑掉了。

如果说这次组织的安排她非常乐意，绝对是假话，但她坚决服从组织安排。她 2007 年 3 月入党，是有着十一年党龄的年轻干部，党组织的培养和信任，又给她一个施展才干的舞台。她的想法可能和她的祖辈父辈当时的想法一样：我是一块砖，哪里需要哪里搬。于是她在去青菜塘村上任之前，在家里举行了一次家祭。巾帼不让须眉，她决意从祖父齐首亭那里接过火炬，她要举着这把火炬，去照亮她所能照亮的人。

水的问题

青菜塘村下属有十八个村民小组，分别是石板寨、磨石湾、舍都、独坡脚、朝天寨、太平、和平一、和平二、云一、云二、新华、荷花池、大龙井、杨家寨、赵家寨、青菜塘、羊角桥、东山。石板寨是青菜塘村最偏远的村民小组。

　　齐小雯刚到青菜塘村村委会办公楼卸下自己的行囊，顾不得收拾可能会在这里住上几年的房间，在轮战领导李强主任的带领下，一脚踏上去往石板寨的路。齐小雯紧赶慢赶去往石板寨，因为她在来的路上，就听说石板寨组最要命的事是缺水。

　　村民们最缺的是水，而作为村第一书记，齐小雯手中最缺的是钱。驻村第一书记这个角色其实是一个非常难做的角色，从党政归口上来说，村里本身有支部书记、主任；在行使职权上，第一书记是没有权力可以行使的。贫困村驻村第一书记工作职责归纳起来有如下八项：1.服从脱贫攻坚工作队领导，认真履行建强基层组织、推动精准扶贫、办好为民实事和提升治理水平四项基本职责。2.着力做好"七个一"重点工作，即建强一个班子、上好一堂党课、走访一遍农户、记好一本民情日记、写好一篇调研报告、办好一批民生实事、协调落实一批帮扶项目。3.培养村后备干部，落实"三会一课"制度，严肃组织生活，建好管好用好村级活动场所，发挥服务功能。4.协调指导村支两委理清发展思路，加快调整产业结构，发展特色经济，增加农民收入。5.开展贫困户识别和建档立卡工作，按照"因户施策"原则，协助村支两委制定和实施脱贫计划。6.带领村级组织开展为民服务全程代理、民事村办等工作，关心关爱贫困户、五保户、残疾人、空巢老人和留守儿童。7.推动村级组织规范化建设，落实"四议两公开"，指导完善村规民约，提高村干部依法办事能力，促进农村和谐稳定。8.指导村党支部抓好农民教育工作，不断提高群众思想道德素质和脱贫致富能力。在她看来，八项职责归纳起来就是八个字：指导、带领、协调、服务。她有着多年的第一书记工作经验，但过往的经验很难成为眼下工作的方法，因为工作目的变了、对象变了，方法自然就得变。比如说眼前石板寨缺水的问题，虽然是历史问题，但历史必须在发展中进步，问题必须解决在当下。

　　钱从哪儿来呢？她记得自己刚到村委会办公室时，喉咙干得烧起来，找水喝找不到，还是一个同事从自家的宿舍里拿出一瓶矿泉水给她，喉咙里的"火"才得到扑灭。这一遭遇使她突然就认识到要是村里有资金，首先得把村民的饮水解决了才是。

石板寨村民对清洁饮水有着强烈的期待。上一年，也就是她上一任的第一书记去省厅协调来的二十万资金，是决定用来系统解决青菜塘村三个村民小组的饮水问题的，但是他在和平一组、和平二组的水池施工后，就因为这一次贫困村驻村人员的调整，奔赴其他村寨去了。

接下来石板寨组修建水池的事情，自然就落到齐小雯书记的肩上了。由于石板寨组是青菜塘村最偏远的一个寨子，它和月亮河镇的何家寨组相连，其地界都到另外一个乡镇去了，特别远，而且路又太不好走。去往石板寨的路因为搞基础设施建设被来往的货车压烂了，时间又不等人，齐小雯只得每天和轮战领导开着自己的爱车往返于这条破烂的路上。

穷家是不好当的，虽然上一任协调来的资金还有一些，如果不精打细算，实在是经不起开支。为了节约开支，齐小雯决定从三个方面入手。一是选择合适的水源点。齐小雯和村民经过多次现场踏勘后认为，能够为寨子提供水源的有四个点比较合适，但这四个点离寨子的远近、高低不同。选择最理想的水源点是有讲究的，一是离寨子不能太远，远了工程造价就会高；二是最好得有自然的落差，水往低处流，有自然落差才能保证水能够自然流淌；三是要有能够满足整个寨子人畜饮用的涌水量，如果水量不够，工程实施下来就失去它的意义。齐小雯和村民们经过多次对比，最后把取水点的位置选择在石板寨一户名叫王明家住房旁边一个岔路口的山涧。

水源点找到了，寻找合适的施工单位又是一道难题。施工单位都清楚，做扶贫工程其实就是啃骨头的工程，你不要想从中捞到肉吃，不啃掉几颗牙就算不错了。而在施工单位眼里，修建石板寨的水池又是骨头中的骨头，一是路烂，运材料进场费力；二是路远，既费工又费时，工人难请。齐小雯找了几家施工单位，她人一去，别人先是朝她笑笑，接下来就是不停地摇头。

用齐小雯的话说，"如果我不在青菜塘村任第一书记，看到这个阵势我也会摇头"。而现在她是这个村的第一书记，别人摇头她不能摇头，她只能硬着头皮上，没有退路。

往后就是六枝特区水投公司被她盯上，她这一盯上，这家公司的领导就没法躲了。她再三去协调，接不接这个活的问题，接了活后什么时候进场的问题，进场后什么时候动工的问题，动工了施工人员的保障问题，质量问题，工期问题，凡是与修建这水池的大问题、小问题、鸡毛蒜皮的问题都是问题，这些问题的解决或者说达成某种协议都离不开她。施工方离不开，别人从六枝城区远道而来，这里举目无亲，她就成了施工方的亲人；村民们就更离不开她了，祖祖辈辈，如果说自从盘古开天地起，那盘古的确是太远了，就从近处算，同在一个村，别的小组都用上了自来水，就他们没有用上，如果眼下把这事情一错过去，不知又要等到猴年马月。

对于施工单位来说，节骨眼上最需要协调的事是务工人员的问题。技术工人他们自然是从公司带过来，普通工人如果再从外面带进来，这个花费实在是太大，加之整个工程的造价又被齐小雯压得几乎没有一滴油水。企业毕竟不是民政救济部门，凡事都是要算成本的，是需要利润才能生存下去的，那么，在这方面能够节约一个铜板，在另一方面就会多出一个铜板的灵活性。而对于石板寨的村民来说，能够在自家家门口找到活干，自然远比去镇上、县城好得多。然而就是这双方都有需求的事，却找不到一条沟通的渠道，齐小雯在第一时间充当了这条渠道。工程进展得自然很顺利，施工方在合同期内保质保量地完成了施工。当家家户户迎来了自来水，齐小雯发觉自己一直感觉快要被烧干的喉咙，突然就滋润了，她解决了石板寨人多年来饮上自来水的渴望。当她向施工方致谢的时候，却找不到恰当的言辞，还是施工方的话打破了沉默。施工方说，这个项目呢没有找钱也没有赔钱，他们能力有限，尽自己一份绵薄之力吧。她想，谁又不是呢，老百姓期望的，她能办到的又有多少呢，大家都是在尽一份绵薄之力。

手绘的大树和树桠

齐小雯随身带着一个羊皮封皮的笔记本，同事们都称那是她的宝贝。在我看来，这宝贝可能已经是古董级别的，因为那羊皮封皮被磨脱了皮。其实那哪是羊皮，是人造革。我让她掏出她的宝贝给我看看，的确和人们所描述的那样，革的表皮多半都不知去向了，里面的塑料底子不得不很不情愿地走向前台。那样子是有些见不得人，但见不见人它说了不算。我本想接过来翻翻，发觉那笔记本和齐小雯都羞答答的，已经伸出去一半的手又缩回来了。

我曾经在"六枝融媒"上看过一位名叫秦雄的人写的有关齐小雯的文章，标题叫《齐小雯手绘扶贫地图 "笨"方法倾情脱贫攻坚》，还配了一张她走在村路上的照片。文章开头这么写着："翻开六枝特区郎岱镇青菜塘村驻村第一书记齐小雯的扶贫笔记，一幅手绘的脱贫地图引人注意。地图中，郎岱镇青菜塘村，状如一棵四向伸展树枝的大树，每根树枝的终端标记着一位贫困户的名字，整个村里贫困户的分布一目了然。"那么，她随身带的这个宝贝笔记本里，是不是就是秦雄所说的手绘地图的笔记本？

女孩的笔记本就如她的包，一般情况下是不会轻易示人的，我想探个究竟，又不好开这个口。我琢磨着那篇文章中关于地图的提法，那不是地图，叫树状图。树状图亦称树枝状图，是数据树的图形表示形式，以父子层次结构来组织对象，是枚举法的一种表达方式。齐小雯如果把它移植过来在脱贫攻坚上用，能说明的问题是，她是想把复杂的问题，用最简单的形式表达出来。

宝贝里真的装着她手绘的地图，青菜塘村位于地图的正中央，围着青菜塘村转的分别是郎岱镇、月亮河彝族布依族苗族乡、花脚村、群丰村、后营村。地图的右边分别用清秀的字体写着：青菜塘村位于郎岱镇东部，距离镇政府1.5公里，系郎岱镇东大门，分别与月亮河彝族布依族苗族乡、

花脚村、群丰村、后营村相邻。全村面积约 16.8 平方公里，现有耕地面积
1600 亩，人均耕地 0.6 亩，人均纯收入 9500 元。18 个村民小组的名字被
她写在地图上，就如十八罗汉，个个都有一身使不完的劲，但又好像被什
么捆住了手脚。

接下来就是树状图。树是一棵大树，都长在青菜塘村的地图上。一棵
树分了 18 丫，丫上又分出了若干的树枝，树枝上结满了果子。果子的个
数是 983 个，果子有各种不同的颜色。比如说用来表示党员干部的，果子
的颜色是红色；用来表示致富带头人的，果子的颜色是金色；用来表示致
富能手的，果子的颜色又成了紫色……在这棵大树背后的 18 页，则是 18
个组的细分，也就是说每一页画的只是树丫和从树丫上分出的枝条，枝条
上结的自然也是五颜六色的果子。我有些弄不懂，就向她请教。她说，这
是画给她自己看的，她懂得就行了。她嘴上虽然是这么说，实际上却不这
样做，这是她的一本民情账，能看懂的人自然不只是她，比如说她打开的
这一页上，谁是低保户，谁是五保户，谁得了大病或长期慢性病，谁是残
疾人，谁家的孩子该入学了，一颗果子系着一个家庭的冷暖，也系着组织
上对他们的牵挂。

她说，如果把树上的果子摘下来，就是如下数据：青菜塘村有 14 个
自然村寨、18 个村民组，全村农村户籍人口 983 户 4511 人，低保人口 88
户 192 人，五保户 7 户 7 人，大病或长期慢性病 67 人，一、二级残疾人
45 人，当前义务教育学生 575 人。建档立卡贫困户 182 户 826 人，在 2014
年至 2018 年期间已经脱贫 162 户 765 人，其中 2014 年脱贫 34 户 149 人，
2015 年脱贫 94 户 452 人，2016 年脱贫 19 户 94 人，2017 年脱贫 4 户 14 人，
2018 年脱贫 11 户 56 人；未脱贫 20 户 61 人，其中一般贫困户 4 户 13 人，
五（孤）保户 3 户 4 人，低保贫困户 13 户 44 人。2018 年贫困发生率为 1.197%，
2016 年底出列二类贫困村。本村党支部现有正式党员 48 名，其中中共郎
岱镇青菜塘劳务服务有限公司支部委员会 3 名。男性党员 45 名，女性党

员 6 名。外出务工 14 名，在家党员 37 名。具有中专及以上文凭的党员共 16 名，初中及高中文凭共 22 名，小学文凭党员共 13 名。党员中建档立卡户 9 名，退役军人 17 名。入党积极分子 1 名。

看着这些搅来搅去的数字我脑壳就胀，我还是喜欢数树上的果实。

学习型村支两委

抓党建促脱贫，青菜塘村如何抓？如何脱？在齐小雯看来，首先是如何把党的扶贫政策宣传好利用好，而宣传好和利用好的前提是要让党员干部吃透政策，再亲力亲为地带领群众去做。如果说青菜塘村是一辆开在致富路上的车，那青菜塘村党支部就是带领这辆车奔跑的引擎。引擎马力大、功力强、不出毛病，这车就跑得快开得远，就不会在中途抛锚。

村党组织如何发挥带头作用？齐小雯认为，组织的基础是人，基础不牢，地动山摇。只有把基础筑牢了，在牢固的基础上组建的组织才有战斗力。她把她的想法先是向上级党委汇报，再是征求同事及村支两委的意见，争取得到上级领导和村支两委的支持。她这样做的目的只有一个，让青菜塘村的党组织发挥出最大的活力来。那么，具体下来又如何抓呢？齐小雯首先从自己抓起。她是组织派到青菜塘村的第一书记，那么就是当仁不让的第一责任人，要让自己充满活力，让自己的一言一行给他人做出表率，自己成为人们心目中的榜样、典型。她坚持吃住在村里，工作、学习、劳动都在村里，最初她来到青菜塘村的时候，两个月的时间没有离开青菜塘村一步，她要么是在村里的某个村民小组调查研究，要么就是正走在调研的路上。她和村民们拉家常，听取他们的诉求、意见和建议，力所能及地为村民解难解困。即便解不了难解不了困，也尽量给人以安慰。再就是尽量和村民沟通，化解村民和干部之间心理上存在的隔阂，努力让自己走进村民的心中，取得村民的信任。再是增强党组织在村民中的吸引力和向心力。

她知道自己的身份，她代表的是一级组织，她把工作做好了，村民就觉得组织好、共产党好。她也只有努力做好，才不辜负组织对她的信任和重托。

再就是要求党支部的每一位工作人员必须对群众有服务意识，光有意识还不行，得转变成行动，转变成生产力。基于这一点，她到村两个月的时间内就迅速健全了全村支两委班子，把想干事、能干事、干得成事的人吸收到村支两委的班子中来，信任他们，让他们挑担子，做领头雁。

严格强调学习制度。学党的方针政策，学理论，学方法，学技能。在此之中要求党员干部集中学、对照学，党员干部到群众中去组织群众学，学习的方式灵活多变，但万变不离其宗。她亲自为全村党员上党课，每月一次。地点可能在会议室，可能在田间地头，也可能是在某个工地，还可能是在谁家的院坝。"三会"更不用说了，她制定了明确的时间表和路线图，时间都是铁板钉钉的，只要经过班子议定了的事，她就下死力气去抓，抓铁留痕，踏石留印，以至于背地里有人叫她铁娘子。她对村民背地里对她的这一称呼理解为是村民们对她的褒奖和夸赞。她又何尝不想做一个柔情蜜意的女人呢？组织的信任和重托，村民的期盼，时代的熔炉，要么把她炼成脱贫攻坚一线的钢铁战士，要么就让她被这个时代淘汰出局。她自然是要努力去做前者，既然选择了努力，就义无反顾。

她在"三会一课"和带领村支两委干部和党员加强理论学习时，从不玩虚的，她严格要求学以致用，要求村支两委干部和党员积极参与自查改进，改进的目标就是全面提升村支两委的凝聚力和战斗力，如果战斗力还不够，就得再查再改，挖地三尺也要挖出问题的根子，而且要斩草除根。

在深入推进"两学一做"学习教育开展上，她根据上级党委安排，带领村党支部积极制定村支部"两学一做"学习教育实施方案、学习计划，通过召开全体党员动员会、集体学习、支部书记讲党课、专题研讨活动等形式，努力将"两学一做"学习教育做好、做实、筑牢，让党员在学习教育中提升自身素质，提高服务水平。组织全体党员开展学习党章党规等重要内容，经常与他们谈心交流，以促进沟通、增强团结、找准问题、形成共识，为驻村各项工作开展夯实了组织基础。

美丽乞丐

齐小雯书记给人的印象是长得标致，收拾得干净利落，做起事来雷厉风行。她当起"乞丐"来也毫不逊色。她手上有一本"行乞"台账，名字叫"爱心企业帮扶郎岱镇青菜塘村台账"，里面记录了19家单位和企业的爱心捐款，共计573800元，还有棉被20床、羽绒服5件。其中最大的一笔捐款270000元，最小的一笔500元。她给台账取的名字自然是有待商榷，因为里面有几笔不是企业捐赠的，可能叫"社会机构和爱心企业帮扶郎岱镇青菜塘村台账"比较好，然而这些都是次要的，主要是她把每一笔爱心捐助都弄得清清楚楚明明白白，包括帮扶企业的负责人是谁，资金到位情况，捐助的时间是什么时候，钱和物用去什么地方。

齐小雯讲起了她的第一次"行乞"，时间是2018年6月23日。

2018年6月21日晚，郎岱镇大雨下了整整一夜，荷花池地质灾害点滑坡隐患加剧，危及11户农户的生命安全。荷花池的地形是在一个山垭口，由于历史原因，修路时把村里的排水路线破坏了，雨水来时，水就直接朝整个寨子冲。加之有些农户的房屋是以前的老瓦房，综合考虑以后，她和支书，包括村支两委的人一道，连夜就把这11户人家从地质灾害点搬出来。雨来得急，又是在晚上，一方面要疏散人，一方面疏散出来的人又协调不到住的地方，她决定把村委办公楼让出来给带娃娃的妇女、老人、儿童住，自己和群众一道奔忙在抢救村民的财产中去。在雨中她带领帮村干部和村支两委的同志奔忙到天亮，天一亮，她就到镇民政办协调了十多顶帐篷来。她带领大家就在东山公园里，搬帐篷的搬帐篷，搭帐篷的搭帐篷。经过大家的共同努力，村民们终于在大雨中有了躲雨的场地。接着她就去找镇领导带着她出面去协调东山公园里修建好还没有交付使用的房子给所有灾民居住。住下来之后，她又马不停蹄地操心起灾民们的油盐柴米来。

她先是去找她的"娘家"——六枝特区住房和城乡建设局的领导，她决定赖也要赖来钱，灾民们等着米下锅。"娘家人"自然是厚道的，更是心疼她的，尽量协调资金和物资，但她发觉仍然不够，自己得千方百计去想办法。

她到易朗房开公司时，办公室只有一名叫陈俊健的工作人员在。易朗房开在六枝从事房开项目时间长达十多年，老板不在，工作人员做不了主，要钱的事自然就黄了。但是，这名叫陈俊健的工作人员却很富爱心，自己愿意掏五百元钱的腰包。总算是有收获了。当时她就想，我们村地质灾害点的这些农户全部从家里面搬到集中安置点来了，吃穿呀还是很老火（困难）呀，农户们确实也没哪样钱，他是自己拿出了五百块钱，不管怎么样，也是尽一份绵薄之力，自然是不能嫌弃的，还得代表灾民们对他说声感谢。于是她为第一笔"行乞"得来的五百元钱签字，按手印，拿到钱照相留存依据。当她做完整个流程时，眼泪实在是忍不住夺眶而出。

有第一次的历练，接下来的"行乞"脸皮就厚多了，以至于她后来专门为她联系的企业和朋友们打了个广告："我们青菜塘村热烈欢迎大家来指导工作，但是，既然来了，总要有点表示，三百五百不闲少，三千五千不闲多，上不封顶。"她说："当然也有来的，也有没来的，来的我从心底里感谢，不来的我也不埋怨，反正我觉得为老百姓，脸皮厚点也不为过。"

下面这一揽子活儿，都是她厚着脸皮"行乞"乞来的。

比如说村上脱贫攻坚打印和复印的资料实在是太多，当时村里没有大型的复印机，如果把这些资料送到复印店去复印，一是人手不够，再是根本就没有那么多钱开打印费。也是齐小雯厚着脸皮找到一个名叫蔡小龙的老板，掏了八千二百元钱为村里购置了复印机一台。齐小雯深深记得，时间是 2018 年 8 月，正是村里整理脱贫攻坚资料焦头烂额的时候。蔡老板的爱心可以说是及时雨。再就是春节对困难群众的慰问物资，也是她上门去一家房开企业找来的，企业被她的敬业精神所打动，决定尽一份心意，于是就买来油、米、面条，保证困难群众能过上一个像样的春节。

为孩子们喜极而泣

在青菜塘村委会办公楼右侧的小山腰上有一个广告牌，广告牌上做的不是广告而是一句劝诫人的话：今天的辍学学生也许就是明天的贫困户。落款是郎岱镇党委、政府宣。在我看来，这句话是一口长鸣的警钟，时时唤醒人们对教育的麻木。

青菜塘村有一所小学名叫东山小学，学校里有四百七十九名在校学生，全是青菜塘村和旁边的花脚村村民的孩子。村里还有一所刚刚建成的幼儿园，幼儿园的教学楼里面的电是布好了的，但是从变压器到教学楼和食堂的这一组的进园电缆线却没有拉通，导致一直不能开园。按照特区的要求，必须在 2019 年 9 月 15 日开园。写在纸上不到一行字的要求，而落到像青菜塘村这种贫困村的头上，几乎就是要命的事。要命归要命，事情即便是拿命去换，也得把它完成了。

村里拿不出钱，齐小雯就只得再次去当"乞丐"。这一年多来，她这"乞丐"当得让她自己都认为这不是乞讨，而是广泛地调动社会资源努力发展村里的基础设施建设和改善民生。话以这种方式说出来是有些冠冕堂皇，但当你真的去求谁的时候，你就是谁的孙子。

为学校的孩子们当"乞丐"，她齐小雯也不是一次两次，拿得上台面上来数的，就有以下几桩。2018 年 6 月 1 日这天，为了让东山小学的孩子们能过上一个像样的六一儿童节，她早就在心里打起了回住建局娘家去乞讨的算盘。青菜塘村是六枝特区住建局的党建扶贫点，之前每年的六一儿童节，六枝特区住建局的领导都会来学校慰问，现在六一儿童节就快要到了，娘家人会不会来呢？如果来，给孩子们带什么样的礼物呢？孩子们又最需要什么样的礼物呢？东山小学学生的安全饮水一直是个问题，她想让这问题在她手中化解掉。

齐小雯先是回"娘家"去要，这回"娘家"很大方，她给局里申报了14700元的经费，局里一分不少地划拨给了她。但从"娘家"要来的钱还是不够，于是她又打起了青菜塘煤矿的主意，经她跟老板再三协调，终于得了10000元的资助。拿着这两笔钱，她替"娘家"和青菜塘煤矿给479名学生每人买了一个水杯，然后给每一个教室买了饮水机和矿泉水。这样的配置让东山小学每个孩子都得到了节日礼物，而对于困难学生和确实贫困的学生，以及家庭相对比较困难的学生，一个娃娃再给两双鞋（运动鞋）的礼物。最后，她去走访的是留守儿童家庭，娃娃还小，不会洗衣服，更不会收拾，家里脏得一塌糊涂，床上几乎没有什么用品。她和与她一并去慰问的工作队员一道，一边给小孩收拾凌乱的家，一边给他买洗衣机、枕头、枕套、棉被、床单、衣物、鞋袜，就连小内裤都帮他买了。村上的人看到此情此景，无不为之动容。

然而就关爱孩子来说，六一节只是齐小雯的开端，新一学期开学的时候，齐小雯看到村上去上学的孩子衣衫单薄，她又想着为孩子们"化缘"。这回，她不觉得自己是厚着脸皮，没有必要厚，就是常态。她一直没有说出这家企业的名字，现在的企业呀，也学会了做好事不留名，但我还是从村里的帮扶台账上查到了这位企业负责人的名字，他叫韩小亮，在2018年的9月，出资四万元给就读于东山小学的建档立卡贫困户和困难家庭的子女总共定制了483套校服。当这些新校服穿在孩子们身上时，孩子们一脸的喜悦，她感受到的却是心头的温暖。

东山幼儿园开园在即，火烧眉毛、箭在弦上，齐小雯知道等不会有用，要是有用就不用等了。她只得再次出马。这回她采取的是拆东墙补西墙，但是她把要拆的墙告诉墙的主人，拆多少，拆在什么地方去用？将来拿什么补上？她着实没有想好。百年大计教育为本，教育是百年的事，自然是头等大事，更是扶贫的第一要务。因为只要东山幼儿园开园了，这幼儿园属于公立的，在办园的师资及教学水平、收费合理的程度上，村民享受国家带来的福利上，以及减轻村民的负担上，都是功德无量的事情。于是她和出资方湘中水利沟通，征得对方的同意，决定从该企业资助的 60000 元产业启动资金中拿出 35800 元来，终于把进园的电缆拉通了，幼儿园按特区的要求开园了。在开园那一天，她站在老远的地方看着进出幼儿园的老师、家长和孩子们，她的心里感受到百般的幸福和甜蜜。她先是激动，再是流泪。她想啊，这些农村的孩子，终于有属于自己的幼儿园了，这些孩子十年之后、二十年之后、四十年之后会是什么样子呢？是不是像我们现在一样，为自己的理想追求、为这片土地上的理想追求、为这个国家的理想追求而不遗余力呢？她把青菜塘村的昨天和今天相比，把今天和明天进行展望，她看着这么多兴高采烈的孩子，仿佛就看到了郎岱镇青菜塘村、花脚村阳光灿烂的明天。她扬了扬脖子，甩了甩头上的秀发，从包里摸出纸巾，擦干了流淌在脸上的眼泪，拿出镜子给自己补了补妆，她要再度去迎接脚下的现在和明天，和这些未来的主人一道，走在阳光明媚的青菜塘村的道路上。

真的需要改变

一个人脚下是什么路，决定了他当下的生活，也预示着可能的未来。这路可能是实实在在铺在大地上的，也可能是铺在心上的。大地上的路通往远方，也从远方通往家；心上的路自然就是通往脱贫致富奔小康的路。对青菜塘村的第一书记齐小雯来说，这两条路都是扛在她肩上义不容辞的责任。

就说铺在大地上的路吧。青菜塘村由于地缘分布不同，一些村民小组的交通非常方便，通寨的道路硬化程度比较高，比如说大龙井、杨家寨、赵家寨、青菜塘、羊角桥、东山、舍都村民小组，本身就分布在国道线的两旁，出行都比较方便；而像石板寨、磨石湾、独坡脚、朝天寨、太平、和平一、和平二、云一、云二、新华、荷花池这十一个村民小组，齐小雯走在通往这些小组的道路上，突然就想到了李白《蜀道难》里的诗句。都什么时代了，这里的道路还这么原始，这么难走。

她的前几任算是给她铺好底子，而像石板寨、荷花池的道路就成了难啃的骨头。特别是荷花池，由于地质灾害隐患一直没得到妥善解决，隐患一直存在。那么，修好一条路和做好最基本的灾害隐患治理，就成了她的第一要务。

更主要是修通群众心头的路。在涉及群众切身得益的重大问题上，由群众自己来参与决策，最后由群众自己来拍板。比如荷花池地质灾害发生后，当时由于灾害治理的资金来源及资金缺口都非常大，在请示上级有关部门之后，齐小雯有一个动议，就是全组十一户人家整体搬迁。这个看似一劳永逸的动议，却触动了村民的切身利益，动摇了村民长期以来生存的根基。齐小雯就挨家挨户听取村民们的诉求。村民们说，住房的问题解决了，那吃的问题呢？他们在哪里耕作呢？他们的牛又去哪里放养呢？他们搬走了，赖以生存的土地也没有了，如果跑这么远来种地，一是时间成本，二是管理成本，三是人能不能够吃得消？他们养头牛啊猪啊羊啊鸡啊鸭啊，也不可能拉到楼房里头去养，那么他们的经济收入就没有了。没有了经济收入，日子还过得下去吗？都不愿意易地搬迁。齐小雯想，也是，这事落到谁的头上都是事，决策起来都得认真掂量。于是她决定召开群众会，总共开了四次，四次的时间都是选择在晚上，因为也只有晚上村民们从田间地头劳作回来了，才抽得出时间参加。村民的时间宝贵，当然她的时间也宝贵，在她的时间和村民的时间对撞的时候，她是无条件地选择让道。四次会议形成决议的方式都是举手表决，表决的结果形成了会议纪要，会议纪要形成初稿后，由村民推选出一个他们信任的人读给他们听，再充分听取他们的意见，再按他们的意见修改，直到他们满意为止。最后形成的决议是整治为主。她最先抓的是房屋透风漏雨、老旧房子整治，地质灾害的整治她就千方百计地寻求专项资金。在专项资金还没有着落的情况下，齐小雯再次出去"乞讨"。2019年3月，她从贵州建工集团那里讨要到五万五千元钱，就近在组里找到一个在外从事建筑行业的致富带头人，在保证工程质量和没有盈利的情况下，完成了荷花池修路、修堡坎，再配合户户通、串户路、道路平面硬化工程，在寨子的中心建了一个供村民休闲娱乐的小广场。

需要改变的还有对贫困户的资助方式，必须从原来的输血变成造血。就这一点上，齐小雯早在她上任的一个月后就做出了行动，她找到了贵州友联明辉置业有限公司负责人章人上，从他那儿得到了28000元的资助。这笔钱没有经过她的手，公司直接用这笔钱给她买了注射疫苗后的仔猪共计七十头，由她来合理安排分发给她认为需要分发的人。这事让她不敢怠慢，她用了半个月的时间走访了全村的贫困户和困难户，再对每一户进行比照。对于帮扶的公司来说，出资力度已经很大了，而对于整个青菜塘的困难群众来说，是及时雨，她得充分利用好这及时雨，把企业的爱心充分利用到最需要帮助的人家去。

说来也是对齐小雯的考验，当公司拉猪的车快到村上时，却抛锚在离村子不远的贵黄公路上。她得知情况后，第一时间赶往抛锚地点，第一时间跳上车去下仔猪，一时间仔猪的叫声、她头上的汗水、猪屎的气味在她身前身后围成一团。这哪是女人带头干的事情？然而偏偏是一个女人带头在干，这个女人还瘦小，但却干得有滋有味。

总共领到仔猪的有三十五户家庭，这些猪在2019年开春之前已经全部出栏，如今青菜塘村的群众还记得她的好。青菜塘村朝天寨组村民陈天贵用农民最朴实的语言表达了对齐小雯的感谢，他说："齐书记对我们非常照顾，她拿猪给我们喂，又给我们介绍工作。"他说的这一席话，何尝不是众多青菜塘村民的心声呢？

女儿的泪

齐小雯也有伤心事，在她出任青菜塘村第一书记不久，和她相依为命的母亲因为一次闪失致使两根肋骨断裂，住进了六枝特区人民医院。她接到这个电话时，第一感受是天真的塌下来了。常言说天塌下来了有高个子顶着，她就是她们家最高的个子。她不得不放下手上的工作，把眼下急着办的事交代给工作组的其他同志。接着用衣袖给自己擦干了眼泪，哭没用，这三十多年来她坚信这三个字。有问题就得解决问题，她发动起车子，狂奔向六枝特区人民医院。

等到医院，母亲在几位姨妈的照看下已经上好了夹板，她看到母亲咬着牙。母亲看到她时，从牙缝中挤出一丝笑容和欣慰。齐小雯心头突然就涌出四个字：女儿不孝。她这四个字还没有出口，村上的电话又追上来了。

千头万绪，斩不断理还乱。她图什么呢？像她这个年龄，多半的人都在敬老和相夫教子，眼下她老没有敬上，婚也没有结，她是在为自己的理想和事业拼搏没错；她真的爱着她钟爱的事业，这也没有错。那么，现在躺在床上这个女人，她的母亲，差不多把一生的爱都倾注在她身上的这个女人，难道就没有对爱的渴求吗？

她真想狠心挂了手上一直还在催促的电话，扑在母亲怀里痛哭一场，这样，她，她的母亲，积蓄在心头的伤痛，就会随着泪水的流淌而排出体外，擦干眼泪的同时，就会以崭新的面貌面对生活。然而她还是选择把电话接通了。也没什么大事，村里的大事放在另一个层面上来审视，差不多都是些鸡毛蒜皮，而具体落到谁的身上，可能就是压死骆驼那最后一根草。

母亲是依恋她的，但母亲更是一个明白人，如今她的女儿齐小雯，早已不只属于她一人，她属于社会，属于组织，属于青菜塘村，属于脱贫攻坚第一线的战场，虽然这个战场不见烽烟四起，但她对面的敌人，却是几千年来一直盘踞祖国大地上的贫困。眼下国家已经下达了命令，不消灭贫困决不收兵。她不希望作为这场战役的一线指挥员的她女儿，因她而临阵退却。当她想到这里时，就把齐小雯招到身边，让她把自己送到齐小雯的外婆家去，由老人和姨妈们照顾。她催促齐小雯尽快地回到工作岗位上去，那里才是她的去处。

晚霞不一会儿就照在齐小雯外婆家的墙上，她把母亲安顿在外婆家后，晚霞很快就从墙上退去。接下来是灰黑，黑夜就要到来，她还得赶回青菜塘去。这回，她没有在母亲面前流泪，而是献上了一个灿烂的笑容。回青菜塘的路上注定是不能飞奔的，那是一个漆黑的夜晚，车灯所照射之处，黑夜就被车灯切开一个口子，也给齐小雯让开了一条道路，她就沿着这条道路回到了青菜塘。两个月后，当她在工作中忙里偷闲再次来看望母亲和外婆时，看到两位老人又多出了些许白发。这些多出来的白发啊，每一根都牵扯着三代人的神经。

下得烂，打得粗

脱贫后的农民日子该怎么过，在脱贫攻坚验收上是有要求的，那要求就叫"打造清新亮丽新农村"。新农村的标准就是"三新一清洁"，"三新一清洁"的内涵就是"新农屋、新庭院、新生活，乡村清洁"。

新农屋在青菜塘村还真的不少，像青菜塘组、舍都组的农屋，应该说大多提前迈入了小康社会；而新庭院、新生活和乡村清洁，在她来接手青菜塘村第一书记的时候，还没有实质上的改变。村民的生活习惯是几千年遗留下来的农耕习惯，农民家里从外面看过去，也许有两三层的贴了瓷砖的非常漂亮的大房子，但是进到家里去，看到的那个乱，一下子就把从外面感受到的好印象颠覆了。

2018 年 5 月，青菜塘村就把"三新一清洁"提上了议事日程。先是通过召开群众会，把"三新一清洁"纳入了村规民约，再是定期和不定期地组织全村的帮扶负责人进行"三新一清洁"的现场指导。先是由驻村工作组的干部和帮扶人带着老百姓做，不会做的现场教，直到教会他们为止；再就是巩固教的结果，再就是评比。

在整个"三新一清洁"活动中，齐小雯凡事都抢在前头干，捡最脏最累的活做。她亲自带头给村民们规范性堆放粪肥，清理污水潭、沟渠，帮村民洗碗、擦桌子、扫地。开始村民们站在一边看稀奇，看着看着，发现还是不对劲，别人来给自家收拾，自己的脸往哪儿放呢？于是就有村民红着脸参与进来。

齐小雯在整个"三新一清洁"活动中，村民们对她的评价总共加起来有六个字：下得烂，打得粗。齐小雯很珍惜这六个字，她把这六个字作为对她的褒奖，于是她就干得更欢了，几乎忘了劳累，只有回到村委的宿舍时，才发现自己的腰都伸不直了，像断了似的。但是第二天天一亮，腰杆往往会奇迹般地不痛了，在新的一天里，齐小雯仍旧像前一天一样，投入这又脏又累又苦的工作中去。

齐小雯做事一贯风风火火，但她同时也是心非常细的人，比如这个"三新一清洁"，干部是在看着她的，群众是在看着干部们的。她如果只在一边袖手指挥，那你放心，全都会照样学样。用村民们的话来说："如果干部都嫌脏、都嫌臭的话，帮扶人肯定是不会挨边的，大家都会梭边边（躲在一边去）的，如果你亲自带头干、抢先干，你喊到哪个，哪个都不会跑的。"这样，你就有号召力了。参与的人们都不计得失。比如说郎岱一中的一位老师，在给帮扶对象洗碗过程中，一不小心把他刚结婚买的戒指都搞掉了，但这位老师干劲不减，在接下来的活动中，仍旧是全身心地投入。

齐小雯在"三新一清洁"中还有妙招，就是让出去参观学习的人回到村子后，在群众会上现身说法。2018 年的 8 月 23 日，青菜塘村的干部和群众代表得到了外出参观学习"三新一清洁"示范村寨的机会。这次参观学习由中共六枝特区郎岱镇委员会陈慧副书记和郎岱镇人民政府周亚副镇长带队，成员由花脚村和青菜塘村的村民小组长和一部分村民代表组成，到六枝特区中寨乡木则村干河组参观学习他们的"三新一清洁"是如何开展的。除了村干部和村民小组长外，参与的村民代表主要是从生活习惯不好的人家挑选，或者是家里面环境比较脏乱差的人家挑选，请他们一起去现场感受、参观学习。

学习回来以后，齐小雯就到各个组去组织召开院坝会。她采取的模式是，先由她给群众讲一讲"三新一清洁"工作开展的具体要求，用老百姓的语言讲给他们听，讲完以后她又请村民小组长讲。比如说在青菜塘组，她先是请小组长赵道珍给大家讲他们去参观学习时自己看到些什么，有什么感受，接下来他们该怎么做；小组长讲过后，就请村民代表讲。比如说有个叫赵道强的村民，他是青菜塘村的低保户，四十来岁，单身，去参观之前家里环境卫生比较差。齐小雯事后觉得让他讲其实都有些勉强，他不善于言辞，说起话来还有些词不达意。最后赵德强是这么讲的："看到的不得哪样讲的，就是干净。"他讲，那个干河组，就是"干净"两个字。他还讲："他们路上没有渣渣（垃圾），不得牛粪这些，人家那个地方喂牛也比较多，他们干河，我们看到的是这样的哈，村里面没有落叶，落叶是随时都在扫，然后他们不是用小鞭子或者是小木棍去放牛，而是用铲子放牛，为哪样呢？当路上有牛粪时，将就就把牛粪铲到塑料袋中带走了，所以他们的路面很干净，干净得我认为都有点假。""假"字在青菜塘村村民的语意中有"超出常规，不得了"的意思。

就这一项工作，齐小雯还得去当她的"职业乞丐"，去协调沙子水泥——堆放垃圾箱的路面需要硬化，她手中连"一粒沙子"都没有。但这事是难不倒她的。

建章立规，迎接检阅

如果说开展"三新一清洁"活动是手段，那么让群众过上美好生活才是真正的目的。

没有规矩不成方圆。没有规矩，昨天的付出可能到今天就会付之东流。如何巩固昨天"三新一清洁"的成果，如何向文明村寨的目标迈进，又成了摆在齐小雯面前的一道难题。

说来话长，"三新一清洁"工作刚刚开始的时候，有不少的群众不支持不配合，工作推进迟缓，村支两委、同步小康工作组的同志们积极性也备受打击。但是作为第一书记的齐小雯并没有气馁，为大家打气的同时，组织成立了"三新一清洁"工作专班，利用晚上的时间到十八个村民组召开群众会共计二十一次，对"三新一清洁"工作进行宣传，并传达《四星"1+N"信用评级制度》《青菜塘村村规民约》等文件精神，当场签订郎岱镇群众参与"三新一清洁"行动承诺书，带动帮扶干部参与到"三新一清洁"工作中去，并组织村支两委及村民代表参与"三新一清洁"评比活动。如今这一切都已经过去，成果是明摆着的，关键是如何巩固成果，再让成果发挥更大的影响力。

要把青菜塘村打造成文明村寨，那就得按文明村寨的标准去落实。文明村寨的标准有十条，简称"十个一"。分别是：一、有一支志愿服务队伍和文化服务队伍，经常性开展邻里互助活动，常态化开展文化娱乐活动和宣传教育活动；二、有一个道德评议会，定期推荐评议身边好人，确定被宣扬的人和事；三、有一个凡人善举榜和曝光台，至少一个季度更新一次内容；四、有一个道德讲堂，至少一个季度开展一次活动；五、有一条以社会主义核心价值观为主线的固定文化宣传长廊，鼓励各镇在有条件的村安装一个电子显示屏；六、有群众知晓率为100%的村规民约；七、每户有治家家训；八、有一户一策的群众增收致富明白卡；九、有一套星级文明户评选机制，年底评出一批十星级文明户；十、有一套涵盖村容村貌、生态建设、平安建设、便民服务等内容的村（社区）精细化综合管理机制。齐小雯对照这十个标准，发现有的工作她已经开展了，比如说第二条、第五条、第六条、第八条、第九条、第十条，有的工作正在紧锣密鼓地抓，比如说余下四条。在已经开展的六条中，除了第五条以外，其他五条都是村民们广泛参与并达成共识的，有的还直接写进村规民约里面去了的。正在紧锣密鼓开展的内容中，第一条，她到东山小学去做老师们的动员工作，最后形成以学校老师为核心、村民文艺爱好者积极参与的志愿服务队伍和文化服务队伍。队伍拉起来了，就要搞活动，活动经费就得由她去筹集。凡人善举榜和曝光台自然是由驻村工作组和村支两委去落实，她只要结果，结果还得让她满意。通过几个月和她的朝夕相处，大家渐渐接纳了她、信任了她，在工作上她甚至成了大家的依靠，她工作开展自然开始顺当起来。而道德讲堂，她不像一些地方玩虚的，她玩的是实打实，她的道德讲堂多半是在田间地头，如果是下雨，就挤到村委的会议室里。上课的老师要么是到村里来视察的领导、专家、学者，要么是她和她团队的人。她更主张农民亲自上讲堂，身边的人讲身边的事，这样群众才喜闻乐见。至于第七条，那更是要群众广泛参与，把自家的想法写出来或说出来，然后再审核把关，加工提炼，做到言简意赅，易说易记，还要易于行动。功夫不负有心人，2018 年 10 月 31 日，青菜塘村舍都组作为六盘水市文明村寨"十个一"现场会的一个点，展示在上级领导、专家和各位来宾面前时，第一次向世人亮出了青菜塘村的美丽。

这回齐小雯可轻松了，她着意要去帮村民们装扮每家每户的房前屋后，贴对联，擦窗子时，村民都非常敬重地说，齐书记，你放下，这事由我们来做，你负责检查就行，保证让你满意。

宣传好政策和雪中送炭，连接党心和民心

齐小雯讲，她是摸着良心做事，从而赢得了老百姓对她的认可。她认为，只要自己尽心尽力了，即便这事最后没办到，老百姓也能理解的；即便不理解，给老百姓解释清楚后，也会理解的。她做事一贯风风火火，觉得心头如果老有一件事情挂着，就心烦，尤其是老百姓需要你做的事。她答应老百姓的事情一定做，但是她如果有特殊原因做不到，她一定给老百姓解释为什么做不到。

她习惯在拉家常中宣传党的政策。比如在春节期间，村里出去务工的人回家来过年了，她就会组织他们座谈，一是了解他们在外面的工作和生活情况，回到家里准备年货的情况。最主要是给他们宣传国家的医保政策，尤其是对在省外务工的，一定要杜绝因病致贫的现象。她苦口婆心地给他们宣传医疗保险，因为如果万一在省外生病了就医，如果不参加医疗保险的话就不能报销。省外医疗费高，青菜塘村出去务工的目的地大多在浙江、广东沿海这一片，医院基本上都是三甲医院，如果参加合作医疗，就会得到一部分报销，从而减轻自己的负担。她祝在外务工的村民都身体健康、生活愉快、不生病、不上医院，但如果万一生了病，就得第一时间拨打六枝特区合医办的备案电话，因为要备案后，医疗费才能报销。在春节期间下组去走访过程中，她了解到石板寨组的两位外出务工村民挣得钱后返乡在镇上买地修了房子，要求她出面去协调牵电的事情。她欣然答应。村民能进城镇过上好日子，这是党和国家的心愿，自然也是她的心愿。

即便不是贫困户，只要遇上了困难，齐小雯都想方设法尽力去帮。青菜塘村太平组的刘正香，突发脑出血，连夜送到六枝，因为病情严重，又转院送到贵阳。她得知这一情况后，就和挂村领导们商议，挂村领导杨明兰主任得知这一情况后，就带着她去六枝特区民政局给刘正香专门申报一万块钱的医疗求助。有了这一万块钱，再加上合作医疗的报销，就有效

地缓解刘正香家的经济压力，以免她家刚性支出过大导致贫困。

　　说来这一万块钱也来之不易，光申报的资料就是一大堆，还要找各部门签字、主要领导签字。当时刘正香家的所有凭证，包括身份证都远在贵阳，她们为刘正香申请这笔资金又不可能等她回来再办，只有通过微信、电话等方式和她家人对接，不断地准备好资料和不断补资料，电话都打得发烫，经过再三折腾，终于协调到这一万块钱。

　　村民们时常夸她是好干部，还时常夸共产党好，共产党派来的干部好。她更愿意村民们说到后者，她只是全党九千多万党员中的一员，让她欣慰的是，她没有给党抹黑，她做的事放在大处是微不足道，而放在村民的生活中就是实实在在的实事、好事，是连接党心民心的桥梁和纽带。她想，唯有把村民需要的事做好，才真正无愧于党，无愧于组织，无愧于村民。

瓜果香里，尽是丰收的喜悦

　　2019年9月19日上午，齐小雯带着我在青菜塘村舍都村民组走走看看，整个村寨沉浸在丰收的喜悦中。我着实被这里的景致迷住了眼。寨子不大，房屋大多是青瓦白墙，房屋周边要么是笑得弯腰的稻谷，要么是绿色的树，还有各家各户用庭院中的空地打造出的微菜园。微菜园大多架有支架，支架上爬满了瓜果。有南瓜、葫芦、丝瓜，还有长长的线豆。没有支架的地方要么是火红的辣椒，要么是红得发紫的茄子，要么是碧玉般的小青菜。一切都那么富有生机，像是孩子们特意要在来人的面前显摆。舍都组白玉般镶嵌在火红的日子中。硬化的村道旁尽是乡村别墅，有两层，更多的是三层的，还有在建的几幢。我最在意的是有一家门口的两棵柚子树，树上挂满了排球般大的青色的果实，果实还没有熟，秋风吹着，果实在树上荡得悠然自得。

　　寨子中除了一家在安落地钢化玻璃的工人和几个修建房屋的泥水工，

就再也没有剩余的劳动力了。这正是秋收时节，苞谷在地里已经成熟，人们正赶着时间把它们全数收回家中。收回家的苞谷有的人家用绳子扎好了挂在房前屋后，有的人家直接堆放在堂屋里。还有火红的辣椒，大大的南瓜……太多了，我的确想仔细数，但是数不过来。齐小雯带我进了几家农户，在家里操持家务的全是上了年纪的老人，老人的脸上尽是喜悦。也有两三个小孩，小孩都很小，还到不了上幼儿园的年龄，各自玩得很开心。我不记得是谁告诉过我，你要是想了解人民真实的现状，一定不要听官员的介绍，也不要看成年人的嘴脸，这些大多都是假的，你一定要看遗落在某个角落的老人和孩子，老人一般都没有演戏的兴趣，孩子们还没有学会演。我仔细看了，没有谁遗落。我在来青菜塘村之前并没有和齐小雯沟通，我到了她们村委会大楼，她还在郎岱镇街上为村民们忙活，是我一个电话把她请了回来。我也没有说要到什么地方去看看，我坚信我所看到的都是这个村的原生态。齐小雯很会"家长里短"，我佩服她和村民沟通的能力，不管是老人、小孩，她几乎做到"通吃"，"吃"还"吃"到点子上。我问她，这些都是跟谁学的？她答，群众。

言谈中我感觉到了齐小雯的顾虑，有几回她都欲言又止，最后她还是说了。她说，再怎么帮扶，村子里还是有懒汉。这样的话我不只在一个地方听到，有来自干部的，更多的是来自群众的。由于近两年我在花大量时间阅读祖国传统医学古籍，就懒汉这事，我还真的有一些了解。我给齐小雯解释，懒其实是一种病，之前是穷病，大多是营养不良、气血不足，少气懒言，在祖国传统医学上还专门有治疗懒汉的方子，不过这些方子当今大多不管用了。她偏了偏头，问我："怎么就不管用了呢？"我答："你是知道的，现在的懒汉大多不再少气懒言了，多半都声如洪钟，还有支持他们懒的歪理。"这下她就更急了："什么歪理呢？"我答："在他们看来，穷光荣富可耻，有钱人早晚要被收拾的。"她一下子就沉默了。为了打破她的沉默，我就继续啰嗦："现在的懒汉大多是心病，懒汉们觉得有国家，有政府，有依靠，有人管，就可以不劳而获，懒劲就上来了，还在小范围内传染开来。心病得用心来治，得改变他们的观念，给他们机会，塑造他们的尊严感，调动他们兴趣，最大限度激发他们的希望和原动力。"她说："这很难办。"我回她："党和政府，还有你们，不是一直努力在做吗？"她会心一笑。

走在舍都，凡是我们遇到的老人，似乎都把她当自己家的闺女；凡是遇上的孩子，都管她叫阿姨。我感觉到在这个寨子上我所遇到的人，都是爱着她的，爱着他们心目中的好干部。我着实有些羡慕。我知道还有更多的人是爱着她的，比如说她年迈的外婆，上了年纪的母亲，还有因为脱贫攻坚一再被推迟婚期的她的男朋友……

我们转啊转，转到一家微菜园，一名老妪正在努力抱起一个南瓜，我目测了一下，少不了有三十来斤重，她决意过去帮一把手，老妪欣然就让她帮了。帮完过后，我开她的玩笑。我说："别人家已是瓜熟蒂落，都沉浸在丰收的喜悦里，你的爱情也该瓜熟蒂落了。"她笑笑说："今天离明天不远，一眨眼就到了，等明天全村的人脱贫致富奔小康，那就是我大丰收的时候。"

作者简介

徐必常，男， 1967 年 4 月生，贵州思南人，土家族。1986 年毕业于长沙有色金属专科学校采矿专业，在矿山工作达 19 年，做过技术员、助工、工程师等。1989 年开始发表作品，有诗歌，小说，评论，纪实文学。出版诗集《朴素的吟唱》《毕兹卡长歌》，长篇纪实文学《爱心的河流》。获过一些奖项。中国作家协会会员，文学创作一级。

地图上的标记

——记贵州省石阡县周家寨村脱贫攻坚"第一书记"章峰

王剑平

章　峰

　　章峰，1981年4月出生，现任贵州师范大学马克思主义学院组织员（副处级），本科学历。2003年8月本科毕业后一直在贵州师范大学工作，2003年8月至2009年12月在贵州师范大学国有资产管理处从事管理工作，其中2005年6月至2006年6月由学校派驻到石阡县甘溪乡开展党建扶贫工作，2006年被贵州省委组织部、省直机关工委、省扶贫办评为党建扶贫优秀工作队员。2010年1月，由于在工作岗位上表现优秀，被学校破格提拔为国有资产管理处资产科科长。2011年被中共贵州师范大学委员会评为优秀共产党员；2013年4月，由于学校新校区建设任务的日益紧迫，调到新校区建设办公室任综合管理科科长。期间2015年被贵州师范大学新校区建设指挥部评为安全生产、文明施工优秀个人；2016年被中共贵州师范大学委员会评为优秀共产党员；2017年被贵州师范大学评为教育工作先进个人。2018年3月，通过选拔由学校派到全省20个极贫乡镇之一的石阡县国荣乡担任周家寨村第一书记的工作。经过一年多艰苦的脱贫攻坚工作，2019年7月1日被中共贵州省委评为"全省脱贫攻坚优秀村第一书记"。

人类生存史上，最可怕的是贫穷。贫而生愚，穷则生乱，贫困由量至质的日积月累，对一个地区、一个国家，乃至整个世界都是灾难性的。毫无疑问，解决贫困问题也是个世界性难题。

当前，中国正在开展一场声势浩大的"脱贫攻坚"工作，这场"没有硝烟的战争"，由来已久，但在时间和历史的数轴上，今天，它正以井喷态势席卷整个中国，并在世界范围内产生了影响。2019 年 8 月 28 日，美国民主党参议员、总统候选人伯尼 · 桑德斯，在接受本国《国会山报》采访时坦言："中国消除极端贫困的成就，超过了文明史上任何国家。"

同年 9 月 16 日，新华社在题为《70 年，中国 7 亿多人摆脱贫困》一文中发布消息："这是人类历史上规模最大、速度最快的反贫困斗争——中华人民共和国成立 70 年来，7 亿多农村贫困人口成功脱贫，贫困发生率下降至 1.7%。……6 年来，全国共脱贫 8239 万人，相当于平均每分钟就有近 30 人摘掉贫困帽子。"

中国是世界上人口最多的国家，也是发展中国家贫困人口最多的国家之一。如此浩大的扶贫工程，如此辉煌的脱贫成就，为世人瞩目的同时，放大这场"战争"的细部，其背后有多少个体及家庭的付出，因为他们的努力与付出，"脱贫"方成可能。

一封家书

亲爱的你：

　　到今天为止，你已经有四十多天没有回过家了，对于这种情况，我已经开始慢慢习惯了。

　　刚开始的时候，对于你的长期不归我还是很有怨言的，甚至会后悔当时为什么要答应让你离开。还记得 2018 年 3 月那个乍暖还寒的日子，你面色凝重地告诉我，学校准备派你到全省的极贫乡镇去开展脱贫攻坚工作，时间可能会长一些。

　　"要去多久？"

　　"至少两年。"

　　"至少？！"

　　我们都沉默了一会儿。虽然你的面色凝重，但我还是在你的眼睛里察觉到兴奋和期待。"你去吧，有我在，放心。"我轻描淡写地说道。

　　当晚，你如释重负地睡去，可你哪里知道，我一整夜辗转反侧。

　　要考虑的事情太多了。大儿子已经三年级了，学习的压力一天天增加，功课也越来越难，需要父母从旁辅导；他的儿童哮喘经过两年多的治疗虽然已经好转，但不时发作起来就必须马上去医院。小儿子刚进幼儿园，有诸多的不适应，一边要不断与老师沟通，一边还要帮助他建立新的生活模式。你父亲因多年的糖尿病，体质越来越差，且刚刚完成心脏手术，需要定期复查、仔细照料。我的父亲也刚刚查出慢性肾病，需要长期服药、好好休息。人到中年，突然间体会到"上有老、下有小"的重担，同为独生子女的我们尤其任重道远。本以为我们可以彼此依靠，可你偏偏在这个时候提出来要去扶贫。你可以一走了之，可面对这一大家子我必须要做好"打持久战"的思想准备。

2018年3月15日，你正式走马上任了。从此之后，你成了石阡县国荣乡周家寨村的"第一书记"。从那天起，我也深深地记住了这个稍显冗长的地名，并在以后的日子里，对这个地方越来越熟悉。

"我们村……"不记得从什么时候开始，我们的电话联络里高频率地出现了这三个字。由这三个字引申开去，我知道了"我们村"有多少个村民组多少户多少人，耕地面积多少亩；知道了"我们村"是什么样的地理环境，造成了怎样的生存困境；知道了贫苦户是怎么精准识别的，甚至知道了哪家媳妇跑了、哪家儿子残了、哪家两口子又闹离婚了。我不知道"第一书记"有什么工作责任，透过你的讲述，我觉得这是一个上至"脱贫攻坚"的国家大政，下至"鸡毛蒜皮"的家庭琐事，无所不管的全职型"书记"。电话里，你总是笑着说，工作不累，事情多全是因为老百姓的信赖。可当我看到你第一次从石阡回来时，整个人瘦了一圈，黝黑的皮肤上，布满了被毒虫叮咬后的大块红肿，以及因不断抓挠产生的累累血痕时，让我如何相信你说的话。我忍着眼泪，给你冷敷、搽药，还要叮嘱你小心隐藏，不要吓坏了老人和孩子。

"我们村的青壮年都出去打工了，留下的空巢老人根本照顾不了孩子，那些到了年龄又没有幼儿园可上的孩子们，怕他们被疯狗追、被蛇咬，更怕他们在水塘边玩耍时掉进去淹死，太可怜了。"你说话时，语气沉重。

"没有幼儿园吗？想办法建个幼儿园就好了。"

"对了，幼儿园啊！"我的随口一句，竟然让你连药水都等不及干就撑起来面对着电脑开始写申请报告了。那一刻，我开始懂你了。

从"我们村"有了幼儿园开始，"我们村"后面又有了产业路，有了人畜饮水水池，有了新建的村办公楼，有了茶叶产业……"我们村"有的越来越多，"我们家"有的却越来越少。儿子的生日你不在，你不但没有给他买礼物，还拿走了他的不少玩具，因为"我们村"的幼儿园缺少玩具；

你父亲的多次复诊你不在，你忙着带"我们村"一个生病的丫头四处问诊；清明节、端午节、中秋节、国庆节……你都在"我们村"忙碌着。我好几次想发火，可面对半夜时一个电话打过去还在开村民会的你，让我不知道究竟该责怪还是该问候。

当我看到你发过来的照片中，那些脏兮兮的孩子手捧玩具时开心的笑脸；知道那个生病的丫头在你多次带她去看病后日见好转；知道建了水池，村民们再也不用在枯水季节往返挑水；知道村里路灯装好后，村民们夜晚出门不用打电筒；知道路修好了出门脚不粘泥；知道发展的茶叶产业给村民们带来了明显增收……我知道，你的付出没有白费，你用最平凡朴实的方式做了最有意义的事。

亲爱的你，作为你的妻子，我深深地感到自豪，同时也真切地感到焦虑。自豪的是我的丈夫如此优秀，焦虑的是我是否会跟不上你的脚步，被你远远地甩在了后面。作为新时代的女性，我不仅仅是女儿、是妻子、是母亲，我更是一名共产党员。我也有我热爱的事业和属于我自己的骄傲。舒婷在《致橡树》里写道："我如果爱你，绝不像攀援的凌霄花，借你的高枝炫耀自己……我必须是你近旁的一株木棉，作为树的形象和你站在一起……"是的，我必须让自己强大，才能做你最坚强的后盾。

说到做到，作为一名人民教师，我的战场在课堂。我面对的是祖国未来的建设者和接班人，是中华民族伟大复兴的基础。我精心准备每一节课，认真批改每一次作业；我教学生知识，也教他们做人；不仅如此，我积极参加每一次比赛，踊跃报名每一次送课下乡……2018 年，我获得了贵阳市第三届初中教师职业技能比赛一等奖、贵州省教育学会 2018 年教育教学科研论文评选二等奖、贵阳市初中生学科核心素养培养实践研究课题优质课一等奖，被评为 2018 年云岩区优秀教师，累计送课下乡四十余学时。

"你有你的铜枝铁干，我有我红硕的花朵"，今天的我，站在你身旁没有丝毫的逊色。我们都在努力成为最好的自己，同时也成为最好的父母，因为对于孩子，身教永远胜于言传。未来的日子，我们可以携手并肩，"分担寒潮、风雷、霹雳；共享雾霭、流岚、虹霓"。

妻子：杨 妮

这封文艺味十足的家书，是贵阳十九中教师杨妮写给驻村扶贫的丈夫章峰的，此信信息含量颇为丰富，不仅有夫妻情感上的缠绵、家中面临的困难，也有对贫困村基本情况的转述，它浓缩了一个普通中国家庭参与扶贫的方方面面。更重要的是，它体现出一个城市家庭对农村扶贫工作的诚恳与理解。

章峰——这个名字很容易记住，他是贵州师范大学马克思主义学院组织员（副处级），苗族，"80后"。章峰年龄虽不到四十，但驻村扶贫已经是第二次了。第一次下乡扶贫是2005年6月至2006年6月，由学校派驻石阡县甘溪乡开展党建扶贫，工作结束时，他被评为省级扶贫优秀队员。就此，他和"脱贫"工作较上了劲，且与石阡结缘。

2018年3月，学校再次派他到石阡县国荣乡周家寨村任"脱贫攻坚""第一书记"。此时，"扶贫攻坚"已经改成了"脱贫攻坚"，称谓变了，性质也变了，但章峰的初心没有变。

章峰的单位有多少人，我不知道，但同一个人两次被抽出来驻村扶贫，这个概率大概是极小的。我感慨："你都第二次驻村扶贫了！"

章峰说："第一次是在乡里，而且做的是党建工作！"言外之意，他觉得住在乡里的扶贫不"过瘾"。

大山里的小村落

未阅章峰爱人写的家书前，信中提到的诸多细节，从进村开始，我便有过亲身体会。

进村途中坡陡路窄，会车时得有一方先在稍宽的地方停下，两车才能交错而过。有的地段坡度倾斜超过三十五度，回头弯道一个接着一个，时而急转、时而俯冲，驾者乘者都有坐过山车的惊慌与恐惧。盘山公路靠山一侧，不时有碎石碴滚落路面，许多路段的滑坡尚未清除干净，似乎随时都有再次垮塌的可能。因行车震动，路基下的泥石流更为严重，一些路段的水泥面几乎成了空壳，使人不敢轻易驾车驶过。如此，二十多公里的山路，我提心吊胆驾车走了一个多小时。

到达目的地，在村委会的小木楼后，我遇到一条蛇，有锄头把柄粗细，通体灰褐，它与行人争抢长满杂草的便道。横穿过三四米宽的土路后，这个令人毛骨悚然的家伙快速钻入一大蓬蚕茧草中。后来看果林，看庄稼，去村民家中拜访，我一直小心翼翼，不敢涉足路基两边的荒草。

山里蛇大，多毒，山里的蚊虫则细若小米，肉眼几乎难以看见，但其威力却无比强大。坐在村委会办公室里，隔着袜子，我的踝关节处不知何时被叮咬。密密麻麻的小疙瘩连成一片、肿成一块，奇痒难耐，直到我抓破皮肤，火烧火燎，痛痒钻心……

和章峰初来乍到一样，周家寨村以其野性的方式亦然给了我难忘的"见面礼"。

地处西南一隅的贵州，是个大山的王国，山高水乏、道路不畅、信息不通，常以荒僻穷困形象出现于诸多史籍。从地质结构看，贵州岩溶发育非常典型，喀斯特地貌面积占了全省总面积的60%以上，素有"八山一水一分田"的说法。喀斯特地貌土壤成分为碳酸钙的沉淀物，不溶水，通俗点说，就是岩石风化后形成的沙泡土。这种土壤，水大了会把地里的泥冲走，一旦有水，地表渗透严重，根本留不住。因山多山大，耕地多为不规整的鸡窝地，非但连不成片，而且地表浅薄，稻田更是少得可怜，几乎可忽略不计。除苞谷、小麦，这种土质长不出其他庄稼。

生活在这样环境里的农人，一直保持着刀耕火种的生产方式。开春前，先放一把火把山烧了，草灰算是肥料。种地时，山脚下、岩缝中、石头窝子里，只要有土，哪怕只有巴掌大的一块，刨个坑，窖上两三粒苞谷种子，就指望着老天爷赏口饭吃。秋收时，有的农作物秆长不足一米，就连山耗子偷食都得跪着。

后来，我随章峰去村民家中走访，他指着路边耕地对我说："这个地方，贫困的原因就是这个土质！"顺着他的指引，我看了看路旁的耕地。土质全是细小的砂粒。耕地靠山的切口，是颗粒砂一层一层堆垒而就的岩壁，看上去就像白条鱼细碎的鳞片。

土地是农民赖以生存的命根子，一家人的吃穿用度全部靠它。这种土地，种庄稼的农人勤勉躬耕，把一生的时间和生命都耗尽了，结果却食不果腹、衣不蔽体。

食不果腹，衣不蔽体，绝非危言耸听。我父亲是中华人民共和国成立后的第一代水电工人，1958 年入职。修水电站，他钻了一辈子山沟，到过贵州许多地方。我听他说过，一些大山里的农人，穷得一家人只有一套衣裤，谁出门谁穿。两年前，我还走访过 20 世纪 60 年代"三线"建设的先行者，他们口中也有同样的陈述。这些由外省赴黔的拓荒者，无不为贵州恶劣的自然环境所震撼，以悲天悯人的口吻感叹：贵州穷呀！大山里的庄稼人没见过被子，床上铺的盖的都是稻草；女孩子来了例假，卫生带以一片破布包着木炭灰代用；农民们吃的是玉米面、土豆、酸菜，就着辣椒水。贫穷与饥饿冲溃了道德底线，遇到收成不好的年份，粮食青黄不接，这种吃食还得让壮劳力们先吃，因为他们有体力活要干，老人、孩子只能饿着。

如此景象我不曾见过，也难以想象。

位于贵州省东北部的石阡县，地处湘西丘陵向云贵高原过渡的梯级斜坡地带，境内山峦起伏、沟谷纵横，喀斯特岩溶地貌尤为明显。依托乌江流域，历史上的石阡曾是贵州开发较早的地区，明代即置石阡府。但因自然环境恶劣，经济状况稍好的地段，也仅限于沿江一带。可地理环境整体如此，"稍好"又能好到哪去？

我查阅过明代嘉靖《贵州通志》，"通志"完成时间为嘉靖三十四年（1555年）。四百六十多年前，石阡府人口总数为："官民杂役八百一十七户，七千四百一十一丁口。"时年秋粮岁征："八百五十一石三斗九升六合九勺。"另有岁征："门摊商税钞共一千四百七十五贯六百文。"这两笔进项，按现在的说法就是财政总收入。秋粮八百余石，按今制换算九万多斤，不知官役人口多少，但平均分摊，石阡府人均纳粮十多斤。所谓"门摊商税钞"，是指明代禁止使用金银货币直接交易，其币制参照元代货币制度，朱元璋发行了大明通行宝钞。宝钞一贯等于铜钱一千文，时值白银一两，四贯铜钱折合黄金一两。一千四百余两白银，七千多人分摊，人手多少？我真不敢算这笔账。

贫则生乱，这是一般人都懂的基本常识。在石阡这块土地上，除政权争夺之役，因官欺民贫，百姓无路可走，地方少数民族反抗、农民起义时有发生，其中最典型的是明永乐九年（1411年），当地土司之间爆发的"砂坑之战"。土地贫瘠，种不出庄稼，加上大大小小的混战，百姓生活实在苦不堪言。旧史中甚至有"水旱盗贼"的记载，其把干旱与匪患相提并论。明嘉靖《贵州通志》就有这样的记载："地方多事，逃亡事故，十去七八，坐是田地荒芜，子粒无征。"嘉靖三十二年（1553年），巡抚贵州都御史刘大直至各地查解农事耕耘，在对石阡府的田土耕种记载中，只写了三个字——"抛荒田"。是时民生可想而知。

周家寨村隶属石阡县国荣乡，国荣乡是贵州省二十个极贫乡之一。此前我只知道有贫困村、贫困乡，"极贫"一词，我是入村后第一次听说。周家寨村为侗族、仡佬族村，属于一类贫困村，汉族比例不到10%，辖7个村民组，土地总面积7.6平方公里，耕地面积3580亩，人口总数为1009人，人均耕地不到3.6亩。

按章峰的话说，周家寨村是个大峡谷，七个村民组并列排在大峡谷的半山腰上，就像串在一根藤上的瓜果。

章峰比喻七个村民组的分布，用了"串在一根藤上的瓜果"形容，这让我想起歇后语"一根绳上的蚂蚱"。我明白，他考虑的是"脱贫"的整体性，指的是七个村民组的脱贫一个也不能少。

从村委会墙上挂着的行政版图看，周家寨村就像一个没有包裹头巾的仡佬族少女头像，按地名依次布列：最北端的土地湾，形似少女头像的上半部，额头突出，额前刘海、脑后发髻一样不缺；少女深陷的眼窝、微翘的鼻子、尖弱的下巴以及脑后束发，由周家寨、冯家山两个部分组成；朱家坟、郑家坳，则构成了少女细长的脖子。这个地形简直像极了一个仡佬族少女，与其相视的瞬间，我大为惊讶。这个少女看上去营养不良，过于瘦弱，令人心生悲悯。

周家寨村至石阡县城，行政区域地图上标的是十五公里，我驾车实际里程为二十二公里。这二十二公里，我开了一个多小时。第二次进村，我竟用了两个多近三个小时。近两年，贵州省实现了"县县通高速、村村通公路"，有的村寨又实现了"组组通公路"。周家寨村的公路不仅实现了组组通，还有诸多夹杂其间的产业路，因岔道繁多，又无路标，在这样的路上行进，我被绕得晕头转向。

走这样的村组公路，就如我随后对章峰的采访，线索纷繁，千头万绪。这些路，每一条都通往一户或几户人家，每一条都连接着一个产业。路虽细小，但却不令人失望。

地图上的标记

是的，正如章峰爱人所言，扶贫帮村工作上接大政方针，下至鸡毛蒜皮，既琐碎细小，又面面俱到。章峰做的工作似乎每一件都不是大事，但每一件又都不是小事。比如，2018 年进村后，他带领周家寨村干部、村民整合饮水资源，兴建人畜饮水池 2 个、水窖 1 个；帮扶完成 4 条产业路的建设，总计 8.6 公里，硬化进寨串户路 10.2 公里。没有水吃，那是多大的事，百姓生活还有比饮水更大的事吗？没有路，得吃多大的亏？"要致富，先修路"，修路还是件小事吗？何况是在这样一种地质环境里修路。

我见过章峰在修路施工现场的照片，问及情况，他只说："我们学校出了一些钱，当地也筹了一些。"然后，他粲然一笑问我："这么多第一书记，怎么就采访我呢？"

我说："今年全省表彰了 300 个第一书记，你不是其中之一吗？"

"是呀，300 个，我觉得自己没做什么，也没什么典型的事迹，怎么就选我采访呢？"

避开这个话题，我问村里情况，他说了一大堆专业用语，并报了一连串数据："我们村 7 个村民组，252 户人家，1009 人，其中建档立卡户是 80 户 335 人，建档立卡户中已脱贫 73 户 312 人，2014 年脱贫 11 户 48 人……2018 年脱贫 42 户 174 人，低保户 87 户 177 人，特困供养人员 5 户 5 人，残疾人 28 户 32 人……这些数字都是活动的，随时都在变化。"

"人群分得很细，用得着这么细吗？"

"当然要细，十二类人群，不细不行呀，要不怎么叫'精准扶贫'呢？"

"那你怎么知道谁脱贫，谁没有脱贫？"

"贫困户都有收入划定，收入在线下的就算贫困户。县财政、教育、社保、民政、银行、邮局，每个单位都有相关信息，要从这些数据中筛选、分析、查找，而且还要跟踪。不仅要把贫困的原因找出来，脱贫后，还要有所预判，防止脱贫后的'返贫'。有的村民自己收入多少，他自己也不清楚，但我们村干部必须要清楚。"

精细到这个程度，我确实没想到。记住这些数字已经很不得了了，还得随时分析各种线索信息，掌握变化情况，这得有多大的工作量。

这时候，旁边一个村干部笑了，他说："我们章书记对这些了如指掌，村里的每家每户、每个人是什么情况，他都了然于心。你要村民的什么信息，他随时都可以提供，甚至全村人的身份证号码他都可以提供，但他儿子的学校打电话向他要儿子的身份证号，他却抓破脑袋也想不起。"

"这又是怎么回事？"

章峰一下就笑了，笑得很天真："那是我爱人出差，父母又不在家，儿子的学校要给他们买保险，需要家里提供身份证号码。这个我真记不住。"

"后来呢？"

"后来等她回来再补办呗，又不是什么大事！"

刚才笑他的村干部，拿出几张 A4 纸打印的彩色地图给我看，是谷歌拍摄的卫星实景地图。我接过地图，被放大的周家寨村道路纵横交错、弯弯曲曲，每一条路都连接着一户或几户村民家，产业路则直接通往田间地头、加工作坊。地图上，每一户村民的家庭住址、方位、房屋，都做了详细标记，一目了然。红、白、黄、绿，户主名字还用了不同的颜色标记。

我问："这个颜色是什么意思？"

那个村干部说："这是我们章书记的独创，这些颜色分别代表正常、贫困、特困、孤寡、空巢……"

第一书记把居委会的工作都做了，而且比居委会做得还要细致。

说起这个标记地图的"创造"，还有一个故事：村里有户人家，孩子常年在外打工，留在家里的两个老人身体都不好。老太太有糖尿病，一条腿是跛的。七十多岁的老大爷体弱多病，说是多病，其实也没什么大毛病，反正就是身体不好。

那是驻村不久，章峰家访，无意间撞见老大爷躺在床上下不了地，家里又没其他人。章峰问他怎么了？他也说不出所以然。只说："章书记，我可能要死了，全身无力，动弹不了。"

"你老伴呢？"

"到地里去了……"老人越说越无力。

章峰感觉情况不对，立即给村里的医生打了个电话，又背着他上了自己的车。上了车，他计划着，先去村医那里救急，不行再把村医叫上送县医院。因为有电话通知和病情描述，村医做了充分准备，人一到，就给他做检查、打上了吊针。大概吊了半瓶药水，老人渐有好转，自己从床上坐了起来，还一个劲闹着要回家。

章峰明白，农村人有个三病两痛，一般情况都不上医院，一是怕花钱，二是怕不方便，主要还是怕花钱。一旦有病都那么挨着硬撑，撑得过也就算了；撑不过，一条命就这么完了。他看破了老人的想法，他是怕花钱！如果送他去县里的医院，没人守护也是个大问题，说不定还把有糖尿病的老伴折腾出问题来。既然病情有所缓解，若坚持送他去县里的医院，反倒增加老人的思想负担。在老人的执意要求下，章峰又把老人送回了家。但他心里却还是放不下，他又去找了一个中医，自己掏钱给老人开了药，还买了一些营养品送过去，这事才了。

事后，这个老人的小舅子给他发了一条短信："章峰——师大——周家寨村第一书记，我代表周家寨村、郑家坳的贫困户郑志财全家感谢您，因郑志财身患疾重病，您这么关心他，送他去医院治（病），因病危，无法治疗回家后，您又关心（他）给他买药送到家，现他（的）病已有所好转，您真是脱贫攻坚一线的好书记，您这关爱（他人）的雷锋精神真（是）值得我们学习的榜样，所以我特代表我的姐、姐夫及外甥全家感谢您！"

因为此事，他独创了这份地图。他说："有的家庭虽不在扶贫之列，但类似老人同样也要掌握情况。"为了便于随时服务，紧急情况下能准确找到住址，及时给予帮助，他便"发明"了这样一份直观明了的地图。

看着地图，我想起了第二次进村迷路的情景。我说："我第二次进村要有你这个地图就好了，肯定不会迷路。在村组公路上行驶，这个地图比手机导航管用。"

听说我迷路，章峰笑了。他问："那你是怎么找过来的？"

第二次进村时近中午，还未到达周家寨村，我不得不停车问路。几个上了年纪的村民要搭顺风车。上车后，我问他们为什么不骑电瓶车，村民们说，电瓶车都是小年轻骑的，上点年纪不敢骑，弯大坡陡太危险，特别是下雨天，水泥路面很滑，常有年轻人摔得鼻青脸肿。我问他们何时进的城，他们回我说，亲戚家嫁姑娘，赶早送礼，天不亮就起床去了。

以前赶场，凌晨三四点钟就要起床，村民们说，走到石阡县城已过了午饭时间。如遇下雨，路滑坡陡、背的东西多，还得脱掉鞋子打着光脚走，动作慢的，过了午时三点还走不到县城，带去卖的农产品也卖不了好价钱。一节木头、两三只鸡、一挑菜……到了城里，要饿着肚子，把随身携带的东西卖了才能有口吃的。买了农具、盐巴等家常日用品，就要急急忙忙往回赶，回到家天都黑尽了，反正出门、回家两头黑。赶夜路，还要在路边割把荒草、几根苞谷秆，预备着在路窄坡陡的地段点火照明。

公路尚未修通前，进一趟城确实不容易；路通了，就是走路也比以前快多了。

公路未修通前，走路进村，我还听其他村干部说过，路没修好以前，上面的干部都怕来周家寨，特别是下雨天，得穿上水胶鞋，有时一走，就是一天。

路不通村，日子当然不好过。那些年，周家寨村每户农家的床头前，都挖有一口很深很大的地窖，专门用于存放番薯。地窖里的番薯是猪吃的，也是人吃的。

正好，那天入村后，我随章峰去村民组农户家走访，就目睹了这样一幕。

午时许，我跟在章峰身后进入一个农家小院，几个上了年纪的妇女争着和他打招呼。见主人正端着碗吃饭，章峰走到伙房，揭开她灶上的锅盖看她吃的是什么。揭开锅盖的瞬间，章峰脸上的笑容一下就凝固了。锅里煮着黑黢黢的东西，除依稀可辨的碎菜叶，那锅东西很像剁碎的烂番薯。

她吃这个？我大为惊讶，这是猪吃的！

沉默了漫长的几秒钟，章峰突然提高嗓门问："你怎么吃这个！这是什么？"

我被章峰有些颤抖的声音吓了一跳。他似乎就要哭了。我也想哭。

"这是什么？你吃这个？"章峰接连问了好几遍。隔了好久，那个妇女才小心回答说："我没吃这个，这是从地里摘回来的烂南瓜，丢了可惜，我就加了一些菜叶，煮来喂鸡。我真没吃！"

章峰似乎不太放心，又揭开另一口大锅看了看，这才进入里屋和其他人打招呼。

搭便车的村民说的人猪共用地窖，去年村里还有。随着危房改造，最后一户易地村民迁出老屋，这种地窖才退出周家寨村的历史舞台。

责任与担当

20世纪80年代，中国社会进入改革开放时代，百姓生活发生了翻天覆地的变化。但城乡发展不平衡，贫富差距也越来越大，尤其是一些偏远山区。作为改革开放后出生的第一代人——"80后"，特别是生在城里的"80后"，虽衣食无忧、用度不愁，可一代人有一代人的生存困境。除自身面对的问题，社会责任也落在了他们肩上。

章峰和妻子杨妮同为"80后"，都是独生子女。在度过吃穿不愁的成长期后，现在，最早的"80后"们已到了不惑之年。一方面，这个年龄是改造社会、支撑单位的中坚力量；另一方面他们要面对房改、子女教育、赡养老人等困境。章峰、杨妮要赡养四个老人，养育两个孩子。上有老，下有小，除工作上的担子，夫妻俩也是这个家庭的轴心，一切都靠他二人支撑。我从章峰给妻子的信中，不仅感受到了夫妻分离给一个家庭带来的困难，也感受到了一个家庭、一个个体的责任担当。

在给妻子的信中，章峰如是说：

亲爱的老婆：

你好！要不是隔着屏幕，我还真是不好意思这样称呼你。

来到这里已经一个多月了，我也从一开始的不适应，慢慢变得习惯起来。还记得年前刚接到任务那会儿，真的是百感交集。一方面，很感激学校领导的信任，把这样艰巨而又光荣的任务托付给我；一方面又觉得很难向家人交代，毕竟离家那么远，时间那么长，肯定无法兼顾。更重要的是，脱贫攻坚工作对于我而言，是从未涉及过的领域，说是一筹莫展真的一点儿也不夸张。想着未知的前路，想着家里两个年幼的孩子、四个年迈的老人，真的不知道该怎么跟你开这个口。

但令我惊讶的是，你在听完我的话之后，只是稍作了片刻的沉默，竟然一口应允了下来。一直到现在我都还清楚地记得你说的话，你说人生总要有那么几次说走就走的旅途，如果总是待在一个地方，会误以为那就是整个世界；你说未知的前路固然充满惊险，但也会有不一样的风景；你说给孩子最好的教育不光是言传更重要的是身教，做他的榜样才最有说服力……那天晚上，你说了很多话，总而言之，就是你全力支持我迈出这未知的一步，也愿意和我共同承担随之而来的后果。那一刻，我真的为有你这样的妻子而感到骄傲，也衷心地感谢你的支持和理解。我现在一走，又把家里两个年幼的孩子和四个年迈的老人生生抛给了你一个人，一想到这些我就倍感愧疚和自责。但是你说得对，若是我选择了逃避和怯懦，将来怎么敢教孩子要勇敢、有担当。为了做一个合格的父亲，我必须勇敢一次。

感谢家人的支持和理解，父母没有丝毫阻拦，反而让我安心工作；可爱的儿子们，更是鼓励爸爸要坚强，不要因为想家而哭鼻子。有了你们的支持，我终于敢面对未知的挑战，毅然来到了这个陌生的地方——石阡县国荣乡周家寨村。这个稍显冗长的地名，将是我未来两年里工作和战斗的地方。刚刚来到这里时，最吸引我的是这里的风景。儿子看到我发回的照片都说：这么山清水秀的地方，还需要扶贫吗？是啊，儿子。如果这只是我们一次愉快的农家旅游，那么确实算得上是山清水秀。但是，在我初步了解了这里的一些基本情况，特别在走访了这里的几户贫困户之后，我的心情就不那么轻松自在了。

虽然给我安排了村里最好的处所，就在刚建设完的村委会楼上，但我还是在来的前几个晚上就被寝室里不知名的小虫子咬出了一身的红疙瘩。那一身又红又肿的疙瘩，加上因为不堪其痒而被我抓出的累累血印，第一次回家就把你们都吓了一跳，还被儿子戏称是"癞蛤蟆"。看着你们眼中的心疼，我知道你们在为我担心。

我来到这里以后，每天都在马不停蹄地走访村寨，深入农户，想要尽快摸清楚这里的真实情况，而不仅仅只是纸上看来的一些生硬的数据。经过深入地走访，以及和村民们面对面的座谈聊天，我真实地看到了他们眼前的困境：恶劣的自然环境使得干旱、水灾、地质滑坡等灾害连年发生，当地农民损失惨重；闭塞的地理位置，坡陡路险、道路狭窄的交通状况，使得各类物资运送极为不便；青壮年劳动力涌向城市打工，留守儿童及空巢老人居多，造成思想落后，致富能力弱；还有部分群众无脱贫能力，更有部分残疾人丧失劳动能力，脱贫形势严峻。如果说，刚开始来的时候，我只是带着上级的任务而来，仅仅是想做完就拉倒的话，那么现在我想告诉你，我不光想做完，我还想做好。

说实话，虽然我来之前已经有了充分的思想准备，但对于从小就生活在城市里的我来说，还是被这样的困境难住了。但从村民们真诚的眼神和淳朴的话语中，我明显感觉到他们对我的到来有着发自内心的期盼。可也正是这样的期盼，让我倍感压力，生怕因为自己的无能有所辜负。我只能将自己的所见、所闻、所感真实地记录下来，发在朋友圈里。不是为了标榜自己的工作，只是为了让身边的人都知道，在我们日益富强的国家里，在我们全民奔小康的社会中，仍然有那么一些人，他们还挣扎在贫困线上，还在为基本的温饱拼尽全力。他们也是中国梦的一分子，在中华民族伟大复兴的道路上，我们不能忘了他们。我更想让我的儿子们知道，他们的父亲不伟大，也不崇高，但他也想用自己微薄的力量，去帮助一些弱小的人群，去做一些有意义的事。更不想辜负你那么辛苦地撑起一个家，支持我到这里来的决心。

脱贫攻坚，简简单单的四个字，却掷地有声、振聋发聩。单丝不成线，独木难成林，我深知这不是我一个人仅凭着一腔热情就能做成做好的事业，它需要很多像我这样的人，用坚定的信念和微薄的力量汇聚起来。用每一个黎明与黄昏的坚守，用每一场成功与失败的角逐来最终实现。还好我有决心也有毅力，更重要的是有你们这样坚强的后盾。

好了，夜已经深了。工作了一天的你，此时此刻是还在电脑前辛苦地加班，还是在陪伴大儿子写作业，或是在哄小儿子睡觉？我在这边一切安好，也没有懈怠。让我们一起努力，成为最好的自己，做孩子们最佳的榜样。

爱你的老公：章峰

在给妻子的信中，能看出对于参与驻村扶贫，章峰也有过犹豫，也有过不舍，但最终他选择了全力以赴，做好这份工作。

我问他："你经常一个多月不回家吗？"

"哪能每个月都回家，两三个月能回一次家就不错了。不过现在好多了，工作理顺了，如果家里有事，基本上半个月就可以回一次家。"

"两个孩子，四个老人，儿子有儿童哮喘，父亲有糖尿病又刚做了心脏搭桥手术，岳父有慢性肾病，这些都需要有人长期守护，你爱人一个人照顾得过来吗？"

"肯定照顾不过来！她还要上班呢。"

"那怎么办？"

"大儿子要读书，由我爱人、外公外婆带，住大营坡这边！小儿子还不到读书的年龄，由奶奶带着，住新添寨那边！"

"一家人三个地方，就这么分开了？连两个孩子也分开带，他们一周见一次面吗？"

"是呀，分开带。一个星期见不了一面，有时要一个多月才能见上一次。"

"兄弟俩就这么分开了？"

"是呀！"

"妻子真不责怪你？"

"要说没有责怪过我，那是假的。有一次，她可能是急慌了！"

"她是怎么责怪你的？"

"当时我正在开会，她打电话过来说，怎么回事？孩子病了，家里米没了，人也没了，这都算了，现在钱也没了！怎么回事？后来她知道我在开会，很快就挂了电话！"

我想知道章峰爱人后来怎么责怪他的，我继续追问："后来呢？"

"嘿嘿，"章峰得意地笑了起来，他说，"后来不了了之了！没办法，我也回不去呀，几百公里，再说我也脱不了身。"

"长期不回家，回去后你们闹矛盾吗？"

"不闹！一回家我就拼命弥补自己不在家给他们造成的麻烦，哪还有时间闹矛盾。我不在家，她遇到问题想发火时，电话打过来，我总在开会。我开会，当着大家打电话，她也不好意思发火，她就没机会发我脾气。"说完，章峰又哈哈大笑。

"那你想儿子吗？"

"想！儿子也想我。有一次，四岁的小儿子把自己最喜欢的玩具收了一大包，装在一个袋子里。我回家时，他对我说，爸爸，这些我喜欢的玩具都不要了，你拿去送给村里的小朋友吧！我问，送给他们干什么？他说，他们玩我的玩具，你就回家吧！"

就是这个四岁的小儿子，有个晚上突发高烧，全身抽搐。当时凌晨三点左右，天气很冷。出村的路大雾弥漫，能见度几乎为零，章峰很急，但又没法回去。家里的车，被他开来村里扶贫，在这条山路上已经跑报废了。父亲的车接着又被他开到村里私车公用，他没想过给家里留条退路。当时公交车已停开，出租车又打不到。拖的时间越长越危险，情急之下，他只得给邻居打了个电话。还好，章峰遇到个好邻居。接到电话，这个邻居深更半夜从床上爬起来，开车把他儿子送去医院，因情况紧急，又拖了很长时间，入院时连医院都给开了危重病人绿色通道。

孩子说这个话、遇到这事很让人揪心！我继续追问，"你真不担心家里吗？"

"担心，怎么会不担心！但她没钱我不担心，我驻在村里，花销虽比以前大，但这毕竟是临时的，家里没钱也是临时的。她可以借，也可以去父母那里凑一点。她没钱和我们村里的贫困户没钱不是一个概念。我最担心的是老的、小的生病。现在，我最怕深更半夜家里打来的电话，我爱人撑不住的，那一定是家里的大事。说真的，我很感激我家里人，他们都那么支持我。我儿子、父亲、岳父虽然有病，但关键时候都没拖过我后腿，父亲和岳父还帮我带孩子。有时我回家，见孩子有坏习惯，我还冲老人发脾气，怪他们没教育好。现在想来很后悔，孩子教育不好是我这个做父亲的失职，不怪我父母。我走后，儿子成绩下降严重。我们夫妻以前有过分工，大儿子的学习由我辅导。好在他现在读小学，今后我回去再给他补上。是我亏欠他们的，包括父母的，我回去都一起补上。"

话说至此，章峰的说话声小了很多。我等着他继续说话，但他没说。我抬头看，坐在我侧面的章峰，眼圈是红的。他没有继续说下去，也许他找不到说的，也许想说的很多，再说下去他会忍不住流泪。

男人强忍眼泪的时候是很能触动人心的。我后来才听说，去年他给村里的老年人每人买了一双棉鞋。我不知道他买棉鞋是不是挪用了家里的钱。男人欲哭强忍，表达对家里人的亏欠，同样的情境，第二天我在同一间办公室里再一次经历。

他们说得最多的是亏欠

第二天一大早，章峰就与村民们下了地。没遇着章峰，在办公室，我和冯主任聊了起来。

冯主任说："章书记结合上面的产业规划，在我们村搞了个'一长两短'产业，'一长'就是以茶叶为主导产业，全村现有茶叶种植，加上新增部分，总面积是一千八百多亩，还有春晖社员投资种植的黄桃一百五十亩，这些都是长期产业。长期产业有季节性，见效慢，是从长远考虑的。'两短'，一是在茶叶行间及经果林下套种长条南瓜一百亩，二是投资十五万产业基金扩大到乡级食用菌种植，利益链与全村所有贫困户挂钩。'两短'就是为了弥补长期产业间歇的短板，以短养长，是村里自己搞的。章书记和师大联系好了，南瓜由他们收购。今天一早他就去南瓜采摘现场了，南瓜收回来还得找地方临时堆放，反正够麻烦。"

冯主任三十多岁，是本村人，他母亲才过世不久。因走路不小心摔了一跤，老人就这么走了。他也有两个孩子，大儿子十八九岁，上初中时刚好开始扶贫驻村，关键时候没管好儿子，逆反心很强，现在很不好管。小儿子还小，放不得手，平时由母亲帮着照看。自己忙村里的事，既担心大儿子惹祸，又担心照顾不了家里老人。现在母亲走了，小儿子又没人帮忙照看。

他说："现在我才意识到，平时陪她的时间太少，平时我要是抽点时间多陪陪老的，现在心里可能会好过一点。你看嘛，因为没见着我，上午才给我打电话，我正在联系电商销南瓜，下午六点多钟，我在村委会刚端起饭，还没吃，我父亲就打电话通知我，说她老人家走了。她生前那么苦。哎！参加'脱贫攻坚'的干部，没有谁不亏欠家里人。这个工作太具体，大大小小的事都得管，每天忙得手脚不停，一旦有人问你都做什么，一时还真是说不出来。你看嘛，光是抽时间应对上面的检查就要花很多精力，特别是整理书面汇报材料，数据变化又快，每次都要重新搞，经常熬更守夜。我当了这么久的村干部，一个月工资才一千七八，家里也不够用，'脱贫攻坚'以来，根本就没有时间干其他的事。好几次，我都想辞职不干了，随便到哪里打工，随随便便也不止挣这点钱。"

人往高处走，水往低处流，谁不想生活过得好一点，这是人之常情。我说："那你为什么还要坚持？"

冯主任抬头看我一眼说："你看嘛！你看我们章书记，人家一个外来人，离家两三百公里，同样有家有儿子。而且，搞'脱贫攻坚'是没有假期的，上级部门来检查，我还在给他们反映，没有假，回不了家，这对章书记他们这种下来扶贫的，太不公平了。你看嘛，他刚来的时候，上面安排了专门的住处，他就是不去，一定要坚持住村里。人家住在省城，不是这个'脱贫攻坚'，来你这个村搞哪样嘛？他还不是想为我们做点事情。他都能这样帮我们，我哪好意思拍拍屁股就走了。我是想，等这个'脱贫攻坚'工作结束了，再干自己该干的。"

他不说话了，大概又想起了自己的母亲，眼眶也是红红的……这也是个真正的男子汉，好男儿心中都装着大义。

隔了一会，我问："检查组经常下来检查吗？"

"是哦！这个工作上上下下都抓得紧。省里、市里、县里、乡里，也包括我们村里，一层一层的领导都要包干到底、到户、到人，当然要层层检查。出了事谁都脱不了干系，还有专门的巡查突击队，明察、暗访都有。刚开始，晚上十一二点都还在查岗。"

"你们怕不怕检查？"

　　"参加'脱贫攻坚'的，没有不怕的。特别是暗访组的检查，事前没有通知，我们也不知道他们来了。他们偷偷进村，认为哪里有问题，从来不和驻村干部沟通，直接就向上级反馈，通报很快就会下来。一整改，工作就翻倍，连解释的机会都没有。但我们还真不怕。"

　　"为什么不怕？"

　　"我们周家寨村班子是很团结的，大家都很尽心，做事也扎实，还没被通报过。给你说个笑话。和其他贫困村一样，我们村也有省里的领导包村，有一次，省里的包村领导没打招呼，直接就来周家寨村突击检查，他要到村里的农户家里看看。我们都陪着他，他想走哪家就去哪家。我们一大群人走到山后一户人家，有个叫陈远远的小男孩，两岁多还不到三岁吧，正蹲在地上玩耍。见一大群人进寨，小屁孩摇摇晃晃从地上站起来，路都走得不太稳，大老远就向我们章书记挥手大叫——'章书记！'

　　"我们一大帮人都忍不住笑了。省领导笑得更开心。他高兴，乐呵呵笑着说：'这个章峰驻村扎实，连两三岁的娃娃都认识章书记，还跟他打招呼，这个人我放心！'"

　　我们正说着话，章峰抱着一个又大又长的南瓜，高高兴兴回来了。作为了"以短养长"项目，今年章峰带领周家寨村村民种了一百亩长条南瓜。卖南瓜的收入，加上劳务收入，分红到户。百姓应该有笔不小的收入。百姓收入都写在章峰脸上了。

　　周家寨村的壮劳力都外出打工了，留在村里的全是老弱病幼残。为了给孩子一个好点的读书环境，有的家庭甚至带着孩子举家外出打工。这个状况全国农村都一样。缺乏劳动力，也成了制约村级经济发展的大问题。种一百亩南瓜，当然也不容易，昨天我还听见章峰组织村干部讨论南瓜销售、临时存放、采摘等事宜。

　　我一直以为驻村扶贫，最大的难点是项目规划及产品经营，但事实上项目规划及产品营销都不在第一书记职责范围内，实际情况比我想象的要复杂得多。

贫困村的项目产业营销，由县里统一规划经营，更大的项目则由市级，甚至由省里统一规划，统筹管理，由此还建有一套覆盖村级经济的运作体系。这种营销模式的好处是：能形成规模，最大限度整合市场资源，便于长远经营。对驻村第一书记来说，只需听从指令，落实好生产环节即可。

但从现有经营情况看，这种配套营销也有缺点：管大不管小，顾及不了各村的不同情况；"公司＋合作社＋农户"之间，利益分配、问责机制等，也尚不明确、完善，加上政府主导的扶贫有别于完全的市场行为，一旦销售平台不畅，就会影响到每家每户。特别是偏远地区的县一级平台，交通、信息、资源都比不上发达地区的县份。去年，周家寨村按统一规划种植的工业辣椒，销售渠道不畅，经营公司倒闭，每亩工业辣椒亏损就达三百元，最后倒闭的公司还欠着村民的钱。

章峰对我说："'公司＋合作社＋农户'，能在一定程度上形成风险共担，但我们是一类贫困村，我们的百姓承担不起这个风险。虽然上面没有要求，但我想，我们得有自己的'以短养长'村级经济。这个很有必要，也很重要，可村级经济是短期经营行为，形不成规模，市场资源也没有共享，销售环节靠的是单打独斗，一旦找不到销路，产品市场调查不准确，也有风险，凡是经营都有风险。老百姓不怕花劳力种东西，怕的是种出来的东西没人要，最后烂在地里。所以我们自己谋划的经营，一定要想清楚，多费劲，不能冷了大家的心。"

他说的不冷大家的心，我是有所体会的。和我聊天的冯主任，一个月拿一千七八的工资却没有辞职，仍然留在村里，主要原因就是受他影响，心是热的，情感上放不下。

章峰说的"以短养长"，是指统筹平台以外的村级项目产业，比如庭院经济、林下养殖、行间种植等等。他抱着的大长南瓜，就是"行间经济"

产品。这个"行间经济"作物，是维护茶园，给茶林行间除草、松土时种下的。反正除草松土也得花劳动力，顺便就种下去了，就算亏，最多也就是种子钱和劳动力。

"我算了一笔账，"章峰说，"种南瓜时，茶园投入的劳动力有茶场给的劳务费；摘南瓜时，每天又有七十元劳务费。除了两头的劳务费，我们只投入南瓜种子钱，就算亏了，我们只亏种子钱，何乐而不为。村级经济我们是考虑了又考虑，问责我们不怕，我们怕的是老百姓兜不起这个底，伤了他们的心，所以事前一定要把销售风险考虑好。我最先考虑的当然是我们单位的学校食堂，他们帮着消化一点，再帮着销售一点，电商也销售一点，保守估计，我这几千万把斤南瓜亏不了。就算价格比市场价稍低，我们这个南瓜是绿色食品，至少比大棚南瓜好销吧。这个不是硬性任务，我们也可以不搞，但为了让老百姓多有点收入，只要有把握，我就带着大家搞了。这是长短结合的套种，成本低，收入也还行，不套种你也要花人工整理茶园。除了种子钱，这个差不多就是找一块钱得一块钱的事。退一步说，就算亏，也不至于像去年种工业辣椒。现在，周家寨村还在茶园里套种辣椒，但是，是食用辣椒，就算保底销售出了问题，也可以自己加工、自己买、自己吃。"

在贫困村村级经济项目上，我看出了章峰的态度：项目不能只靠等，也不能安于现状，对村级经济的谋划既要积极，又要稳妥。

章峰说："我们主动谋划村级经济，就是为了大家多有一点收入，绝不能亏欠了村民们。"

不可以冷大家的心

趁着章峰组织开党员大会，我到村里转了转。村里人很少。

在离村委会不远的一个村民组，有个六十岁左右的村民邀请我到家里坐坐。这户村民家的房子是纯木结构的，一楼一底，房屋宽敞明亮，院坝前后都打扫得干干净净。

我说："你家房子真漂亮，是新修的吧？"

他说："修了好几年，每年在外打工的儿子回来，都要修整上漆。村干部们说得对，打扫干净住着舒服，精神就会好点。我年纪大了，出去打工累不起了，家里面还有个八十多岁的老人，不出去打工，现在村里也过得下去。"

见有陌生人聊天，一个路过的村民也加入进来。我问他高寿。七十多了。

我又问："家里有几口人吃饭？吃得饱吗？"

这个村民话多，来了个竹筒倒豆——和盘托出："现在的日子好过，我家就两老吃饭。娃娃们都在外面打工，我也不要他们的钱。我和老伴现在都有养老金，一个人每天三块钱，我们自己种的粮食、蔬菜已经够自己吃了，一天三块钱绰绰有余。"

这个老人有两个孙子，大的一个去年考取了江西的大学，每年的学杂费一万多元，一个月生活费一千多；小的一个今年即将高考，高三了。他说："我不要儿子的钱，他们在外面打工过得好就行。我们有事，村干部们都要管，日子还是好过。"

啰啰嗦嗦聊了一会儿，我又沿着村道往回走。

回到村委会办公室，章峰正和其他村干部商量一笔十三万元的捐助款该用于什么项目。我在周家寨村的几天里，这笔捐款我听他们讨论了好多次。这十三万元扶贫资金的由来是这样的：章峰初到周家寨村时，因遇下雪，孩子们出不了门。正好章峰学校领导下来检查工作，他带着校领导现场走访村民，告诉他们："你们都看到了，村里的孩子上学不容易，特别是年龄小的孩子。我们是搞教育的，在教育问题上理应超前考虑，积极支持。"他说服了校领导，最后他所在的贵州师范大学捐助了这十三万元，支持周家寨村建一所幼儿园。后来因师资、生源等问题，幼儿园没有建成。但这十三万元一定要用在刀刃上，要谨慎。因县里正在规划修建全县饮水池，周家寨村开展不了大规模养殖，十三万扶持资金就定位在"以短养长"上，庭院经济、行间种植、林下养殖，他们在一项一项、一遍一遍地考虑、论证。

听他们这么讨论，我总以为，扶贫工作最难的是找项目、跑资金。章峰说："当然这个也难，但驻村扶贫最难的不是这个。"

"那是什么？"

"是获得群众对你的认可和信任！"

章峰对初来周家寨村的情景，仍有深刻记忆。他说："初来，村民们根本就不理我，去家访，有的村民远远见了我就把门关上，装着不在家。我第一次到第二村民组开村民大会，议程是讨论低保。那时我才知道，群众对干部的意见有多大。以前村干部们做的事，一条条、一件件，他们都记得很清楚，记在心里的账比记在纸上的更清楚。开会时，村民们列举的细致内容令我吃惊。当时的干群关系、党群关系，让我想找个洞钻进去、躲起来。"

群众工作不好做，一方面是有的干部确实做得不好，另一方面是有些工作群众不理解，特别是贫困户，心里憋着更多的委屈。想走进他们心里，实在不容易。不下点苦功夫，真不行。

我想起冯主任曾对我说过的话："村干部你要认真当了，老百姓会骂你；你要不认真了，领导会骂你。反正是老鼠钻进风箱里——两头受气。有时候你是用心做，一些村民理解不了，比如这个修路到户，就是硬化道路和院坝。你把砂子和水泥都给他拖到了家门口，他死活不要，觉得道路、院坝硬化没有用，他也不考虑卫生环境，认为那是白费力。

"改电、改圈也一样，有的村民不愿意，他们觉得你在多管闲事。问题是我们也不能帮他做，全村这么多人，一旦开了口子，我们的其他工作还做不做？最后，好不容易说动他了，你要一件一件做给他看，让他下次照着做。章书记还亲自给村民叠过被子、衣服。

"再比如，组织老年人外出参观，太阳实在太大，气温又高，你给一些年纪大的村民做工作，让他别去了。你是为他好，怕他中暑。他只记住你不让他去，恨你不让他去，然后破口大骂。你看嘛，有的人知道，改电、改圈、硬化庭院这类工作做不好，村干部脱不了干系，他就恶意不配合。我们也很委屈的。"

章峰初到村里时，几乎全村的人都看见他没事就在村里转。有凝冻时，他带着村干部们在鞋子上套袜子、捆草绳，一家一家去看，油盐柴米水，样样都要过问。他和村民们拉家常、谈庄稼，了解大家的日常生活。每次有领导来，他都要带着领导到百姓家里去，有针对性地解决问题，比如那十三万建幼儿园的捐助款，就是带领导到现场查看后决定的。为了解决周家寨村人畜饮水问题，他跑遍了周家寨村周边的所有大山。村民们也发现，这个书记不是来"打"一趟就走的，他是想给大家做实事的。他自己也明白，你要走进村民的心里，了解他们的想法，才知道该给大家做什么。

他感动了村民，村民也感动了他。

有一天，他一个人在村委会吃饭，有个上了年纪的女村民怕他没菜吃，送给他一把自己种的白菜。还有一次，去一个村民家家访，刚坐下来，主人就给他做了一碗热气腾腾的鸡蛋汤端上来。他感动了，迫不及待把这些都记录下来，又晒到朋友圈里。现在，村民们对他的态度完全变了，逢年过节吃杀猪饭，村民们都排着队请他，他不去，村民会生气。

和村干部们相处，他不摆架子，上级给他安排了住处他不住，主动要求住村里，和其他村干部同吃同住。特别是迎检的时候，他和大家一起熬通宵。待在村里的时间长了，大家劝他回家看看，他也不去。村干部们也觉得这个第一书记很实在。

更让大家想不到的是，村里有个寡妇带着两个孩子，其上初中的女儿，学习成绩很好，一直读尖子班。走进她破烂的家，灰暗的墙上贴满了女儿的奖状。但因单亲家庭产生的心理压力，导致这个小女孩精神出了问题，曾轻生自杀过。他可怜这个无人问津的小女孩，带着她多次上贵阳，精神专科医院、三甲大医院、学校医院，一处一处去求医生。而且，那段时间，章峰父亲刚做了心脏手术，需要多次复诊，他的时间却全部花在了小女孩身上。最后小女孩病情有所好转，还一直闹着，要跟他学电脑。

救助老人孩子、争取扶贫资金、解决饮水困难、谋划村民收入，办事公道、遇事讲理，心里装着大家……这样的第一书记，当然应该获得尊敬和爱戴。

村民们信任他，婆媳关系不好、儿子不孝顺、夫妻闹离婚……大事小事都爱去找他。章书记懂道理、有办法、肯帮人，还会安慰人。村里有个大姐，孩子们常年在外打工，平时就她一个人留守在家。有一天，章峰去组里，在路边遇到这个大姐。大姐见了他，立即停下手上的活，迫不及待地说：章书记，我倒霉呢，我养的猪死了，家里又被偷了，脚也崴了……说着说着，这个大姐伤心地哭了起来。

查看脚上伤情，处理报案事宜，埋掉死猪……最后章峰安慰她："大姐，别哭！生活都有不如意的时候，现在生活条件开始有所好转，撑过去就好了。有我陪着，大姐，不哭！"

有事就找章书记，大事小事都找他。章峰确实没有冷了大家的心。

我真没做什么

待在村里，一连好几天没水。我不敢上村委会的卫生间，一个人偷偷跑到山后没人的地方解决。

"好几天没水，村民们怎么办？"我问章峰。

他说："现在都好多了。驻村，我创下过一个多月不洗澡的纪录。去年我们才把分散的水资源整合了一下，经过提升改造，这种情况已经很少见了。昨天一早我就上山看过，好久没下雨，蓄水池里没水了。"

"那村民们临时用水怎么办？"

"这种情况，我们早有防备。几乎每个村民家的屋后都挖有一个水窖，下雨时，雨水会由山体过滤到水池里，应急时可用。加上七个村民组，每个组都有一口水井，最远的也就四五十米，可以挑水吃。现在县里已经筹备，在我们村修建一个大水库，供全县使用，今后吃水没问题，会越来越好。"

他说："走！我该去村里转转了，顺便带你也看看我们村。"

"我们村"，这是她爱人在信中提到过的。

跟在章峰身后，我们下到组里。村民们一见章峰就围了上来，也不顾及一个陌生人的存在。大大咧咧，开口就说："拐（完）喽！可惜章书记喽，好几天不见，都以为你调走喽。"

章书记没调走，村民们都乐呵呵的。

一个村民对他说："章书记，我家鸡下了八个蛋。我家鸡下了八个蛋哎。"

向章峰哭诉家里被盗的大姐也在，她的话最多，但脸上已然没有了悲伤。她说，派出所给她打过电话，反复核实被偷了多少钱。她说，派出所还没有通知她去领回被盗的钱，是不是要交办案费？"我都记不清我被偷了好多钱，我大女儿给我一千，二女儿给了我八百，但二女儿又拿走了一点，我自己钱包里还有两百。是不是我说的钱数字不对？我家死的那两头猪，为哪样还要埋？是不是得的那个非洲病……"

章峰乐呵呵回答她："你不要听人家乱讲，派出所办案不收钱。派出所办案要讲程序的，小偷偷了多少钱，是要根据金额定罪的，他们办完案就会通知你领钱。你要有个教训，有钱就存到银行里去，别放家里。你家死的那两头猪不是非洲猪瘟，不要紧张，我那里有药，你抽时间过来拿，重新养猪以前，要先把猪圈打过药消消毒……"

他又对一个笑眯眯的老太婆说："你家儿媳妇回来没有？你要说说你儿子，不要要大男子主义，有话要好好说，好好地讲道理。"

回头，又问蹲在地上的一个老头："你家河沟边的房子搞完没有嘛？

上次受伤的脚趾头好没有？干活的时候要小心哦，这个年纪了，伤到哪里都很麻烦。"

"你嫂子要生孩子了，你要主动和她搞好关系，让她高兴，要顺着她。她身心不愉快，给你生个傻侄子，我看你咋办。"

……

去到坎上一户人家，有卫生系统的干部正在入户开展医疗卫生知识普查。接受普查的老妇人七十左右的年纪，老老实实坐在凳子上，一本正经回答普查问卷。打过招呼，章峰也不进门，站在窗户下也不说话，只是两肘撑在窗户上，双掌托着脸，认真听着老人答题。

我突然发现，章峰根本就不像个第一书记，那个姿势就是个孩子。

去另一个村民组，在路口碰到一户人家，男主人是残疾人，有条腿是跛的。他和妻子一个劲儿邀章峰去他家里坐坐。章峰也不客气，随他走到院子里，坐在家门口的老人立即站了起来，章峰又把他摁回去，让他卷起裤腿，俯下身子，看他小腿上的癣好了没有。

老人说："我一直搽你从贵阳买来的药，好多了，都不痒了。"

章峰又问："头还昏不昏嘛？你要按时吃我给你买的那个药，其他药先停一停，我老爸就是吃这个药吃好的。"

我问章峰："都是你给他买的药？"

他回答："是呀，我看我父亲用着挺好，就给他买了。"

"你掏的钱？"

"这又要不了几个钱！"

这个村民家住的是四合院，木质结构的房子刚刷过防腐漆，院坝很大，四周打扫得很干净。进到家里，主人烧水，找杯子倒茶。章峰顺手拿起桌上的透明胶，把墙上掉了一半的招贴画扶正，又用手里的透明胶粘上。这些小动作，他做得很自然，就像在自己家里。

……

手机响了，章峰接到电话，村委会通知他回去开会……

急匆匆，我们从村民家里出来，刚泡好的茶也没喝。主人一直追着送我们，直到我们上了车，那个村民还在挽留。

回去的路上，章峰又问我："我觉得自己真的没做什么，我甚至说不出自己做了什么，又不典型，怎么就选我采访呢？"

我笑了笑，没有回答他，但心里却有一股暖流。

作者简介

王剑平，男，汉族，中国作协会员、贵州省作协理事、贵州省文史馆特聘研究员、贵阳市作协副主席，专业作家。原《花溪》文学月刊编辑，《艺文四季》副主编，编辑图书40余种，鲁迅文学院第二十七届高研班学员。

1992年开始文学创作，在全国各级报刊杂志发表小说、散文、报告文学、理论随笔若干，作品入选多种选本，有作品译介国外发表，短篇小说《拾易拉罐的小男孩》获德国之声国际文学大奖最高奖，应邀出席法兰克福国际图书博览会小说论坛。著有《城市形状——王剑平中短篇小说集》，长篇小说《黔中护宝记》（《护宝记》），散文集《荒谬的眼睛》等。

山高水长望大江

魏荣钊

黄
胜
江

　　黄胜江，2002年9月至2005年7月，在四川省轻工业学校园林城市规划专业学习；2006年9月至2009年1月，在中央广播电视大学法学专业学习；2009年2月至2013年6月，任贵州贞丰县公安局交通警察大队协警，挽澜乡板光村党支部书记；2013年6月至2014年9月，任贵州省贞丰县挽澜镇扶贫工作站工作员；2014年9月至2016年8月，任贵州省贞丰县挽澜镇计生办负责人；2016年8月，任贵州省贞丰县社会稳定风险评估指导中心工作员；2016年9月至2017年8月，任贞丰县鲁容乡里秀村驻村干部；2017年8月，任贞丰县委鲁容乡里秀村第一书记；2018年2月，被贞丰县委县政府授予"贞丰县2017年度脱贫攻坚先进个人"荣誉称号；2018年7月，被黔西南州委授予"全州脱贫攻坚优秀共产党员"荣誉称号；2018年7月，被贞丰县委授予"全县脱贫攻坚优秀共产党员"荣誉称号；2019年获贵州省"优秀村第一书记"荣誉称号。

一

　　尽管黄胜江也是在农村长大的，但他从贞丰县城来鲁容乡里秀村报到的头一天，还是被当地村干部来了个"下马威"——给他一副冷面孔。

　　2016年9月，黄胜江作为县政法委的一名普通干部被派驻里秀村，当时是以"精准扶贫、同步小康"驻村干部的身份来到这北盘江边的。来的第一天，村干部看他长得白白胖胖，心想，又来了个镀金的，所以对他爱理不理。黄胜江个子长得高大，正好而立之年。古人说，三十而立，四十不惑。但在村干部和村民们眼里，他是个"娃娃"，未经风霜洗礼，大家压根不看好这个帮扶干部，私下嘀咕："又是哪个领导的娃儿，来待两天，回去提拔当官……"

　　面对村干部和村民们的误解，黄胜江沉默不言，也只能沉默。但心里思量着，既然来了，不管三七二十一，哪怕这里是块铁板，也要把它砸出个洞来。

　　里秀村位于北盘江东岸，为贞丰县鲁容乡所辖。鲁容乡是贵州极贫乡镇之一，里秀作为鲁容乡的深度极贫村，山高坡陡，85%以上是布依族村民。

虽说地处北盘江边，可常年缺水。这是贵州地处江河地带的乡镇的一个共同特点。北盘江边的村民对生存环境编了个顺口溜：

> 眼望盘江河，
> 有水喝不着。
> 姑娘往外跑，
> 媳妇讨不着。
> 石缝种苞谷，
> 只够三月活。
> 要想吃米饭，
> 除非坐月婆。
> ……

里秀村所辖十二个村民小组，有五百七十多户人家，二千六百多人，是全乡土地最大、最散、切割最严重的山村。由于海拔低，又地处江边，因此，夏、秋季节十分酷热，不要说外地人来这里难以忍受，就是当地人都感到酷暑难当。

当时的村委会村民办公联系点离江边很近，说是村委会活动室，实际就是两间破房子。那天晚上，黄胜江住在破房子里，的确感到那热气是一阵阵侵袭身心，整个夜晚可以说是煎熬过来的。至今三年过去，一想到那个晚上的苦熬以及难受，他都有些佩服自己。因为，那不仅仅是考验身体的承受力，还有精神的抗压力。白天村干部和村民们对他冷眼相待，他就意识到，扶贫之路不仅漫长而且艰巨。

尽管情况复杂、环境恶劣，黄胜江知道，没有退路，就算有也不可能退缩。

北盘江边的里秀，天干了很久，一直没下雨，住在江畔的不少村民只能下到江边扛水喝，村委会也不例外。第二天，黄胜江拿着空的矿泉水桶和大家下到江边，他与扛水队伍走在一起，没有谁觉得他是从县里来的干部。他跟大家一样，像一个地地道道的村民，爬坡、下坎、弯腰、打水……没有一个动作让大家觉得他是县里来的干部，而是觉得他就是邻居家的大小伙子。他扛着一桶水，一步步稳健地往坡上走，汗水在他脸颊两边流淌，他一声不吭，偶尔腾出一只手来，在脸颊上揩一下，甩一下手，努力往坡上行走。年龄大的，扛一次水就歇下来了，年轻点的要下到江边扛两次。黄胜江也一样，没有休息，一口气扛了两桶水到落脚的地方，这不仅让村民们哑然，尤其让村干部刮目相看，认为小伙子非同一般，切不可当"娃娃"看待。

第一次"行动"，黄胜江在里秀村不敢说拿到了满分，至少在有眼光的村民们眼里是八九十分的标准。其实，黄胜江并非是作秀，他本来就是从农村一步步干到县政法委的。他们根本不知道，此前，黄胜江在贞丰别的村里当过村干部，不敢说是"老经验"，至少能吃苦耐劳、身体力行。不仅是在农村长大的人，而且，具有村干部的工作经历。虽然现在在县政法委下属单位工作，成了机关干部，但他在机关里什么活都干，还是办公室的"一支笔"，各种文字工作，有令必行，绝不怠慢。可以说，单位是把他当复合型人才培养的。来到里秀村，村民们看他年纪小，一张白白胖胖的脸蛋，就小瞧他，认为是来"镀金"，过几天，拍屁股走人，回去就说有基层工作经历，然后名正言顺提拔当个什么科长、局长的……

事实并不是村干部、村民们想象的那样。组织安排黄胜江下到里秀搞帮扶工作，不仅是县里的统一部署，尽量安排年富力强的干部下基层扶贫；也是政法委班子的意见。黄胜江不仅年轻，有农村生活经历，还有村干部工作经验，下到贫困村里秀搞扶贫工作是最合适的人选。要说自愿选择，黄胜江肯定不会选择再到农村工作，这不光是因为他本身就是农村长大的，他还在贞丰挽澜镇的一个村里当过两年村支书。从意愿来说，谁也不愿意重复走过的路；尤其是儿子还小，刚上学，需要陪护和管教，下到乡村，这就意味着把儿子全权丢给了妻子一个人……但面对工作和组织安排，黄胜江不可能选择。

他想，人们怎么看我没关系，但自己不能放弃自己，偏离自己的航向。

可是，让他意想不到的是，他来到里秀才两周，一天，组织上突然通知他回单位上班，让单位另一位比他年龄大一些的同事替代他在里秀扶贫。黄胜江心里嘀咕：怎么回事啊？难道我哪里做错了？是不是村干部向上反映，我哪里做得不好了？他们不满意？才刚刚熟悉村里的一点情况呢……

一切服从组织安排和调度，黄胜江没有犹豫，打起铺盖卷回到了县城。从情理上说，这是他求之不得的，回家正好可以照管儿子读书啊。然而，他怎么也没想到，才半个月时间，组织又找他谈话，让他继续去里秀搞扶贫工作，把同事换回来。黄胜江虽然觉得奇怪，但没有问为什么。他还是以任劳任怨的心态服从组织意图和安排，打起铺盖卷再次回到里秀村。

当笔者2019年初秋来到里秀，对这一问题表示不解的时候，黄胜江淡淡地说出了个中原因。他说，他也是事后很久才了解一点情况，比他年龄大些的同事之所以很快就返回了单位工作，一方面由于其工作原则性太强，另一方面还因为他说不了布依族话。

黄胜江明白，这两点都是一个扶贫干部在里秀能否干下去的根本所在。里秀村十二个村民组，二千六百多人，百分之八十以上的村民都是布依族，生活、交谈全说布依族话。一个帮扶干部想在里秀扎下去，说不了布依族话就等于一个聋哑人走进村寨。尤其是走村串寨落实工作的时候，你说汉语可以，在他们不了解你的情况下，根本不和你搭话。你说你的汉语，他说他的布依族话，你说话他听得懂，他的话你一个字也听不明白，想开展工作，这比登天还难。

同事不会说布依族话，也听不懂布依族话，这是他到里秀不到半个月就回到单位的原因之一。其次，是同事的工作原则性太强，什么都按规矩原则行事，一是一，二是二。黄胜江觉得，在一个高度文明发展的社会环境里，讲原则讲规则讲道理没有问题，但在长期形成的特殊民族文化心理的村寨里凡事讲原则、讲规则，工作起来那就有些难了，你讲你的，他不和你对话，那你一点辙都没有。这里山高坡陡，和文化不高、觉悟不高的布依族村民打交道、开展扶贫工作，没有耐性肯定不行。除了耐心，还得和他们"和"，真正走近他们，和他们做朋友，他们才会接纳你相信你，如果动辄就上纲上线，他们根本就不和你合作，甚至离你远远的。

黄胜江二进里秀，虽然心里有说不出的滋味，但村干部和村民们却十分欢迎这个"娃娃干部"回来。他心想，这次来了，咱们就好好合作一把，希望大家彼此理解，相互支持。在政策的层面，把扶贫工作落到实处，把里秀的村组路修好，把自来水接进每家每户，让里秀的明天更漂亮更美好更富裕。

黄胜江心里这样想，但没有说出来。他告诉自己，等到了梦想成真的那一天再说不迟，先做，做成，才更有力量、更具说服力。

二

笔者与黄胜江在电话里约好在贞丰见面的时间和地点。

见到黄胜江那天早上，天公不作美，下着细雨。我们在贞丰县城见面后，我坐上他的面包车奔向里秀村。早晨七点钟，我们从贞丰县城出发，一路上，他电话不断，有别人打给他的，也有他打给别人的。有些电话，他说汉话，有些电话说的是布依族话。当他说布依族话时，我一句也听不懂。但不管他说汉话还是布依族话，我都感觉到，没有一个电话不与里秀的脱贫攻坚有关。有的电话是驻村干部打来汇报工作进展情况，或某项工作遇到麻烦、困难，需要他定夺、拍板、解决。从电话中，可以感受到，他对整个里秀村的脱贫攻坚工作了如指掌，别人问什么、请示什么，他当场告知，需要表态的也毫不含糊。一路而去，我本想与他随意聊聊，结果他电话不断，根本没有机会插嘴。

初次与里秀村"第一书记"见面，我的感觉，黄胜江不像驻村干部，从他接电话的频率看，倒像一个公司老总。在我印象中，只有那些大公司的大老板们才业务繁忙，才电话不断，才如此应接不暇。

我们行至北盘江上一座大桥的桥头时，黄胜江把面包车停在了桥头边。这时，雨越下越大。我坐在车上不明就里，以为他在等什么人，或是等大雨停后再走。等了一会，见桥头边开来了好几辆车，顶着大雨下来一队穿白色T恤的人员，黄胜江下车走上前和来人说了几句话，然后走过来对我说，鲁容乡全体干部有个瞻仰红军纪念碑活动仪式，需要半小时时间。我表示愿意跟他同行，于是下车沿着桥头的一条小路往山坡上走。

十来分钟时间就到了目的地——小山坡上的"白层古渡红军纪念碑"前，几十个人整齐地站在纪念碑前宣誓。这时我才发现，所有人穿着的白色T恤背上都印有"鲁容脱贫攻坚"六个字。这时，我才明白，他们到这里来瞻仰红军烈士的目的是为了学习红军精神，在最后的冲刺时间里，要像红军渡江一样英勇无畏，夺取决战脱贫攻坚最后胜利。

我原想是尽快奔向里秀村，到村里走走看看，结果时间不凑巧，结束瞻仰活动后，鲁容乡全体干部马不停蹄召开全乡脱贫攻坚推进情况汇报会，这个会，黄胜江更不能推脱。我不得不在乡里等候，其实我很想参加他们的脱贫攻坚推进会，结果还是被拒之门外了。我想，他们有些敏感，可能把我当记者看了。

到了鲁容，天气又放晴了，太阳钻出云层，气温升起来，尽管已是秋天，但闷热的天气还是使人难以适应。我躲到乡政府大门口一棵榕树下，独自坐在石凳上等着。十点、十一点、十二点、十二点半……等啊等，一直等到中午一点钟，会议才结束。我早已饥肠辘辘，黄胜江没说一句客气话就把我叫上车，拉着往里秀跑，他说，到村里再吃饭。我想，他已经习惯了这种工作模式，所以不在乎我这个外来人对时间对饥饿的感受。

赶到里秀村委会工作活动点，已经是中午一点半钟，此时，村里的干部们，包括从县、乡各部门抽调到里秀参加脱贫攻坚的驻村干部，差不多都吃过了饭，只有三几个人还没放碗。两张大圆木桌摆在屋子里，桌子上只有一盆老南瓜尚且不少，其他三个菜几乎荡然无存。我已经饿得不行，由不得礼貌和客气，自顾盛上一碗饭坐在桌边狼吞虎咽地吃，而黄胜江却还在走来走去安排工作，工作安排完，电话又来了，等他坐下来吃上饭时，桌上的菜几乎空空如也。他独自坐在一边吃着饭，一边回答着旁边人有关工作方面的请示。

我扫眼看看还坐在凳子上的干部们，大多都比黄胜江年长。菜吃剩了，厨房没说给他再烧个菜。坐在屋里的干部们，无论是比他年大的还是年幼的，没有一个人说句客气话，"有客人来，再做个菜"什么的。他们既没把黄胜江当"老大"，当第一书记，也没在乎我这个远道而去的"客人"。黄胜江作为最后一个吃集体午饭的里秀第一书记，独自坐在一边，即便没了下饭的菜，也把白饭吃得津津有味……顿时，我觉得，这个人，这个黄胜江，虽然人很年轻，如果不受欢迎、不被大家认可，搞不好里秀村脱贫攻坚工作，实在是找不到任何理由。

午饭后，我跟着黄胜江来到他的办公室。

我想细致和他聊聊他在里秀三年时间中记忆犹新的一些经历，然而，刚说一句话，就走进来一个人：黄书记，我们组那户人家坝子的堡坎该不该垒？

黄胜江回他：你再认真了解了解，看看坝子有无垮塌的危险？要有数据和调查资料作支撑，千万马虎不得……

来人走了出去，我再次提起话头，又进来一个人说：黄书记，我们组的那户人家，女儿嫁出去两年了，但户口一直没有迁出去，这个怎么办？

　　黄胜江说：这个一定要搞准确，如果确实没有迁走，这种情况，必须和当事人取得联系，最好是帮助她尽快把户口迁到丈夫所在地去……

　　一会又进来一个个子矮小的男子，说布依族话，黄胜江也用布依族话与他交谈，坐在一旁的我根本听不懂他们说的什么。男子走后，我问黄胜江，这个男子是做什么的？他来和你说什么事？黄胜江告诉我，这是村里的贫困户，叫罗仁生，为了帮助他尽快脱贫，村里安排他在村蜜蜂养殖合作社当管理员，他来就是汇报蜜蜂养殖方面的情况。

　　罗仁生刚走出门，与其擦肩而过进来一个三十来岁的女生，进门喊了一声黄书记后，与他说了两句话就走了出去。我不明就里，问这是做什么的？黄胜江告诉我，这是从县里来参与脱贫攻坚工作的老师。黄胜江说，到里秀村参与脱贫攻坚的老师不少，他们主要负责走村串寨，了解村民脱贫的具体信息，把了解到需要解决的问题和困难汇报到指挥所或村支委。他们到村里参与脱贫攻坚"大决战"的工作，是利用没有课的时候进行，从县城来村里很远，有车的带没车的，结伴而来，虽说每周就一两次，但还是很辛苦的。黄胜江不免体贴地说。

　　老师走出门，立即又进来一个满身泥灰的男子，用布依族话叽里呱啦说了半天，我一句也没听明白。他走后，黄胜江说，这是给农户做透风漏雨工程的工人，他是来告诉我，已经做了多少户，叫村干部过去看看，有没有什么问题。

　　……

　　那个下午，我的采访实在没法连贯性进行，不是不断来人说事打岔，就是黄书记的工作电话接个不停，我想，这样的工作频率，没有年轻的资本和一副好身板定然是吃不消的。

三

铁打的营盘，流水的兵。在里秀，很多村民都认为，黄胜江这小伙子不会待多久，要么是城里的单位不会让他这么长时间"脱岗"（很多村民根本不了解脱贫攻坚工作的决策和政策），要么他自己受不了，会打退堂鼓，毕竟农村就是农村，怎么能和县城比？然而，令大家意想不到的是，2017年7月，上级组织正式任命黄胜江为里秀"第一书记"，这让很多人大跌眼镜、惊讶不已，也让黄胜江自己"猝不及防"。

其时，离黄胜江到里秀扶贫还差两个月时间才一年。

当村干部和村民们得知"第一书记"的权力比村支书还大时，惊讶中不无疑惑，这到底是个什么样的"官"？村里不是有支书嘛，怎么还要一个"第一书记"呢？

私下，有人巧妙地向黄胜江打听。

黄胜江只好"临时补课"，一一向询问的人解释。他说，这是近年来，上级组织根据基层党组织"软弱涣散"情况的一个举措。"第一书记"意味着下得来、蹲得住、做得好，并且还要有基层生活和工作经验。

什么叫村党支部"软弱涣散"？

这包括党支部后备力量培育不足、支部班子凝聚力不强、农村党员党性不强，带动力不足，在推进农业产业化过程中的不当措施导致村集体经济债台高举，还有一些村在村集体经济经营中因为分配土地等原因导致失去"集中地"经营权，村集体经济失去来源等等。这些问题是致使村党支部"软弱涣散"的主要矛盾和次要矛盾，甚至更错综复杂。一般来说，驻村"第一书记"为一期至三年，而农村工作有着以农时为周期变化的规律，从这一方面看，"第一书记"存在着工作时间短、困难大的特点。要想在短时间内解决问题，必须要有丰富的基层生活和工作经验，要了解农民、了解基层工作特点，这才有利于尽快投入工作，解决村党支部工作中存在的问题。为此，"第一书记"的选择，首先考虑的，是从农村成长的干部中选择、从正在基层工作的干部中选择、从有基层工作经验的干部中选择。当然，"第一书记"更要求党性强、能力强、责任心强。

农村生活条件艰苦、矛盾错综复杂，"第一书记"面临的不仅是了解问题，还要面对问题和解决问题。"第一书记"不仅要求政治素质好、工作能力强、善于做群众工作，还需要有事业心和责任感。以"曲线升职""渡金"为目的的人做不好"第一书记"，只想升官的人也做不了"第一书记"。如果不按照事物发展的客观规律办事，那么，即使有一些所谓的成果，也解决不了脱贫攻坚工作的真正问题。农村工作，群众工作是基础工作。看似简单的群众工作，它与农民的思想状态、欲望诉求、民风民俗等密切相连，这包含着群众的立场、群众的利益、群众的感情，如何引导群众、凝聚群众力量等等，都需要丰富的群众工作经验。最重要的一条是，没有吃苦耐劳精神，根本无法胜任"第一书记"。

这个"第一书记"不是喊着好听的，他的工作地点可以这么形容：清晨在田间地头，午休在树林子里，傍晚还得走家串户。"第一书记"还需要有磨破嘴皮子的耐心、化解矛盾的智慧；"第一书记"更要有较高的党性修养，具备爱民如爱亲的思想境界。一个爱群众的人自然就会帮助群众，解决农户的困难，就会"权为民所用、情为民所系、利为民所谋"；没有担当、工作不扎实，休谈当"第一书记"……

都具备这些硬件和软件条件的，黄胜江无疑首当其冲。

2009 年，黄胜江从中央广播电视大学毕业，学成归乡，面对未来，多少有些迷茫。适逢村里推广耕地承包，发展农业产业。黄胜江凭着年轻气盛，敢想敢做的勇气，一口气承包了村里三百亩土地。三百亩土地，不是一个小数，相当于一面山啊。大家都感到惊讶，说这小子疯了，是不是读书读憨了，脑子进水了？家里人也反对，说他是在开玩笑，三百亩土地拿来干啥？就是种草，也够一个生产队的人忙乎。言下之意，是说黄胜江自不量力，脑壳发热，不够理智。

黄胜江从小就有一股子倔强劲，万事都喜欢通过实践来回答疑问。大家劝不住，也就索性让他去干。他找到担保人，在银行贷了款，甩开膀子开始在三百亩土地上"折腾"。

虽说是种土豆，可也不简单，光请劳动力帮忙就花了一大笔钱。这年，他白天夜晚都在土地上奔忙，从下种到锄草、间苗、施肥一竿子活都他带头干。让他没有意料到的是，这年天干时间特别长，土豆被晒得有气无力，眼看就撑不住了，他只得天天挑水给土豆浇水，这边的土豆湿润了，那边的土豆又被太阳晒枯了。他白天、晚上都忙乎在水渠和土豆地里，人都快累趴下了。

黄胜江害怕失败，但失败最终还是撵上了他，辛辛苦苦半年多时间，到头来，虽谈不上一场空，可结果还是赔了"买卖"，欠下了债务。

虽然出师未捷，但对黄胜江来说，却是一次经验教训，任何经验教训都来自实践，哪怕是失败的实践。古人说，失败是成功之母，没有一个人在社会生活中一蹴而就，只有不断总结失败和成功的经验教训，方能取得最后胜利。

前人还说，在哪里跌倒，就从哪里站起来。黄胜江跌倒在土豆地里，亏了钱，蚀了本，他不能就这样放弃自己的追求，还必须把欠人家的钱找回来还上，于是他又开始了另一条生财之道——跟人卖煤去。

卖煤实际就是跟人做煤炭生意，作为一个毛头小伙，只能给人家老板跑腿、当帮工，这是个又脏又累的苦差事，没有吃苦精神根本干不下去。所谓的帮手，就是给煤老板"押运"，煤拉到哪里，他就跟着司机跑到哪里。煤运到目的地，转运的中间商有干脆的有特难缠的，干脆的只要煤块符合标准，当即数钱。遇到那种喜欢拖欠货款的，磨破嘴皮不说，还得花时间跟着人家跑来跑去。那段时间，黄胜江跑广西、上贵阳、走毕节，没有体力根本干不了这活，尤其遇到"烂人"更是无可奈何。一次，黄胜江拉煤到贵阳沙文，就遇到这么一个人，煤下车后，司机就掉头走了。那个"买卖人"才告诉他，说煤块不符合要求，叫他拉走，司机都走了，怎么拉？等黄胜江转一圈回去，发现煤也不在了。联系买煤的，对方就一句话，不知道……

黄胜江觉得，做这个生意，虽然有钱赚，但需要斗智斗勇，甚至还要心狠。他把种土豆赔进去的钱还清后，放弃了这个买卖，毅然决然离开了这个行当。他的为人不适合他在这条路上前行。他需要重新选择自己的人生。

种土豆，他亏了，卖煤，他"累"了，但是，亏和累都让他深感踏入社会的艰辛与不易，然而，这却成了他日后当"第一书记"吃苦耐劳的根基。一个三十岁的人，能够循序渐进开展极贫村在脱贫攻坚工作中的各项工作，解决出现的各种复杂矛盾，没有"金刚钻"，绝对干不了这个"瓷器活"。

事实上，做煤生意虽然很累，包括与人斗智斗勇，可这行始终是赚钱买卖。尽管如此，黄胜江后来还是放弃了这个可以发家致富的职业。他的理想，不允许他在这个职场拼搏，这个世界，虽然没有钱万万不能，但钱却不是万能。他的父母亲是农村人，从小送他读书并非希望他的未来赚得盆满钵满，成为老板人物。他自己从小的追求也不是赚钱，直到大学毕业，其抱负还是想做实实在在的事儿，最好能为大伙做点需要的事，得到社会认可和受到人们尊重，他的理想是这个，虽然不那么明朗，但潜意识就是这样的抱负。

那时，贞丰县挽澜乡板光村招聘村干部，黄胜江想都没想就去应聘。因为有文化，又能吃苦，尤其是岁数不大，却经历了很多农村人没有经历过的事，经过面试，结合组织考察，黄胜江顺利当上板光村支部副支书。副支书这个岗位虽然是配合支书、村委会主任工作，但农村的工作往往都需要个人独当一面。

黄胜江从小本来就成长在农村，对村民们的性格、想法、思维可谓了如指掌。两年的村支部副支书，他干得得心应手，不仅使自己更加成熟起来，也积累了更多的农村工作方式、方法以及实际工作经验。

2013年夏，挽澜乡按相关规定招考基层干部到乡里工作，黄胜江满怀激情和信心考进了乡政府，开始在扶贫工作站工作。干了一年多，乡里根据工作布局和综合情况，把黄胜江安排到计生办负责部门工作。

黄胜江就像一块砖，看起来不起眼，但哪里有需要，他就可以在哪里发挥作用。2016年8月，黄胜江的工作岗位再次被调整，他来到了县城。这次"换岗"，让很多不了解他的人感到惊讶，这小子何德何能？居然去了县城，进了县政法委的办公楼。实际上，黄胜江的具体工作岗位是：贞丰县社会稳定风险评估指导中心工作员。该中心归属县委政法委。黄胜江来到这里，具体工作是社会稳定风险评估指导中心工作员，实际上却是政法委办公室的多面手，抄抄写写、内勤跑腿等等，哪个地方忙不过来，他就充当哪个"角色"打"替补"，直到抽调到鲁容乡里秀村驻村，进入本文的开头。

四

黄胜江认为，人生要做好两件事，一要让自己不断成长，以此成就事业；二要勇于销售自己，体现个体的社会价值。自从他担任里秀第一书记和脱贫攻坚"指挥长"以来，按照县委、县政府脱贫攻坚工作要求，勇于攻坚克难，敢啃硬骨头，稳步实施里秀脱贫攻坚，推进里秀发展。艰辛路上，他稳打稳扎，一步一个脚印迈着台阶。

驻村三年，即便很累很苦，他却坚持写工作笔记，工作前写，工作后写。脱贫攻坚工作千头万绪，写工作笔记，一方面可以加深对每天工作的记忆，另一方面是对每天工作有个大概思路，便于开展每天工作。三年时间，他记了近十万字的工作笔记，虽然都是硬条条，内容还不断重复，但这些工作笔记展现了极贫村脱贫攻坚工作的复杂性和琐碎无序。

脱贫攻坚的基本策略是围绕底数抓精准，补短板抓排查，强化督查，发挥脱贫攻坚指挥作用，理顺工作机制；围绕帮扶抓精准，压实包保责任，及时解决发现的问题，做好阶段性业务培训，切实解决脱贫对象困难，实现路径优化目标统一，完善"一达标、两不愁、三保障""四通一改"核心要素，合理布局资金投入，实施产业覆盖，落实产业利益连接机制，随时围绕问题进行分析、研判……上头领导这些理论，黄胜江听得烂熟于心，甚至可以背下来，但落到实处，却需要逐个进行，逐个解决，一点一点消化。从黄胜江近十万字的工作笔记中，可以看出脱贫攻坚工作千头万绪、"亚历山大"。虽然，他的工作笔记十分琐细、干硬，但从这些"鸡零狗碎"和枯燥的近十万字笔记中，不难看出驻村"第一书记"的忙碌艰辛与繁复不易。在此，笔者整理摘录黄胜江驻村三年来的部分工作笔记，供读者浅尝思索。

时间：2016 年 9 月 6 日 10 时 50 分

地点：鲁容乡政府会议室

主题：鲁容乡脱贫攻坚工作推进会

会议内容：

一、陆朝茂（县组织部副部长）介绍新派驻村干部情况及纪律要求。黄胜江驻里秀村。要求：1.服从安排；2.扎实推进工作向前迈进，掌握各村工作发展现状和存在问题。3.严格遵守铁的纪律，驻村时间每月不低于二十天，主动及时汇报工作开展情况，作风要实。

二、周宇（县政府办副主任）同志传达州委书记张政调研鲁容乡开展脱贫攻坚工作提出的问题：1."五人小组"干部薄弱；2.对脱贫攻坚工政策不知晓；3.劳务收入存在问题；4.鲁容乡土地未合法利用；5.扶贫移民工作有待推进……

三、王仕祥(县政府副县长)对鲁容乡脱贫攻坚工作的安排和要求：1.抓紧整改精准扶贫档案；2.做好脱贫措施（倍增计划）规划。6+6+N（6个一批+6个基础措施行动，N是农户的发展意愿）；3.调整产业发展思路规划；4."五人小组"全部一盘棋；5.做好易地扶贫搬迁工作；6.设想鲁容乡农贸市场赶集规划。

……

时间：2016年9月7日　星期三

地点：里秀村党员活动室

主题：详细了解里秀村基本概况

参与人：吴飞潮、罗帮泽、黄胜江、罗仁用等村组干部

了解内容：

里秀村全村6个自然村寨，共12个村民小组，575户2480人，其中：里逢一组62户281人，精准扶贫户24户104人，低保户2户19人；里逢二组45户198人，精准扶贫户10户54人，低保户3户9人；许力一组50户213人，精准扶贫户30户149人，低保户3户5人；许力二组45户190人，精准扶贫户22户101人，低保户1户1人；里秀一组43户163人，精准扶贫户19户84人，低保户2户6人，五保户1户1人；里秀二组58户242人，精准扶贫户28户115人，低保户4户9人；孔索一组46户211人，精准扶贫户15户67人（新增4户16人搬迁），低保户2户8人；孔索二组58户266人，精准扶贫户15户66人，低保户5户9人；孔索三组41户188人，精准扶贫户13户60人，低保户7户22人；孔索四组25户104人，精准扶贫户8户38人，低保户3户7人；永寨组70户273人，精准扶贫户24户84人，低保户1户4人，五保户1户1人；

里外村 32 户 151 人，精准扶贫户 10 户 47 人，低保户 5 户 18 人。

精准扶贫户共 223 户 1018 人，劳力 548 人，外（流）出 422 人。

民政兜底户：42 户 114 人，劳力 41 人，流出 39 人。

五保户：2 户 2 人。

搬迁农户：14 户 65 人。

贫困人口发生率：45.7%。

致贫原因：

1. 山高坡陡、平地资源稀少、气候炎热；2. 甘蔗种植劳动成本高；3. 因病、因学、因婚致贫，村民文化水平普遍偏低；4. 集体经济薄弱，没有村集体企业；5. 养殖业发展停留于各家各户散养；6. 产业发展布局和地形条件限制大；7. 无集中安全的饮用水；8. 公共服务设施配套不完善。

工作打算：

1. 消除"空壳村"（没有集体经济的村——作者注），减少贫困人口 321 人；2. 帮扶措施为"合作社＋基地＋农户"；3. 引进产业新技术合作社、新品种，助推农产业发展，通过产业增加村集体收入，实现脱贫，使村级集体有稳定的经济收入来源，从而带动贫困农户发展生产积极性、主动性。

时间：2016 年 9 月 9 日

地点：里秀村里秀一组

基础设施方面：

1. 串户路需 35.4 万元，6 万元/公里补助；2. 机耕道长 1500 米、宽 3.5 米。47 万元，财政局实施完成；3. 供电规划：100 万元；4. 土地整治地点：里秀、孔明。

农业产业规划方面（三年计划）：

1. 计划种植柚子：5000 亩，2. 计划种植李子：3000 亩；3. 计划种植油菜：

4000亩；4.砂仁种植：1000亩。

养殖计划（三年计划）：1.养牛4000头；2.养猪3000头；3.养鸡、鹅20000羽。

基础设施方面（三年计划）：

1.整个里秀村安装路灯500盏。2.“美丽乡村、四在农家”在孔索组申报示范型，其他组为升级型，共计575户（包括三改民居改造、美化亮化）；3.水方面：蓄水池100口，每口50立方米，水窖每户一口，每口10立方米；4.路方面：孔索产业路7公里，6.5米宽，通组路5.7公里；5.电方面，变电站升级改造，将35千伏升至50千伏，每个自然村寨新增1台变压器，改造老化电站；6.产业路方面：实施50公里机耕道；7.新建200平方米乡村活动屋一个，卫生室200平方米一个。

时间：2017年11月1日　星期三
地点：鲁容乡里秀村

上午组织村“五人小组”成员及村常务干部在党员活动室召开近期工作安排部署会：1.孔索百香果产业种植土地流转，发包大户种植合同；2.里秀村新建农村党员活动室发包给有资质的公司实施；协调电杆移动问题；3.建法制宣传栏的选址和发包，里秀村各个自然村寨各一个（其中孔索组2块，加卫生室1块），每块发包价2400元至2600元；4.对里秀村二轮摩托车使用管理办法进行讨论。

下午2点与支书吴德金到乡平台公司召开土地整治项目用料（砂石）情况会议。

下午4点同种植百香果大户到预种基地察看土地面积。

时间：2017年11月2日　星期四

1.上午组织种植百香果大户对共商发展百香果产业进行讨论，并签订合同。就合作社 8000 元 / 亩的补助进行细化，约定购买钢材并将种植年限从 6 年上升到 11 年，先实施 6 年时间。

2. 下午组织村"五人小组"成员和常务干部到新修建的党员活动室进行具体勘察，保证土地使用不浪费并调整建筑方位。

时间：2017 年 11 月 3 日　星期五

上午与乡人民政府副乡长肖映律带领国土所同志和 S315 公路施工方到孔索组罗宏户协调已征用土地涉及甘蔗苗木清除一事；然后到孔索寨门就罗泽等四户已损坏的水池（水井）进行测量并拟定赔偿方案，现场请国土所同志测量，再将数据结果送住建局计算，等待反馈；针对近期不能饮水的村民，施工方答复通过临时购买饮用水管接水来解决。

下午与驻村干部罗帮泽到新寨组一带张贴 S315 公路预征土地建砂石料场的公告，张贴督促 11 座未迁坟墓尽快迁移的公告。

时间：2017 年 11 月 7 日　星期二

上午同县扶贫办工作员杨婷、洪湖到白层中心小学找里秀村许力组农户岑德周追还错发的特惠贷贴息；2016 年度岑德周以贫困农户名义向鲁容乡信用社贷款（特惠贷）4.5 万元，县扶贫办通过县农商行导出（贫困户）名单进行贴息，岑德周户共错贴 1116.24 元。大家与该农户面对面解释及宣传政策，现场发放告知书。经过耐心讲解，岑德周同意在 7 日内把款项退还到县扶贫办公账上。

下午再次到孔索组农户罗宏家动员清除甘蔗林（涉及 S315 公路改建），因时间紧迫，告知其在两天时间内处理完毕，罗要求施工方派三人协助处理，现场认可并达成口头协议。

时间：2017 年 11 月 8 日　星期三

上午在党员活动室与村"五人小组"成员及常务干部共同摸底百香果产业技术培训人员名单，要求由信息员统一上报名单。

下午陪同省、州、县人民银行领导一行到里秀村孔索组农户家中调研。对孔索组 10 户贫困农户进行走访，每到一户详询生产生活情况，深入了解特惠贷使用详情，并向走访的农户每户发放慰问金 500 元，农户对此表示感谢！并表态对脱贫（精准扶贫）政策有信心和决心，争取尽快实现脱贫奔小康。

时间：2017 年 11 月 9 日　星期四

上午参加鲁容乡组织的到白层古渡红军纪念碑开展"瞻仰革命遗址，缅怀革命先烈，重温入党誓词"主题活动；中午去孔索组韦顺云户调解关于涉及百香果产业基地修建产业路占用土地一事，给韦顺云讲解修产业路的目的和受益情况，经过细心说服和讲解，韦顺云同意按照脱贫攻坚发展产业修路使用政策，让出土地修建产业路；下午在党员活动室召开百香果产业土地流转会，特别对甘蔗、砂仁和桐子树以及青苗补偿进行讨论、分工。议定：甘蔗（新兜）补偿 500 元 / 亩；甘蔗（老兜）补偿 300 元 / 亩；砂仁补偿 300 元 / 亩；芭蕉补偿 300 元 / 亩；桐子树补偿 100 元至 300 元 / 亩。

时间：2017 年 11 月 11 日　星期六

上午组织村主任岑帮富、乡驻村干部罗帮泽、村治保主任王周益到里秀组召开"宣讲十九大精神暨脱贫攻坚工作推进会"，参会人员为里秀组群众代表。活动由村主任岑帮富主持：1. 岑帮富给群众再次宣读"里秀村村规民约"，通报贞丰县人民政府《关于严禁露天焚烧农作物秸秆的通告》；2. 罗帮泽向群众讲解扶贫产业（百香果和杧果产业）发展模式和 2017 年"两金"征收政策及脱贫攻坚免费对技术员培训的条件（机会）；3.黄胜江向群众宣讲"十九大精神"和"习总书记参加贵州代表团讨论时作的重要讲话精神"。围绕"不忘初心，牢记使命"和"牢记嘱托，感恩奋进"主题与参会群众共同学习，注重对脱贫攻坚"五个一批"产业发展，结合里秀村实行因地制宜发展百香果和杜果产业。

时间：2017 年 11 月 14 日　星期二

上午与乡人民政府同志到里秀村小广场打扫卫生，欢迎省委副秘书长、省扶贫办主任李健，州政府副州长邓修宇及县委领导、各县直部门到里秀村调研精准扶贫工作。

中午 1 点李健主任在里秀村小广场召开院坝会宣讲党的十九大精神，结合鲁容乡的极贫和脱贫情况进行讲解。随后，黄胜江接受《贵州日报》记者采访，谈作为年轻的第一书记有信心带领群众走脱贫路，有决心建成小康社会。

下午 2∶30 分到乡人民政府参加"鲁容乡安排近期相关工作暨学习州委七届四次全会精神"会议。参会人员有鲁容乡党政班子，全乡干部职工，各村第一书记，脱贫攻坚指挥部前线工作队成员。内容：1.危改"三改"工作安排；2.鲁容乡开展 2017 年扶贫对象动态管理工作安排部署；3.鲁容乡 2017 年易地扶贫搬迁对象核实工作安排，解决出行难，拉动群众经济发展。

胡鳛同志（乡人民政府乡长）传达学习州委七届四次全会会议精神：1.安排近期相关工作。特别是"两金"征收工作和土地整治项目施工进度落实，要求加快速度、督促到位。2.传达学习州委七届四次全会精神；县委常委、鲁容党委书记郑锐作强调讲话。

2017 年 11 月 15 日　星期三

上午到乡人民政府参加农户田园（庭院）经济讨论与村级管理会议，听取如何与在庭院经济条件下种植百香果的产业农户签订协议。乡政府科技副乡长彭扬主持会议。参会人员有钟晨辉、戴美荣、惠农公司王总，里秀、鲁容和孔明驻村干部。会议内容：1. 彭扬讲解三个村庭院经济发展及如何管理百香果产业发展模式。2. 我（黄胜江）介绍乡惠农公司与村级平台公司签订技术、保底回收和肥料等合作发展模式协议。3. 钟晨辉副书记做安排。①及时跟踪惠农公司技术和配套设施；②村级平台公司带动农户管理好苗木嫁接，建议村级平台公司与惠农公司签订两年合同，150 元/户，2018 年 2 月考核发放 50 元/户，2019 年 2 月份考核发放 100 元/户。明确责任人督促农户浇水和苗木嫁接。

中午 1 点，州委组织部和包保副处级领导（州司法局副局长）龚飞燕到里秀村调研"十九大精神"宣讲及产业发展情况，里秀农业生态种养殖开发有限公司运行情况，村分成比例及发起人的分成比例。

下午陪同州司法局副局长到孔索组组织农户（五户）到黄由国户宣讲"党的十九大精神和习总书记参加贵州省代表团讨论时作的重要讲话精神"，并入户"遍访贫困户、宣讲十九大、精准再识别"。对黄由国、罗仁康和罗明仁、罗建有和低保户王乜姐进行精准再识别。

2018 年 4 月 2 日　星期一

上午根据里秀村支两委安排，到县税务局大厅对贞丰县里秀农业种养殖开发有限公司分别申报月报表和第一季度的国、地税税种；详细咨询更换会记员的相关手续程序。

下午到孔索百香果产业建设基地就建设产业路施工实地勘察，对部分不愿支持修建产业路的人员逐户听取意见、交谈、讲解。

2018 年 4 月 3 日　星期二
丈母娘重病，向乡组织委员王勇请假一天。

2018 年 4 月 4 日　星期三
丈母娘去世，再向乡组织委员王勇请假一天。

2018 年 4 月 5 日　星期四
同村支书吴德金到里秀组，调解罗乜金龙和罗明书两户因修建蓄水池发生纠纷一事。调解协议：1.罗乜金龙户修建蓄水池，大水沟总宽度一半从上往下左使用；2.罗明书户修建蓄水池，大水沟总宽度一半从上往下右使用；3.协议双方当事人签字按手印后生效。另调查黄生达户岩洞土地发生争议的情况，涉及 1.66 亩土地与 1996 年黄福伦曾经种植杉树，当时被拔掉。而现有的杉树较小，却不知是哪年种植……情况十分复杂，真是剪不断，理还乱。

2018 年 4 月 6 日　星期五
全天时间与村支书吴德金，村主任岑帮富到里秀组对黄龙与黄生达两户土地纠纷一事再次进行调查调解。走访韦国伦（老组长）了解纠纷土地使用情况，韦国伦称黄生达在责任地边开挖，黄龙户也有开挖扩耕情况，建议以证件材料作调解依据。走访黄生义（老党员），了解黄龙与黄生达两户关于 1.66 亩土地的纠纷，哪家有理？哪家胡闹？黄生义认为两户都有道理，很难说清，建议黄龙户找土地依据。再次找黄龙了解情况，听黄龙之兄弟黄安说土地使用的情况，只说那块土地其弟种过农作物，但没有证据材料。苦煞人也。

时间：2018年4月11日　星期三

上午迎接县检查组"开展2018年同步小康驻村第一季度交叉督查工作"：讨论同步小康驻村工作组人员工作去向；检查第一书记和驻村干部在"春风行动"中发挥作用情况，特别是检查对产业发展、劳务输出、基金使用等各项扶贫政策及村情民意掌握情况；检查第一书记和驻村干部学习掌握省委脱贫攻坚"3856"（即立场革命、八个要素、五步工作法、六个坚持）战略部署情况。"立场革命"即：观念革命、产业革命、作风革命；"八个要素"即产业选择、培训农民、技术服务、资金筹措、组织方式、产销对接、利益联结、基层党建；"五步工作法"即政策设计、工作部署、干部培训、监督检查、追责问责；"六个坚持"即坚持资金筹措省的贷统还，坚持自然村寨整体搬迁为主，坚持城镇化集中安置，坚持以县为单位集中建设，坚持不让贫困户搬迁负债，坚持以户定搬和以岗定搬。

2018年4月12日　星期四

上午到乡人民政府参加"鲁容乡杜果产业发展推进会"。

主要内容是天保公司负责人宣传杜果发展与统一规范建设园基（建基础设施硬化使用，统一技术要求）；乡人民政府乡长胡鲲就鲁容乡杜果产业发展提出要求：万亩杜果示范园区于2018年8月底完成。

下午组织里秀组农户黄龙与黄生达两户之间针对s315扩建公路涉及1.66亩土地纠纷一事：黄龙介绍该地来源和使用情况，韦国伦户借用该地种植玉米两年时间，要求1.66亩地归他家；黄生达认为以农村责任地证书为准，不同意该要求。

最后调解无果，下一步向农户周帮文、黄生义、王周立、黄周改、黄生改作进一步了解情况后，再进行调解处理。

2018 年 4 月 26 日　星期四

上午 8 时 30 分至 12 时组织村"五人小组"成员和常务干部召开会议安排近期相关工作：1. 屋顶百香果管护工作分工（乡惠民公司保底收购 5 元 / 斤；管护费 2 万元；惠农公司提供技术指导和施肥料物资，里秀村涉及 137 户，其中贫困户 43 户；2. 玉米退种工作，对已种植的面积（涉及农户）作为改种补助政策引导，及时宣传不能种植的面积，对自然村寨的干部做好政策宣传；3. 孔索组农户罗诚疑似患精神病，安排片区村干部罗帮华和罗明仁入户了解其生活状况；4."回头看"核实建档立卡人口信息，对贫困农户的信息、人口增减情况做到细致、准确，对王远辉户、罗忠仁户、王永进户等要进行详细咨询，然后再补录修改；5. 各片区干部核实享受低保农户是否享受过危房补助金；6. 对贫困农户、"四有人员"进行逐户核实；7. 学习《2018 年第二季度全省同步小康驻村工作指导要点》文件；8.2017 年第二批易地扶贫搬迁、一户一档资料清查建档存放；9. 对新建党员活动室服务大厅、接待大厅、会议室及一、二楼过道装修，计划采购办公用品，修建活动室、蓄水池等进行讨论；10. 统一思想、顾全大局，围绕"四个意识"抓落实。

下午 2 点与驻村干部到孔索组罗诚户交谈了解情况，发现罗诚疑似患精神病，已向卫生院反映；4 点，向驻村干部介绍孔索组罗忠仁家中全员人口情况。

2018 年 5 月 3 日　星期四

上午 8 时至 10 时到新建党员活动室调度基础设施建设进度。

上午 10 点至中午 1 点由村支书吴德金主持会议，黄胜江安排部署村"五人小组"成员，村同步小康干部及村常务干部（参会人员：吴飞潮、杨玻、黄胜江、陆玲、吴德金、岑帮富、罗帮华、郭忠富、王建高，罗帮泽和罗明仁请假）五月份脱贫攻坚工作：

1.屋顶种植百香果管护分工情况；涉及孔索、新寨和里秀三个自然村寨共计152户，由片区干部牵头，孔索由罗帮华和罗明仁负责，新寨由郭忠富负责，里秀由王建高负责；2.干部到每户家中召开群众会，宣传把国家供给玉米调减改种经济农作物政策；3.孔索组罗诚疑患精神病，再次安排罗帮华做好管护工作，发现有可疑情况立即向乡卫生院汇报；4.孔索变电站百香果种植基地产业路塌方，需及时修补挡墙，由建设产业蓄水池施工班主韦永常实施，以实际施完工的立方验收（大约高2米，长15米、宽0.8米），每立方按330元计，包工包料；5.贞丰县里秀生态农业种养殖开发有限公司承接的万牛养殖场蓄水池建设、百香果产业蓄水池建设、鲁容乡公墓建设项目向外公告，公告后按邀标和约谈程序进行；6.产业路（孔索变电站百香果产业路）铺砂和压实，铺砂宽3.5米、厚0.06米，压路机铺砂前后各压一套，同意按31000元发包给施工班主实施，以乡平台公司验收竣工后结算公里数；7.新建党员活动室修建蓄水池30立方米，同意按照国家标准征用土地，并发包给现修产业蓄水池施工班主韦永常实施；8.种植百香果大户接周转资金情况。为抢抓百香果季节性种植，同意五名大户按500元/亩借款用于支付工人工资，待请款程序下拨后归还合作社，种植百香果大户分别借款为：李村彬200亩10万元，罗仁红200亩10万元，王斌200亩10万元，罗荣禄150亩7.5万元，罗勇150亩7.5万元。9.5月上旬脱贫攻坚重点工作：易地搬迁一户一档工作由陆铃收集上报；脱贫项目申报工作由村主任岑帮富带头汇总上报；全员人口信息由驻村干部王邵礼统筹汇总上报；"四有人员"核实工作由驻村第一书记黄胜江组织各片区自然村寨核实上报。

2019年6月5日　星期三

上午带领村干部吴德金和罗杰到孔索组督促农户清理环境卫生，检查里秀组和里逢组透风漏雨及进寨路实施情况；深入里逢组王标户家对残疾子女入学教育作政策宣传。

中午 12 时至 14 时配合县公安局到里秀开展有关案件宣传工作。

下午到县税务局申报"贞丰县里秀蜜蜂养殖专业合作社"月税种。

2019 年 6 月 7 日　星期五

上午在村党员活动室整理易地搬迁户入住分类，真搬实住 66 户 279 人，全家外出务工 21 户 94 人，两头（即两地——作者注）居住 22 户 103 人，不符合政策搬迁 1 户 4 人。

下午到县易地搬迁工作安置点悬挂 43 户新旧房屋照片。

2019 年 6 月 11 日　星期二

上午县委书记张玉龙到里秀村调研，与村前沿指挥所共商脱贫攻坚工作决策，要求：1. 对标村出列的标准，扎实开展"村村过"；2. 聚焦"两不愁三保障"，逐一开展"户户过"；3. 全面压实工作责任，让所有干部动起来；4. 抢抓搬迁好机遇，限时实现真搬实住；5. 加强政策知识培训，争做行家里手。

中午同县住建局陈光明和乡城建办罗福到孔索组督促施工方解决墙面开裂及板面渗水的问题。

下午主持贵州丰略公司贞丰县鲁容乡新寨金矿征用土地听证会。

晚上 7 点召开问题研判会。黄胜江介绍"两不愁三保障"存在问题：辍学 12 人（已劝返复学 2 人）；农户医疗报销比例达不到 90%；农户未安装门窗，存在透风漏雨情况，要求 6 月底前实施完成。

葛翀副书记提建议：将辍学情况分类并对辍学人员进行动员劝学就学；搬迁真搬实住需与农户用心、交心、谈心；人居环境中村容村貌的整理建议从包保户整理带动周围农户，然后从集体整理花点小钱买平安，不支持工作的报法制专班整治；帮扶责任人进村入户实行照片印证与签到措施，将工作进程发送微信群。围绕"村村过"分工：王绍礼整理集体经济和农户受益台账；黄胜江负责"五通"和公共服务场所；吴德金负责搬迁工作。

全面要求包保责任人做到"五个一"：到包保对象家吃一顿饭；在包保对象家中共同打扫一次卫生；在包保对象家中上一次厕所；带领包保对象家庭成员到村卫生室开展一次体检；与包保对象一家人合一次影。

2019 年 6 月 17 日　星期一

上午带领 3 名辍学生（新寨组伍平砖和刘朝贵、里外组吴靖）复学，到鲁容中学办理入校手续。

中午与真蹲实驻干部深入孔索组核实安全饮用水管铺开管子情况。

下午组织真蹲实驻干部和村干部召开脱贫攻坚问题"歼灭"研判会：黄胜江（指挥长）组织学习相关文件精神；宣读《贞丰县脱贫攻坚战时干部考核管理实施方案意见函及贞丰县脱贫攻坚指挥部工作指令》（【2019】5 号文件）；安排问题台账资料，按照网格组抓落实压实责任。

韦永国老师通报辍学劝返情况。

罗帮泽传达乡工作安排的"四有人员"和农转城低保资料收集。

2019 年 7 月 9 日　星期二

全天在党员活动室与真蹲实驻犹金标同志完善脱贫摘帽八类台账：全员人口台账、建档立卡台账、残缺人台账、35 岁以上单身汉台账、重慢性病台账、危房改造台账、特困供养台账和低保台账。

2019 年 7 月 22 日　星期一

上午 8 点，组织真蹲实驻干部和村干部召开脱贫摘帽周工作调度会。传达学习州委 2019-157 号文件《关于印发〈黔西南州开展"算账定措施"活动方案〉的通知》；学习兴仁市培训迎检工作；落实鲁容极贫乡脱贫攻坚"两星一升"创建活动实施试行方案。

工作安排：制定村级摩托车使用管理办法；共商网格组召开群众会奖励生活用品；研判落实"两星一升"评选人员；培训统计（劳动力）工作。

上午10点，县委常委、乡党委书记郑锐到里秀村调研脱贫摘帽工作，强调工作落实。

重点围绕村村过"1541"和"户户过"工作大干快上。

里秀村创建"脱贫摘帽示范村"工作部署：1.上墙资料（图片清晰、内容真实，在家的农户贴在家中）；2."连心袋"内容与收入表和农户口径一致，农户家应有一名明白人；3.环境卫生和室内卫生：围绕"四看八问"督促开展工作；下沉人员分片包户；室外卫生划区域明确保洁员、护路员，整治乱搭乱建，对牛圈、马圈乱堆乱放进行规范清理；张贴宣传环境卫生标语、易风俗标语、"百香果脱贫金杠果致富"标语。

晚上7点，组织孔索组帮扶责任人召开"里秀村创建脱贫摘帽示范村部署会"。

落实"两星一升"实施方案；重视"四看八问"走访工作方法。

工作安排：收入台账逐一核算；一图清内容填写必须准；连心袋内容真实。

晚上7点半参加"鲁容乡脱贫攻坚工作推进会"。

2019年8月3日　星期六

上午组织下沉干部和见习大学生到里秀组围绕"十个再一次"走访贫困农户。

中午到乡指挥部参加"鲁容乡组织召开迎接第三方评估检查工作推进会"，会议就迎接检查工作进行详细安排部署。

下午同下沉干部和帮扶责任人到里逢组及许力组组织群众召开"共商会"，加快实施全村脱贫工作。

晚上组织下沉干部和村干部召开问题分析研判会，加班整理"连心袋"资料。

……

五

黄胜江驻里秀村三年来，在他的大脑里根本没有星期六、星期天的概念，这倒不是说他记不住这两天时间，而是一周接着一周的工作连轴转，使他压根就忘记了这两日为法定休息日。从他的工作笔记中，不难看出，他的整个身心都投入到了里秀的脱贫攻坚工作中。当他岳母患重病，不得不请假一天。得知消息时，他以为是突发病患，跑到医院看看就行了，岳母很快会好起来，谁知，岳母第二天就病逝了，没办法，他又接着请了一天假。按说，作为女婿，应该多料理料理岳母的后事，可里秀村的脱贫攻坚工作一天都离不开他，他不在，大家似乎就没了主心骨，工作运转就像机器没了发电机。

能征服人心的，不是小聪明，而是厚道；能感动人心的，不是语言，而是行动；能始终如一的，不是伪装，而是真诚！这是贺艳秋看待一个人的为人处世标准，贺艳秋是黄胜江的妻子，她就是以这个标准去衡量丈夫对她对亲人对朋友对工作的态度的。

黄胜江到里秀驻村不久，贺艳秋去看他，才知道里秀那个地方很穷，尤其是夏天特别热，根本坐不住。而黄胜江一去就在这个地方干了整整三年，即便难得回一次家，也是向孩子交代几句学习要求，往往是通宵达旦地坐在电脑旁做资料、写报告，熬到天亮是常事，小夫妻俩根本没有时间恩恩爱爱。贺艳秋是学校老师，教学任务重，一个人难以照顾、辅导才八九岁的孩子生活与上学。2019年，也就是脱贫攻坚工作进入攻克阶段，他们不得不商量后把孩子送到一所封闭式的学校住读。就此，妻子贺艳秋也是情非所愿，但又无可选择。

不是一家人，不进一家门，贺艳秋完全理解黄胜江的想法和工作责任心。

有人非议，黄胜江为了"往上爬"连孩子都不管了，这特别伤黄胜江的心，他也是农村走出去的人，怎么不知道小孩子非常需要关心和父母疼爱。可是，自古忠孝难两全，里秀的脱贫攻坚就是他对那里人的忠，他只能顾一头。黄胜江的身心已深深融入里秀，他不仅和所有的村干部，包括驻村干部一刻不能分开，而且对里秀的村民，不管是大人孩子，三年时间里，村民们的喜怒哀乐，他都感同身受、情同手足。

2019 年 9 月初，他在全面排查、了解全村辍学孩子的工作中，得知里秀村民组有一个"特困孩子"辍学他乡，且命运遭遇让人揪心不已。了解情况后，立即召开专题会议，商量如何"救助"这名流浪他乡的失学小女孩。最后，他拍板决定派人前往孩子流浪地把孩子找到，带回贞丰县送其读书。

女孩十三岁，是里秀组人，两岁时父亲患病去世。三岁时，母亲带着她跨县改嫁到望谟一个偏僻乡村，但户口一直保留在贞丰里秀。小女孩名叫黄妹，有个比她大很多的亲哥哥，母亲带着她远嫁他乡后，哥哥长大外出务工，和她也没什么感情。多年前，黄妹回到贞丰鲁容读书，哥哥已回到里秀，兄妹俩一起生活了一段时间，毕竟从小分离，感情淡薄，彼此难免磕碰和猜忌，不久，黄妹又跑到了望谟县乡村的母亲身边生活。

黄妹母亲与望谟的后父生了弟弟和妹妹，然而令人想不明白的是，几年后，母亲不知去向，据说又改嫁他人了，总而言之，离开了黄妹和弟弟、妹妹。由于生活困难，黄妹后父不得不撂下他们三个孩子，外出务工，弟弟妹妹就靠黄妹照顾。其实她自己都是需要照顾的孩子，但残酷的现实让三姊妹只得相依为命，哭也好，笑也罢，不得不相互拉扯着过每一天。

当下沉干部韦文森和韦永国等一行三人，天未亮就从贞丰出发，费尽周折，下午找到那个偏僻小山村时，黄妹却不知去向。经过与当地村干部与周围人的交流，大家才把黄妹找回家。黄妹不想离开现在的家，虽然她在那里读不上书，但她毕竟从小被母亲带到那里，在那个地方慢慢长大。其间虽然回过贞丰读过书，但长时间生活在那里，金窝银窝，都比不上最熟悉最有情感的那个窝，对于孩子来说更愿意待在那个偏僻的小山村。何况还有弟弟、妹妹，她走了，他们怎么办？开始，黄妹死活都不愿跟家乡的老师、叔叔伯伯走，经过几个小时的思想工作以及她后父家亲戚的劝导，晚上八点钟，黄妹才答应离开望谟县望南村。离开时，黄妹哭了，弟弟、妹妹哭了，邻居、亲戚也哭了，就连去接她的叔叔、老师也忍不住心头哽咽。

韦文森三人往返四百多公里寻找、奔波，终于把黄妹接到了贞丰县城，抵达县城时已是第二天凌晨三点多，黄妹饿得直叫喊。其实韦文森三人也饿得不行，可街上到处关门闭户，有钱也买不到吃的，他们只好把黄妹安顿在酒店，在酒店找了盒方便面让黄妹充饥，然后三人才各自回家解决温饱。

辗转几个县、乡、村，把黄妹接回贞丰，一天下来，虽然人很饿，也很累，但韦文森三人却充满了成就感和欣慰感，心里十分踏实，因为接回黄妹读书不仅仅是第一书记黄胜江的心愿，也是脱贫攻坚工作"落到实处"的具体体现：不能让一个孩子失学。

"掉血掉汗不掉队，脱皮脱发要脱贫，里秀村不脱贫，我绝不离开。"这是黄胜江发誓和"穷"磕到底的信心和决心。为了快速把脱贫攻坚政策推向纵深，落到实处，他还创建了"新时代农民讲习所"，以"双语（汉话与布依族话）"编唱形式活泼的山歌、说唱等，将脱贫攻坚政策植根到农户心里。村里一个叫罗仁明的农户就编了一首大白话诗表达他对黄胜江在里秀三年的工作情况：

我叫罗仁明
是贞丰县里秀村村民
村里百香果丰收了
又大又甜
这是全村人的脱贫果

种植百香果以前
我们祖祖辈辈都种苞谷
一年磨到头
种出的庄稼也只是够吃

有一天，村里来了一个干部
个子高高的
听大家说
他是村里脱贫攻坚的驻村干部

刚开始，我们没人理他
这个年轻干部一来就挨家挨户走访
喊我们把土地流转出来
不要种苞谷
改种百香果

我家有二十多亩土地
虽说全是陡坡
但要把这些地拿出来
不种庄稼了，我们吃什么

土地是我们的命根子
当时大家都不干
担心被骗，心里没底

这个年轻干部又挨家挨户跑
接触久了，我们才知道他叫黄胜江
是来带领我们脱贫致富的

村里有八户"钉子"
大家都听他们的话
黄书记的工作受到百般阻碍
这样僵持了两个星期
我们以为他坚持不了多久就会离开

一天上午
黄书记和村支书突然把村里部分人召集到地里
现场测量土地
当面给钱
一亩地每年三百块
还可以去百香果园做事
大家就抱着试试的心态签字领了钱

2018 年
全村的苞谷地换成了百香果
6 月份，第一季百香果获得了大丰收
今年，我们村的百香果销售到了各地

全村人都开心极了

黄书记没有食言
我们在百香果园上班
每月工资三千多
加上土地流转
我们一个家庭年收入好几万

黄书记来以后
我们村的变化可大了
通组路修好了
村子里有了路灯
家家都修了新房子

如今
在海拔五百米以内的土地上
全部种植百香果
百香果里还养蜜蜂
海拔五百米以上的土地
有的种上了金柑果
黄书记说
百香果是我们村的脱贫果
金柑果就是我们村的致富果

我们村慢慢摆脱了经年的贫困
而黄书记

年纪轻轻的小伙子，头顶却开始秃了

……

是的，正如村民罗仁明的大白话诗所言，里秀村富起来了，而黄胜江却渐渐"老"了。

黄胜江"老"了，但他也收获了。驻村三年来，他得到省、州、县、乡各级组织的肯定和表彰，2017年里秀村分别荣获黔西南州党建扶贫"五共四化"示范村及贞丰县、鲁容乡优秀"五人小组"单位及个人荣誉称号；2018年荣获黔西南州"州级民主法治"示范村；2018年黄胜江个人荣获中共黔西南州委和中共贞丰县委"全州、全县脱贫攻坚优秀共产党员"称号；2019年获贵州省"优秀村第一书记"荣誉称号。

荣誉既是动力也是压力，2019年年底，里秀全村要实现整体脱贫，这副重担还需要他继续担着，继续阔步前进，直到脱贫攻坚工作圆满画上句号。

2019年10月下旬，笔者在写完这篇文章时，从里秀传来消息，目前该村已全面准备好"迎检"工作，等待第三方评估。

黄胜江这个名字，相信一定会被里秀村的人们记住。

作者简介

魏荣钊，20世纪80年代中期开始文学创作，在全国报刊发表散文、小说和出版非虚构类作品200余万字，作品多次获奖。系中国作家协会会员。

高武村的幸福量词

杨　骊

刘
伟
男

1989 年 12 月出生于湖南长沙，中共党员。

2007 年 9 月至 2011 年 7 月，攻读衡阳师范学院中文系汉语言文学学士。

2011 年 9 月至 2013 年 7 月，攻读湖南大学新闻传播与影视艺术学院新闻与传播专业硕士。

2013 年 7 月至 2014 年 10 月，在湖南浏阳市金刚镇党政办公室工作。

2014 年 10 月至 2015 年 12 月，被借调至浏阳市委组织部、市委办公室工作。

2015 年 12 月至 2018 年 4 月，在中国国际贸易促进委员会办公室督查室工作。

2018 年 4 月至今，任贵州省黔东南州从江县谷坪乡高武村第一书记。

2018 年被评为黔东南州脱贫攻坚优秀援黔东南干部。

2019 年被评为贵州省脱贫攻坚优秀村第一书记。

2019 年被评为黔东南州脱贫攻坚优秀党务工作者。

2019 年被评为从江县脱贫攻坚优秀村第一书记。

第一章　　一场风暴坚定了脱贫的决心

　　"嘭嘭嘭"，脚步声轻盈、有力，有节奏地打破了高武村早晨的宁静。五月的乡村，凹字形的山脊上，路从远方而来，在坡底转个弯，便一路向坡顶蜿蜒而来，在寨子里穿行，在山梁上穿行，远远地向远方而去。村头的银杏树下是看高武村全貌的最佳角度，整个寨子尽收眼底，鸡鸣、狗吠、乡音俚语与这早晨的雾气一起从谷底向这群山巅升腾，漫过那些黑瓦的屋梁，泛过那些刚刚吐青的稻禾，山的翠色一层一层在这升腾的雾气里愈远愈淡，愈远愈灰，注入远远的天际，再也分不清哪是天的灰，哪是山的灰。望着这一片山色，刘伟男停下脚步，蓝色运动背心，运动短裤，黑框眼镜。一双灰色的运动鞋上，早已裹满了厚厚的同是灰色的泥，也分不清哪是鞋的灰，哪是尘土的灰。

　　作为中国贸促会下派的驻村第一书记，这是刘伟男到高武村的第三天，今晚，他将在高武开讲第一次党课。

　　抹了抹头上的汗珠，望着这大山梁子，刘伟男的心也如同这蒸腾的云雾一样汹涌着。这一堂党课想要讲的太多了，什么才是重点？讲什么才能调动起高武村老百姓对于脱贫攻坚工作的积极性？在高武工作仅仅只有两年，这两年意味着中国贸促会党组将贯彻落实党中央关于打好精准脱贫攻坚战的决策部署和做好定点扶贫工作的第一道关口和最前沿的阵地交给了他，意味着他要肩负起团结带领着高武村的乡亲们携手并肩、真抓实干地完成脱贫攻坚的使命和职责，如何将个人的命运与党和国家重大发展战略更加紧密地联系在一起，他将如何在 2020 年为三十岁的自己交上最好的答卷？

2018 年 4 月 18 日是他第一次来到高武村，一天匆匆的考察让他印象深刻。一进村，满村的牛屎马粪，简直找不到下脚的地方，他没有想到改革开放四十年了，老百姓连厕所都没有，孩子们连换洗鞋袜都成问题，房屋透风漏雨比比皆是。村部还是十年以前建的一座两层楼的小屋，看上去也摇摇欲坠……一天考察下来，高武一百二十四户人家，五十五户贫困户，五百多个人，二百五十个贫困人口，占比接近一半。人均不足六分田，一年只能种一季稻谷，一亩田平均产量也就六百多斤谷子，一斤稻谷售价到不了两块钱，按一户人均五口人算，再把售价抛高一点，一家人辛苦下来一年田亩收入不过五千多元。从江县普通杂工零工一天的工价在一百五十到一百八十元，扣掉农忙时节，按一年能整整做满三个月算，收入在一万五到一万八千元左右浮动。

今晚这个党课如何讲？村民大会如何开？二十八岁的他深感自己肩上的重任。

时不时有一两声吆喝在夜里回荡，打破了夜的寂静，在村里稀疏的时明时暗的几盏灯下，人们深一脚浅一脚地踩在小道上，向村委会聚集。刘伟男这个年轻的湖南小伙子带给人们太多的新鲜感、好奇心，更多的是疑惑。到高武三天，刘伟男做了三件事，跑步——每天从田坝寨跑到银潭小学——往返四公里，吃饭——老支书家吃，老党员家吃，谁家有红白喜事也吃，聊天——田间、地头、村上、学校，凡见了人就聊天——聊党的脱贫攻坚的政策落实情况；聊家里几丘田，每年收多少粮食；聊屋里的，家里有几口人，男仔有几个，女娃有几个？小伙脸上总是挂着和气的笑容，谈的全是婆婆妈妈的事。村里人各种猜想都有。

村委会门口的灯明晃晃地亮着。灯是刘伟男到村委会住下的第二天，村里的知识青年石阿马刚下坡就专门帮忙装上的。以往的驻村干部一般都住在乡里，乡里离村也就二十分钟的车程，高武村还是第一次有驻村的干部入住村委会。当刘伟男提着简单的行李到村委会报到，支书石明辉着实为难了一阵，村委会的条件落后，炊具、厨房和生活用具都没有，更不用说这个十多年的老村委会的屋瓦早已漏雨，等雨季来临的时候，住村委会就更不方便了。好在刘伟男看着石明辉为难的脸色，反而从容地一笑："没啥啊，我也是农村伢子，这比我当年在加榜助学时住的地方好多了。"

灯将门框牌子上的字照得亮晃晃的——高武村脱贫攻坚指挥所。和城里的工作节奏不一样，村里的会总是在夜里开，农村工作的八小时要从农民们忙完农活，从坡上下来开始。

人也不是都来了，稀稀拉拉地站了一地，石明辉不好意思地说："村里开会都这样，有些老弱来不了，有些不关心，有些……"

"没啥，有几个算几个，村委的来了就行了，党员来了就行了，老百姓有来的也行，来的都是我的传声筒，都是党的政策的传声筒，总会把我的话传到每个人那里嘛。"

凳子没有几张，人们坐的、靠着墙站的、蹲在地上的也算满满一屋子。

先从高武的劣势说起："高武交通不便，道路硬化也就是去年的事情，距离县城一个小时车程，距离乡政府二十分钟车程，基本都是盘山路，很少有直路，载重货车很难进来，物流成本十分高昂。

"高武山林田土都比较少，有限的平整土地都被用来建楼住寨了，可供流转的成块的集体用地几乎没有，可见范围内的基本农田分布零散破碎且面积较小，人均耕地保有量低，我估算种植产量仅够大家自给粮和自酿酒。高武属于生态涵养地区，严禁砍阔种杉，有计划地流转林权、翻种林地基本不可能，即便可以翻种，现有山地亩数也难以形成规模。

"如果考虑打造神奇苗寨旅游资源，高武又紧邻银潭下寨，银下村是县委政府重点打造的传统侗寨古村落，通向厦蓉高速的二级公路比邻而过，基础设施也比较完善，再则距离县城更近的岜沙也是苗寨风情，高武没有竞争优势。"

刘伟男的湖南普通话语速虽快，但却非常清晰。

这个从北京来的小伙子早在到来的第一天就让人感觉到他的不同，每天早晨他都要晨跑四公里，从田坝寨到银潭小学，再从银潭小学折返，每次都要路过村支书石明辉家，总是笑眯眯地敲开门："书记，我给你带好东西来了。"石明辉定睛一看，是小伙子晨跑下来，沿路捡拾的垃圾。第一天支书不以为然，心说这个第一书记真是没事找事干，找不到事做了吧。第二天面对刘伟男手里捧的垃圾，支书的脸上挂不住了。第三天支书开始想："这家伙每天都给我送垃圾，是什么意思啊？"出门时支书的目光也不由自主地到处找垃圾，才发现以前怎么就没看见这么多垃圾？或是说，以前就没感觉到这些垃圾如此刺眼。

高武村的老百姓都知道了，村里来了一个捡垃圾的第一书记。

今天晚上，人们便是带着这样的好奇心来的，除了捡垃圾，跑步快，每天呱呱叫地到处找人吹牛聊天，这个第一书记究竟还会做什么？

刘伟男说完村里的弱势，将话题顿住了，他目光扫视了一下面前坐着的村民们，发现，每个人都被他的话语吸引了。人们感觉到这个第一书记有点不一般，三天的时间，他就像医生，准确地判断出了高武村贫困的"病因"，那些稀稀拉拉站着坐着靠着的人们不禁把腰背挺直了，认真地听着这个年轻的第一书记接下来说的话。

"总而言之，我理解，现在我们高武就是习近平总书记讲的'弱鸟'，刚才讲了很多'弱'的方面，反过来，我们也要看到'先飞'的优势和条件。

"'先飞'的首要优势就是深入贯彻党中央的扶贫思想和要求，脱贫攻坚工作的资源、项目、资金、人员都要向深度贫困地区倾斜。高武'弱'，自然受到的关怀和支持更多元、更广泛。无论是县委政府，乡党委政府，包括我所在的中国贸促会都对高武倍加关心，大力支持。乡里申报的小康寨建设项目也落户高武，这些都是高武发展的机遇，也是'先飞'的东风，一定要抓紧抓好。

"正因为高武'养在深山人未识'，各项基础都比较薄弱，才更好'白纸作画'，下一阶段无论是基层组织建设、村寨项目推进，还是产业发展、文化塑造都有很大的发展空间。

"同志们，认识到'弱鸟'是摆正高武的位置，下定决心'先飞'是迈向胜利的前提，我们要坚定'先飞'的雄心、信心，敢闯敢试，攻坚克难，蹚出一条因地制宜符合高武实际的脱贫路子。"

接着刘伟男分析了附近的几个村寨——丙妹镇岜沙村、翠里乡高华村、加榜乡加车村如何在脱贫攻坚的进程中崛起的，如何在某个领域做到了从江的典范，成了对外的窗口和稀缺的资源的："只有自己做得越出色，越会获得更大的关注度，越能够吸引更多的社会资源。自助者天助，眼下，高武村最能见到实效，最具备可操作性的就是村容村貌改造和人居环境改善。县委政府提出的'清洁风暴'的工作方针，高武有着最好的优势，那就是村寨小，居住集中，污染面不多，垃圾运输距离短，河道治理难度小，具备打赢'清洁风暴'的作战条件。虽然，乡亲们在思想观念、生活方式、行为习惯的转变有一个过程，但我相信，一定能把高武打造成一个美丽的家园。"

对于这一番动员，在场的人和石明辉都不以为然。要知道，高武村是出了名的"牛屎村"，每次去乡里开会总是被点名批评。"清洁风暴"2016年就提出来了，但收效甚微，村寨里人畜混居，牛在村子里走一回，到处都是牛屎粪，不能让牛不拉屎吧？牛既然都满村随地拉，那人产生的垃圾就更是随手乱扔了。河里就更不用说了，一下雨，感觉十几年的垃圾都顺着河水漂进了村里。老百姓的家里衣服到处乱扔，鞋子到处乱放，脏得不得了。有检查，好两天，检查组前脚走，后脚便又是一地垃圾。

看着人群前面侃侃而谈的刘伟男，石明辉对这个小伙子有了想法：这张嘴也太会说了，前面几任驻村的看起来比这个伢子年纪长多了，也没能给高武带来什么巨大的变化，这个第一书记实在是太年轻太不靠谱了，嘴上叫呱呱的，不像是做事的人，应该就是混混，过两年就回北京当大官了吧。

想到这里，刘伟男的发言也到了尾声："我既不降低标准，也不吊高胃口，请大家给我两年的时间，我一定让从江知道谷坪有一个高武。"

夜色更深了，面对着寂静的夜，望着村委会屋梁上的蛛网，一只小小的蜘蛛正勤劳地结着它的网子，在屋梁上，风来便借着风势，跃到另一根梁柱上，只要有一根丝，它便能结出一张大大的网子。这三个夜晚，都是难眠的夜，刘伟男每晚就借着昏暗的灯光，看着小小的蜘蛛忙活着，他很惊奇这小小的生物，那种百折不挠的韧劲，无论那网破了千百回，只需要一根丝，它总有办法织造出新的网。在高武，他如何去编织这样一张脱贫攻坚的网呢？党员、普通百姓、老人、小孩子都应该是这张网上不可或缺的那一根丝……

第二章　　五十个衣架撑起村落的尊严

"清洁风暴"如期进行，"风暴"并不如人们想象的那样疾风骤雨，平静地在刘伟男每天如常的晨跑和捡垃圾、铲牛屎中开始。

村里的路每家每户都分了一段，每个人包段打扫。

"村委会前前后后都是我刘伟男的。"刘伟男每天乐呵呵地扫着村委会的房前屋后。

每天早上，跑过这家那家，他总是"大伯好！""大妈好！""伢仔乖！"坐在门槛上带着娃娃的大妈坐不住了，坐在屋前晒着太阳抽叶子烟的大伯也坐不住了："你看，人家还是从北京来的领导，都在帮我们捡垃圾，我们不捡也怪不好意思的。"

以前村里的路也有分段，但老百姓们也就走走形式，过场一下就行了，有检查大家就认真做一下，没有检查大家也都相互观望着。你不打扫？我也不打扫。你在我的责任路段扔了垃圾，乡里乡亲的，谁好意思说谁啊，睁只眼闭只眼就过去了，谁也不会在意这样的一件小事。检查一过，村委会的人再叫人捡垃圾，村民们就怼过去了："祖祖辈辈都这样过的，嫌脏，你就自己把垃圾吃了。"现在村民们坐不住了，也寻思着捡捡房前屋后的垃圾。可是问题也来了，高武村千百年的生活方式让他们没有日常的卫生观念，就连扫帚、撮箕、垃圾桶这样的清洁工具都没有，一年好不容易挣的钱，哪里舍得买这些"奢侈品"？实在太脏了，绑几根树枝就是扫帚了。扫到不碍眼的地方一堆了事。风一来雨一来，这家那家的垃圾到处乱飞。

和支书一商量，决定一家发一把扫把、两个垃圾桶、一个撮箕、一个鞋架、五十个衣架："你们要扫帚、垃圾桶我做到了，那就得答应我把垃圾放进垃圾桶！我要求不高，每天回家，鞋子好好地放在鞋架上，有衣柜的衣服挂在衣柜里，没有衣柜的挂在竹竿上。"

刘伟男启动了他的风暴模式，从孩子抓起，每天守在学校门口。哪个学生上课不洗脸，不扎头发，蓬头垢面，带着"味道"入学，衣服脏得看不出黑白，就让他回家洗脸换衣服："自己的脸脏脏的，人家怎么会瞧得起你，头发不洗，臭臭的，人家怎么会喜欢和你讲话？"娃娃们害怕这个天天守着校门的刘书记，再也不敢臭臭的脏脏的来学校了。娃娃们也很喜欢这个笑眯眯、和蔼可亲的刘书记，没事的时候，他喜欢和他们玩，一个漏了气的篮球，他也能和娃娃们玩出新花样。

一场雨下来，支书石明辉家门口的那条坡路上的泥就顺着雨水垮了下来，雨水和着泥巴在路上堆成了一条长龙。正好是插秧季节，和每一天一样，早早跑完步的刘伟男路过支书家门口正往村委会去，恰好碰上支书荷着稻秧出门。看见刘伟男，看着家门口坡上垮下来的泥，支书有点不好意思："刘书记，这条路是我包的，今天我要去插秧，我就不做了哈。"刘伟男笑笑，什么都没有说，两个人挥挥手，插秧的上坡去了，该回村委会的却没有回，拿起支书家里的扫帚扫了起来。

等到天黑，支书插完秧，一回到家，就发现门口那条路不知被谁扫得干干净净。一打听，才知道是刘伟男给扫了。支书放下农具，汗也没擦干，一路快走到村委会："刘书记啊，真的对不起啊，那种活是我做的，不应该你做啊。"

小伙子笑一笑："老大哥啊，你能做的事情，我一定也能做，为什么我不能做啊？"

支书和村里五大员嘀咕开了："这小伙子是做实事的人，吃得苦啊。从北京来帮我们捡这么脏的东西，我们还有什么不能做的呢？"以前"清洁风暴"就是一场阵雨，风暴一走，该咋过还咋过，大家都吊儿郎当的，从没有当一回事。这一次"清洁风暴"从村委、从党员抓起，哪个党员不好好做卫生，就开村民大会点名批评。村民们看着村委们行动起来，大家也都开始行动起来了。

卫生的清洁不能只是外面光。路面干净了，一进村民家门还是臭气熏天，乌七八糟，家里脏乱得连下脚的地方都找不到。发的五十个衣架和一个鞋架村民们用上了没有？家里的卫生打扫了没有？每天刘伟男继续入户，还是婆婆妈妈说这些生活小事。

群众大会一次接着一次开，6月初组织一次主题党日活动和全村卫生大扫除，要求是全体党员、入党积极分子、妇青组织全部参加，负责入村范围内公共区域卫生、小溪沟河道、入村公路两侧的卫生清洁工作。村里的大喇叭热闹起来："明天全村大扫除，全村出动，重点是各家各户门前屋后、沟道河流清理打扫以及屋外物品归置，特别是有猪圈、牛圈的农户，必须将直排管道改道，留出蓄存处理的空间，增加淤积过滤的环节，已经裸露的牲畜排泄物，由本户负责清理干净。当天扫除后，全体党员按照党小组包片、包户进行检查，对清洁不到位、扫除不全面的农户进行督促和帮助。"

高武村的小学生也要参与卫生打扫工作，从银潭小学到村里一公里的路段包给了小学生。每天的晨跑，刘伟男再也没有垃圾可捡。

清洁意识和卫生习惯的形成不是一天两天的事情，要持之以恒、久久为功。刘伟男和村委一商议，决定起草一份《环境卫生的村规民约》，征求村民代表意见后，使之成为"硬规矩"。各家各户的门前屋后和公路公共区域为本户的卫生责任区，任何时候只要发现责任区内有垃圾和牛粪以及污染物，都要追究本户户主的清洁责任。村民大会上，刘伟男主动做出了承诺："农忙后要进行巡查，第一次发现垃圾，进行警告，第二次再发现，该罚款的罚款，该曝光的曝光，该在村级广播通报的通报。要求大家做到的，我一定首先做到，村委会前后左右就是我的'三包'责任区，村委会一并纳入巡查范围，村内没有特殊的地方，没有例外的人家，请大家在做好自身、当好榜样、发挥先锋模范作用的同时，也着重加强对我的监督。"对于表现极好的农户要给予奖励，农忙后每季度请村支两委酌定挑选部分农户，组成评比小组，选出最清洁户若干，从驻村第一书记专项工作经费中支取费用，给予适当表彰，两斤猪肉、一件啤酒也是奖励。"

每天早晨，妇女、男人、在家里的孩子，都拿了扫帚拖把出门，村里再也看不见一张纸片，看不见一点垃圾。到收垃圾的时间，村民们便手执一袋垃圾向垃圾车汇过去，屋里再也没有乱扔一地的农具和沾了一脚泥的鞋，一根长长的竹竿上，整整齐齐地挂上一家人穿的衣服。仅仅用了一个月，高武村就成了从江县"清洁风暴"先进村，以前的卫生员绍双每次到高武村给孩子们打预防针，酒精都要多带好几瓶，要找到扎针的部位，先要洗掉半瓶酒精。现在的高武村发生了革命性的转变。

要彻底改变村容村貌的建设，还必须在脱贫攻坚的大背景下进行村寨基础设施改造。高武村几百年来的落后与当地人的生活习惯是息息相关的，村里人畜混居，是最致命的硬伤。高武村距离银潭村仅仅两公里的路程，但是村寨文明程度却不是两公里的距离可以缩短的。为什么仅仅的两公里路，银潭出过大学生，出过老师，出过国家干部，而高武村从中华人民共和国成立以来，从来没有一个吃公家饭的人？为什么银潭村的下银寨成了旅游村寨，而高武村还在为村寨的卫生发愁，还在为每一个小孩洗脸的问题焦心？这一场"风暴"必须将"清洁"这个词根植在老百姓的心里，打好这场战役，才能引起关注，才会整合更多的社会资源。清洁风暴就是最好的契机。

村寨建设从拆除牛圈开始，从改厕开始，从建厨房开始。

拆牛圈遇到了问题和麻烦，拆除牛圈，规划村寨，总要动村民的房屋住宅。村里的"鬼神""鬼师"很有"市场"，家里孩子生病不求医师求"鬼师"，易地搬迁、改动房屋这样的大事更是要问"鬼师"，几十年的老危房、破旧地基、腐烂鼓楼这也不能动、那也不能动。部分党员们也将信将疑。

环境的硬件整治遇到了前所未有的压力和阻力。

2018 年 5 月 25 日刘伟男的党课开讲了，这一次，来的人很多，村委会坐不下了就坐在村委会前小小的院坝里。一个月相处下来，大家都知道了第一书记能办实事能解决问题。现在不管刘书记走进哪家，端起桌上的饭碗，人们都是用热切的眼神看着他："书记，就看你的了。"

"扶贫不问自身问鬼神，这里不能拆，那里不能迁，告诉我因为这里有'鬼'，那里有'神'。我看确实是有'鬼'，不是外面真有'鬼'，主要是心里住了'鬼'。要真有'鬼神'显灵保佑，为什么不保佑高武变得富裕一点、美丽一点、老百姓的钱包鼓一点？为什么不保佑高武培养出一个老师、一个卫生员、一个干部、一个技术员、一个老板？'鬼来鬼去'这么些年，高武还是深度贫困村，我看这样的'鬼神'不要也罢。"

村民们顿时炸开了锅，炸得村委会小小的屋子里"嗡嗡"作响，这可是对高武最高权威的挑战啊。

刘伟男接着说："究竟什么才能够改变高武？大家心里要明明白白，村委会门前这条宽阔笔直的公路可不是'鬼神'一晚搬来的，也不是'鬼师'作法送来的，是来自党的关怀，是村党支部全体党员带领村民一包包水泥一袋袋砂石垒筑来的。现实已经证明，并将继续证明，只有脱贫攻坚政策可以改变高武，只有掌握了先进思想和文化的全体村民的辛勤劳动才可以改变高武。"

支书石明辉坐在群众中间听着，不停地点着头，作为一个老党员，十多年的村支书，他何尝不知道高武人贫困的根源啊。曾经他最大的心愿就是能够当一名代课老师，试图用教育改变他身边这些世世代代贫困的乡亲们，但贫困让村人们因贫致病，因病致贫，因学致贫，高武人在贫困的死结中循环。后来村人们推举他为村支书，他就想着跟着党走，应该能带着乡亲们走上一条幸福的路吧，他踏踏实实地埋头苦干，公平公正地为人民服务。林权改革，他天天上山量土地、划地界；2008 年，他带领村民们完成了新寨建设，将坡顶的二十二户人家从坡顶搬到了交通方便的公路边；2009年他又带着村民们一担担挑土，从坡脚挑到坡顶的田坝寨，只是为了修一条一米宽的泥巴路，解决田坝寨无路可走的历史；2012年，他用集体的六十亩林场，为老百姓换路，让一条条路通到了每一户人家的田里，大部分人扔掉了放牛绳，耙田机突突突地开进了每一户人家的稻田里……他勤奋努力地在村支书这个岗位上奋斗了十多年，依靠党的扶贫政策为村里的老百姓谋福利，然而，他却治不了老百姓几百年来的穷根。像DNA一样植入他们骨髓的贫困，虽然生出了高武人对险恶的生存环境的坚韧，但也麻木着高武人的神经。从来没有一个人像刘伟男这样，能够对贫困的根源有如此深刻的理解，对脱贫攻坚面临的困境有如此深刻的剖析，他彻底服了面前的这个年轻人，他决心，在刘伟男任职的这两年时间里，好好地跟着他干，跟着他学。

"苗族有着深厚的'巫鬼'历史文化，我尊重历史，也尊重少数民族自身的传统习俗，但并不意味着对于这种迷信糟粕就可以视而不见、放任自流。冰冻三尺，非一日之寒，村里老一辈的思想要扭转很难，但党员必须从严要求，从今天开始，所有党员同志都要以'有则改之、无则加勉'的态度改造自己的世界观，对于'鬼师'作法、'鬼神'显灵等言论和事情要站稳立场。这个话，我讲得重了一些，但请同志们想一想，一个党员，一个马克思主义的信仰者，都不带头坚信践行'无神论'，都不清楚自己应该跟着谁走，村里这股子风气怎么扭转得过来。"

村里的"鬼师"家里的牛圈悄悄地在一个早晨消失了，只短短一个小时，"鬼师"自己动手把那又脏又破、摇摇欲坠的牛圈轻易地拆除了，接下来的工作异常顺利。高武村热闹起来，家家户户的牛圈都拆除了，道路重新规划了，高武村真正地进入了一个全新的时代，老寨内最简陋的危房现在成了绿地，户主已经入住宽敞明亮的易地扶贫搬迁社区。"出门一脚泥，远走重千斤"的日子已经成为高武人的过去。

高武村人高高地昂起了头，不再自卑，也不再萎缩，每个人都挺直了腰杆。自信且自尊地活着。

刘伟男并没有停下来，不看到脱贫攻坚战役取得最终的胜利，决不班师回朝。

第三章　　五场硬战描绘美好的乡村蓝图

2015 年 12 月 22 日，中国贸促会办公室，湖南小伙刘伟男来报到上班了，个头不高，头发一丝不乱，一口湖南普通话让人倍感亲切。

这一年的 11 月，中央扶贫开发工作会议上强调，要根据贫困村的实际需求精准选配第一书记。抓党建促脱贫攻坚，离不开第一书记这支先锋队。党的十八大以来，全国共选派十九万五千名机关优秀干部到村任第一书记，奋战在脱贫攻坚一线。刘伟男并没有想到两年后，命运会让他接过第一书记这个重担，来到中国西南边陲的极贫村——高武担任第一书记。

2013 年 7 月，他考录湖南省选调生到长沙浏阳市金刚镇工作，有着乡镇一线工作的经历，有着与群众面对面打交道的经验，还投身过百强县"挺进三十强"争先进位的壮丽征程，也到过从江县加榜村支教。但当他来到高武村，他才明白，贫困这个词真正的含义，一个多月的调查，他有了一本账：全村三个村民小组一百二十八户五百七十五人，其中建档立卡贫困户五十五户二百五十九人，有党员二十五人，其中女党员三人。全村党员哪家最穷，留守儿童哪个最苦，哪家有残疾，哪家有困难，哪家有孤儿，他都了如指掌。高武村的脱贫攻坚已经到了啃硬骨头、攻坚拔寨的冲刺阶段。他只有两年的时间完成高武村的出列任务。此时是高武发展最好的契机，一分懈怠，就会失去发展的机会和动力，对高武，他将成为罪人，对自己，他无法回望在他青春最美好的两年里，他做了什么。

"清洁风暴"顺利收官，接下来的四场战役——小康寨建设、改厕革命、饮水项目、篮球场的建设是高武村脱贫事业的美好蓝图，是刘伟男心里的蓝图。

然而什么样的胜利才是真正的胜利？"没有内在动力，仅靠外部帮扶，帮扶再多，你不愿'飞'，也不能从根本上解决问题。"高武村的脱贫不能只是村寨环境和基础设施的改善。高武不缺耙田的农民，不缺在家带孩子的农村妇女，不缺在建筑工地和物流中心搬砖、扛料、跑腿的杂工，不缺在广东、江浙流水线上按计件工资结算的厂工，高武村贫在缺乏人才，缺的是能够带动村子脱贫的致富带头人。高武村教育文化素质普遍偏低，仅有的二十个适龄在读高中生，一半已经打算或已经辍学务工。

村委会屋瓦早已透风漏雨，透过那些稀疏的瓦片，可以看见暗夜里时隐时现的星星。他已经记不清住进村委会这一个多月里，这是第几个不眠之夜了，起身走到办公桌前，打开电脑，从 4 月 18 日到今天短短的一个月时间，他已经向上级单位、慈善基金会、相关企业呈报了六份报告，平均五天一份，他的电脑里、心里有一个小小人才库，他盘算起来，高武村有情怀的能干人，村里的知识青年石阿你，老支书甩文的儿子石相信，曾经是极贫户的石你山 ……

石阿你，2006 年从湖萍乡中学初中毕业就开始在东莞打工，因为有文化、脑子活，在广东打工从事的就是技术性高一点的活，电镀工、五金化学，厂子里也算工资最高的工种了，一个月四千多。2009 年—2014 年，他开始做劳务输出，希望能带动一方乡亲，让大家都富起来。前前后后他带出去了三千多人，没有文化的就规划在一个厂，做包装这样没有过多技术含量的工种，文化高的就分配到工种好一点的厂。但是现状让他非常失望，很多乡亲们当天拿到工资，当天就能用完。原本带着乡亲们出去，想的是能给大家的生活带来改变，但现实是事与愿违。失望至极的石阿你2017年回到了村里，试种了一亩多的白芨，可要看到收效得等三年以后。

石你山是一个聪明人，在外面打工的几年，看见什么学什么，有人做活路，他可在一旁看一整天，直到看懂。泥水活、砖瓦工，什么都会。1988年生的小伙子2014年结婚生下两个小孩就去广东打工了，留下老人在家带孩子。不曾想临近年关，一把大火烧毁了家里的房子，这把火让这个家庭瞬间陷入了极度贫困。好在2016年乡政府为石你山争取到了扶贫资金，前后支助了八万元，帮他重建了家园。

乡里的会计石阿马一直在外面做电工，一天可以挣三百多元。2018年春节回家过年，正好村里的老会计不做了，村民大会上，大家一致举手都选了他当会计。虽然对会计一窍不通，想着能为乡亲们做点事，他也就留了下来。收入当然是大打折扣，村里的会计每个月大概只有两千元，但看到大家对他的信任，石阿马也就不再把钱放在第一位了。

这些能干人的名字在刘伟男的心里过了一遍，他心里开始打起了算盘。2020年，高武村必须完成脱贫出列的任务，那时候他也完成了第一书记这个伟大的使命，高武村的建设接下来还得交回这些能干的高武人手里。从前，沉重的家庭负担需要靠他们外出打工才能解决，村子里留不下他们。现在，刘伟男下了决心，五场硬仗，既要打赢，也要借这五场硬仗调动出村里的内生动力，他们——这些能干人将带动村民们，成为高武村的内生动力，成为走向富裕的一支战斗队，他们才是高武村的未来啊。

和村委一商量，决定村里所有这些不涉及专业技能和资质的帮扶项目一律不外包、不替代，无论是改厕、房屋修缮、串户路修建、还是党群教育活动场所和村级公共基础设施建设，全部按照先建后补原则，交由群众自主实施，交到村里这些能人的手里自发建设，交给村民们自觉推进。让高武困难群众真正依靠勤劳双手改变贫困命运、创造幸福生活，让每一分帮扶资金真正转化为老百姓看得见、摸得着的实惠。如果小康寨的建设资金可以通过务工转化为部分贫困户的工资性收入，焚烧炉的建设和垃圾桶的清理转运包给贫困户，基本上其收入当年就可以达到出列要求。如果小溪沟河道治理后，委任一名河长给五保户，在村集体收入范围内额外增加一些补助，社会兜底就会更牢固。

所有的手都高高地举了起来，村民代表们一致赞同刘伟男的提议，每个人的眼里都闪亮着对未来的信心和希望。

五场硬仗有条不紊地进行，村支两委和石相信同志牵头组织建档立卡，由石相信、石阿马、石你山，带着建档立卡的贫困户开始施工。这是高武村的项目工程第一次真正意义上由高武人自己独立承包施工。大家都没有经验，无论是做项目资料、成本核算，还是组织上工、技术保障、质量把控，都是一步一个脚印，摸着石头过河。高武村出现了建村以来前所未有的建设场景，每家每户的房前屋后都是一个小小的工地，从寨口到寨尾，从房前到屋后，家家户户摆放着堆积如山的建筑材料，个个不是忙着拌浆砌砖，就是在运料填方，一片忙碌景象。能自己动手改造的自己动手改造，没有技术的，帮一帮，带一带。

刘伟男也没闲着，整天惦念着每户三千元的改厕资金到位了没有？透风漏雨的建档建卡、入户核实做完了没有？正好是暑期，这些工作都交给了在读的高中生和初中生，十八岁的石德祥在从江二高读高二，他成了刘伟男的脱贫助理，在刘伟男手把手地帮助下，石德祥跟着他进村入户核实档案，他惊异这个比他大不了多少的第一书记，对村里每一户人家的了解远远超过了他这个土生土长的高武人。他死心塌地地跟着刘伟男跑项目、做报表——各种报表铺满了整整一间教室。而他的助学金以工时费的方式拿到手上，让他懂得了所有的赠予必须付出，所有的爱心必须回报。

化粪池挖在哪？化粪池挖得怎么样？排污口在哪里？内饰和砖砌抹浆地面如何？每一件事刘伟男都亲自查看。临时安居工程的项目资料，税票怎么开？报账单怎么做？支付进度表怎样填？一摞一摞的表格报账单，刘伟男和大家一页一页地落实。从前高武村一年在乡上报账顶多一次，五大硬战开战以来，每个月高武村要到乡上报账达到两次以上。调料、调车、组织上工，每一件事情都是刘伟男与村支两委和村里的能人们群策群力，一个环节一个环节抠出来的。

几十年来，高武村家家户户没有厕所，一直就这么"熬着"，3 月初改厕项目动员会议后，"忽如一夜春风来，千树万树梨花开"，一百一十多户厕所同时完工。

村里的傍晚突然间就变得异常热闹，充满了孩子们的欢笑声，篮球"呼呼"的撞击着地面的声音……个子不高，大男孩一样的刘伟男穿着他蓝色的篮球背心、运动短裤混在一堆孩子里，过人、投篮、三步上篮……孩子们依样画葫芦地学，乐不可支。球场的外围一样的热闹，捉迷藏的，骑单车的……还有拿着小板凳坐在篮球场边上，看热闹的村民们。这个经高武人自己的双手建起来的标准的篮球场，成了村子里最热闹的地方。

在商议土地流转问题的村民代表大会上，村民代表的态度鲜明，意见一致，那就是想方设法都要将项目建设地基流转出来。大家都表示，高武再耽误不起了，来了项目就要上，上了的项目就要快。支书石明辉同志告诉刘伟男，这是他担任支书以来，决议最快的一次村级土地流转。

以前村里的孩子们要打篮球得跑到一公里以外的银潭小学，现在其他寨子的人也跑到高武村来了。篮球场成了高武人每天晚饭后乘凉聊天的好地方。

扛梁柱、搬砖和泥、平整水泥路面……凡是劳动的地方都能见到刘伟男的身影，这个从北京来的小伙子彻底让人刮目相看，石明辉还记得五月的那一天，刘伟男对他说的话："老大哥，你能干的事我也能干。"石明辉和村委班子私下里也下了决心——刘书记能干的事情，我们现在不会干，以后一定要学着干。

慢慢地，村里多了很多新建的建筑，廉政食堂也建起来了。以前哪家有什么红白喜事，就在家里摆桌，就在路边摆桌，闻着路上马粪牛屎，再香的菜吃下去也不香，再甜的酒喝着也是苦。现在好了，宽大的篮球场又成了群众的活动场地，篮球场边就是廉政食堂，哪家办红白事，都可以在这里办，两百桌没有问题；村里有接待也可以在这里办。刘伟男申请了资金，购买了统一的餐具，老百姓哪家都可以用。但是也有规矩，虽然是村里的公共财物，大家也得像心疼自己家里的东西一样爱惜，要用得先交五百块钱的押金，有损坏就得赔。

没有一个村民不举手。

现在再开村民代表大会，来的人更多了，篮球场上齐齐整整地坐了半个操场。凡是刘伟男的提议，几乎没有不举手的，从村委会到党员，到普通百姓，大家都无比信任刘伟男，都说愿意跟着刘书记干。

村里的五保户石乃吉走进了村委会，长期的劳作让老奶奶的腰早已直不起来，一路摸索着，走进了村委会："刘书记，能帮我把房顶修一修吗？"

第二天，刘伟男就爬上了石乃吉家的房顶，石明辉和村委的人帮着递砖的递砖，送瓦的送瓦。

看见第一书记上了房顶，急得石乃吉屋前屋后团团转，一个劲地责备石明辉："你这个娃，咋个能让北京来的娃娃上房做这样的粗活呀。"一会儿又对着屋顶上的刘伟男喊着："好崽，好崽，小心不要摔了。"

站在石乃吉家屋梁上，刘伟男的心也是不平静的，透风漏雨项目的实施可是一个细活呀。来高武的第一天，刘伟男就注意到了，高武寨子穷，底子薄，部分户数房龄都过六十年，瓦片铺设绝大多数都在十年以上，透漏情况比较普遍。必须核查清楚，绝不能让一户人家有漏报。他感慨万千，他感恩着这个伟大的时代，让他成为十九万五千个第一书记中的一员，他感到无比荣幸，有党的政策做引领，有县乡各级的支持，有村里党员做助力，他需要做的只是帮助村民们下决心，就可以让那么多的老百姓享受脱贫攻坚的成果。

中国贸促会的扶贫资金已经到位，就等他带着村支两委再次入户核实，就可以大阔步地启动了。

两天时间，石乃吉的房屋修缮一新。透风漏雨整治快速推进着，分三步走——第一步每一个困难群众补助三千元，每户发放瓦片六千片，基本解决"顶不漏雨"的问题；第二步重点突击，逐户实地测量，以委托支付的形式集中采购门窗，重点解决"门窗完好"的问题；第三步针对立体结构存在问题的房屋，按照先建后补原则，督促改建改造，统一支付建筑材料款项，妥善解决"墙不透风"的问题。

接下来是饮水项目，高武现有自来引用水源取自小溪沟上游，水源既没有蓄水池，也没有任何过滤、消毒、检测，田水、雨水混杂，自来水到了每家每户，拿来洗锅、洗菜、洗衣还行，实际饮用的话，存在较大的健康隐患。怎么办？

办法很简单，那就是重新找清洁水源。6月23日，刘伟男、仕荣、阿马出发了，一座山头一座山头地寻找，走了十多里山路，终于在高坡找到了新的清洁水源。水源从高坡最顶端梯田隘口处流出，经过山石的过滤，山泉清冽干净，没有任何杂质，山体天然形成密封容器，确保水质不受田水、雨水侵蚀。如果这个项目可以向上级和帮扶单位争取落实，下一步就是要挖开田土，作为全村清洁饮用水源的源头。

回到村里，一个长约6米，高约2.5米，宽约2.5米的蓄水池在刘伟男的电脑键盘的敲击声中有了雏形。刘伟男打开电脑，写下了他来高武村的第N份报告。报告很详尽，如何挖方、如何运方、如何用钢筋混凝土结构进行水池的建设，如何铺设输送的主水管和入户支管道，支委做出的数据测评和工程费的估算也写了进去。这个毕业于湖南大学新闻传播与影视艺术学院的研究生，到高武任第一书记后成了工程师、造价师、会计师，在村寨建设中成了泥水工、搬运工……

　　五场硬仗打下来，高武建档立卡贫困户帮扶项目的劳务工资就达五万元，高武村民独立承包村级工程，标的额高达二十八万元。村组主干道硬化通车；组组达户户通的串户路一条一条地修好；厕所革命建设到位；透风漏雨房屋修缮完工，危房和老旧住房新建改建稳步实施；安全饮水工程和小康寨也即将竣工；篮球场、羽毛球场、乒乓球场、廉政食堂、民族文化寨门和凉亭拔地而起；排水沟渠修建有序推进，新村委会和消防管网项目上马建设。

　　看着这村子里的变化，石阿马这样的能干人再也没有出去打工的念头，高武村需要他们，这里还有更多的建设项目等着他们。比起在外打工，在村里建设项目钱是少了很多，但钱少点没什么，重要的是他们在这些过程中体会到了自身的价值，体会到了当把自己的所会所学教给他人时的那种自信。有时候帮极贫户修厕所厨房的时候，可能没有一分工钱，也就是递过来的一支烟，倒过来的一碗水，但是那种信任和被需要让他们感受到了幸福。

　　幸福是一个名词，在高武村的字典里，成为一串串美丽的量词：中国贸促会申请的四十二万元专项资金用于高武村透风漏雨房屋修缮，完成一百零五户房屋整治；争取危改资金八万八千元，落实六户危房改造；申请三十四万元用于厕所革命，完成一百一十户建厕改厕；整治四十三户人畜混居。中国贸促会申请二十万元作为"一事一议"村民自筹资金，安装路灯一百一十五盏，修建主干道一公里，串户路七百五十六米；二十万元用于硬化村组干道和串户路二公里；四十万元用于新建消防管网；二十万元用于建设党群活动广场；五十万元用于新建党群活动中心。向北京大鸾翔宇慈善基金会募集八万元建设篮球场、羽毛球场，村级基础设施面貌和基本公共服务显著提升。对接澳门金沙集团十八万元安装路灯七十盏。承接从江县小康寨项目一百五十万元，"一事一议"项目六十五万元，民族文化传承保护项目二十五万元，安全饮水项目三十万元。

第四章　　七十盏路灯照亮了梦想的路

"在不停地翻过无数座山后 / 在一次次地战胜失望之后 / 你终会攀上这样一座山顶 / 而在这座山的那边，就是海呀 / 是一个全新的世界 / 在一瞬间照亮你的眼睛……"

朗诵完最后一个字，孩子们激动得涨红了脸，黑色的 T 恤上"高武少年"四个字在舞台的灯光下闪闪发亮，在高武的夜空里闪闪发亮。

如同诗歌里表达的，大山里的孩子们，无法想象山那边那个全新的世界究竟什么样子。而 2018 年 6 月 26 日的这一天，当台下坐着来自北京大鸾翔宇慈善基金会的周秉德奶奶，工信部浙江企业家联谊会的执行会长林霄伯伯，那些只用了不到十天的时间，就为他们排练出一台节目的杭州师范大学支教的大哥哥大姐姐们，他们模模糊糊知道了，信念凝成的，就是全新的世界啊！

"十天时间？十天！可能吗？"石明辉瞪大了眼睛，看着刘伟男。

刘伟男说出要在十天后办一台脱贫攻坚专题文艺会演的想法时，把石明辉和所有的村委都惊呆了。经过近两个月的相处，对刘伟男的工作能力那是没得说，但听到他的想法，还是吓了一跳。十个手指伸出来都不齐整，刘伟男想要的是让村子所有的在学孩子都登上舞台表演："让这群从来没有上过台的孩子完成一整台节目，可能吗？刘书记啊，能够做吗？我们高武从解放到现在没有做过一次文艺会演。他们会说吗？会唱吗？会跳吗？真的不可能啊！"

石明辉清楚地记得 4 月 21 日那天，刚到高武村的刘伟男陪同北京大鸾翔宇慈善基金会验收捐助项目。孩子们见到这些陌生人，不是害怕得躲在大人的背后，拧着大人的衣角不放，就是被吓得哇哇大哭。这一个多月来，虽然高武的变化给大家带来了不小的信心，虽然杭州师范大学的十五个大学生来到高武，手把手教孩子们唱歌跳舞演小品，但是 17 日到 26 日，十天不到的时间里，连训练带拿出一台完整的节目，石明辉除了摇头还是摇头。

对石明辉的质疑，刘伟男丝毫不以为然，他跑到了孩子堆里，一会拍拍这个的头："加油啊！"一会摸摸那个的脸："不错，继续。"几天前这些说没干过、干不好的伢崽妹崽们，此时正卖力地跟着支教的老师们一板一眼地学习着。小主持人梁艳艳、石坡阿连续三个夜晚排演到十一二点，孩子们吹芦笙吹得脸涨红了，参演人员排演走台晒得皮肤都脱落了。

中旬，澳门会展帮扶小组资助的物资到了——冬季运动服套装三百一十五套、夏季运动服套装三百一十四套、学习台和凳子三百套、户外表演舞台及背景板一组、户外展示板六套、室内展示板六套、无线音响器材一套。那天瓢泼的大雨把高武村笼罩在灰蒙蒙的雨中，把山上的泥冲下来，淹没了进村的路。一听到帮扶物资到来的消息，全村上下三十五辆农用机车"铁流"一般全部出动了，能上阵的村民们都上阵了——抢搬抢运，抢工组装。仅仅一个下午，捐赠物资搬运、签领、发放、组装全部完毕。村支两委班子一天内就完成了捐赠舞台基座地面硬化、舞台背景布置、死角垃圾清除。高武村有史以来的第一个舞台呈现在人们的眼前。

6 月 26 日，高武村脱贫攻坚专场文艺会演如期举行。

整个村寨的人全部都向银潭小学汇聚，比五年一次的"苗年"还热闹，每个人都在舞台上寻找自家的伢崽。哪里找得到那些曾经被山里的尘土遮住的脏兮兮脸蛋，那些见人就躲的娃娃们到哪里去了？漂亮的舞台上，分明是电视里才看得到的明星啊，一个个自信地高昂着头，挺直着背。整台节目门类丰富，既有民族特色的芦笙、苗歌联唱，也有诗歌朗诵、合唱、手语表演，最难的还有情景剧《我教大家洗洗刷刷》，小小的舞台上，展现着高武少年们信念的力量。

刘伟男创造了高武村的奇迹，他让高武的孩子们明白了只要自信、只要努力、只要肯干，任何事情高武少年都能干成。

7月的北京，被一群身着苗族盛装的孩子们惊艳了。天安门广场，身着苗族盛装的孩子们洋溢着甜甜的笑脸，感受着祖国的心跳；长城上，高武的孩子们，拉开了"从江县谷坪乡高武赴北京见学团"的横幅；故宫，这群身着高武少年白T恤的孩子们睁大了好奇的眼睛，感受着历史的辉煌；清华园的校门前，还是这群少年，立下了更加宏远的志向。

此行还是北京大鸾翔宇慈善基金会的支助，周秉德奶奶在贵州工作多年的经历让她对贵州这片土地有着深厚的感情："我觉得在贵州山区，贫困非常典型，虽然我已经八十多了，但还是可以打起精神来做点儿事。"她不顾八十多岁的身体，坚持走村串户，访贫问苦。她总是这样鼓励孩子们："上一代人不知道要学习，这一代人一定要好好学习，还要不断地提高，教育会转变一个人的想法，想法转变以后，会改变人的一生。"

北京大鸾翔宇慈善基金会对高武村进行了多次支助——为银潭小学一百多名孩子免费发放卫生用品、资助改建高武村卫生室、携手首都医科大为高武村民义诊。

6月26日坐在台下观看高武村脱贫攻坚文艺会演的周秉德老人深深地被高武的孩子们感动，她没有想到一个多月前，基金会的工作人员验收帮扶项目的时候，那些胆怯的孩子们今天如同大明星一样地站在台上，一个村子的改变竟然如此巨大。与基金会的同仁们一致商议，决定给予高武村孩子北京见学的机会，让高武的孩子们增长更多见识，立下志向。

高武村十个品学兼优的高、初中生，平生第一次坐上了动车。

北京见学的成效是显著的，见学回来的孩子都有了自己的人生目标和想法。

谷坪中学读初三的石后相看到了同电视上、书上完全不一样的天安门。以前完全不能想象天安门到底有多大多高，现在终于亲眼看到了宏伟的天安门。现在的石后相，有了去北京读大学的想法，还想去上海，去南京。"这个世界真的太大了，现在哪里都想去。但是真的只能好好学习，真的只能靠自己了。""以后还想当公务员，像刘书记那样，他也是农村出来的，就是靠读书改变了自己的生活。"

在高武村，刘伟男打的都是组合拳，每一招每一式环环相扣，相互呼应。7月中旬，杭州师范大学的支教教会了孩子们唱歌跳舞，圆满完成了7月底高武村脱贫攻坚文艺会演；7月底8月初，北京见学团帮助高武村的孩子立志，为孩子们搭建梦想的舞台；8月中旬，刘伟男又出了一招，那就是让北京见学的孩子们开办暑期班，给孩子们的助学金全部以代课费的形式支付。高武暑期专题培训班，全部交给了这十个"小老师"们。

"一百个学生中才选出你们十个学生，既是能力与幸运，也是责任与使命，要记住有多少关爱就有多少期待，有多大能力就有多少担当，村里的事情将来终究要你们挑大梁，希望从现在就磨砺、锻炼、承担。"

小老师们迅速进入了工作状态，刘伟男募集了一批教学用具，从桌椅、黑板到文具、教具，一应俱全。暑期班就设在村卫生所，课桌椅怎么摆放、教学计划如何安排，课时课程如何进行，全部交给孩子们决定。刘伟男乐呵呵地当上了甩手掌柜，不说一句话，不插一次手，任孩子们自己去做。如何把那些一到放假就满村乱跑的孩子们管束在卫生所安安静静地听课？

小老师们有很多的办法:"只要你们好好学习,也能像我们一样坐上动车,到北京、到上海呀。""你们看,刘书记和我们一样,也是农村的孩子,好好读书也会像刘书记一样到北京当大官,也会像刘书记为大家做好事。"

在刘伟男的心里,有一个账本,高武几乎没有任何区位优势、资源优势和产业优势,但有一点却特别突出,那就是家家户户孩子多,最少是两个,平均数是三个。这就是高武最大的资源,一家人咬紧牙关,狠抓教育,职高、职专、大学毕业后,培养出一个或者两个工薪阶层,当老师、干部、医护人员、会计、技工、专业建筑工等等,家里的活计不丢,光是靠工资性收入,就可以解决家庭脱贫问题,不出十几年,就可以积蓄建房、买车、进县城。六年是一个基础教育的周期,抓好高武伢崽妹崽的教育,高武也就随着这些孩子的成长起来了,高武的教育面貌、文明程度、家居环境和卫生习惯都会随之迈上一个崭新的台阶。他还记得刚到高武的那个五月。傍晚,几个孩子趴在村委会门口的水泥花坛上,看到刘伟男走过来,一个孩子用稚嫩的语气问:"能不能借你的桌子用一下?""桌子?我的桌子不是在村委会二楼吗?"孩子看出了刘伟男的疑问,用小手指了指水泥花坛,她的意思是借用花坛当桌子。那一刻,一股酸楚涌上刘伟男的心头,这些困难家庭的孩子连个像样的作业桌都没有,要不趴在高凳上做作业,要不就找块水泥平地当桌子。

他暗下决心,要想尽一切办法,抓紧解决孩子们的作业桌椅。一个月后,在澳门会展帮扶小组的支持下,三百套崭新的标准作业桌椅运抵高武的当天,不愿意孩子们再多等一刻的刘伟男马上组织人将桌椅发到了孩子们的手上。

无论走进哪家,新桌椅都特别打眼,是昏暗灯光中的一抹亮色,每个孩子都像把玩艺术品一样趴在新桌子上做作业,那种满足感和专注度,别提多带劲了。刘伟男的心里充盈着幸福与欢乐,孩子们趴在高凳和水泥花坛上做作业的时代一去不复返了。

幸福是一个名词，在高武村的字典里，成为一串串美丽的量词。发放"恩来助学金"五万四千九百元，中国贸促会专项助学金一万九千元，民建湖南大学委员会结对帮扶助学金四千元，对接"双雄助学金"三万四千七百元，实现全村五十七名在读初中、高中困难学生资助全覆盖，意味着全村初、高中生今年下半年就学的所有学杂费用基本得到解决，高武不再出现由于经济负担不起而失学、辍学的现象。捐赠校服和运动套装一千件，图书一千册，文具三百套，学习台凳三百套，户外表演舞台及背景板一组，无线音响器材一套，户内、户外展示板各六套，落地风扇两台，电热水器两台。

从高武村到银潭小学一公里的路上，以五十米的间距，安装了七十盏路灯，这一盏盏明亮的路灯，照亮了高武少年上学的路，照亮了高武少年追逐梦想的心……

第五章　　一千个想法筑就高武人的幸福梦想

据人民网扶贫频道 2019 年 6 月报道："广大扶贫干部，特别是基层扶贫干部为脱贫攻坚做出了重大贡献，他们不仅作风好、工作实，有的甚至付出了鲜血和生命，到今年 6 月底，全国牺牲在扶贫岗位上的一共有七百七十多人。"

2019 年 10 月 23 日，在从高武去乡政府的连续急拐弯道上，发生了一起重大车祸，一辆"起亚"二手车由于刹车失灵，造成严重侧翻，整个车体完全倒扣在地上，一边是万丈深渊，车辆损毁，车厢压扁。这辆二手车是刘伟男购置的私家车。每天从乡里到县里有时候会往返多次，村里没有公车，为了方便工作，刘伟男特意购置了这台二手车。当他敲碎玻璃才爬出轿厢，第一反应，从头到尾审视了一遍自己，他理了一下自己的头发，还好连发型都没有凌乱。他迅速拨通保险、吊车、派出所、村委会、乡应急办电话，封路防止堵车，设置警戒线避免造成过多舆论，请执勤干警出具事故证明，配合吊车完成道路清理，发布广播澄清对于第一书记安危的猜测，抢发一条与此无关的微信朋友圈，让人们周知他个人的人身安全。

当把这一切都处理好，刘伟男才感到后怕，假设事故结局发生改变，假设当时路上有行人，假设当时没有一个陡坡供他逼停，任何一个假设都不敢再想象。然而，没有时间让他后怕，下午，他重新找了一辆车，前往乡政府继续上午的工作。

刘伟男没有时间去害怕，也没有时间去休息。来高武工作之后，他几乎是连轴转，工作节奏快，工作内容饱满，高武的基础太薄、底子太差、欠账太多，要做的事情、可以做的事情、能做的事情、"马上就办"的事情很多，高武村委会的许多同志都跟他交过心，有的说感觉比较吃力，有的说跟不上刘书记的节奏，有的表示能吃苦但是很多工作确实不知道怎么做。刘伟男深知，高武的发展到现在这个关口，他所带领的这支党员队伍必须把担子担起来："谁叫我们选择了成为一名村组干部，选择了为人民服务，现在由不得我们想做就做，不想做就不做，愿意做就做，不愿意做就不做，而是客观形势的必然要求。如果高武的脱贫攻坚耽误在我们手里，能够争取的项目落实不下来，能够改变的村容村貌'山河不改'，日后老百姓讲起来，都是要戳我们脊梁骨的。"

如今，村寨的基础建设已基本成型，脱贫扶智的工作也进行顺利，村民们脱贫出列的信心高涨，如何带领村民们走上致富的道路，过上幸福的生活，到 2020 年这两年是高武跨越发展的一个窗口期，历史上没有任何一代高武人像今天这样有如此广阔的干事创业平台和发展条件，有如此强大的帮扶力量支撑和政策利好，高武抓得住就能补齐短板欠账，开创一片崭新天地，干得好就能迈入更高境界，可能实现后发赶超。

如何让高武村形成自己的产业呢？刘伟男心里有一千个想法。

刘伟男一次一次地带着村委们走访、调研、考察，前往广西贸促会学习对接两次，就赴扶绥县劳务输出与本地鸡养殖产业项目试点达成合作共识。高武村种养殖专业合作社与贵州罗甸桂琦农业科技发展有限公司合作，积极谋划高武村百香果产业扶贫项目，大家一致认为高武村土壤表土层约为三十至三十五厘米，适宜百香果根系生长，项目的合作方——贵州罗甸桂琦农业科技发展有限公司技术实力雄厚。百香果种植从种到收的培育周期仅八个月，具有适应性、抗虫抗病性强，常年挂果，高产稳产等种植特点。普通百香果在从江本土市场销售价为五元每斤，市场行情看好。优质百香果在北京、上海、广州等市场销售价为十至十五元每斤不等，经济效益较高，具有见效快、风险低、收益好的特点。百香果的项目风风火火地推动起来。

接下来就是立足高武劳务输出有限公司，整合广西贸促会、广东贸促会、杭州萧山等帮扶资源，利用芦笙节全村青壮年劳动力回村过节的契机，开展就业扶贫专项行动，推动就业意愿、就业技能与就业岗位有效衔接，实现一批劳动力外出就业，创收增收。

高武村在悄然地改变着，改变的不仅是高武村的面貌，改变的还有老百姓的心，每个人都成了为高武村的幸福筑梦的人，人们不再等待着靠天吃饭，靠政策脱贫，每个人都在为高武明天的幸福出谋划策。

从 2018 年刘伟男第一次走进高武村到现在，在与村委班子共同奋进的几百个日夜里，他深深地感受到高武村支两委班子的正派、务实肯干、团结进取，是一个不折不扣的好班子。但是没有一个人会用电脑，能完整写出证明的人只有支书和村主任，基础办公设备、办公软件、报销单据都不会操作和使用，基本没有产业发展和项目建设经验。但他明白，高武村的脱贫事业的成败，关键在人。要让高武长远发展，脱贫不返贫，归根结底在于培养造就一支永远带不走、留得下、本领强的"工作队"，不然就很有可能出现脱贫攻坚和同步小康工作队"人走政息"的局面。

"高武这一届的村支两委班子，一定要把后备干部培养摆在重要位置，有意识地把握脱贫攻坚带来的帮扶资源、政策利好、培养机会和锻炼平台。"在村委例会上，刘伟男这样强调，他加大了向乡党委、政府的请示力度，呼吁在现代化办公、互联网使用、会计报账等常规性工作技能培训和实践历练上对高武人有倾斜地照顾，在加强党支部处理日常工作事务能力的同时，让后备干部的素质强起来，本领硬起来。创造出更多培养对象外出学习考察机会，引导其深度参与产业扶贫工作，培养其成为致富带头人，最大限度地培养出一批具有施工经验的党员干部队伍。

在高武村脱贫攻坚指挥所有这样一张"高武村脱贫攻坚网格作战图"，这张地图上每一户都认真做了标注，这张图在刘伟男的住所、办公室、办公包里都有一份，走到哪儿就带到哪儿，这就是"敌情"和作战任务。

2018年的中秋节，刘伟男给全村的乡亲们写了一封情感真挚的信。

各位乡亲，深秋是收获的季节，种好自己的责任田，才有丰收的谷满仓，干好集体的大项目，才有美丽的新家园。

我坚信，只要我们这个大家庭万众一心、团结一致、全力以赴，高武推进的项目就一定能够建设好，高武人民认定的事情就一定能够办成！那时，高武一定是旧貌换新颜，年年岁岁月相似，岁岁年年村不同。

最后，祝福各位乡亲阖家团圆、幸福美满、健康如意。

你们的"家人"　第一书记刘伟男
2018年9月18日

在山村的曙色中，我告别高武村，告别刘伟男，依旧是那袅袅的晨雾从山底向山巅升腾，在那浓浓的晨雾中，高武村的人和事缓缓地向后退去，渐渐模糊，突然那块猩红色的标语牌进入了我的眼帘，在这一场灰色的雾气中显得格外醒目。

　　"苦干实干加油干、建设幸福新高武。"

作者简介

　　杨骊，生于贵州贵阳，鲁迅文学院 32 期中青年作家高级研修班学员，贵州省作家协会会员、理事，贵阳市作家协会副主席，南明区文联主席、作协主席。出版发表中短篇小说、散文、报告文学近百万字，出版中短篇小说集《迷彩的城》，散文集《文玩小店》《里巷茶香》《渡寨的风景》等，合著报告文学集、散文集若干。

马马崖和百香果

田兴家

李　健

2007 年 9 月至 2010 年 7 月，在贵州省交通职业技术学院汽车技术服务与营销专业学习。

2011 年 12 月至 2013 年 6 月，在贵州省关岭布依族苗族自治县岗乌镇人力资源和社会保障服务中心工作（2013 年 3 月至 2016 年 1 月，在贵阳学院汉语言文学专业函授班学习）。

2013 年 6 月至 2015 年 5 月，任贵州省关岭布依族苗族自治县岗乌镇村镇建设管理站副站长。

2015 年 5 月至 2015 年 8 月，任贵州省关岭布依族苗族自治县岗乌镇村镇建设管理站站长（2015 年 2 月至 2015 年 7 月，在县政府办跟班学习）。

2015 年 8 月至 2015 年 11 月，在贵州省关岭布依族苗族自治县岗乌镇国土规划建设管理站工作。

2015 年 11 月至 2015 年 12 月，在贵州省关岭布依族苗族自治县机构编制政务信息管理中心工作。

2015 年 12 月至 2018 年 2 月，任贵州省关岭布依族苗族自治县机构编制政务信息管理中心副主任（2016 年 4 月，到贵州省关岭布依族苗族自治县普利乡马马崖村驻村任第一书记）。

2018 年 2 月至今，任贵州省关岭布依族苗族自治县机构编制政务信息管理中心主任（仍在贵州省关岭布依族苗族自治县普利乡马马崖村驻村任第一书记）。

2019 年，被中共贵州省委评为"全省脱贫攻坚优秀村第一书记"。

一

出县城便进入村庄路段，路面虽平整且宽敞，但我还是放慢了车速，主要原因是不熟悉。

我此行的目的地是贵州省关岭布依族苗族自治县普利乡一个偏远的村——马马崖村。以人们平时的经验，光听到村名就可以想象它是何等的偏僻。途中不断遇到岔路，导航一直提醒我保持直行，以至于我都怀疑导航系统出了错，停下车向路坎边一位正在干活的老人问路。老人抬起头来问我："你去马马崖搞哪样？"我说去做一个采访。老人指着主路，说："一直往前走，估计还要开两个小时。"

向老人道谢后，我继续驱车前行。我此行的目的是采访一位叫李健的干部——马马崖村驻村第一书记。出发的前一天我就和他联系过，请他用微信发位置给我。他有些担忧地对我说："你从县城过来，有点远哦。"我笑了笑说没事。直行将近一个小时，主路已到尽头，往左和右分别有一条岔路，导航提示我往右转，我犹豫一下就转了过去。

走不多时，路面变狭窄了，开始出现坑洼，我觉得有些不对，便停下车，想找个人问路，但附近没有一个人，无奈之下我又拨打李健的电话。他说："你走错了，那条是老路，不好走，你应该往左转，走新路。"挂断电话，我马上调头，朝着新路走。

这一次一路顺畅。大概五十分钟，我就看到了村委会办公大楼。"马马崖村综合服务中心"几个字在阳光下闪着金光，楼前的五星红旗随风飘扬，再往上看，蓝蓝的天空中飘着几朵白云。很久没见到如此蓝的天空了，我不禁停车，下来拍了几张照片。

总算到了，我终于放松下来，活动一下身体，一路上的担忧消失了。我上车关掉导航，朝村委缓缓驶去。无意间看到一处山脚下栽着一大片什么植物，再仔细看，有好些人在里边劳作。这引起我的好奇，我决定要去看个究竟。便靠路边停好车，沿着田间的水泥路走去。

走到边上时，我才看清这种植物，瘦小的藤上结满果实，十来个人在地里忙着采摘。果实的外皮是诱人的紫红色，看来已经熟透。我跟靠近边上的两位妇女打招呼，向她们询问这种果实叫什么。她们异口同声地答道："百香果。"我问："可以吃吗？"她们笑了起来："就是栽来吃的。不可以吃，我们栽来搞哪样。"我尴尬地笑了。

再看这些劳作的人，他们朴实的面孔以及朴素的穿着都在告诉我他们是当地老百姓。但突然地，一位穿着不太一样的男人的身影映入我的眼帘，他面孔虽和这些老百姓一样朴实，但又隐约透露出与老百姓不一样的气质，给人一种鹤立鸡群的感觉。他一边细心地采摘果实，一边和身边的老百姓聊着天，又给人一种平易近人的感觉。手机响了，他把刚采摘好的一个百香果放进旁边的背篓，从裤袋掏出手机接听。他耐心地听着电话，轻皱着眉头稍稍思索，片刻后舒展开来，向电话那头回复了几句，挂断电话又继续劳作。

我想他应该就是我今天要采访的人，但又有些不敢确定。驻村第一书记不坐在办公室，却到地里来和老百姓一起劳作？我向刚才那两位妇女打听。一位回答说："那是我们的书记。"我又问道："什么书记?"另一位抢着回答："县里面派来驻村的,第一书记。"紧接着她朝那边喊了一声:"李书记,有人找你。"

那个男人抬起头来,擦了擦额头上的汗,远远地看着我。我笑着走过去,说:"你就是李健书记吧?"他点点头。我做了一番自我介绍后,他说:"我本来在办公室等你的,但你一直没到,恰好又没有其他事情,所以就来地里帮忙了。"第一印象着实让我小小的震惊,我问:"今天讨了,明天拉出去卖?"(讨,方言,意为摘。下同。)李健说:"现在不用拉出去了,我们已经联系老板,他们等一会就过来收。"紧接着又说:"我先讨满这一背篓,再带你去办公室。"我说:"不急不急,我也可以帮忙讨。"

我刚摘下一个百香果,李健突然说:"不是这样讨的,你这样会破坏到果子,卖相不好。"说着他过来给我示范,采摘动作极其熟练。这跟我想象中的驻村第一书记简直千差万别。如果他的脸沧桑十年,再把这一身穿着换掉,俨然就跟当地老百姓是一个模子刻出来的。但是他却是县里面派下来驻村的第一书记,要负责带领当地老百姓脱贫,走上幸福美满的生活。

不一会背篓就满了,李健到旁边把另一个已经装满的背篓也抬过来,分别固定在扁担两端。我赶紧说:"我背一篓,你背一篓,就行了。"李健看了看我,笑着说:"你能背得动吗?"没等我回答,他又说:"开个玩笑。你看这个背篓是正方体,为了挑而设计的,当地人都是用来挑。"说话间,他已经固定好背篓,蹲下身去用右肩顶住扁担,右手扶住前面一个背篓,轻而易举就站了起来,大步流星地往村委会走去。

我在李健的身后,要稍微加快速度才能跟得上他。快到村委会时,我问他:"肩上的担子重吗?"李健脱口而出:"只要能让乡亲们脱贫,再重的担子都要挑下来,这是共产党员的使命。"

二

　　李健，1985年出生于贵州省关岭布依族苗族自治县岗乌镇新发村，父母都是普普通通的农民，和所有农民一样，他们都是靠微薄的务农收入供孩子读书。从小在农村生活的李健，看到了农民的艰辛，他便发奋读书，因为他坚信只有文化才能改变农村的现状，只有知识才能让农民富裕起来。

　　大学毕业后，好些同龄人选择在大城市继续追梦，而李健选择回到老家镇上工作。有人不解地对他说："年轻人就应该要有梦想。"李健当时笑而不答，但他在心里面对自己说：我的梦想就是改变农村的贫穷。

　　都说基层工作最难，也最磨炼人。在镇上工作期间，李健兢兢业业，处处为乡亲们着想，努力做好每一件别人认为不起眼的小事，获得了同事和乡亲们的一致好评。经常会有人当面夸李健，李健每次都说同一句话："我们就是为乡亲们服务的，乡亲们需要什么，我们就做好什么。"

　　在镇上工作三年后，李健调到贵州省关岭布依族苗族自治县机构编制政务信息管理中心工作。从此，李健工作更加努力了，因为他觉得一定要对得起组织对他的信任。

　　为了贯彻落实习国家精准扶贫的政策，2016年4月，单位要派一名干部到普利乡马马崖村任驻村第一书记，当领导找到李健问他愿不愿意时，李健毫不犹豫就回答："我愿意！"这出乎领导的意料，让领导一时间竟愣住了。李健继续说："我在农村长大，参加工作后在乡镇上待过，经常和老百姓打交道，对农村工作都很熟悉，我下去一定会把工作干好的。"领导说："我不是这个意思，我的意思是，你要不要先和家里面商量一下。"李健笑了，说："放心吧，在工作上，我家里都会支持我的。"领导走近拍了拍他的肩膀，事情就这样定下来了。

　　当天晚上，李健回到家就把事情跟父母说了，父母都表示支持。父亲再三对他说："记住，你是从农村走出来的，是一名共产党员，下去工作后，要对得起当地老百姓，该帮他们做的事情一定要帮。不要把自己当成官，要和老百姓打成一片，才能把工作做好。"李健一一地答应着。

接着李健又对年仅四岁的孩子说："爸爸明天要去很远的一个村工作，以后陪你的时间就少了……"说到这里李健不禁鼻子一酸，感觉有眼泪挤在眼角处。孩子不解地问："爸爸去那么远做什么工作？"李健说："爸爸的主要工作就是扶贫，要让所有农村家庭都过上好生活，让所有和你一样大的小朋友全部能够进幼儿园读书。"孩子眨了眨明亮的眼睛，说："那爸爸去吧，我想你的时候就和你视频。"面对幼小而懂事的孩子，李健再也忍不住，眼泪流了出来。孩子抬头看他的脸，说："爸爸，你哭了？"伸手为他擦去眼泪，接着说："爸爸，不要哭，你想我的时候，就回家带我跟你一起去村里，和村里的小朋友一起玩。"李健紧紧地搂住孩子。

孩子入睡后，李健马上提前进入工作状态，在台灯下查看马马崖村的相关资料。一直到晚上九点钟，下晚自习的妻子才回到家。李健迫不及待地把事情说给妻子听，并补充说父母和孩子都强烈支持。妻子没有回答，坐在床边，默默地看着熟睡的孩子。李健急了，赶紧给妻子说精准扶贫的重要性，妻子打断他："你别说了，我懂的，只是……"妻子没再说下去，夫妻俩就这样无言地坐着。李健望着妻子的侧脸，想起这几年来自己一心放在工作上，都没带妻子出去旅游过，他在心里发誓：等脱贫后，一定要利用假期带家人出去好好玩一次。许久，妻子打破了沉默："睡吧，我明天早上有第一节课，七点半要到学校上早读。"李健躺在床上，一直揣测妻子的想法，直到后半夜才睡去。

第二天早上李健醒来，就发现妻子在忙着收拾衣服。他赶紧翻身下床，妻子对他说："你再睡一会吧，下去后工作很重哦。"李健走到妻子身后，发现妻子是在给他收拾行李，便笑着说："只要有你支持我，再重的工作都能够做好。"看到妻子终于同意自己去驻村，李健心里倍儿喜悦，他赶紧洗漱后去煮早餐。

吃过早餐，一家三口就出发了。父母把他们送到楼下，父亲又再三叮嘱李健下去一定要把工作做好。夫妻俩先把孩子送到幼儿园，然后李健又绕一段路开车送妻子去学校。"等脱贫后，我们……"妻子一改昨晚伤心的模样，兴奋地憧憬着未来。这让李健感觉到更加踏实，似乎提前看到全国农民实现脱贫，都过上了美好美满的生活，他不禁面露微笑。

把妻子送到学校门口，看着妻子走进教室，李健在导航里一笔一画地输入"马马崖"三个字。剩下的行程就是他一个人了，但他心里是满怀着喜悦的，因为有很多和父母一样的乡亲正在马马崖等着他。

三

"驻村之前，来过马马崖吗？"我问李健。

"没有。所以那天早上，是一边看导航一边问路来的。"李健答道，他的精神状态很好，"你今天来的时候应该也晓得，出了县城就绕过一座又一座的山，最后爬到山顶，又从山顶慢慢下到山脚，才到马马崖村。"

我回想这一路的行程，确实跟李健所说的一样。如果把这条通往县城的路切断，那么马马崖就成了与世隔绝的村庄，没来过的人估计怎么也想不到这大山深处还居住着人。既然这大山深处还有人居住，国家就会惦记着他们，就会让他们脱贫。

"你是来帮当地脱贫的，刚到村里面的时候，应该受到了很隆重的欢迎吧？"我问。

李健笑了起来，说："你想错了。"

接着李健给我讲他刚来村里时的情形。

初到马马崖村时，村支两委干部并没有李健想象中的热情，不因他的到来而高兴，也不因他的到来而厌恶，一副无所谓的态度，一时让李健感觉自己可有可无。

村支书给他指了指办公室，就顺手帮他提行李去宿舍。宿舍里落满灰尘，窗户上方还挂着一张蜘蛛网，李健不由得皱了皱眉。但村支书走后，他很快就调整好心态，开始打扫房间、铺床。忙完后，李健找到村支书，说马上召集村委所有工作人员开会。村支书对他说："你开那么久的车过来，肯定累了，要不先休息一会，下午再开会。"李健坚决地说："现在就开，下午开始工作。"

不一会儿，村支书就把人员全部召集到了会议室，李健发现好些人的眼神充满着对他的不满，似乎他的举措影响到了他们正常的工作。情况比他预想中的糟糕，李健隐隐地在心里担忧：照这样下去能脱贫吗？坐在旁边的村支书碰了碰他，说："人都到齐了，开始吧。"

李健略略思索，便开始讲话。他首先安慰了一下各位的情绪，然后转到工作上来。李健发现一个年纪和他相仿的工作人员抱着手靠着椅背，一副不拿他的话当回事的模样，似乎是在调侃他：你了解这个村的情况吗？刚一来就在这里指手画脚的。李健反应得很快，确实是这样，不了解情况就难以开展工作，于是当即转变工作方向。

李健要求对马马崖村所有农户重新进行入户调查，他列举了几项调查内容，想通过这次调查掌握所有农户的情况。他话音刚落，马上有人反对："你来之前我们就已经调查好了，现在你又喊重新调查，难道我们之前做的都不算工作，要你亲自安排的工作才算？"其他人都附和，会议场面一时有些乱。但李健并没有慌乱，他是有基层经验的，他平静地等着大家议论，认真地听取他们的意见，还不时地在笔记本上做记录。

场面稍微平静下来后，李健开口说："农户的生活都在不断发生变化，我们现在的第一步工作叫作'摸村情、察民意'，主要是在你们以前的工作基础上来进行调查，全面掌握村上建档立卡贫困农户的基本情况，了解农户心中最想改变的村级面貌和最想发展的产业。本次工作，只需要一个小组三个人，必须每家每户都走到，其他人该做啥就做啥。先把第一步工作完成后，再拟订下一步工作。"场面气氛缓和了一些，李健马上点名，要村支书和一个最年轻的小伙子跟他一起入户调查，吃过中午饭就着手工作。

马马崖村一共有八个组，他们从离村委最近的上寨组开始行动。每到一户人家，李健都按照列举的内容一项一项询问农户，并认真地做记录。有的农户已全家外出打工，李健便通过电话和他们联系。年轻小伙子觉得这多此一举，说："这户算是村里的有钱人家，没必要联系了。"而李健对他说："要做到全面掌握，不漏掉任何一户人家，不漏掉任何一个人。我们只有把工作做扎实了，农户才会信任我们。"在调查过程中，村民们一听说李健是县里面派下来驻村的第一书记，都纷纷诉说着自己的困难和需求，有的需求甚至很离谱。村支书有意无意地阻止村民诉说，李健对村支书说："让他们尽管说吧，晓得他们需要哪样，我们才晓得自己该做哪样。"李健把村民们的困难和需求一条一条记录下来，并向他们保证："只要你们相信村委，村委会慢慢帮你们解决困难和需求。"

"'摸村情，察民意'这一步工作花了多长时间？"我问李健。

"整整两个月。"

"这两个月你回过家没有？"

"回过一次。有一次孩子生病在医院输液，妻子给我打电话，我晚上回去看了一眼，又匆匆赶回来。"说到这，李健的声音有些低沉。

我怕勾起李健更多的伤心往事，让他觉得愧对家人，便赶紧转移了话题："这一次调查中，有没有哪些农户让你印象深刻？"

"有，"李健想了一下，说，"我给你讲让我印象最深刻的一户人家，我现在还记得其中的每一个细节。"

李健的电话响了，是收百香果的老板。老板说有点事情还没处理好，估计要晚一点才能到。李健说："没事，多晚我都等你。"挂断电话，李健对我讲了在第一步工作中让他印象最深刻的一户人家。

　　该户人家只有两个年龄都已超五十岁的老人在家。多年前老人的女儿嫁到隔壁村，生了个孩子，几年后突然生病离世，男方家不管事，老人只得把外孙女接过来抚养。老人有两个儿子，大儿子有残疾，至今三十了还没找到媳妇当家。二儿子倒是结婚生子了，夫妻俩在外省打工，把孩子也带到那边读书，微薄的收入也只够一家人的正常生活开支。

　　估计这不如意的生活让两位老人觉得社会太冷漠，因此李健三人刚步入他们家院子时，两位老人没搭理他们。村支书做了一番介绍，对两位老人说这是县里面派下来帮大家脱贫的第一书记。老人看了李健一眼，什么也没说，也不拿板凳给他们坐。这样的人家，李健还是头一次遇到，场面有些冷，连村支书都有些尴尬。

　　李健走到老人身边，蹲下身来对老人说："两位老人，希望你们支持一下工作，我们是来帮助你们脱贫的。可以这样讲，是共产党让我来的。"一听说共产党，老人的眼睛一下子亮了，问道："真的吗？你要在村里住多久？"李健说："住到全村脱贫的那一天。"老人有些激动，赶紧起身给李健三人让座，不停地说："共产党好呀，我经常看电视上的新闻……"接下来的调查就顺水推舟完成了。

　　调查结束，准备离开老人家时，李健看到隔壁房间墙角处的电子秤上放着一袋苞谷，便问老人称苞谷做什么用。老人说："外孙女在乡里读七年级，拿点苞谷去卖，顺便给她送钱去。"李健问："她住在学校里有生活补助吗？"老人说："有，现在国家政策好。但是小姑娘她也需要一点零花钱，买点其他东西。"李健看到老人的家庭确实困难，便掏出两百块钱递给老人，说："这袋苞谷先不卖了，我拿两百块钱给你们，你们慢慢拿给她用。"老人推辞着，但看出李健一片好心，最后收下了，对李健感激不尽。

　　听完李健的这段故事，我说："你还是有经验，换作别人遇到这样的人家，估计很难搞定。"

李健说："我生在农村长在农村，和他们一样也是一个普普通通的老百姓。和老百姓相处其实很简单，你对他真心，他就会对你真心。"

"通过这两个月的调查，有没有什么新的发现？"我问李健。

"有。最主要的就是之前的'精准识别'没做好，该进贫困系统的农户没有进，不该进贫困系统的农户反而进了，如果长期这样下去，会引起民怨，造成国家资金流失，脱贫质量不高，群众满意度也不高……"

李健明白，脱贫攻坚工作，精准是基石，基础不牢，地动山摇。经过第一轮摸排分析后，李健掌握了部分识别不精准的农户名单，于是大胆向村支两委建议删掉十六户八十人识别不精准的建档立卡户。开始李健的想法没有得到村干部的支持，他们甚至认为这一举措会激发更多矛盾，但经过李健耐心讲解分析后，村支两委全部赞同。于是马马崖村将名单呈报给乡党委进行删除，同时新识别贫困农户五户十九人，识别返贫户两户七人。

"马马崖村一共有四百五十八户两千零一十二人，通过这一次增减以后，建档立卡贫困户一百八十三户八百零二人人，贫困发生率39.86%。"李健说。

"这贫困率确实有点高，可以想象工作难度很大。"我说。

"是的。"李健说，"一开始觉得有难度，但按着思路去做，慢慢地就容易起来了。"

"当时你的工作思路是什么？"我问。

李健告诉我，在一次工作调度会议上，他大胆向村支两委提出"求精准、强基础、兴产业、促发展"十二个字的工作思路。他话音刚落，马上就有人说风凉话："这山旮旯能搞哪样产业？"李健不急不缓，结合村情告知村支两委干部这"十二字工作"的方向和重要性，通过举实例、说实情，最终得到了村支两委干部的一致同意。

如果说前面的"摸村情，察民意"是序幕，那么现在，一场轰轰烈烈的脱贫攻坚战就在马马崖村正式开始了。

四

"通过两个月的调查，'求精准'做好了，那接下来的'强基础'，从哪里入手？"我问。

"两不愁，"李健说，"一不愁吃，二不愁穿。"

我有些惊讶："老百姓应该早就不愁吃穿了吧。"

"但有个别例外，我就遇到一户人家，半个月没吃上油了。"

说到这，李健的电话又响了，他接听，是在跟同事对接一项工作。他的语速和神态给人一种很沉稳的感觉，由此可见他在工作上已经有足够的经验。挂断电话，他继续给我讲这户半个月没吃上油的人家。

说是一户人家，其实长期只有一个人住在家里，是一个四十多岁的男人。村里很多人都叫他的绰号"老蛇"，因为冬天出太阳时，他经常懒洋洋地躺在阳光下，像蛇一样。就连有的小孩也叫他"老蛇伯伯"，他也不生气。李健了解到，"老蛇"有老婆和两个孩子，孩子正上初中，家里的收入仅靠夫妻俩务农。"老蛇"天生懒惰，做活路三天打鱼两天晒网，半年前老婆一气之下外出打工了，两个孩子在县城读书很少回家，他一个人在家就什么也不做了，整天吃了睡睡了吃，睡够了就东游西逛。

李健走访到"老蛇"家的时候，他正在吃晚饭，桌上是一碗酸菜和一碗辣椒水，非常寒酸。听村支书说李健是县里派下来驻村的第一书记，帮助村里脱贫的，"老蛇"倒是很热情，找出酒壶要倒酒，却发现酒壶是空的，他尴尬地搓着手。李健赶紧对他说："不用不用，我不喝酒，我主要是来你家了解一下情况。"通过了解，李健才知道他已经半个月没吃油了，现在身无分文，家中可卖的东西都卖了，仅留下一袋米，他给在外打工的老婆打电话，老婆也不接。听到这，李健意识到，扶贫要从思想上开始扶。

第二天，李健把钱给一个去乡里交资料的同事，请他帮忙带两斤猪肉回来。听说李健要买猪肉给半个月没吃上油的"老蛇"，同事们都觉得不可思议，纷纷说："那种懒惰的人，你不要管他，让他再饿一段时间，看他会不会改变。"李健说："帮助他尽快改变，是我们的责任。"晚上李健提着猪肉到"老蛇"家，他正斜躺在床上悠闲地哼着山歌，丝毫不为自己的处境感到苦。看到这情形，李健觉得有点气，但他还是稳住了自己，好好跟"老蛇"谈谈。

"老蛇"看到了猪肉，对李健感激不尽。李健说："你别感谢我，要感谢就感谢国家。""老蛇"说："都感谢都感谢。"李健说："国家千方百计帮助大家脱贫，但你看你自己，一点都不争气，整天游手好闲的。"这句话像一记重拳狠狠击中"老蛇"，让他羞愧得一时说不出话来，紧接着李健又给他上了"勤劳可致富"的一课。了解到他那两个在县城读书的孩子成绩还不错，李健便力劝他出去和老婆一起打工，共同赚钱供孩子读书。李健从各方面举了好些生动的例子，终于"老蛇"憨厚地笑起来，说："你讲得很有道理，共产党帮助我们，我们也要行动起来，才能脱贫。"

李健让"老蛇"拨打老婆的电话，对方拒接。过了一会，李健用自己的手机拨过去，这一次对方接了。李健刚说明了自己的意思，对方便列举一系列自己的辛苦以及"老蛇"的好吃懒做，说这辈子不想再见到他，便挂了电话。不觉在"老蛇"家已坐了将近两个小时，回村委会时，李健对他说："我在帮你，你自己也要努力，如果你不改变自己，你老婆永远不会搭理你。"

过后李健一直把这件事放在心上，每天都会抽空跟"老蛇"的老婆电话联系，劝他们夫妻俩要同心，有一个完美的家庭，才能让两个孩子健康成长。一个星期后，她的心终于软下来，给"老蛇"发来车费，让他赶紧买票过去，厂里还正招工人。出发的那天，"老蛇"早早来到村委会，向李健告别，说过年回家一定要请李健喝酒以表示感谢。李健笑着说："快去吧，要赶车呢。去外面勤快点，好好上班，你们家早一点脱贫才是对我最大的感谢。"

"后来他请你喝酒了吗？"我笑着问李健。

"老百姓说话都很算数的，可惜我不喝酒，以茶代酒跟他碰了好几杯。他那个厂工资高，他也改变很多了，两口子存了一点钱回家过年，都很高兴。"李健说。

接着李健给我讲"两不愁"中的"不愁穿"。马马崖村的老百姓确实已经不愁穿，但李健观察到，他们穿的衣服坏得快。因为常年劳作，衣服浸染汗水，所以比较容易坏。有的人穿坏了就扔掉重新买，有的则缝缝补补又可以穿一段时间，但最终也得重新买。这样下来，一年花在穿衣上的也是一笔不小的开支。

李健想起自己的几个大学同学在城市里工作，便跟他们联系，希望他们发起募捐，让城里人捐一些不穿的衣服，寄过来分给马马崖村的老百姓。同学听说李健去村里任第一书记，搞扶贫工作，都非常支持，表示第二天就马上行动。

不到一个月，几个硕大的包裹寄到了乡场上。接到电话，李健找了一辆小型货车去拉，满满都是衣服。去拉衣服之前，李健就通知每个组的组长，让他们通知自己组的村民来村委领衣服。下午三点，衣服拉到村委，已经来了好些村民，有的正陆陆续续赶过来，场面像是"赶年场"一样热闹。

"来的人不少吧？"我问。

"大概有一半人家先后过来吧，衣服就放在那，由他们挑选适合自己的。"

说到这，李健拿起手机，播放一个视频给我看，说："这是村民领衣服那天，一个同事录下的视频。"

视频中，我看到来领衣服的基本上都是老人，他们一脸的喜悦，选了自己喜欢的衣服，回家时不忘感谢李健。李健反复提醒他们："国家强大富裕了，我才有机会为你们做这一点小事。"一位被当地人称作"山歌王"的老大爷当场用沧桑的歌喉唱了几句"没有共产党，就没有新中国……"，获得大家的喝彩。

"可以看出，当地老百姓对你产生了信任，村支两委干部也应该对你刮目相看了吧。"我把手机还给李健。

李健接过手机，告诉我，这以后，村支两委对他的态度完全转变，遇到事情都会找他商量，请他拿主意。很快，他就完全融入这个"大家庭"，全身心投入脱贫攻坚工作中。我不禁对李健大加赞赏，佩服他的明智与才干。

李健微笑着说："其实只要心中有个正确的目标，朝着目标努力行动，就能够证明自己，就能够获得别人的信任。"

五

"如果我没猜错，你工作思路里面的'强基础'还包括'三保障'。"我对李健说。

李健点点头："教育保障、医疗保障、住房保障。这三保障中，我认为教育排在第一位，扶贫先扶智嘛，如果教育都搞不好，何谈脱贫。"

我对李健的话表示赞同，所谓"授人以鱼不如授人以渔"，没有教育的脱贫只是暂时的，只有把教育搞上去了，脱贫才会保持长久。稍一停，李健给我讲教育保障这一块的工作。

通过先前的走访，李健发现马马崖村有几个十四五岁的孩子长期待在家里，询问得知他们都是乡中学的学生，因产生厌学的思想而回家。李健一开始是严肃地要求他们第二天返回学校，但发现他们抵触的情绪很强烈，李健便在此止住，寻思着应该要采取其他适当的方式。

"这些孩子正处于青春叛逆期，教育方法稍微不正确，就会造成严重的后果，因此得根据每一个孩子的个性，采用适当的方法才行。"李健说。

接下来李健跟乡中学的校长联系，拿到每一个学生的班主任电话，向班主任打听这些孩子的情况。李健把打听到的情况记录在记事本上，每个孩子的情况几乎都记了满满两页。晚上睡觉前，李健就翻开记事本，想着该用什么方式让这些孩子重回学校。

"这些学生辍学，老师到学生家中动员过吗？"我问。

"老师来过。面对老师，这些孩子保证下周就回学校，但却一直不回，甚至有的还躲着老师，不接电话。"李健清了清嗓子，继续说，"老师的重点工作还是应该放在教学上，我们只得想办法让学生回学校，老师才能一心一意地教书育人。"

就这样，每天睡前拿出笔记本拟方案，拟了几个晚上，李健走进了第一个辍学学生的家中。这是个单亲家庭的男孩子，正躺在客厅沙发上玩手机游戏，见到李健走进门，便朝厨房喊了一声："妈，有人。"接着起身走进卧室，"砰"地一声把门关上。男孩的母亲从厨房走出来，显然刚洗好碗，用手在围裙上擦了擦，招呼李健坐下。

男孩还有一个弟弟，他们原先都在乡里面读书，父母亲在外打工。但天有不测风云，前年男孩的父亲因车祸意外离世，心里受伤的母亲只好留在家中，抚慰同样心里受伤的两个孩子，希望他们能够好好把书读下去，才能对得起他们那已经去了天堂的父亲。"刚开始都很听话的，但不晓得为哪样，读完七年级，就突然变了。"男孩的母亲说。李健认真地倾听着。"小的那个现在读六年级，成绩还可以，但我怕过两年，他也和大的这个一样。"男孩的母亲说着流出了眼泪。

李健分析了男孩厌学的原因，让男孩的母亲把男孩叫出来，一起动员他回学校。母亲敲门喊了半天，男孩就是不开门出来。李健在一边帮忙劝男孩出来，但男孩就是不听，还故意把游戏的声音开得很大。这可把母亲气坏了，母亲踢了门几脚，门突然开了，男孩站在屋里，凶神恶煞地吼道："你们有完没完！"母亲一把夺过他的手机，他伸手过去要跟母亲抢。李健想把男孩拉到沙发上坐下，但男孩强烈反抗，李健只得对男孩的母亲说："先把手机还他。"拿到手机的男孩终于稍微平静下来。李健让他坐在自己的对面，看他玩着游戏，有一句没一句地跟他闲聊着。

通过聊天得知，男孩觉得读书没多大用处，想出去闯闯，但母亲不理解他，不让他去。男孩说："我父亲过世，家里全是我妈一个人在撑，而我现在长大了，想为我妈分担一点。"听到这，李健趁机夸男孩："你以后将会是一个非常有责任心的男人。"受了夸奖的男孩有些得意，不断地给李健讲自己的梦想，李健微笑地听着。男孩的母亲几次想打岔，都被李健示意制止，让男孩继续说。说完梦想，男孩又说到游戏。李健随口问："你觉得这个游戏好玩吗？"男孩说："还可以，就是觉得少了点东西。"接着男孩滔滔不绝地把自己的想法说出来，说如果游戏中再加入一些元素，将会更加有趣。李健觉得机会来了，便问："你认为这些元素应该怎样加进去呢？"男孩一时回答不上来了。李健说："要加入你说的这些元素，就得把计算机学好，学会编程序。"男孩终于放下手机，认真听李健说话。李健说："你是一个非常有想法的男生，如果你能够坚持继续读书，以后肯定会大有作为。"李健说着说着，男孩开始回心转意，他说："我已经丢下了很多课，怕跟不上进度，老师不喜欢我，因为我给老师的印象已经很差了。"李健说："你只要回到学校，这些不是你担心的问题。老师不可能不喜欢自己的学生，就像父母不可能不喜欢自己的孩子。"接着李健马上拨打男孩班主任的电话，开着免提，把情况告诉班主任，班主任听了很高兴，说随时欢迎男孩返回学校。男孩终于答应第二天就回学校。

第二天一早，李健就来到男孩家，男孩已经收拾好行李，李健亲自开车把他送到学校去。送到学校后，李健又带着男孩去找班主任，和班主任沟通交流了一会儿才回去。男孩很感动，把李健送到学校门口，不停地说着感谢。

"劝回第一个学生，接下来的就顺畅了吧？"我问李健。

"也并不顺畅，但最终都全部劝返回学校了，现在都还在学校读书，有一个已经去外省读职校了。"李健说。

当天回到马马崖村，李健安排了一下日常工作，又急匆匆赶往另一个辍学学生家中。这些辍学学生，有因网恋而辍学，有因成绩差而辍学，李健都想方设法，把他们全部送回了学校。他们周末回家，会相约着去村委看望李健，说他们在学校里又学到了很多知识。李健听了很高兴，鼓励他们继续努力学习。

"目前，马马崖村有学生四百四十三人，建档立卡贫困户学生一百七十五人，其中学前教育三十五人，义务教育阶段一百零七人，中职学生十人，高中学生十二人，大专以上学生十一人；建档立卡义务教育阶段寄宿制贫困学生补助均已发放到位，非义务教育阶段（指的是大专以上）未得到教育补助学生四人。经过学习文件知识，主动收集相关资料上报，截至 2019 年 4 月，十二名大专以上建档立卡学生补助全部发放到位，村级无因家庭贫困造成学生辍学情况发生。"

听着李健一口气说完，可以看出他在"教育保障"这一块工作上下足了功夫，始终把教育放在第一位，始终把学生放在心里。我又不得不佩服李健的明智，因为学生就是未来，学生受到了良好的教育，还有什么贫是不能脱的呢？

一位年轻的工作人员进来喊李健，该吃饭了。李健问我饿不饿，我说我没事，于是李健挥挥手对来人说："你们先吃。"接着他又给我讲"医疗保障"这一块的工作。

"我想先听一下大概的情况。"我说。

"马马崖村现有建档户八百零二人，合医缴纳八百零二人，现有建档立卡贫困农户大慢病共计五十三人，医生签约服务五十三人，签约服务率为 100%，实现全村建档立卡农户医疗保障全覆盖。"李健说道。

又是脱口而出，看来李健把村民（特别是建档户）的健康随时都放在心里。是的，身体是革命的本钱，只有身体健康了，才会有精神去奋斗，从而脱贫。

"你们在宣传合医的过程中，有没有遇到什么难忘的事情？"我问。

"有。"李健在记忆里搜寻了一下，开始给我讲。

有一户建档户，老两口在家，两个孩子在外打工，一时没发工资，因此无法寄钱回家交合医。这时候，一个老人突然摔伤，需要住院。李健了解情况后，赶紧自己掏钱为老人把合医交了，还亲自开车送老人到县医院。老两口对李健感激不尽，不停地说等孩子寄钱回家，一定会还给李健。两个月后，老人的伤口基本上痊愈了，在外打工的孩子也寄钱回家了。老两口拿着钱来到村委要还给李健，李健觉得帮村民做点小事是应该的，便不收，让他们拿钱去买点好吃的东西补身体。可老两口很"倔强"，坐在村委门口，说："你帮我们，我们永远记在心里面，但现在我们有钱了，就应该还给你。你不收，我们就一直坐在这里，不回家。"李健只得把钱收下。由于他正忙着处理一项工作，便把车钥匙给一个年轻的工作人员，让他开车送老人回家。

这时候李健的电话又响了，是买百香果的老板打来的，说马上就到村委。李健看了一下窗外，对电话里说："你过来嘛，我们已经装好了。"

我说："你马上又要忙了。刚才从教育保障和医疗保障，我已经看出你在工作上的认真态度，现在住房保障这一块，我想听一下结果就行。"

李健再一次脱口而出："截至目前，马马崖村已改造危房九十五户，透风漏雨整治八十六户，移民搬迁二十三户一百二十三人，村集体闲置空房安置五户十二人，全面实现有安全住房保障。"

"在改造危房工作上，你亲自参与进去的吗？"我问。

"肯定的。"李健说，"在我的带动下，村支两委干部都参与进去。过程确实很辛苦，比如帮村民联系泥瓦匠等杂事，但看到农户的房子经过改造后，变得安全又整洁，大家心里面都觉得很高兴。"

说着李健拿出手机翻开相册，让我看改造前后的房子。两者简直天壤之别，如果没有李健在一边提示，我还真看不出这是同一所房子。

汽车喇叭响了，老板已经来到村委。我把手机还给李健，说："今天就到这了，我明天再过来。"

李健把我送到楼下。食堂阿姨走出厨房，喊道："李书记，菜有点冷了，要不要热一下？"李健这才想起还没吃饭，有些尴尬地对我说："我都忘记了，你也还没吃饭。"他要留我吃饭再走，但我为了赶路，还是决定马上回去。

在临走前，我向李健要了他父母和妻子的电话，我打算明天来马马崖之前，先去采访他们，以便对李健有一个更全面的了解。

六

我来到李健家时，大门敞开着，我准备敲门，李健的父母就看到了我，笑着把我让进屋，说："我们准备出去锻炼，但接到电话说你要过来，就在家等你。"

我有些歉意地说："耽搁你们了。"

李健的父亲说："没有没有，咋会呢。锻炼重要，但你过来采访也很重要。采访完了，我们再去锻炼也不迟。"

我看到两位老人的身体都非常棒，问了才知道他们几乎每天把孙孙送去幼儿园后，就在小区里锻炼身体。他们说，我们老人，把自己的身体保护好，才能让他们年轻的安心工作，为国家做出更多的贡献。

我终于明白，李健为什么一心扑在脱贫攻坚战中，原来是受家庭的影响。两位老人虽然也只是普普通通的老百姓，干了一辈子农活，但他们一直关心着国家大事。他们希望李健做一名合格的党员，为人民群众做更多的好事，这样活着人生才有意义。

紧接着，李健的父亲给我讲共产党的历史，他是从苦日子中走出来的，能够深深体会到共产党给人民群众带来的好处。我不得不佩服，一个农民竟对政治这么了解。更令我惊讶的是，他又给我分析党和国家提出的重要政策，说起来头头是道。我问他是通过什么渠道了解到这些知识的，他说从电视新闻和《人民日报》，我这才发现，沙发边上放着最新一期《人民日报》。从这样一个家庭走出来，怪不得李健的政治觉悟如此之高。

我问："当时李健给你们讲他要去驻村，你们有没有犹豫？"

"没有，去驻村是去办好事，我们咋会犹豫呢？我们是大力支持的。"两位老人说道。

"他去驻村，意味着回家的时间很少，他的小娃娃在读幼儿园，他的妻子也要每天上班……"

我还没说完，就被李健的父亲打断，他说："我们老的身体都还健康，在家可以帮他照看娃娃，李健下村去安心把工作做好就行。"

李健的母亲又补充道："我们一直都给李健讲，家里有我们，叫他不要担心。"

李健的父亲接着说："以前农村的生活苦得很呀，不要说吃肉了，有时候连饭都吃不上。但在共产党的领导下，一步一步走到今天。和以前相比，已经进步了好多。现在国家要让全国人民全部实现脱贫，我相信日子会过得更好，祖国会变得更加强大。李健入党的时候，我就跟他讲，好好干，要对得起共产党和国家……"

我认真地聆听着，对老人表示深深的敬佩。结束采访后，他们和我一起下楼。他们在小区里锻炼，我驱车赶往李健妻子任教的学校。

我到达学校时，正是上课时间。等了十多分钟下课后，李健的妻子走出教室，把我带到办公室，对我说："我还有下一节课。"

这一句简单的话像是无意中说出口的，但却由此可见她对教学工作的认真负责。我说："就问几个问题，不会耽搁你上课的。"

"那就开始吧。"她微笑着说。

"刚认识李健时,他给你的感觉是怎么样的?"

她笑了一下,说:"他给我的感觉嘛,就是非常有责任心和上进心,不管在工作上还是生活中,对每一件事情,特别是一些别人不愿意做的小事情,他都会认真去做好。"

"他就是这一点吸引到你的?"我问。

她笑,没有正面回答,而是说:"只有把小事做好的人,才会做好大事嘛。"

我"八卦"到此结束,问她对李健一心要去驻村的看法。她说刚听说李健要去驻村时,她就在心里表示支持的,但想着李健将会很少回家,想着夫妻俩将要长期分离,想着她一个人忙里忙外就有点儿难过。但难过归难过,她还是同意李健去驻村,第二天起早就为他收拾行李。

"我明白这分离只是暂时的,等脱贫了,我们又可以聚在一起了,我相信共产党会让所有家庭都过得幸福美满的。"

又聊了一会,上课的预备铃声响了,我只好结束这短短几分钟的采访。时间虽短,但我已经完全明白她的心思。她盼着全国人民都脱贫,盼着和丈夫李健团聚,盼着所有家庭都过得幸福美满。那么她现在能做的就是全心地支持李健,上班时认真把书教好,下班后把家里的事情料理好,尽量不麻烦李健,好让他安心打脱贫攻坚战,早日取得胜利。

七

我到达马马崖村委时,李健没在办公室。我向隔壁办公室的一位工作人员打听,他说李健去地里面了。我来到楼下,心想与其在这里坐着等李健,不如去村里走走,顺便看看农户的情况。

沿着已经硬化的串户路走,我看到每家每户的庭院都已经硬化,庭院里的东西摆放整齐，非常干净整洁。又走了几分钟，我看到一位老人在她家院里接水，水龙头水流哗哗的，很快桶就满了，她提着回厨房有些费力，我便赶紧过去帮忙。

我说："老人家，当时应该把水龙头安在家里，免得来回提水麻烦。"

她说："安在外面，洗衣服方便。我每天用水不多，用一点接一点。现在好多了，以前我们用水都要走过去挑。"她指着寨子背后。

我问："有多远？"

"来回要走十分钟。"

"这个自来水是啥时候安的？"

"驻村书记来以后安的，他一过来，我们村里面改变了好多……"

正说着，远处走过来一个人，再走近些后，我认出是李健。我向李健走去，老人也跟着走过来，笑着说："说曹操，曹操到。李书记，我们刚提到你呢。"李健笑，问老人这几天身体怎么样，苞谷可以收了没有。老人一一地应答着，说身体很好，苞谷还有一个多星期才收。老人挽留我们坐一会，但我和李健都说忙，先回村委了。

回去的路上，李健告诉我，今天给花椒树喷农药，他亲自到地里去看，要不总是不放心。我说："这样一天下来，你的事情很多呀。"李健笑着说："这样生活才过得充实。"

我问李健："你来驻村后，还为村里安装了自来水？"

李健说："让农户有安全的饮用水也是扶贫的一项内容。"

我又好奇地问："我看到好几户人家，庭院的卫生都很好，是不是你们带动起来的？"

李健点点头，说："这一项工作，刚开始时很困难，因为农户做活路累了，回到家吃了饭就想休息，懒得打扫。我们动员大家行动起来，定时搞卫生评比，卫生搞得好的，就会获得相应的积分，可以去村里的道德超市兑换生活用品。慢慢地，大家都习惯了，把卫生搞干净，回到家里看着也舒服。"

快到村委时，我看到寨子右边也是已经硬化的串户路。我问李健："马马崖村的主要道路都已经硬化了吗？"

李健说："肯定的，这些都属于基础设施建设嘛。截至目前，马马崖村新修建沟渠三千余米，硬化机耕道两千余米，辐射农田六百余亩，开挖机耕道（护林防火带）三十余公里、庭院硬化和串户路硬化六千余立方米，受益农户四百五十余户两千余人，实现全村全覆盖。基础设施建设得到很大的改善，群众满意度得到很大提高。接下来搞产业发展，就顺利多了。"

"刚开始搞产业时，所有村民都支持吗？"

"不，没有。"李健摇摇头。

到了办公室坐下后，李健给我讲搞产业发展的经过。最初，村委鼓励村民们养关岭牛、养猪、养鸡鸭鹅，但只有几户人家尝试，其他农户都说："那东西，养点做来玩而已，养来发财，不可行。"李健也没做过多解释，心想有一户算一户，先让这几家把成绩做出来给大家看看。村委帮这几户人家申请了养殖补助，还邀请专家到村里为他们培训。李健每隔两三天就去这些人家转一圈，看他们养的家畜情况怎样，若发现有生病的迹象，马上联系乡里的兽医过来看。一年下来后，成绩出来了，这几户人家的收入明显提高了。其他农户开始动心，来到村委找李健，李健感到非常高兴，鼓励他们向那几户农户学习。后来，马马崖村搞养殖的农户就越来越多了。

"2017年马马崖发展关岭牛养殖一百一十四头，短平快产业养猪一百余头，鸡鸭鹅养殖两千余只，扶贫光伏项目安装二十一户，直接增加建档农户年平均家庭收入一千五百余元。"李健说。

后来村里又开始搞合作社。村里多数劳动力都外出打工，很多土地都闲置着，村委便向村民们把土地租过来，种上农作物，收入用来给贫困户分红。农民对土地都很敏感，这项工作刚启动时，好些农户认为不划算，都不愿把自己的土地租给村委。李健给他们分析："我看到你们的地，大部分都是栽苞谷。一亩地产苞谷六百到八百斤，一斤苞谷的市场价才一块到一块二。而村委以八百元一亩的价格把土地租来，入合作社，如果你们想做活路，还可以到合作社来打工，八十块钱一天。你们可以自己算算，哪一种划算。"经过耐心的分析与劝说，村民们都同意把土地租给村委。

"2018年种植黄瓜一百余亩、早熟玉米八十余亩、西瓜三十余亩、辣椒十亩、丑柑一百六十五亩、百香果五百余亩，带动贫困农户就业五十余人，年终贫困农户分红三万六千六百元，每户建档农户经济收入平均增加两千余元，村集体资金增加八千余元，实现村集体资金'零'突破。"李健说。

"这些早熟蔬菜种出来，你们是怎样卖出去的？"

"刚开始我们拉去乡场上卖，附近的乡场，我都去卖过蔬菜，天不亮就出发。后来直接联系老板来村里面收，这样好得多了。"

"现在还在继续种早熟蔬菜吗？"

"种，但是种得少了，我们改变了方向。2019年我们种植花椒一千亩、锦绣黄桃六百五十亩，带动就业五十余人，短平快项目覆盖一百四十三户，每户建档农户平均收入直接增加二千五百余元，经济收入进一步提高。"李健说。

稍一停，李健又补充说："其实百香果是我们现在打造的精品水果，昨天你也看到了。这种水果结果快，农历十一月开始栽，第二年农历六七月份就可以收了。"

"卖多少钱一斤？"

"刚开始卖五块钱一斤，现在卖十块钱一斤。"

我震惊了一下，心想只要把百香果产业好好发展下去，马马崖村一定会很快就脱贫，并且生活会越来越富裕。我问："以后应该还会种更多的百香果吧？"

李健点点头，笑着说："肯定的，要让百香果的香飘出马马崖。"

八

"在帮贫困户脱贫的过程中，有没有哪些家庭让你印象深刻的？"我问。

"有。"李健顿了顿，说，"我给你讲讲两户人家。"

李健电话响了，乡里面打来的，说要几份资料。李健去隔壁办公室把任务分配了一下，又回来继续给我讲这两户人家。

第一户人家户主是陈富荣。陈富荣今年四十岁，妻子精神失常，偶尔发病会到处乱走动。不知是谁的原因，他们生育不了孩子，便收养了一个小男孩，今年已经九岁，读二年级。一家三口靠陈富荣种庄稼生活，勉强能填饱肚子，是村里最典型的贫困户。

李健他们走访到陈富荣家的时候，屋里屋外到处脏兮兮的，几只鹅朝陌生人伸长脖子叫着。陈富荣赶走鹅，拿板凳来给李健他们坐。李健通过询问了解到，陈富荣喜欢种苞谷，现在屋里还有很多苞谷。李健问他："你养猪没有？"他摇摇头。李健又问："这么多苞谷，为什么不养猪？"陈富荣犹豫着，说出了实情，他目前没有本钱买猪，想把苞谷卖了买猪来养，但又怕没有苞谷喂猪了。听了后，李健立即对他说："你明天先借钱买两头猪来，我们帮你申请补助，一头猪一年补助五百块钱。"陈富荣半信半疑地看着李健，一旁的村支书补充说："现在国家鼓励农民发展产业，只要你肯努力，共产党就带领你脱贫。"第二天，陈富荣来到村委告诉李健，说他已经买了两头小猪回来。李健去核实清楚后，马上办理相关手续，很快就为陈富荣申请到了一千块钱的补助。

到了腊月间，陈富荣的两头猪都长到三百多斤重了，他留一头当作年猪，一头卖了出去。村里对他的看法突然改变了，谈到他时都说："咦，这个陈富荣，还真没想到他会有今天的改变。"陈富荣很高兴，又买回了两头小猪，村里又帮他申请了一千块钱的补助。生活过得好起来，他也有上进心了，把以前丢荒的地重新种上苞谷。现在，他的妻子由一年前的枯瘦如柴变成现在的红光满面，家中光景好起来，她似乎也很少发病到处走动了，还经常提着猪食桶去喂猪。儿子在学校里读书，成绩也还跟得上。他们是真正幸福的一家三口。

过了不久，陈富荣到村委找李健，说还想养牛。李健听了很高兴，对他说："只要你努力，我们永远都支持你。"果然一个星期后，陈富荣就买回了两头牛。看他做活路越来越勤快，村委又为他提供了一个公益性岗位，是护林防火员，八百块钱一个月。这样下来，陈富荣在养牛养猪种苞谷的同时，又多了一笔收入。没有文化的他现在都会对别人说："能有今天的生活，我真的非常感谢共产党。"

第二户人家户主叫罗昌国。罗昌国家有八口人，夫妻俩，两个老人，四个孩子，是一个大家庭。由于人口多，劳动力少，这几年来家庭都很贫困。生活实在过得困难，大的孩子读到高二，准备辍学出去打工，以补贴家里。恰好这时候李健来到了罗昌国家，听说情况后，李健坚决反对，说："只要你想读书，哪里会有读不起书的？回学校好好读，有困难我们给你想办法。"这句话让罗昌国的孩子又返回了学校。李健跟学校联系，把孩子应得的补助落实到位，还请学校多关照他。今年读到高三了，成绩在班上算中等，考上大学应该没有多大问题。

两个老人带着三个小的孩子在县城里读书，罗昌国夫妻俩在家务农，一年的收入不够一家人的开支。李健介绍罗昌国到附近的大理石厂上班，基本工资是三千元，再加上加班费等，一个月下来能收入六千元左右。罗昌国的妻子到合作社里打工，她做活路踏实，合作社有活路时，她几乎每天都在，一个月下来有二千一百元左右的收入。今年亲戚在外省开了一个小厂，她跟着亲戚出去，收入更高了。现在生活过得好起来，一家人经常都是满脸笑容的，孩子读书就更加上进了。

"你来驻村，做出了这么多成绩，上级应该对你很满意。"我对李健说。

"2018 年 1 月，马马崖村在迎接 2017 年度国家第三方扶贫成效考核评估中，未出现错评、漏评、错退情况，得到了评估组和县委的一致肯定和认可，为此，马马崖村集体荣立'三等功'一次。截至 2018 年底，马马崖村建档立卡户已经脱贫一百六十八户七百六十人，现有贫困人口十五户四十二人，贫困发生率从 39.86% 降到 2.1%，成功实现出列。"李健说。

"做出成绩，大家是有目共睹的，所以今年 6 月份你获得了贵州省脱贫攻坚优秀村第一书记的称号。"

李健说："要感谢领导和同事对我的信任和肯定，今年是全面脱贫攻坚关键之年，马马崖村这些成绩的取得只能证明过去的工作做得好。面对新的征程，我将团结好马马崖村干部群众，不忘初心、砥砺前行、攻坚克难，确保马马崖村与全县实现同步小康。"

九

对李健的采访到此结束，接下来我要采访村支书和两户人家。李健把我送出办公室，他的电话响了，乡里打来的，跟他对接一项工作。我说："你先忙，我待会再来找你。"李健接着电话回到电脑前，我回头看到他正打开一份材料。

我在办公室见到村支书，他正忙着整理一份建档立卡户的资料，我说明了来意，他便停下手中的活计，笑容满面地给我让座。我开门见山地问道："你觉得李健书记人怎么样？"

"有能力，有担当，是一个非常好的人。"他说。

"一开始你们就是这样认为的吗？"我故意问道。

支书迟疑了一下，答道："刚开始并没有这样认为，因为那时候还不了解嘛，看着他挺年轻的，都不太信任他。但经过不久的相处后，发现他虽然年纪轻轻，但是阅历、知识都很丰富，工作上也非常有经验。"

"他的到来，有没有给你们带来改变？工作上的，或者生活中的。"

"带来的改变太多了，工作上、生活中都有。举个简单的例子，召集村民开会，就很明显。以前我们召集村民开会，大家你一句我一句，场面乱糟糟的。李健书记来了以后，耐心地给村民讲解会议纪律，几次会议下来，大家都变得'文明'多了，要发言的村民都会举手，而且发言的时候，就算其他人有不同意见，也不会随意打岔，先等别人发言结束自己再发言。"

"李健书记来驻村之前，你思考过发展产业没有？"

"作为村支书，我思考过，也和村民们商量过，但都觉得发展产业不现实。因为我们这些地方在山里面，你也看到，平整的土地都没有多少。但李健书记来了以后，鼓励大家大胆地发展。说实话，一开始我们都是迷茫的，不晓得结果会是怎样。迷茫归迷茫，我们还是行动了起来。你还别说，真的就取得了良好的效果。"

"最好的效果就是贫困户都脱贫了？"

支书点点头，说："现在在村里面遇到村民，互相打招呼，大家都是笑嘻嘻的，不像以前那样愁眉苦脸。现在生活过得好起来了，大家都高兴。"

"对于马马崖村将在今年脱贫，与全县实现同步小康，你是怎样看的？"

"当然要感谢共产党，党和国家的政策好了，李健书记才能过来驻村，才有我们马马崖村的今天。"

采访完支书，我又选择两户人家进行采访。

第一户人家是非建档立卡户，是一对将近四十岁的夫妻。我是在一片百香果地里遇到他们的，他们正在采摘百香果。合作社昨天不是把成熟的百香果都采摘完了吗，难道这是他们自己家种的？我走过去询问，确实是他们自己种的。他们家有一辆小型货车，准备明天拉去县城卖。

我问："你们是怎样想到种百香果的？"

"不瞒你说，我们是看到合作社种，觉得很有搞法，于是也跟着种。"

"李健书记晓得你们种百香果吗？"

"肯定晓得嘛。开会的时候，他鼓励大家种，说要让马马崖村都种满百香果。"

"你们不是建档立卡户，李健书记关心过你们吗？"

"李健书记人很好，几乎每一家他都关心到。我们种了百香果，他还来看过。他请专家来讲课时，还打电话喊我们过去听，我们学到了不少技术。"

"现在的马马崖村和以前相比，你们觉得有哪些变化？"

他们夫妻俩思考着，然后争先恐后地答道："最大的变化，就是现在好多年轻人都开始选择回家，在村里面发展产业。如果李健书记不来驻村，我们现在都还在外面打工，哪会想到发展产业。现在我们在家种百香果，养关岭牛，收入不比在外面打工低，而且方便接送娃娃读书。"

接着我又来到一户建档立卡贫困户家，户主是一位白发的老人。虽满头白发，但看起来精神抖擞，身体很健康。我通过和他聊天了解到，老人的妻子早年过世，他一个人把两个孩子拉扯长大，生活非常贫困。后来女儿远嫁外省，儿子婚后也在外省打工，老人常年一个人在家。

"儿子为什么要出去打工，留你一个老人在家？"我问。

老人说："不出去打工找不到钱呀，在山里种出点东西，拉出去卖都费力，特别前几年交通不方便的时候。"

"现在可以发展产业了，想过叫他回家来发展没有？"

"我和他讲过，他说等过年回家来看，如果可以就留在家里。"

我由衷地为老人感到高兴，希望他的儿子能留在家里发展产业，他就不会这么孤独了。

"你经常一个人在家，有什么困难咋个办？"我问道。

老人笑着说："驻村的李书记把他的电话留给我，我有什么困难就给他打电话。前不久电灯不亮了，给他打电话，他还跑过来帮我接线。"

"除了这些小事情以外，李健书记对你还有哪些帮助？"

"他看到我一个人天天在家坐起，就鼓励我搞养殖，我现在养了二十多只土鸡、二十多只灰鹅，不累，还可以当作锻炼，生活过得很充实。每个星期赶场拿土鸡蛋、土鹅蛋去卖，还可以得一点小钱用。"

"你觉得你脱贫了吗？"

"肯定脱了，和我一样的人家都脱贫了。不光是经济上脱贫，思想上也脱贫了。李健书记偶尔会请人来给我们搞讲座，我们学到了好多东西。现在我都晓得中国梦，晓得不忘初心、牢记使命……"老人一口气说道。

我看到他掉了几颗牙齿，但说起话来还是那么铿锵有力。最后我问他要不要考虑安假牙，这样会显得好看一些。他说："肯定要安。这个星期赶场，抓两只土公鸡去卖，就可以安了。"

从他的表情和说话的语气可以知道，他真的已经脱贫了。

十

采访完全结束了。我回村委找到李健，他刚写完一份材料，正在修改中。我说我要赶回去了，他叫来村支书，一起把我送到楼下。

我说："我通过了解，马马崖村和以前相比，变化真的很大，下次我再过来，估计已经不是现在的样子了。"

村支书骄傲地说："我们一天一个样。"

李健笑着说："欢迎你再来，我们在马马崖村等你。"

握手道别后，我开车往回赶。爬到半山腰，我停下来往下看，马马崖村正慢慢变成城镇的模样。我一眨眼睛，马马崖村就已经变成城镇了……虽只是幻觉，但我相信会有这么一天的。

是的，真是这样的。有了共产党的好政策，成千上万的驻村第一书记正带领着每一个村一步一步走向幸福美好的生活。

再仔细看山脚下，一大片一大片的百香果。我突然想起李健的话："要让百香果的香飘出马马崖。"我瞬间闻到了一阵阵百香果的清香。

哦，是的，百香果正香飘马马崖，香飘贵州省，香飘全中国。

香飘全世界。

作者简介

田兴家，贵州省安顺市人，生于1991年。作品发表于《山花》《广州文艺》《西部》《湖南文学》《山东文学》《黄河文学》《湘江文艺》《芒种》《牡丹》等刊物，有小说获《小说选刊》转载。

扎根深度贫困村　牢记脱贫使命

——记贵州省荔波县水瑶新村第一书记潘志雄

黄　涛

潘
志
雄

潘志雄，男，水族，贵州省荔波县人，1979年9月出生，中共党员。

2000年9月至2004年7月，在贵州大学动物科学专业学习。

2004年9月至2006年4月，在荔波县农村信用联社播尧信用社工作。

2007年5月至2009年2月，在荔波县翁昂乡畜牧兽医站工作。

2009年3月至2012年9月，在荔波县佳荣镇畜牧兽医(水产)站工作，任负责人、助理畜牧师。

2010年9月13日，加入中国共产党。

2012年10月至2013年7月，任荔波县佳荣镇经济发展办公室主任。

2013年8月至2015年12月，任荔波县科技产权局办公室负责人。

2016年1月至2016年9月，任荔波县科技产权局办公室主任，工程师。

2016年9月至2018年2月，任荔波县玉屏街道水瑶新村第一书记、玉屏街道办事处驻村脱贫攻坚队员。

2018年3月至今，任荔波县玉屏街道水瑶新村第一书记。

迅速进入角色，调研找准病灶

荔波县水瑶新村距县城十五公里，西南、西北分别与时来村、水春村接壤，东与水尧村毗邻。该村是 1998 年 8 月从全国著名贫困乡——瑶山乡迁移到水尧威闷新组建而成的瑶族新村。全村下辖三个村民小组，共九十二户，三百三十六人，其中贫困户七十七户二百六十一人，瑶族占全村总人口的 99.4%。全村土地总面积六千余亩，可开发利用四千亩，人均耕地一亩。由于基础设施薄弱，村民普遍文化程度较低等，全村经济、文化卫生、生产生活、生存环境相当落后，与玉屏街道办事处的其他村差距较大，帮扶前年人均纯收入仅二千二百多元，截至 2016 年，该村是荔波县最为贫困的行政村。

水瑶新村的村民，原居住地为荔波县瑶山乡。1997 年，荔波县委、县政府决定让瑶山乡生活在环境非常恶劣的石山区的瑶族同胞八十户三百余人易地搬迁，移民至水尧乡威闷以加快扶贫致富奔小康的步伐，该项移民工程当时得到深圳商贸投资控股公司的大力支持，该公司出资一百万用于移民村建设。到 1998 年，相继又有瑶族同胞七十户三百三十三人迁居到水瑶新村。移民前，这些瑶族同胞的人均收入还不到一百八十元，人均粮食大约在一百五十公斤；而且，生活的环境十分恶劣，瑶族群众饮水、就医及子女上学都非常困难，经常感染疾病；文化水平相当落后，文盲率很高，生存和生活均十分艰难。移民至水瑶新村后，通过十八年扶贫攻坚工作，为村民们修建了瓦盖砖房、分配了土地、完成低压线路安装入户等工程，新村发生了巨大变化。但随着年代变迁，很多房屋已经变成危房，村民生产方式单一，不仅缺乏技术，还缺乏支柱产业，离自我发展、自我造血、自我壮大的全面脱贫攻坚奔小康的目标还很遥远。

2016 年 9 月，潘志雄根据上级安排，被选派到水瑶新村担任第一书记，同时担任玉屏街道办事处及驻村脱贫攻坚队员。潘志雄，男，水族，贵州省荔波县人，1979 年 9 月出生，中共党员。2004 年 7 月毕业于贵州大学动物科学专业，在家待业数月后，考到荔波县信用社。由于父母身体不好，长期要回家照顾父母，加上性格内敛，在放贷款等业务方面捉襟见肘，后辞职考到荔波县畜牧局，先后在荔波县翁昂乡畜牧站等单位工作，担任畜牧站负责人。2013 年，又调至科技局（现已合并调整为荔波县发改委）工作。

兜兜转转，潘志雄本以为大学学的知识落伍了，却没想到，在水瑶村担任第一书记期间，大学知识却成了他大显身手的"杀手锏"。

刚进村子，潘志雄就在村支书覃红建的带领下，走访村民，调研民情。水瑶村是安置村，整座村子坐落在半山上，住户较为集中，绝大部分属于危房。走访过程中，潘志雄发现很多群众思想落后，文化水平不高，有些不仅不能识字，还不能用汉语交流，这让他意识到，要真正发展是十分艰难的。

到水瑶新村后，潘志雄白天工作，晚上写材料、做笔记，挑灯撰写调研汇报。在他看来，要做好脱贫攻坚工作，还需从三方面着手：

一、精心投入，准确落实扶贫任务。1.经常深入调查，了解水瑶新村贫困户实际生活及生产中遇到的困难，并将这些问题详细记录下来，获取翔实的第一手资料，及时寻求解决措施。2. 严格按照国家和省、市、县对贫困村、贫困户进行识别和建档立卡。3. 结合具体贫困户实际情况制定帮扶措施，分析致贫原因，对扶贫对象逐户确立帮扶项目。

二、深入走访，坚持不懈攻坚扶贫。1. 深入开展大走访、大调研，认真倾听贫困群众诉求，耐心询问每户家庭情况，深挖致贫根源。2. 制定帮扶计划，谋划布局产业项目，推进精准扶贫。3. 积极调动村支两委干部积极性，着力推动贫困户的经济和产业健康发展。

三、尽职尽责，切实做到严于律己。1. 严格要求自身，按照"中央八项规定""省委六条意见"，市、县有关规定，切实做到"十不准"。2. 根据《荔波县驻村帮扶干部选拔管理考核激励办法》的要求，严格执行考勤制度，吃住在乡上，驻村工作组每月驻村工作在二十天以上。3. 认真完成领导交付的各项任务。

通过一周的调研走访，与贫困户交心谈心，潘志雄对水瑶新村各种情况了然于胸，他找到了水瑶村贫困落后的"病灶"，这些在他的笔记本上写得清清楚楚：

一、基础薄弱。1. 贫困面广，经济来源单一。绝大部分贫困户是缺资金、缺劳力、缺技术等造成的。贫困户经济来源单一，发展后劲不足，主要经济来源为务工、务农。而务工缺乏技术，干的是粗活，拿的是低工资；务农缺乏资金和技术，种田主要靠天吃饭，发展后劲严重不足。2. 水资源缺乏，抵御灾害能力差。一方面，受地势等自然因素影响，该村水资源严重缺乏，基础设施落后，全村还没有统一的自来水，目前村民靠自挖井水提灌解决饮水问题。全村没有山塘、水渠等水利设施，农业灌溉也存在不同程度的困难，严重制约了农业产业发展。另一方面，由于特殊的地理环境及缺乏保障的水利设施，该村抵御自然灾害能力较差，易受干旱、洪涝等自然灾害的侵袭，农户经常性遭受严重的经济损失。

二、群众科技文化素质低，自我发展能力不强。群众接受新科技、新思想的能力差，思维方式和生产生活方式十分落后，发展商品生产、开拓市场的能力相当弱，大部分群众还存在着严重的"等、靠、要"思想，缺乏自力更生、艰苦创业、勇于拼搏的精神和信心。大多数群众文化生活匮乏，酗酒、狩猎是瑶族同胞的主要娱乐活动，打猎、采蜂（蜜）甚至成为部分群众的谋生手段。因愚致贫现象也较为严重，大部分青少年读完初中或小学毕业就外出务工，文化程度较低；二十岁至五十岁的青壮年中，小学以下文化程度占到 80% 以上，文化结构不合理，文盲、半文盲所占比例大，导致群众接受农业适用技术能力差，科技意识淡薄，相当一部分群众一直在温饱线上徘徊。

三、公共服务设施缺乏，教育卫生相对落后。水瑶新村乡村卫生医疗机构由于资金缺乏，设备简陋，药品不足，没有配备合格的卫生人员。一些小病想找卫生员或药品需要远赴水尧集镇中心或到玉屏街道卫生院，一些慢性病得不到及时有效预防和医治而积成大病，因病致贫现象突出。目前本村无村小，本村学龄儿童需到附近集镇村小学上学，也无幼儿园。教学资源薄弱，教育设施十分落后。

四、产业结构单一，群众生产技术落后，科学技术普及率低。水瑶新村在种植业上仅限于种粮食，主要以种植水稻、玉米、豆类为主，经济作物除蜜柚外其他品种极少；在养殖上仅限于养猪、鸡，全村仅有两户养羊户，规模总量也不到两百只，大部分农民养牛为了耕地，养鸡为了换盐，没有市场经济意识。再加上规模太小，科技含量低，环境条件差，耕作、养殖方式粗放，产出效益低，未形成商品上市交易，难以置换现金贴补家用。一些群众虽然找到了适合的致富路子，但怕风险，不敢大胆尝试，导致生产水平落后，如瑶山鸡养殖，由于养殖规模小，资金投入不够，技术跟不上，品牌打不出，没有形成大规模上市与市场接轨。这种产业结构单一、产业结构不合理现象，是造成整个村经济发展缓慢的障碍之一。

找准"病灶"后，潘志雄精心编制了《水瑶新村精准扶贫实施方案》

《水瑶新村精准扶贫调研报告》，他先后组织全村党员、村民召开党员大会、村民大会，传达了自己的设想，也同村民们交心谈心。上级领导到村调研时，潘志雄对水瑶新村当前产业发展、村集体经济建设、基础设施建设等村情情况也做了详细介绍，得到领导的肯定和鼓励，要求他在日后的工作中做出详细安排部署，明确目标，细化措施，理清思路，充分发挥业务所长，铆足干劲，尽早帮助水瑶新村脱贫致富。

至此，潘志雄决定严格履行"第一书记"工作职责，紧紧围绕"三率一度"工作要求，贯彻落实好"一宣六帮"工作任务，全程参与帮扶村项目编制、申报和组织实施，带领村支两委谋划产业布局，推动精准扶贫步伐。

抓党建，强班子，夯实思想之基

在潘志雄看来，要想发展快，还要车头带。思想建设是基础，也是关键，只有先把党组织建设抓实抓牢，其他工作才能顺利推进。为此，他从三个方面着手：

一、加强班子建设，强化工作合力。一是开展"三会一课"和主题党日活动。带领村支两委制定了水瑶新村党员学习计划，组织村支两委班子认真学习党的重要会议精神，进一步增强村支两委班子政治理论水平。坚持每月至少召开一次支委会，每季度至少召开一次党员大会，认真学习国家有关政策法规，开展科技知识培训，进一步激发创业激情。二是落实村党务、政务公开制度。按照"四议两公开"的工作方法，设立村党务、村务公开专栏，将村重大财务开支、涉及群众利益的决策等十多项村党务、政务进行定期公开，自觉接受群众监督，进一步密切干群关系。三是开展交心谈心活动。针对部分班子中存在不积极、不主动问题，与他们交心谈心，及时了解他们的思想动态，及时调整工作方式方法，两委班子成员做到了心往一处想，劲往一处使，真抓实干，秉公办事，积极主动为群众解难题、办实事，以实际行动赢得了群众的信赖、支持。

二、加强组织建设，发挥堡垒作用。在街道党工委、办事处的关心下，在社会人士的大力支持帮助下，水瑶新村新建了二百余平方米的村史馆和占地约八百平方米的活动广场。完成对村委办公楼装饰装修和村委一站式办公区建设装修工作，定做了各种展示板、党建图板，购置了桌椅、电脑设备等，进一步改善了村委办公环境，为驻村干部提供了服务群众的基本办公条件。

三、加强制度建设，规范工作行为。根据实际情况，先后帮助村上制定了《学习制度》《党务政务公开制度》《村干部轮流值班制度》《矛盾纠纷的排查、调处、上报制度》《卫生保洁制度》《水瑶新村村规民约》等，形成了一系列长效约束机制，用制度规范党员干部的言行，自觉接受党员群众的评议与监督，使村支两委班子成员坚持做到了遵守规章，恪尽职守，认真负责地抓好管理、搞好服务，扎实推进"美丽乡村"小城镇建设进程。

2016 年，时逢水瑶新村村委会换届选举，根据玉屏街道办事处的统一部署，结合该村委会的实际情况，潘志雄协助村党组织整顿好基层班子，精心挑选和物色好新一届的村委会成员，采取措施切实提高了村支两委交叉任职比例，不断增强了村党组织领导班子的整体合力。通过努力，水瑶新村村委会的换届选举工作依法依规顺利进行，村支两委干部交叉任职比例达到，圆满完成本届村委会换届选举工作。作为第一书记，潘志雄从抓班子、带队伍、强堡垒入手，通过借助党建活动载体，来凝聚发展合力。积极组织开展"两学一做"教育活动，引导村支两委班子在开展工作中坚持率先引领作用，加强班子的凝聚力，增强组织的战斗力。驻村以来，发展黄德为发展对象，发展黄信、潘承坦、何老四为入党积极分子，增强党员后备力量。

在强化班子建设方面取得一定成效后，潘志雄结合扶贫项目，多次组织水瑶新村党支部党员、积极分子等二十余人开展"助力产业脱贫，党员带头先行"主题党日活动。参加主题党日活动的党员纷纷表示：主题党日活动内容丰富，意义很大，村子发展，乡村振兴，党员必须流更多汗、出更多力，这是我们的责任。今后，我们一定会更加尽责尽力、多学多干，引领乡村振兴，奋力谱写美丽新村新篇章。

就是这样，班子队伍建设强化后，为后面推动肉牛养殖、桑蚕产业等产业项目时提供了坚实的基础保障，广大党员在产业方面充分发挥了模范带头作用，增强了服务意识和奉献精神。

村党支部在日后工作中，能紧密结合自身实际，不断开展主题鲜明、形式多样、内容丰富的主题党日活动，把"两学一做"和实际工作紧密结合起来，深入推进党员承诺践诺，充分发挥党支部的战斗堡垒作用和党员的先锋模范作用。

改厕改厨改圈，抓实农村基础设施建设

俗话说，要想富，先修路。水瑶新村早些年就通了路，只是地方缺乏资金，2017 年之前一直未完成硬化建设。在修路之前，摆在潘志雄眼前的问题是，改厕改厨改圈项目。这不是一项小工程，全村 99% 的住户为危房，危房数量大，改造时间跨度长，该怎么实行是大问题，最主要的是群众的积极性不高，不愿意参与改建。

水瑶新村的瑶族属于白裤瑶，昔日他们在瑶山时栖身洞穴，以刀耕火种、狩猎为生，环境极其恶劣，条件极其艰苦。中华人民共和国成立后，当地党委、政府曾有组织地把还在洞居的瑶族全部移至山下，引导群众学会修建茅草房，学习种植粮食作物。但由于地处深山石区，土地贫瘠，农业生产模式较为粗放和滞后，产量十分低。

在今天水瑶新村的村委会办公楼里，还特意留出两个房间作为水瑶新村陈列馆。陈列馆介绍了水瑶新村的发展历程，保留了过去群众的劳动工

具。从各类文字、图片等资料可以了解到，改革开放前，粮食产量不足的情况时有发生，很多瑶族同胞还靠着长期吃芭蕉叶、山老鼠果腹，多数人家虽然不再栖身洞穴，但也只能蜗居在茅草房里，一个铁脚架、一两个鼎罐、几个粗陶碗、几块木板子、几件烂衣服就是全家人的家当。在物质条件深度落后的情况下，社会各项事业发展也严重滞后，87% 的瑶族同胞属于文盲，95% 以上的妇女不会说汉语。

1998 年，白裤瑶同胞们搬到水瑶新村后，虽然住进了瓦房，但是生活陋习仍然没有改变，更别谈修路改房改圈等大事。潘志雄到达水瑶新村时，发现这里的群众不爱使用厕所，大小便均在田地里，村容寨貌脏、乱、差。

走访群众时，潘志雄从县卫计局、县环保局等单位找来各类宣传手册，内容涉及身体健康、医疗卫生等，他借助这些宣传单向群众普及健康、卫生知识，希望能引起大家的重视，但走访下来，发现情况很不理想，愿意改变原有生活方式的群众十分少。

完成 2016 年村委会换届选举工作后，潘志雄积极指导村支两委制定帮扶措施，全力做好农村基础设施建设工作，为全村扶贫工作顺利开展创造条件，并积极争取到县委组织部和帮扶单位的支持，完成水瑶新村新办公楼三百平方米的建设，争取到购买办公设备的资金二万五余元，另争取省教育厅补助办公电脑四台以及打印机等设备，极大地改善了村委办公环境。同时，为确保后续工作顺利开展，积极推动将村集体经济分红收入用来为全村群众代缴农村合作医疗费用，仅 2016 年、2017 年就共代缴村民合作医疗费用五万余元，大大减轻群众负担，在全县率先树立榜样。

这些事，村民看在眼里记在心里，为潘志雄后续工作赢得了一定的群众基础，但多数村民还是不愿意参与改厕改厨改圈。怎么办呢？潘志雄找到村支书覃红建商量，覃红建说："水瑶新村虽然是移民村，但是也有几户不是瑶族，是从别的村迁来的苗族，生产生活方式相对前卫，卫生意识也较强，不知道能不能起表率作用。"经覃红建这么一说，潘志雄眼前一亮，于是他和覃红建谋划，决定召开党员大会、村民小组会议。

通过会议，潘志雄传达了上级关于推进改厕改厨改圈改房的政策，2017 年前完成危房改造的每户将给予七千至一万五千元补助。会上，有部分党员同意整改，有部分群众还持观望态度。对于这种情况，潘志雄又借助院坝会，把村民们召集起来，让每家每户选代表，谈谈各家各户的想法，有些村民认为，这种生活方式习惯了，没什么不好，还有些群众认为，国家给的钱太少，不愿意出力，更有些群众认为，这是在帮政府干事，不是在给自己谋利。

潘志雄通过举古代人爱护家园、勤劳致富的例子，试图感化村民。同时，要求每家选个代表，全村出动，去周边的乡镇、山村参观学习。远的不说，在参观了近处的黄德等六户养猪大户后，群众心有所触，看到别人家里光滑的地砖、干净的浴室、舒适的卧房，在反观自己家，也觉得过意不去。

就这样，村干部先参与改厕改厨改圈，党员随后，见到村里有人动工了，有些人家先住进新房子了，前来道贺的有，前来参观的也有，群众内心也开始动容了，愿意签字参与改厕改厨改圈的人越来越多。

2018 年 7 月的一天，潘志雄陪同几位前来水瑶新村调研的领导到田间地头参观，谋划桑园建设，发展桑田养蚕、桑茶培植等项目。在送完前来调研的领导后，潘志雄遇到气势汹汹赶往田间的覃友金。

覃友金看到潘志雄，就质问："为什么他们收到的补助款比我家多，为什么我家的是二级危房改造，只得一万五千元，别人家的是一级改造，能得三万五千元。"

潘志雄早有预料，由于政策变动，率先参与改厕改厨改圈的群众，反而享受到的补助没有后来参与的群众多，也就是说为调动群众参与危旧房改造的积极性，2017 年之后参与改造的多数为 1 级危房，补助金额为每户三万五千元。这一点，难免让人心理不平衡。潘志雄说："覃大哥，你莫生气，有啥子不愉快的，我们到屋里谈，这会天气热得很。"

到了办公室，潘志雄给覃友金倒了杯水，让他坐下，和自己交心谈心。覃友金说："潘书记，我知道您是个好书记，但是这样做我们心理不平衡，凭什么积极的群众领取的补助反而要少些呢？你要是不拿出个说法，以后我看你怎么向大家交代。"

潘志雄说："国家有国家的政策，我们也想一碗水端平，但谁又能真的做到呢？每个人的情况不一样，今年你家在这块得的补助少，我们只能从别处考虑，这样你看可否？人家说，一娘养九子，九子都不一样。国家不可能对每个人都一样嘛。再说了，你家在村里又不是条件最差的，多为集体考虑，集体也会多为大家考虑。"

听了潘志雄的话，覃友金心里宽松很多，觉得有些不好意思。说手里还有其他活路，就先不打扰潘书记了。潘志雄说："没关系，以后有什么事情不要憋在心里，我们的党员大会、三会一课、两学一做，就是要借助各种平台，让大家畅所欲言，把想讲的想发表的都说出来，有问题不怕，怕的是得不到解决。"

2018 年 7 月，荔波县人大常委会副主任王国平等一行到水瑶新村调研"组组通"公路建设，王国平一行听取了潘志雄的驻村工作汇报，了解了水瑶新村"组组通"公路建设过程中存在的问题和困难，并对县公路部门及驻村工作组所做的工作给予了充分肯定，表示将强化工程建设督导工作，加强质量监管，顺利完成贫困村"组组通"道路建设任务，使贫困村的出行条件得到显著改善，为实现全面小康提供交通保障。

截至 2018 年年底，在潘志雄的努力下，申报获得扶贫建房资金一百万元，协调督促指导贫困户改造民房七十七户，并收集相关资料做好报账工作，使项目资金及时拨付到贫困户手中，确保项目如期完工。2016 年完成改造十二户，2017 年完成改造四十八户，2018 年完成危房改造一户，在实施危房改造中帮助协调地基十二处，帮助争取建房补助资金二十七万元，帮助将水瑶新村危房级别全部转为一级危房，户均获补助三万五千元。

2017 年督促指导完成全村九十户改厨改卫及五十一户改圈工作。协调完成整村外立面改造项目，项目资金四百余万元。指导完成实施十万元的农村幸福院建设项目。协调完成实施一百一十万元的革命老区项目（含停车场、活动场所、赏鸡园等）。协调实施二百七十万元的污水治理项目。协调新建通组道路 0.6 千米，改扩建入村公路 3.5 千米。完成水瑶新村至水春村通组公路建设及硬化 6.3 千米。协调水务部门维修蓄水池两个，铺设自来水管网 2.5 千米，翻新建设篮球场一个，完成改造公厕一百平方米，绿化村寨一千平方米，铺设排污管网两千米，协调村史馆建设、布展及筹备举办移民二十周年感恩活动。

争资争项，筑牢堡垒，助推产业发展

潘志雄意识到，授人以鱼不如授人以渔，扶贫还需"扶智"。水瑶新村要想真正脱贫致富，在夯实农村基层党组织战斗壁垒，发挥好基层党员先锋模范带头作用，调动群众参与农村基础设施改造积极性的基础上，归根结底，还需要打造有支柱性的产业，将"输血式"扶贫变为"造血式"扶贫。

通过前期对水瑶新村自然现状、气候特征等方面的调研，2018 年潘志雄以脱贫致富奔小康为主线，结合水瑶新村实际情况，通过多方论证，决定在水瑶新村发展桑蚕养殖，同时，积极争取其他种养殖项目。

在组织村民召开村民大会商讨后，很多村民表示不愿意参与桑蚕养殖项目。经了解，潘志雄得知桑蚕养殖在水瑶新村早有发展历史。由于荔波县离广西壮族自治区较近，部分广西蚕农曾将蚕种卖至水瑶新村，水瑶新村村民购置蚕种后，缺乏养殖技术、桑叶供给，导致多次养殖失败，因此愿意再次启动养殖计划的群众寥寥无几。

为此，潘志雄与村支两委协商后决定，坚持做好村民思想动员工作，

大力支持土地流转用于种桑养蚕产业的发展。为激励群众种桑，潘志雄还指导村委成立了荔波顺发种养殖合作社，并由合作社将土地流转后进行翻犁松土，达到符合种桑的条件后转包给社员（覆盖所有贫困户）进行种桑，对种桑户给予每亩一百五十元补助，并与公司签订了回购合同。

2018 年 3 月 15 日，水瑶新村脱贫攻坚队召集护林员及部分群众代表召开 2018 年水瑶新村第三次产业发展推进会。会议围绕桑蚕产业发展问题对水瑶新村种桑养蚕工作进行了安排部署，并对群众在种桑养蚕上遇到的问题进行一一解答。首先，脱贫攻坚队组长、玉屏街道包村领导杨胜兵同志对玉屏街道下达新村种桑养蚕面积以及相关优惠政策进行了传达，鼓励村干、党员们充分发挥先锋作用，积极带头种桑养蚕，带领其他村民一起脱贫致富。随后，潘志雄向参会群众介绍了当前脱贫攻坚工作的任务及新村产业发展方向，并鼓励群众在种、养、管护、销售、加工等方面切切实实做好工作。会后，潘志雄带领脱贫攻坚工作队到新村种桑地进行了实地查看并当场落实了翻犁挖机。

2018 年 3 月 26 日，水瑶新村脱贫攻坚队邀请县农工局相关领导及技术专家一行到村对血桃种植进行选址，对气候条件、生长环境、种植面积等方面进行深入调研，并结合水瑶新村地理优势对发展血桃种植提出了建设性意见。同时，再次召开群众大会，告知群众：水瑶新村自然条件优越，四季分明，光照充足，雨量充沛，生态性好，适合种植血桃。

为深化产业结构调整，实施脱贫攻坚的战略部署，潘志雄带领水瑶新村脱贫攻坚队在逐户走访、了解贫困状况、分析贫困原因、产业发展调研的基础上，精准施策，最终确定了水瑶新村两大脱贫产业——种桑养蚕、血桃种植。旨在通过打造"两园"产业，积极发展乡村旅游，同时为水瑶新村发展"观鸟村"的旅游路线打下基础，带领群众走出一条有民族特色的产业转型发展之路。当月，水瑶新村种桑地翻犁完成二百八十六亩，满种二百八十六亩。

为彻底解除群众后顾之忧，保证桑叶、蚕茧订单，保证销路、降低市场风险，真正吹响2018年脱贫攻坚"春风行动"号角。潘志雄积极向上级反应，争取到了项目资金，用于建设两千平方米的蚕房。同时，考虑到部分群众暂时不愿意参与桑蚕养殖，就编制申报了一百万元的生态牛养殖项目，并于2016年组织实施完成养殖场建设一千平方米，种草二百一十亩，饲养本地黄牛一百五十三头。

一个多月时间，水瑶新村村支两委、包村干部、脱贫攻坚队无论刮风下雨、白天黑夜都穿梭于田间地头及深入农户家中耐心讲解种桑养蚕产业扶持及奖励政策，上下坡已成为工作队的家常便饭，一群似农非农的人群用脚步拉近了干群距离，用行动织牢了干群关系网，为调整农业产业结构夯实了基础。

2018年4月3日，水瑶新村邀请到贵州大佳生态农旅科技有限公司负责人一行二人到水瑶新村与脱贫攻坚队组长杨胜兵、副组长蒙斌、村支两委共谋商议种桑养蚕的下一步工作，对桑蚕产业的种植、管理、培训、产销等方面做了周密部署，初步确定了水瑶新村以"公司＋合作社＋群众"的形式，大力推进种桑养蚕产业的发展。随后，脱贫攻坚队、村支两委立即召集部分桑农代表召开水瑶新村桑蚕种植工作调度会，通报了水瑶新村近期种桑情况，并鼓励桑农积极参加4月10日举办的广西种桑养蚕技术培训会。

2018年8月16日，为提高水瑶新村农民种桑养蚕管理技术水平，潘志雄对接到荔波县旅游发展委员会，争取邀请到贵阳金筑职业培训学校来水瑶新村举办了种桑养蚕技术培训班。培训为期五天，每天六个学时，共有四十名农民学员参加培训。培训课上，老师给学员们讲解了种桑、育小蚕共育、人工饲料养蚕等种桑养蚕技术。参训学员们表示，此次培训内容丰富，知识实用，对实际生产有很大的帮助，进一步增强和鼓舞了养蚕致富的信心。

2018 年 10 月，在蚕房建设竣工的基础上，潘志雄立足新村实际，以典型带动与技术支持为抓手，充分利用村干、党员、积极分子等以致富典型示范引路，通过与典型示范户面对面算细账、算对比账等，转变他们的思想观念，树立他们栽好桑、养好蚕的信心和决心。并且专门从省外聘请养蚕长达三十年的经验丰富的技术人员来水瑶新村进行全程指导，消除农户在桑蚕生产中的认识误区与技术盲点，积极解决蚕桑生产中碰到的困难及突发事件，确保蚕农损失降到最低。

2018 年 10 月 23 日，水瑶新村的首批养蚕户顺利出售蚕茧四百二十三斤，总收入高达八千元。首批养蚕的成功，让桑农们更加坚定下一年继续养蚕的决心，也激发村寨的很多群众下一年投身蚕桑生产的信心与决心，为新村蚕桑产业的稳步推进奠定了良好基础。

2018 年 11 月 8 日，荔波县政府副县长罗来华携荔波八家爱心企业赴水瑶新村开展帮扶活动，玉屏街道党政主要领导及水瑶新村脱贫攻坚队全体队员共同参与帮扶活动，为水瑶新村同胞解决发展困难，在脱贫攻坚中贡献自己的一分力量。12 月 17 日，为保障水瑶新村富民产业的持续发展，荔波县科技产权局决定向发展桑蚕产业的贫困群众捐赠除草机三十二台，用于鼓励群众坚持种好桑、养好蚕，继续推动种桑养蚕产业的发展。

为推广普及科学种桑养蚕技术，2019 年 4 月，水瑶新村又邀请广西技术人员到该村进行种桑养蚕业务培训，为三十余名蚕农讲解种桑养蚕实用技术，并到桑园实地指导并提出桑园目前存在的问题。培训中，驻村干部、包村领导向群众介绍水瑶新村当前蚕桑业发展的现状，分析了蚕桑业发展的优势，并动员群众转变"等要靠"观念，充分利用国家的优惠政策发展产业、脱贫致富。技术人员详细提出加快蚕桑产业发展的意见和建议，用通俗易懂的语言对种桑规格要求、科学管理桑园等知识进行系统讲解，深受蚕农们的欢迎。通过培训，使养蚕户掌握了桑园管理的实用技术，激发农户发展种桑养蚕的积极性，为促进水瑶新村桑蚕产业发展壮大聚集了技术力量，为产业脱贫打下坚实的基础。

2016年至2019年期间，潘志雄采取政策引、思想帮、资金扶等办法，一是争取到林业项目资金二十万元，发展蜜柚种植五百余亩；二是申报获得一百万元生态养殖扶贫资金，由潘志雄积极指导村支两委牵头贫困户参与实施，创办集购销、饲养、加工为一体的养殖基地一千平方米，项目实施后，通过利益链接贫困户每年分红五万元；三是将争取到的贵州省财政厅党建扶贫资金八十万元入股荔波县佳源砖厂，2016年分红收益十万元，实现了"空壳村"清零计划；四是积极向县农商行贷款一百万元"特惠贷"入股县旅游公司，2017年起每年可获利息收入十二万元。

高度重视文化教育，多方面落实科教兴农

要彻底改变水瑶新村贫困现状，光靠资金扶持、项目建设，那是远远不够的，还需要加大对水瑶新村教育方面的扶持力度。

在水瑶新村，何金银是个特殊的贫困户，他常年跛着脚，属于四级残疾，行动甚为不便。家庭收入单一，主要靠种植玉米为生，妻子多年前外出务工，因嫌弃家庭贫困再也没有回来过。

何金银的女儿何思瑶是个十分懂事、勤奋、上进的姑娘。潘志雄来到水瑶新村后，听说了何思瑶的故事，村民们对她都是交口称赞。

何思瑶生于1995年，在荔波县城读高中。2017年临近高考，何思瑶看到家庭如此贫困，心想即使考上也难以支持学业，为了不给父亲添加负担，她毅然决然地收拾行囊，踏上去往广东打工的路。

全村人都以为何思瑶去了就不会再回来，更不可能再回来读书。哪知道何思瑶在广东打工期间，白天在饭店给人当服务员，晚上打烊后，工友们都睡下了，她才拿出书本，在台灯下看书写字。

工友们看到这种情况，都表示不理解，既然出来了就好好工作，回去

也不一定能考得上大学。可在何思瑶看来，再打十年工，自己还是打工仔，她知道用知识才能改变命运，不想一辈子都为生计奔波在社会底层。最主要的，是家中的父亲年迈，身体越来越差，她不可能远嫁他乡，唯有通过自身改变家庭，改变命运。

经过一年的打工生涯，何思瑶存了几千元，揣着辛辛苦苦得来的汗水钱，她再次回到家乡。当时，学校已经没有了她的学籍，她也没有机会再次参加高考。为了能读书，何思瑶就向村里反映，村支两委把这事告诉了潘志雄，潘志雄十分感动，决定无论如何也得帮她。

潘志雄把何思瑶的情况转述给荔波县教育局，引起了当地领导的重视，认为这样的孩子十分难得。通过多方协调，潘志雄为何思瑶争取到复读生的名额和身份。只是，何思瑶之前学的是文科，这次要改成理科才行。

很多人都知道，文科考试分数要求高，只要理解能力好，记忆能力强，该记的记该背的背，是可以"临时抱佛脚"的。理科可不同，环环相扣，哪个环节出了问题，后面的知识点就跟不上的。

不过何思瑶没有畏惧过，她知道这样读书的机会实在太难得了。为了能顺利通过第二年高考，可以说，何思瑶十分努力，课堂上她认真听讲，课后比很多同学多花出一倍时间用来学习。

2018 年 7 月，高考成绩出来后，何思瑶把分数第一个告诉了潘书记，仅仅差一本线八分，成功被贵州民族大学录取。这个好消息一下子在水瑶新村炸开了锅——何思瑶成了水瑶新村的骄傲。同年考取的，还有贫困户何永华之子何弟，两人先后收到梦寐以求的大学录取通知，全村上下都为之振奋。

这对水瑶新村来说，意义重大，作为玉屏街道唯一一个深度贫困村，2017 年之前贫困发生率达 86.7%，群众文化程度普遍较低，2017 年前在校大学生（预科生）仅一人，高中在读一人，职中一人。

全村人跑到何思瑶家道贺，恭喜何思瑶成功考上大学，同时也叮嘱自家孩子，要向她学习，努力读书。见到村民们有了注重教育的意识，潘志雄心里既感动又高兴。

高兴归高兴，潘志雄知道，读书始终是需要钱的，可对于两个这样的家庭，怎么拿得出钱呢？为圆他们的大学梦，他组织水瑶新村驻村工作组积极联系县旅发委、荔波古镇贵州城康置业有限公司、荔波县交建公司等部门、企业，分别于8月30日、31日，深入该村雪中送炭，共赞助何思瑶、何弟两名准大学生及在校大学生谢连生二万二千五百元，极大缓解了这三户贫困家庭的燃眉之急。

春风化雨，润物无声，爱心企业代表将款项交到何思瑶、何弟、谢连生手上后，鼓励他们要在学习和生活中自立、自信、自尊、自强，希望他们通过自己不断的努力，实现人生梦想。

何思瑶深情地表达感恩之言："谢谢叔叔、阿姨们，我们一定好好学习，长大后要做像叔叔一样的好人，一定用自己的实际行动努力回报社会。"

在潘志雄看来，捐赠活动带给这些贫困学生的不仅仅是金钱和物质上的帮助，更是精神食粮，这有利于激励他们日后的学习和生活。让他们感受到这个社会主义大家庭充满温暖、充满爱心。

趁热打铁，看到村民们渐渐意识到读书的重要性、知识的重要性后，潘志雄决定，要广泛宣传，营造爱学习、想学习的"比学赶超"的氛围。首先，从思想上真正扭转村民的旧有观念，激发他们创事干业、追求知识技术的内生动力。

潘志雄通过入户走访、张贴宣传标语、发放传单等多种形式，大力宣传精准扶贫方针政策，特别是强农惠农政策，使群众充分认识到精准扶贫不只是国家的事、政府的事，更重要的是他们自己的事，引导他们自觉地、积极地、主动地参与、支持精准扶贫工作，激活群众的潜在发展动力，帮助村民转变落后观念，转换思维模式和行为方式，树立自强自立观念、自力更生观念、市场经济观念、勤劳致富观念、积累观念、科技观念等，尽早甩掉贫困落后的帽子，消除"等、靠、要"思想。其次，结合精准扶贫工作实际，通过召集群众院坝会、群众大会、村民小组长会、党员大会等会议，对贫困户进行从物质扶贫到精神扶贫的全方位的宣传讲解。一是以"三保障"为切入点，对贫困户详细讲解医疗、教育、住房等方面的扶贫政策，提高他们对政策的知晓率。二是通过脱贫攻坚前后对比，让贫困户真切感受到扶贫带来的实惠和变化，提高扶贫工作满意度，为脱贫攻坚工作营造积极的舆论氛围。三是围绕"扶贫先扶智"思路，鼓励贫困户摒除"等、靠、要"和"应得"思想，依托政策支持，提高自身发展能力，自力更生，艰苦奋斗，争取早日脱贫。同时，抓好劳力全员培训，三年来组织外出学习一百人次，引进技术员到村集中培训六次，培训人员九百人次。再次，潘志雄积极联系上级部门争取对水瑶新村基础教育加大投资力度，以确保水瑶新村群众接受更多更好的教育。积极联系县帮扶部门、街道党工委对水瑶新村进行职业技术培训教育，造就一支农民实用技术队伍，了解党的路线方针政策，掌握先进的文化、科技知识，使农民增强致富的本领，尽快脱贫致富奔小康。积极推动对考取高中及以上学校的贫困学生给予教育帮扶，着实解决群众"因学致贫"问题。

通过三年的努力，村民的观念得到了根本性的转变，开始注重教育，注重知识。条件得到改善后，有些村民甚至主动到县城租房子，为了更好地照顾孩子读书。教育得到改善的同时，群众的精神文化生活也需要丰富起来，这一点，潘志雄没有忘却。

水瑶新村的瑶族属于白裤瑶，他们业余文化生活丰富多彩。由于自古以来主要居住在高山峡谷和密林深处，长期与禽鸟朝夕相处，对山上各种鸟类怀有深厚的感情，渐渐养成了与其他少数民族有别的养鸟、护鸟、斗鸟的习俗。白裤瑶斗鸟的方式有两种：一是隔笼相斗法，将两只画眉鸟各放进一只鸟笼里，门对门紧贴，由两只鸟隔着门缝打斗。因笼门被插签隔着，打斗攻击部位多为头部和脚爪，它们扇动翅膀，有时候打得眼肿毛落，难分胜负，精彩无限；二是合笼打斗法，将两只鸟放入一只无隔离的鸟笼内，任由两只鸟互相扑打厮杀，叮啄足蹬，十分紧张激烈。为了保留这样的文化习俗，潘志雄向上级单位申请，得到一百一十万元项目资金，用于水瑶新村观鸟园项目建设。

除了斗鸟，白裤瑶还有许多丰富的民族习俗。如摆瑶族长席宴，这是他们热情好客的古老习俗。瑶族长席宴是一种最隆重的待客方式，一般在婚丧、嫁娶的宴席中摆上千人长桌，铺上芭蕉叶，整天彻夜不停。四面八方的群众和游客都可以参加，共同享受。

白事上，白裤瑶还有祭祀先祖的民间祭舞——猴鼓舞。相传瑶族祖先从广西迁徙荔波，路遇危险，被一只"神猴"相救。后来，瑶族为纪念先祖的迁徙和"神猴"的护送之功，模仿着先祖跋山涉水的情景及"神猴"攀爬跳跃的神态而形成了猴鼓舞。该舞由于在丧葬祭祀的场合表演，其表演程序较为复杂。2018年，水瑶新村支书覃红建去世，就享受了这样的礼遇。

除了猴鼓舞，瑶族同胞还会跳铜鼓舞。潘志雄驻村后，一方面重视瑶族同胞自身的文化传承，一方面又引导群众参与汉族、布依族等同胞的其他节日。

2019年3月，潘志雄组织全村村民在水瑶新村举办以"妇女倡导学习，家庭传播美德"为主题的烧烤庆祝活动。旨在借助"三八妇女节"展示农村妇女健康向上、乐观进取的风采。活动中，村民们主动提出表演，并各显才艺，唱水歌、瑶歌等，给村里营造热闹、良好的氛围。通过活动，不仅增进了村民与村民、村民和村干部、村民与驻村干部之间的团结，还加深了干群之间的感情，丰富了基础村文化生活。

2019年7月，荔波县委宣传部、文化和旅游局为水瑶新村老百姓带来的荔波县"走基层"文化演出活动在水瑶新村举办。活动当天吸引了全村一百余名群众前来观看，节目形式丰富多彩，有开场鼓、快板、舞蹈等，精彩的节目让观众拍手叫好。表演过程中，演员们将脱贫攻坚的各种政策、要求以及取得的成效等，以精彩的三句半、流利的脱口秀等形式，轻松、简约、形象地呈现，使乡亲们在"戏"中享受到了文化，在"欢笑"中提升了幸福指数。台上的精彩演出带来了党和政府"文化惠民"政策的温暖，台下的阵阵掌声道出了水瑶新村人民脱贫致富的渴望，乡亲们不时用手机记录下精彩的瞬间。悠扬的歌声、欢快的笑声伴随着阵阵喝彩声、鼓掌声，融化在诗意般的蓝天上，回荡在散发着泥土清香的田野里……

全面推进乡村环境整治，提高村民自治管理水平

党的十九大指出，实施乡村振兴战略，要坚持农业农村优先发展，按照产业兴旺、生态宜居、乡风文明、治理有效、生活富裕的总要求，建立健全城乡融合发展体制机制和政策体系，加快推进农业农村现代化。农村环境综合整治，直接关系到生态宜居和乡风文明建设，也对产业兴旺、治理有效、生活富裕具有重大意义。

自 2016 年潘志雄担任水瑶新村第一书记以来，该村先后完成改房改厕改厨改圈等项目，修建了通村路、通组路、串户路，新建了五个蓄水池、两个提灌站，安装了二十六盏路灯，缓解了水瑶新村人畜饮水和出行难问题，真正夯实了基础设施建设。同时，发展了肉牛养殖、桑蚕养殖等支柱性产业，改变了群众"等、靠、要"的思想，但潘志雄知道，水瑶新村要想保持发展的长久性，不仅需要群众干事创业的热情，还需要群众自发形成热爱家园的氛围。

因此，水瑶新村在聘请专门人员负责每天清扫村内垃圾的基础上，潘志雄还带领村支两委制定了《水瑶新村农村人居环境整治三年行动方案》《水瑶新村 2018 年文明家庭环境卫生实施方案》《玉屏街道水瑶新村 2018 年文明家庭环境卫生评分细则》等方案措施。

为深入开展家庭环境卫生整治工作，充分调动老百姓自觉参与的积极

性，2018年5月11日，水瑶新村脱贫攻坚队、村支两委组织召开全村文明家庭环境卫生整治评比工作动员大会，县派驻村脱贫攻坚队全体成员、玉屏街道相关领导成员、村支两委及全村群众一百一十人参会。会议由村党支部书记覃红建主持。会上，驻村脱贫攻坚队组长杨胜兵同志宣读《水瑶新村2018年文明家庭环境卫生整治检查评比工作方案》；脱贫攻坚队队员罗启霞同志组织学习《玉屏街道水瑶新村2018年文明家庭环境卫生评比细则》，并对全村的环境卫生整治检查评比工作做出了具体安排及要求。会后，水瑶新村的广大村民纷纷表示，要不断提升自我的文明素质，开创一个干净、整洁的生产、生活环境，坚决清除"脏、乱、差"现象，自觉投入家庭卫生整治的行动中。

2018年5月15日，水瑶新村邀请荔波崇尚美发连锁店开展为贫困户义务剪发行动，为全村贫困户理发，让改善群众精神面貌从"头"做起。之后，水瑶新村开展了多次集中整治专项行动，向玉屏街道申请到物力、财力上的支持后，为把水瑶新村文明家庭环境卫生整治推向高潮，还坚决按时开展了每季度的"文明家庭"评比表彰活动。

2018年6月15日，脱贫攻坚驻村工作队副组长蒙斌带领脱贫攻坚工作队员、村支两委对全村的家庭环境卫生开展首次检查评比。评比主要内容为房前屋后、厅堂、厨房、卫生间、卧室的家庭环境卫生和家庭成员精神面貌。各小组认真检查，客观、公平、公正、公开打分，组长进行分数汇总。最后由县科技局局长、脱贫攻坚驻村工作队副组长蒙斌、水瑶新村村支书覃红建收集各个成员意见并对最终分数进行审核。对评分在前十名的卫生家庭进行评比排名公示，并于五个工作日内召开全体村民表彰大会予以奖金兑现。6月21日上午，水瑶新村召开2018年首次文明家庭环境卫生表彰大会。水瑶新村脱贫攻坚队全体成员、村支两委、全村户主代表七十余人出席会议。玉屏战区前线指挥长、党工委书记全昱，党工委委员、宣传委员、统战委员柏茹，县文体广电局副局长董楠霞同志到会指导。会议高度肯定了水瑶新村近两年来村容村貌有了翻天覆地的变化，大家都有了安全漂亮的住房，环境也得到明显改善，并对活动的顺利举行表示热烈的祝贺。大会对获得表彰的家庭给予鼓励，希望受到表彰的文明家庭要充分发挥示范带头作用，珍惜荣誉，继续发扬成绩，再接再厉，再创佳绩。未获奖的群众要以获奖的文明家庭为榜样，为改善全村家庭环境卫生，决胜脱贫攻坚，实现全面建成小康社会的目标做出新的更大的贡献。

之后，在潘志雄的组织带领下，水瑶新村组织全体党员、驻村干部，开展"清除杂草，美化环境"为主题的义务除草党日活动，与二十余名中小学生开展"小手牵大手"暑假家庭环境卫生整治体验活动。大家纷纷拿着割草机、剪刀、镰刀等工具按时来到操场集合，面对眼前杂草丛生的草坪、观鸟园，分工协作一起干起来。充分发扬了"敢于吃苦、乐于奉献"的精神，以自己的实际行动体现了共产党员的先锋模范作用及干部身先士卒的优良品德，发扬了大家吃苦耐劳的优良品质，同时增强了大家保护环境的责任意识。进一步营造了人居环境整治的氛围，又增强了党组织的凝聚力和向心力，融洽了干群之间的关系。

水瑶新村 2018 年首次文明家庭环境卫生评比活动在玉屏街道党工委、办事处以及相关部门的大力支持和脱贫攻坚驻村工作队、村支两委的共同努力下取得圆满成功。通过鼓励贫困户用实际行动改变陋习、改变环境卫生、改变"等、靠、要"思想等，提升内生动力，积极参与到脱贫攻坚中去，收到了很好的社会效果，形成了全村里外环境卫生有人抓、有人管、有人办的良好局面。

据悉，环境整治得到全面推进的同时，潘志雄还带领全村干部群众狠抓全域旅游发展，积极打造水瑶新村 AAA 级景区。2018 年，为打造 AAA 级景区，水瑶新村先后筹备举办多次移民二十周年感恩活动和小城镇观摩会等活动。活动中，潘志雄更是积极帮助村委协调各方，完成村寨整体规划设计，观鸟园建设、墙头文化和村寨绿化工作也同步完成。

2019 年，在潘志雄的争取下，还获得县委、县政府给予的二百七十万元投资实施的污水治理项目，安装排污管网两千米，化粪池九十个，村寨绿化亮化一千平方米，花台建设一百平方米。

水瑶新村脱贫攻坚工作成效

潘志雄担任水瑶新村第一书记的三年多时间，水瑶村发生了翻天覆地的变化，在驻村脱贫攻坚队全体干部的努力下，在水瑶新村全体村民的参与下，在玉屏街道办党工委和办事处的正确领导下，水瑶新村抢抓新时期扶贫攻坚政策良好机遇，享受县委、县政府一系列扶贫优惠政策，产业发展自我造血，利用"四减免、四补贴"一系列强农惠农政策，加快民生工程、基础设施、文化生态建设、环境治理工程，为水瑶新村加快扶贫攻坚进程、村寨和谐发展提供了有利条件。

目前，水瑶新村相继完成贫困户房屋改造七十七户，共获得扶贫建房资金一百万元，实现户均补助一万二千九百八十七元；完成危房改造九十户，全村所有农户已实现安全住房；完成农村"三改"（改厨、改卫、改圈）九十户；完成实施整村外立面改造项目，项目投入资金约四百万元；完成太阳能路灯安装二十六盏；完成农村幸福院、庭院绿化项目建设，总投资六十六万元；实施观鸟园项目规划建设，总投资一百一十万元；完成村寨污水治理，总投资二百七十万元；完成村村通、组组通道路硬化；完成村史馆的项目建设工程，总投资四十五万元。同时，新村产业发展突飞猛进，成效显著。注册成立种养殖有限公司一个，完成实施项目资金一百万元的生态牛养殖项目，建成养殖基地一千平方米，饲养生态牛一百五十三头，种草二百一十亩；注册成立农民专业合作社一个，完成新增种桑面积三百二十亩；注册成立劳务公司一个，2018 年劳务输出六十五人；规划种植血桃三百亩，种植樱桃一百五十亩；生态养牛项目总金额一百万元，养鸡养猪项目覆盖所有贫困户。实现村集体经济年收入二十万元，2018年底人均年收入六千五百四十五元。村内基础设施建设完善，社会事业发展持续稳定，2018年水瑶新村由极贫村顺利脱贫。

水瑶新村在党的扶贫攻坚政策指引下，与天斗、与地斗，在荒无人迹的地方开辟了一片战胜自然、克服困难、脱贫致富的新天地，谱写出民族团结奋进的华彩乐章，涌现出像支书覃红建这样的优秀榜样，树立了易地扶贫搬迁成功的典型，为荔波"美丽乡村振兴、助力脱贫攻坚"提供了学习借鉴的样板，奏响了全县脱贫攻坚决胜全面小康的嘹亮凯歌。

接下来，水瑶新村还将进一步开展好感恩教育，让群众从思想上进一步提升对扶贫攻坚的认可度和对扶贫干部工作的满意度；进一步完善饮水、污水处理、垃圾处理等公共基础设施建设；进一步加强产业项目管理，提高项目扶贫效益；进一步探索发展樱桃、血桃、青梅等适合新村发展的相关产业；进一步加大从区位优势、民族特色、生态环境等方面立体宣传和营销的力度，吸引外商到新村投资建设；进一步围绕民族文化特色发展乡村旅游，重点将观鸟旅游打造成为新村的经济增长点。

作者简介

黄涛，青年作者。有作品在《人民文学》《上海文学》《大家》《清明》等刊物发表。现为龙里县文联工作人员。

直把他乡作故乡

——记全省脱贫攻坚优秀村第一书记　陈坤

若　非

陈
坤

　　男，汉族，1985 年生于贵州省黔西县，曾于乡村小学任教，现为黔西县委组织部实绩考核办公室工作人员。

　　2017 年 9 月投身"脱贫攻坚"，到黔西县洪水镇洪箐村参与帮扶。2018 年 2 月起，任黔西县洪水镇永平村第一书记。

　　工作以来，先后荣获"黔西县优秀中国共产党员""黔西县脱贫攻坚大党建先进个人""黔西县脱贫攻坚大扶贫先进个人"等荣誉。2019 年 6 月，被贵州省委表彰为"全省脱贫攻坚优秀村第一书记"。

上篇："我是个体，也是全部"

如果远方呼喊我 / 我就走向远方 / 如果大山召唤我 / 我就走向大山 / 双脚磨破 / 干脆再让夕阳涂抹小路 / 双手划烂 / 索性就让荆棘变成杜鹃 / 没有比脚更长的路 / 没有比人更高的山

——汪国真《山高路远》

荣誉日

2019 年 7 月 1 日上午。贵州省贵阳市云岩区北京路 66 号，贵州饭店国际会议中心。天气晴朗，旭日为夏日林城镀上一层金灿灿的光芒。从全省各地赶来的受表彰的脱贫攻坚英雄代表缓步走入会堂。他们昂首阔步，目视前方，神情坚毅，步履铿锵。在一双双坚定的目光后面，是他们长年累月奋斗于脱贫攻坚基层一线的辛勤与汗水，是无数个日日夜夜与贫困恶战的酸甜苦辣……

上午九点，温暖的阳光从窗户投射进来，留下一片迷人的光泽，像一幅画，静默地躺在地上。音乐声、讲话声、鼓掌声此起彼伏，贵州省脱贫攻坚"七·一"表彰大会隆重拉开序幕。会议宣读了《中共贵州省委关于表彰全省脱贫攻坚优秀共产党员、优秀基层党组织书记、优秀村第一书记和先进党组织的决定》，并陆续为获表彰的个人和集体颁奖。

彼时，距离贵州饭店国际会议中心约两百公里的毕节市会议中心视频会议室里，大屏幕播放着贵州省脱贫攻坚"七·一"表彰大会视频直播。观众席上，一双双专注的眼睛盯着屏幕，现场不时响起热烈的掌声。当音响里传来"陈坤"这两个字时，有一个年轻人有些不自然地欠了欠身子，稍微扫视一周，接收到身边人投来的赞许的目光后，仓促地收回了目光。

"陈坤，祝贺啊！"身边的人低声道贺。

"别说了，我都有点不好意思了，我们不都一样的吗？"他低声回。

"那，同喜，同喜！"

……

表彰直播结束后，陈坤跟随大家的脚步，阔步走出会堂。阳光灿烂，夏日明媚。他的心情很好。表彰直播中的声音，反复回荡在耳边，"全省脱贫攻坚优秀村第一书记""陈坤"这些字，像灵动的音符，来来回回地响着。他感到欣慰，几年的驻村生涯，一日日地默默付出，终于有了回报。

突然，他的手机响了，来电显示是"姬光祥"。姬光祥是贫困户，陈坤隔不了几天就会主动上门走访，对方有什么事情也会到村委会找陈坤，但打电话找他还是头一回。

陈坤好奇：这时候给我打电话，到底有什么事情呢？一定是有急事吧。他不再多想，赶紧接了起来。

"哎，陈书记啊，你快来我家一趟！"姬光祥在那边说。

陈坤一愣，说："你家？现在？"

姬光祥说："对，就现在，你赶紧来一趟。"

陈坤犯难了："什么事情嘛？我现在在毕节呢，现在你让我飞我也飞不回去啊！"

姬光祥在那边说："那你明天来嘛。"

陈坤不知道姬光祥找自己什么事，但他知道，村民们要是没事，绝不会轻易给自己打电话的。对方不说，他反倒有些着急，问道："到底发生了什么事？"

姬光祥说："也没啥事，你明天来一趟，我当面给你说。"

说不过姬光祥，陈坤只好作罢。"好，那明天说。"

他挂了电话，看到微信和短信都有未读提醒，一一打开来，有同事发来询问工作的，也有亲友祝贺的，更有在毕节工作的朋友发来的信息：坤哥，怎么不接电话呢？来毕节开会了吧，我组个局，晚上聚一下。陈坤回：刚开会结束，下午还得开，聚会就算了，村里事儿多，会开完了就得往回赶，现在脱贫攻坚关键时期，我们是一刻也放松不得呀！朋友来来回回发了几条短信，内容无外乎难得碰面，非得约一局之类的，陈坤熬来熬去，终究是给婉拒了。

说起来，陈坤也不是不想聚会，但现实情况让他深知，决不能多耽搁一分钟。自从扛上驻村扶贫这个担子后，陈坤就很少和朋友聚会了，天天心心念念的，还是村里那些事，偶尔难得和朋友们见上一面，大家都打趣他，"坤哥现在是日理万机了，很难请得动呀。"他知道大家是玩笑话，索性说："要我说，现在你们一个个的，早不比我的那些村民朋友们重要了。"

当天下午，参加完市里组织的合影和接见活动，陈坤潦草吃了些东西，便往回赶。路上，他通过电话询问村里同事，姬光祥是否有联系他们，得到的回答都是否定的。这让陈坤更加好奇了，是什么事情，让姬光祥只联系自己，还务必要当面谈呢？他想着及时赶回去，问个清楚，万一是特别紧急的事情呢。如果因为自己耽搁了，那心里得多不安呀。

7月2日，一大早，陈坤赶到黔西县洪水镇永平村，立即去了姬光祥家。

在《民情日记》里，陈坤记录了他和姬光祥见面的过程。当时，姬光祥坐在家门前的三轮车上，正想着什么。见到陈坤，姬光祥从三轮车上跳了下来。

"陈书记，你来了。"他边说边招呼陈坤坐下。

陈坤问："你火急火燎的，是有什么事情，还非得当面谈哦？"

姬光祥说："我现在挣了一些钱，准备把岳父的钱还了。"

陈坤忍不住笑了："就这事？"

"对，就这事。"姬光祥认真地说，"这是件大事啊！"

原来，前几年姬光祥与妻子结婚后，向岳父借了一些钱，用来修房子。因为条件艰难，这笔钱一直没还上，岳父已经催了多次了。现在挣到钱了，已足够还岳父，这就准备还上。但是，他和岳父因为一些小事，产生了一些矛盾，岳父有些不愉快，所以想请陈坤与自己一起去岳父家，在他还钱时做个见证。

陈坤说："村里其他人也在，为什么非要等我回来呢？"

姬光祥说："我就是觉得陈书记你是我最信任的人。"

陈坤爽快答应："既然你看得起，那我就当这个见证。"

姬光祥说："可惜早上刚得知岳父今天不在家，明天你陪我去一趟岳父家，可不可以？"

陈坤说："都行，你明天走的时候通知我一声，我随你去做见证。"

姬光祥很高兴，连连道谢。陈坤摆摆手说："我就是为你们做事的，只要你们信任我，我随喊随到。"

聊完这事后，陈坤又询问了姬光祥一些生活上的事情，姬光祥表示一切都好。告别姬光祥，陈坤匆匆赶回村委会。穿过小小村落时，风动叶晃，露珠滴落在他的身上，凉悠悠的，让人神清气爽。

陈坤脑海里闪现出第一次到这个村时的情景，那时的他一脸茫然，像懵懂少年，面对一张张陌生的脸庞，心里跃跃欲试，却又惶恐不前。如今，一晃已经一年多，他已经成为村民们信任和依靠的"陈书记"，当村民有事的时候，第一时间出现的"及时雨"。

这些年，他从一个村到另一个村，干的都是同一个事儿——驻村扶贫。一山到一山，一户到一户，陈坤持有的都是同样饱满的热情，问出的都是同样关切的话语，迈出的都是同样坚毅的步伐。眼前小小的村子，就是他默默征战贫困的战场。

村外来客

村子名叫永平，可引申为"永远平安"之意。位属贵州省毕节市黔西县洪水镇，是中国大地上极为普通的一个村庄。陈坤到此时，是 2018 年 2 月 22 日。那一天，距离陈坤踏上脱贫攻坚征程，不过五个月零八天。

2017 年 9 月 14 日，根据"113"攻坚战的工作部署，陈坤跟随单位组建的扶贫工作队，到一类贫困村洪水镇洪箐村参与帮扶。五个月后，原永平村驻村第一书记因工作原因调出，一纸文件，把他调到了同镇的永平村，任驻村第一书记。

组织上征求陈坤意见时，得知自己要到永平村担任驻村第一书记，陈坤心里是迟疑和惧怕的。在此之前，他了解到永平村的一些基本情况，知道永平村的矛盾主要是干群之间的矛盾纠纷、群众之间的矛盾纠纷、部分历史遗留问题纠纷，存在村支两委班子的凝聚力和战斗力不够强以及个别村干部工作积极性、主动性不高等方面的问题。他怕，既怕自己经验不足处理不好，也怕自己威信不够不足以服众，更怕自己能力不足辜负期望。

但怕归怕，他还是接下了这个突如其来的重担。原因仅仅是，"因为我是一名党员，组织需要我，我就去。"如果非要加上一条，那就是，"我是地地道道的农民的孩子，我知道农民的艰难和辛苦，我想帮助他们。"

征求意见当晚，陈坤回到家，忙完家务后，试探性地征求妻子李梅梅的意见。

"我要去永平村，你觉得如何？"

"去就去呗，洪箐、永平，都是在乡下，都一样。"

"不一样。洪箐是一类贫困村。"

"永平不是？"

"不是。永平是二类。"

"那不正好，这样你应该会轻松点。"

"不一定，可能会更忙。"

"怎么会？"

"组织上安排我去任驻村第一书记，和以前不同了，担子重了，责任大了，事情也会更多，何况……"

"何况什么？"

"何况永平村的情况有点复杂，我感觉很难办，头痛。"

"那征求意见的时候，你就说说难处。"

"额，我已经同意了。"

"同意了，同意了你还来问我觉得如何？你这是征求我意见？你这是通知我消息。"

两口子僵了好一阵子。

李梅梅不开心的是，如果他真的到了永平担任驻村第一书记，工作更忙了，家里就更加指望不上了，孩子还小没人照顾，自己工作又忙。更加不开心的是，他明明觉得未来会更艰难，却还是同意了。同意了也就算了，现在还假惺惺来征求自己的意见。"想想就来气。"

陈坤呢，默默干这干那，眼看李梅梅面色缓和得差不多了，赶紧低声宽慰："组织上安排我去，肯定是考虑我更合适，我不好拒绝的。另外，我作为一名党员，要坚决服从党组织的安排。既然脚踏上去了，就要竭尽全力地去完成这项光荣的使命。"

生气归生气，李梅梅性子里是温婉的，对陈坤的工作，向来也是支持的。

驻村工作是艰难，但确实脚已经踏上去了，就要全力以赴。经不住几句宽慰，便也默认了，娇嗔道："去归去，以后事情忙了，你得照顾好自己。"

那晚，陈坤辗转反侧，难以入睡。关于未来，一团迷雾，好像有一道道的铜墙铁壁，等着他赤手空拳，去挨个推倒，让遥远的光明照射过来。

"当时是真的为难、害怕，但作为一名党员，我没有拒绝的选择，只有接受并扛起它。"一年多后，陈坤回忆起当时的情形，"我相信办法总比困难多，相信全力以赴，总能攻破堡垒。"

永平村并不遥远，出了县城，大道宽阔，车辆稀少。大道之后，是县道，路稍窄，但也顺畅。经过小集市、园区，看见稀疏人家错落山间、路旁，寥寥行人在路边慢步行走，然后换小路，蜿蜒曲折，徐徐前进。一路上雾气升腾，充满迷幻。不多时候，到达永平村。其实路也很熟悉，亦不是第一次走了，但毕竟此行身份不同，肩上隐隐压着无形的巨石，内心里隐隐梗着乱如麻的事情，这一路竟有些愁绪纠结，想快点到，却又害怕到。

直到站在村委会门前，陈坤脑子还是有些恍惚。他迟疑了一下，深吸一口冷空气，迈步走进了村委会。

很快，村里就传开了——新来的驻村第一书记已经到了。眼尖和嘴快的人，已经把陈坤的长相传了出去。于是人们很快就又知道，新来的驻村第一书记，年轻，微胖，看不出什么特别来。但村民们并未表现多的异常，好像驻村第一书记更换，对他们而言是一件非常平常的与自己关系不大的事情。

陈坤在村委会里默默地整理自己带来的物品，收拾办公桌，摆上笔、笔记本等。他心里清楚，路途漫长，急是急不来的，所谓磨刀不误砍柴工，先把准备工作做好，才能更自如地应对接下来的工作。收拾妥当后，他一头扎进资料里。很快，陈坤就把永平村的基本情况摸了一个遍。

永平村属于二类贫困村，国土面积 5.1 平方公里，耕地 2100 亩、林地 1650 亩。辖 4 个村民小组，共有 492 户 2071 人。村党支部共有 30 名党员，村级集体经济 5.5 万元。建档立卡贫困户 59 户 222 人，其中民政兜底户 13 户 24 人；2014 年脱贫 10 户 53 人，2015 年脱贫 10 户 47 人，2016 年脱贫 8 户 32 人，2017 年脱贫 19 户 62 人；目前未脱贫 12 户 28 人……

把情况摸清楚后，陈坤在手机上读到了一首很熟悉的诗歌，是著名诗人汪国真的诗作《山高路远》：呼喊是爆发的沉默 / 沉默是无声的召唤 / 不论激越 / 还是宁静 / 我祈求 / 只要不是平淡 / 如果远方呼喊我 / 我就走向远方 / 如果大山召唤我 / 我就走向大山 / 双脚磨破 / 干脆再让夕阳涂抹小路 / 双手划烂 / 索性就让荆棘变成杜鹃 / 没有比脚更长的路 / 没有比人更高的山。他喜欢这诗句里的笑对人生风雨的自信与坦荡。

站在村委会门前，揉着酸疼的脖子，陈坤走神了。他的心里回想着"没有比脚更长的路 / 没有比人更高的山"的诗句，脑子里开始谋划着接下来的工作。

眼前，冬日的雾气慢慢散去，一条蜿蜒的大道，在眼前铺展开来……

这一路上，他匍匐过、昂首阔步过、踽踽独行过，从一条逼仄的小路，走到了宽阔的大道上来，从风雨中，走到霞光万丈里来。

"我不过比他们幸运"

"自从来驻村后，生活时间没有规律，工作时间没有规律，现在一回到单位或者家，（人们）第一时间都会问我怎么了，全脸黑得像包公！"

"众多人一遇到我，都说该减肥了，我何曾不想啊，饿过，吃过减肥药，跑步等，什么办法都想尽了，还是减不下来。"

……

去见陈坤之前，我们依靠微信联络。作为两个胖子，又拥有同一个姓，日渐趋近的体型和"家门"关系让我们在简单的客套后很快变得熟络起来，尤其是谈到减肥这个话题。他提醒我："依我的亲身经历，还是不建议吃药。"又打趣自己:"我是超级胖了啊。"

网络上的陈坤给我的印象是,善谈,有小幽默,能自嘲。根据我的经验,能自嘲的人,也多能吃苦,能应对生活的不顺和打击。因为种种辛苦,都可解构为一句自我的调侃玩笑,倒有种"不管风吹雨打,胜似闲庭信步"的豁达。

陈坤获得"全省脱贫攻坚优秀村第一书记"荣誉时,可从没想过自己会成为一篇报告文学的主角。在他看来,获表彰的人那么多,自己只是其中最平凡的一个。"何况,我本身也没什么特别的,只是尽心尽力把事情做好。我是这样,每一个扎根在贫困村的人也一定是这样。我不过比他们幸运。"

今年7月,贵州省作家协会在贵阳召开《第一书记——贵州决胜脱贫攻坚先进群像》大型报告文学采风动员会,启动了全省脱贫攻坚优秀村第一书记报告文学采风创作活动。省作协主席欧阳黔森在动员会上,要求采访团队要与扶贫干部、群众同吃同住同劳动,写出高质量作品,务必做到一看脍炙人口,一看感人肺腑,一看争相传颂。采访团队由欧阳黔森主席牵头,集结全省老中青三代十名作家,计划深入脱贫攻坚一线,采访创作一批脱贫攻坚先进人物的报告文学作品。我有幸被列为采访团队之一员,负责毕节市范围的优秀村第一书记采访创作任务,在毕节获得2019年省委表彰的四十二名"全省脱贫攻坚优秀村第一书记"中选择一名典型,进行深入采访深度挖掘,创作一篇反映第一书记扎根基层、坚守一线感人事迹的报告文学作品。一个多月后,直至9月3日,我的采访对象才明确下来,就是陈坤。

关于陈坤,文档上的资料非常简单,算上空格和标点符号,不过三十个字。三十个字,像谁随口的一句话,似乎足够囊括了一个人职业生涯的全部,但三十个字之外,那些文字表达不了的,才是一个人波澜壮阔的史诗般的成长、蜕变、付出、艰辛、收获。我知道,我的任务,是摒弃这简单的三十个字，去倾听他的声音，去发现他的美好，去破解他荣誉背后的密码，去书写时代浪潮里的一个缩影。

陈坤是贵州省毕节市黔西县组织部实绩考核办的一名工作人员。这个职业身份很容易让你眼前浮现出这样一幅画面：拥挤的办公室弥漫着烟味，一张张办公桌挨个排列，桌面上堆满各种资料、表格、计算器和只剩下茶叶的茶杯，电脑桌面密密麻麻地布满图标，窗口打开好几个表格，屏幕映照着一张干燥的憔悴的脸，电脑前的人双唇紧咬，一双布满血丝的眼睛半眯着盯着电脑屏幕，他的双手时而点击鼠标、时而敲击键盘、时而拨弄计算器……在他的眸子里，一张张表格印照着全县各乡镇、各单位的目标任务完成情况。

事实上，上述画面只是陈坤曾经的工作场景。现在呢，陈坤是黔西县洪水镇永平村驻村第一书记，日常最多的工作是走访贫困户，倾听民意，解决困难，思考产业发展，为村里建设四处"化缘"……按照他对自我的描述，你可以想见，一个黝黑的胖子行走在村里，既接地气，又有一些"搞笑"，但他"强壮"的身躯，又扛起了一个贫困村脱贫致富的希望。他是全县、全市、全省乃至全国无数奔赴在脱贫攻坚战第一线的战士之一，他远离亲人，离开城里的工作岗位，默默忍受孤独，吞下辛酸与眼泪，咽下不解与嘲弄，只因为心中怀有一份责任，脚下踩着一条隐没的大道。

"脱贫攻坚"是近年最热的词了。我所工作的税务局，每年都有人下派驻村，如果从全市系统来看，常规驻村的人有数十近百人之众，而那些计划出列的县（区），则有一半的人员奔赴一线。为此，他们牺牲了所有的业余时间，疏远了家人，遭受亲人的误解，甚或在村里受伤、生病，耽搁了治疗。他们不乏怨言，却又步履坚定。因为他们心里清楚，我们党的初心和使命，是为中国人民谋幸福、为中华民族谋复兴，而作为一名党员、一名国家工作人员，他们能做的就是坚决执行决策，以实际行动投身脱贫攻坚，为广大贫困群众的脱贫致富竭尽所能，为祖国的繁荣富强添砖加瓦。

他们每个人身上，都有陈坤的影子。

根据相关数据统计，党的十八大以来，党中央以前所未有的力度推进扶贫脱贫工作，贫困人口从 2012 年底的 9899 万人降至 2018 年底的 1660 万人，取得辉煌成就。而作为全国脱贫攻坚主战场的贵州，全省贫困发生率从 2012 年的 26.8% 下降到 2018 年的 4.3%，年均减贫超过 100 万人。省委领导在谈到这一成绩时，用诗情画意的话说："通组硬化路连通千家万户，农村产业革命势如破竹，近 200 万人搬出深山，世代贫困的宿命被彻底改变，书写了中国减贫奇迹的贵州篇章！"这其中的每一步前进，每一份成绩，都离不开像陈坤这样坚守在脱贫攻坚第一线的驻村人员的全心付出。

2019 年 7 月 1 日，全省脱贫攻坚"七·一"表彰大会上，陈坤的名字位属"全省脱贫攻坚优秀村第一书记"三百人之一。表彰大会上，省委领导强调，党的十八大以来，全省上下团结奋进、拼搏创新、苦干实干、后发赶超，坚持以脱贫攻坚统揽经济社会发展全局，书写了中国减贫奇迹的贵州篇章。脱贫攻坚是前无古人的伟大事业，只有干出来的精彩，没有等出来的辉煌。在黔中大地火热的脱贫攻坚战场上，涌现出一大批有情怀、有能力、有担当的先进典型。他们在坚定信仰、服务群众、攻坚克难、苦干实干、严于律己中践行初心，是新时代当之无愧的英雄。

而在此之前，陈坤已获"黔西县优秀中国共产党党员""黔西县脱贫攻坚大党建先进个人""黔西县脱贫攻坚大扶贫先进个人"等一系列荣誉称号，可谓荣誉满身。

陈坤说："荣誉是对自己工作的肯定和认可，同时也是一份责任，意味着在以后的驻村工作中担子更重了。我是个体，也是全部，所有荣誉，是表彰我的，更是表彰和我一样扎根脱贫攻坚一线的人的。"

他说得轻巧，但我知道，这些荣誉背后，是日日夜夜的坚守与付出，是一个当代中国青年践行承诺的拼搏与血汗，是陈坤扎根永平村点点滴滴的爱、温暖与感动。

中篇："我在其间，心怀红尘之爱"

　　把他乡当故乡、认一门穷亲戚、当一回苦劳力、办点小事不多余，任劳任怨、痴心不改，只为追梦而奋力奔跑的路上我来过、干过、拼过。

——陈坤《民情日记》

"嗨，不就是陈书记嘛！"

　　自以为准备足够充分后，我从毕节驱车前往陈坤驻村的黔西县洪水镇永平村。时间已经是 9 月中旬。天气入秋，一连几天的降雨，让整个毕节陷入一种迷蒙、冷寂的状态。

　　这让我想起遥远的乡村生活。我的家在毕节市大方县和纳雍县的交界处，一个小小的村庄，出门翻个垭口就是大河，对岸就是纳雍地界。因为地缘偏僻，交通闭塞，思想落后，村民过得贫穷而窘迫。记忆中，小时候漫长的雨季，我们都光着屁股赤脚跑来跑去，那种稀泥穿过脚丫的痒痒的感觉，至今犹记于心。今非昔比，我的村庄如今已经修上了硬化通组路，连户水泥路也早已修到了家门口，太阳能路灯可以将整个夏夜照亮。这是我的村庄，而我即将去的陈坤所在的村庄，又会是什么样子呢？我不知道。

　　我一心掌控方向盘，交替踩油门刹车，以鸣笛唤醒山间万物，用车轮的声响向陌生的领地沟通和示好，从高速经由县道，直驱永平村。大抵是因为定位不精准，导航把我带入一条逼仄的林间小路，蜿蜒着在树枝刮擦车身的声响中，钻到一片小小的竹林前。意识到走错路，我停车问路。下车时，一片浓绿扑面而来，潮湿气息氤氲，宛若盛夏。路边有农户，两个老人正在门前打理刚收回来的玉米棒。他们年岁已大，面容沟壑印刻年轮，呈现垂暮之相，然而堆满一地的玉米棒新鲜饱满、色泽喜人，又透露着收获的喜悦。老妪见我，热情唤我："到家坐，到家坐。"我说："老人家，你们晓得陈坤吗？"老妪一顿，"陈坤？"问老汉："陈坤？"老汉想了下，一笑："嗨，不就是陈书记嘛，你找他做哪样？"我说："他在哪里？"老汉站起身，指着我的身后。"那边，红旗飘飘的那里。"我一回头，看见对面的几栋楼房后面，一面五星红旗在雨雾中静静肃立。从我的角度看去，苍翠小山和密布树林的背景下，加上错落的村居作为前景铺垫，五星红旗尤其鲜艳、美丽。

我回身坐在老妪递过来的矮凳上，和两位老人家攀谈起来。

"老人家，你们都晓得陈书记？"

"晓得，大家都知道。"

"他人怎么样？"

"太好了，热心，爱帮助人，有什么事情只要跟他说，都会来帮忙，我们也爱麻烦他。"

闲谈中，老人们告诉我，这些年国家政策好，驻村帮扶工作真是实打实的帮扶，现在他们住上了安全的房子、走上了干净的水泥路、看上了电视、用上了电话，生活水平得到了极大改善，国家利民政策释放的红利正逐渐显示出来。对于陈坤，他们说："陈书记更像我们的亲人，是真心关心着我们的。"

告别了两位老人，我向着国旗的地方，去找陈坤。拐进村委会楼前时，办公楼还一片寂静。当我停下车，熄火拉开车门时，正见一个人笑着从门里走出来。三十四五岁，中等身高，壮而稍胖，面部稍黑，神色里慈眉善目，竟有种弥勒的感觉。我脑海里浮现出简历上陈坤的照片，知道找到了对的人。

我迎上去："坤哥，你这里好难找。"

我们握住手，陈坤说："'家门'，辛苦了。"

采访期间，我与村民、村干部和陈坤本人进行了细致的采访，又在陈坤的带领下参观了该村的韭菜、经果林等产业项目，感触很深。对陈坤的采访更像是一场老友相谈，他嘴上说着自己不善言辞，说起驻村的事情来却口若悬河滔滔不绝，而我更多时候沉默倾听。

我的手上，拿着一份陈坤的先进材料，上面显示：

在陈坤和同事们的努力下，永平村2018年新增脱贫两户六人；未脱贫十户二十二人拟于2019年底脱贫；易地扶贫搬迁两户十人，贫困发生率是1.06%，漏评率0%，错退率0%，群众满意度超90%；制定了《黔西县洪水镇永平村（QX-HS-YP）村域综合规划图》，为村发展奠定了坚实基础；实施危房改造同步"三改"十八户，危旧房整治十二户，危旧房拆除十九户；积极向上级争取村土地建设资金，争取到由上级部门组织实施一千多万元的"乌蒙山土地整治"项目，已在实施中；通过招商引资发展"半边红"李子二百亩（规模预计扩展到四百亩），合作社种植刺梨五百亩、韭菜一百三十亩、中华蜜蜂养殖四十桶……2018年人均纯收入达八千八百三十四元以上，2019年被评为县级"文明村寨"称号；此外，他还加强党员队伍建设，积极发展党员、积极分子，召开脱贫攻坚研判会、党员大会、村民代表大会、党员座谈会近五十次……数据虽枯燥，表述虽官方，但作为支撑成绩的内核，让人欣喜。更多的细节和感动，来自陈坤坐在我对面的娓娓道来，来自我们开车奔走在村里一路上的轻言细语，来自他对永平村下一步发展的规划和思路，来自那两本厚厚的《民情日记》。

面对取得的成绩，陈坤很淡定。"我是农村人，我知道农村的艰难。我现在做的事情，只是尽我所能帮助他们，我可以做得更好，我也相信以后能做得更好。"

采访期间，我最大的感受首先是自我的浅薄。我一度以为自己准备足够充分，实地采访才发现，即便我亦是土生土长的农村人，但我对以永平村为代表的中国广大农村和以陈坤为代表的奋战在脱贫攻坚一线的英雄们知之甚少。他们如同深沉大海，而我竭尽所能，方能触摸到冰山一角。

采访中，陈坤身上的故事，不止一次让我不由得想到诗人靳晓静的诗句："我在其间，心怀红尘之爱。"是的，陈坤就是身在其间的那个人，他平凡普通，却又步履不凡，庸俗而世俗地爱着身边的乡民、肩上的责任和脚下的土地。

攻城要开好第一枪

2018 年 2 月 22 日。正月初七。这是陈坤到永平村报到的日子。

春节刚收假，整个村子还沉浸在春节的氛围中，村居门楣上的对联红纸黑字，述说着新一年的美好愿景，错落山间的房舍间，不时传来一阵鞭炮声，伴随狗吠和人语，让村子更显静宁祥和。而这一切的背后，有着陈坤不想面对又不得不面对、必须勇敢去面对和解决的难题。

他心里很清楚，摆在自己面前的，是一块硬骨头，一片深不见底的水域，一座坚固的封闭的城，如何咬好第一口，如何投好第一枚石子，如何开好攻城的第一枪，至关重要。攻城要开好第一枪，打蛇也要打七寸，所以当天，他就只身去了永平村矛盾较为突出的新河组。

新河组前些年因为县里修养老院时的土地赔偿纠纷，遗留下部分的问题，村民对村干部的意见很大，对村里的工作支持力度小，信任度也低。陈坤首选新河组，就是要挑最硬的骨头啃，要把第一枪开在新河组。他知道，抓住新河组的突出矛盾和重大问题，解决好了，就算旗开得胜。

新河组寨子地势特殊，四周高，中间低，呈小山围绕的盆地状。村民多住在四周高地，寨子中央最低矮的地域是水田和耕地，中间横亘人字道路。所以只要有陌生人进到寨子中央，几乎每家每户都看得见。

陈坤来到新河组寨子中央，下车站在水田中间的马路上，不到五分钟，寨子里男女老少就围了上来。陈坤默默粗略数了一下，足有三十来人。

大家好奇地看着陈坤，窃窃私语。声音虽小，陈坤还是听了个大概，都是议论自己。他清了清嗓子，开口自我介绍。

"各位父老乡亲，我是县委组织部派驻永平村的第一书记，我叫陈坤，以后大家有什么事情尽管找我……"

人群里，传来群众的窃窃私语。

"这就是新来的第一书记啊，看起来并没什么特别的嘛。"

"说得倒是好听得很，但还不都是一伙的，谁会真心为我们老百姓干事？"后来，陈坤向人打听到，说这话的人，叫何乡故。

陈坤听在耳里，难受在心里。他下定决心，一定要彻底改变村民们对自己、对村委的看法。

那天的群众会从中午一点多一直开到下午近七点，陈坤现场宣传方针政策并解答了村民提出的诸多问题。开完会，嗓子都哑了。通过他的宣传和解释，很多村民都对他表示了信任："陈书记，你讲的话我们听进去了，很实在，我们愿意跟着你干。"

陈坤知道这事成了大半，但只要有一个村民持有不同的思想和意见，就意味着事还没成。陈坤在 20 世纪 80 年代中出生于黔西县甘棠镇大锡社区水淹坝组，父母都是地地道道的农民，他见证也经历了贫穷的生活，所以心里很清楚眼前这帮村民心里想的是什么、期盼的是什么、想要的是什么。

会后，陈坤就开启了自己没日没夜的走访模式。"我知道，万事开头难，事情总得一件一件去做，一件一件去办，一件一件去深入，所以我每天除了在办公室处理具体事务外，都是在走访农户。"短短两个周，陈坤走访了全村四百余户一般户和五十九户贫困户，对村情民意、班子情况、矛盾纠纷和产业项目发展等情况有了更深入的了解。他慢慢认识到，"村民们还是善良的，他们不理解不支持，只是我们工作没有做到位而已。"

摸清情况，陈坤对症下药，很快就见了成效。"也没有什么办法，主要就是靠做思想工作。"陈坤告诉我，"反反复复的思想工作，是破解贫困户思想困境，激发内生动力的重要手段，只有思想上放开了，他们才能真正接受你，才能发挥出勤劳致富脱贫的力量。"

贫困户李吉昌对村委意见大、不支持，认为村委都只会帮自己亲戚，不会真心为老百姓办事，所以非常排斥村里的工作。陈坤便厚着脸皮不断到李吉昌家走访谈心。开始李吉昌不愿意理他，多次之后才慢慢缓和下来。陈坤发现，后来每去一次，李吉昌的态度都会有所改变，十多次后，李吉昌才真正对陈坤敞开心来。后来，陈坤结合具体实际，把李吉昌招聘为村协理员，开展一段时间的工作后，李吉昌有了真切的体验，认识到是自己错了，对陈坤说以前是自己胡思乱想了，经过一段时间才发现原来村委的工作根本就不是自己想的那么回事。他对陈坤感叹："村委的工作真的不容易啊，你也是真心诚意替我们着想的。"

贫困户侯尚勇，儿子车祸去世后，带着两个小孙子，岳父高龄，躺在床上需要人照料，家庭经济条件非常差，两口子总是埋怨村委给予照顾太少，经常到村委无理地要这要那，"等、靠、要"思想非常严重。针对这种情况，陈坤坚持去他家做思想工作，大力宣传国家惠民惠农政策、扶贫政策等，通过多次反复的宣传和劝导，破解了侯尚勇的思想困境，进一步激发了内生动力。目前，侯尚勇家耕种旱地约三亩，租种水田两亩；饲养能繁母牛一头且已经怀孕、一头过年猪；还有两头能繁母猪都已分别产崽，一头产五头小猪崽，另一头产十头小猪崽。在母猪产五头小猪崽时，由于猪价不好，家里的粮食也多，陈坤建议该户先养殖起来，等价格好后再卖，如今每头长势约两百斤，涨势良好的猪价也让侯尚勇笑呵呵的。陈坤走访时问他："老侯，当初劝你先把猪崽养殖起来，如今没后悔哈。"侯尚勇没回答，只是笑得像个孩子似的。农闲时，侯尚勇就在附近务工，赚点小钱，一家人日子过得像模像样的，成了村里勤劳致富的典型。

李吉昌、侯尚勇这样的例子不在少数，很多贫困户在陈坤的开导下，摒弃了"当一天和尚撞一天钟"的"佛系"思想，一改"等、靠、要"思想和懒惰的恶习，纷纷通过种植经济作物、养殖牲畜、外出务工等一系列举措，投身勤劳致富行列。

"每个人都有对幸福生活的美好向往，我能做的事，就是努力激发他们的动力，让他们做思想和行动上的巨人，把心里的想法付诸实践。"和最初到永平村时的情形相比，很多人的家境都有了很大的改观，院坝硬化了、修了新房子、买了新电器了、经济宽裕了、人也积极了，看着这一切变化，陈坤感到很欣慰。"他们的变化，让我觉得一切辛苦都是值得的。我也有足够信心，他们会越来越好。"

"群众的鸡毛蒜皮，就是我的头等大事"

驻村中，陈坤爽朗、热情、乐于助人、易于接触的性格使得他很快就被村民们接纳了。他的努力和付出，点点滴滴都看在村民们的眼里，得到了村民们的认可。村民们信任他，鸡毛蒜皮的事都要找他处理。他从不拒绝，只要有村民打电话或到村委会找他，他都会尽量在第一时间赶到现场处理。

"我家两口子以前经常吵架，媳妇还要闹离婚。陈书记知道后，来我家好几趟，做了很多思想工作，后来才慢慢想通了，不但不离婚，现在更加懂得彼此尊重。"村民李吉均说，"这离不开陈书记的帮助啊！"

在永平村，陈坤可谓是村民们的知心人、调解员、"及时雨"。邻里之间产生什么小摩擦要找陈坤调解，相互购买置换什么物件要找陈坤作证，这家要建新房子、那家的地要种新经济作物、这家要出门打工、那家要养殖牲畜，都愿意找陈坤聊一聊，听听他的意见建议。在他们眼里，陈坤有办法、思路多、见识广、懂得多，是值得他们信任的好书记。

陈坤的事无巨细、亲力亲为，有效缓和了邻里之间、夫妻之间的矛盾，也极大地改善了群众对村委工作的态度，群众对村委工作的认可度远超 90%。认可度的提升，沉淀着陈坤一年多来的坚守与付出，铺垫着他一步一个脚印的走访、一次次语重心长的开导、一场场苦口婆心的调解。"群众信任我，我就得尽心尽力为他们做好事，虽然有过一些无奈的经历，但庆幸结果都是好的，大家都在慢慢地改变，我也同大家一起慢慢成长。"

其实可以说，陈坤到永平村驻村这一路，收获有之，无奈亦有之。

刚到永平村那会儿，陈坤遭遇了一场另类的"考验"。

贫困户刘清华，是一名大龄单身青年，五十来岁了，一个人住。大抵是因为长期一个人，对未来没什么希望了，整日游手好闲，不务正业，不谋出路，得过且过。陈坤刚到永平村没多久，有一天从他家门前经过，看到他的鞋尖破了，大脚趾露了出来。陈坤说："清华，你不嫌弃的话，我从家里提两双鞋子给你穿。"结果陈坤回家时把这事忘记了，到了村里才想起来，又觉得拿自己穿过的给他也不好，就给他一百块钱，特意叮嘱他买一双水靴、一双胶鞋。钱是给了，但陈坤也不知道他有没有去买鞋，不过打那之后，陈坤再没见过他穿破洞的鞋子，即便穿的是旧鞋，也都洗得干干净净的。有一回，是星期六，街上赶场，那时候永平村村公所还在街上，赶场天门口人来人往的，很是热闹。刘清华去街上买米，扛着米走到村公所前，对陈坤说："陈书记，我买这个米，没有钱给。"陈坤心里打了个问号，心想他应该是跟自己开个玩笑的吧。想是这么想，忙完事情后，陈坤还是去刘清华买米的那家店问了一句，得到的答案是，刘清华确实没有付钱。店主说："他说陈书记你会来结账的。"陈坤心里叹了口气，嘴上说："对，是我让他先来拿米的。"他掏出钱，把刘清华买米的八十多元钱付了。后来，村民们拿这事和刘清华开玩笑。"清华，快去找陈书记要钱呀！"刘清华总是不好意思地挠挠头，摆着手答道："不了不了，再也不了，我只是试一试，看看陈书记会不会真心帮助我。以后我再也不靠别人过活了，我也是能养活自己的。"村民们说："看不出来，你刘清华还有点脑子，会考验人。"话传到耳朵里，陈坤心里欣慰极了。"他能有这种思想上的转变，我花点钱，其实是非常值得的。"

相比于刘清华的这个"考验"，另一个故事更让人哭笑不得。

今年酷暑的某一天，正在走访的陈坤突然接到一个贫困户的电话。陈坤赶紧接起电话，听到那边说："陈书记，你快来我家，有人把我家的鸡换了。""换了？"偷鸡摸狗好理解，所谓换鸡，陈坤还是第一次听说。那边火急火燎地说："你快来，我的几只大鸡，被人换成几只小鸡仔了。"陈坤瞬间懂了，他安抚对方："你别着急，我马上赶来。"陈坤说到做到，放下手上的事情就往对方家里赶去，快到对方家时却闻到一股特别难闻的气味，等走到房前，才发现门前洒满了大粪，难闻的气味就是这满地的大粪散发出来的，且遍地的大粪让人难以下脚。陈坤百思不得其解。打电话给陈坤的人，是一个六十多岁的老妪，见到陈坤，像见到了救星："陈书记，你可算来了，你一定得为我做主啊。"陈坤气不打一处来问她："你到底得罪谁了，换了你的鸡，还房前屋后的给你洒了这么多大粪？"老妪低着头有些不好意思，吞吞吐吐地告诉陈坤事情原委，原来洒大粪的不是别人，正是她自己。陈坤听了非常吃惊，天底下哪有往自家门前洒大粪的？老妪说："有人想要偷我家，我把房子周围洒满大粪，他嫌脏，就不会来偷了。"陈坤感觉好气又好笑，追问她："别人会嫌脏，你就不会嫌脏吗？"对方却答不上来。据老妪说，早上她起来，发现她家养在堂屋里的几只大鸡不翼而飞了，取而代之的是两只叽叽喳喳的小鸡仔。老妪越说越生气，竟开骂起来，央求陈坤："陈书记，你一定要给我查清楚呀！"陈坤说："放心吧，我一定会认真去查的，不过你可得先把这些大粪打扫了，你要是不打扫，我就再也不来你家了。"陈坤说着，拿起工具就帮她打扫门前的卫生。后来几天，陈坤都时不时抽空去她家看看，发现她确实听从了自己的建议，把房前屋后打扫得干干净净的。

采访陈坤时我问他："查出来是谁换了她的鸡吗？"陈坤迟疑了一下，告诉我："没查出来，没法查。"顿了一下，陈坤告诉了我实情。原来老妪丈夫死得早，儿子因事坐牢了，儿媳妇因此弃家而走，留下三个小孙子给她抚养，最大的也才七八岁，原本贫寒的家境更加窘迫了，大抵是因为这些事，老妪的精神有一些失常，生活中常有一些反常的话语和行为。换鸡的事情没查清楚，说不清楚是真的被人换了，还是其他什么原因，但打那之后，陈坤就开始重点关注这一家子，隔三岔五总要去看一看才放心。

"群众的鸡毛蒜皮，就是我的头等大事。"这是陈坤的工作信条。"驻村工作就是要事无巨细，大小兼顾，名称上好听，叫书记，实际上我的理解就是群众的好伙伴、服务员。"

一席话，字字句句都印证着陈坤工作中的所作所为，践行着自己在《民情日记》里对自己的承诺——把他乡当故乡、认一门穷亲戚、当一回苦劳力、办点小事不多余，任劳任怨、痴心不改，只为追梦而奋力奔跑的路上我来过、干过、拼过。

通往幸福生活的路途

通组路硬化、连户路硬化、院坝硬化，是驻村工作的一项重要工作任务，也是老百姓通往幸福生活的必经之路。

为此，陈坤和同事们昼夜不息，或奔走在永平村的家家户户，或跋涉在山野间计算距离，或伏案村公所核算经费，或积极调动财力、物力、人力，常常挨饿受冻，忙得精疲力竭，累得晕头转向。经过努力，全村共实施连户路硬化16户765.85平方米，院坝硬化31户977.3平方米，扶贫通组路4.21千米……硬化路在村里开枝散叶，像密布的血脉、村庄的神经，牵引着永平村走向更好的生活。

在打通"最后一公里"的过程中，极大部分老百姓是拍手称快踊跃支持的，积极出工出劳响应村委的工作。但有极少一小部分老百姓，因为永平村历史遗留问题、老年人思想不开放等原因，对村委工作持抵触情绪，成为硬化工程的阻碍。

　　陈坤的同事、永平村党组织书记、洪水镇政府下派公职支书罗培对我讲述了他之前在其他村驻村时的一个故事。有一个老人，独居家中，孩子都在外。院坝硬化时，她死活不答应。不管怎么劝，就是油盐不进，"我就愿意走烂泥路，你管得着吗？"老人年岁大，村委也不好做什么，只得不停往返做思想工作，嘴皮子都磨破了，收效为零。村里很头疼，只要有一户的连户路没有硬化，只要一块院坝还是泥地，就意味着村委的工作还有缺陷有短板。最后，村委只好求助于老人的女儿，让老人的女儿以想念老人为由，将老人从家里接走。村委会借此机会，日夜赶工，连夜将老人的院坝硬化，等到老人从女儿家回来，院坝已经从烂泥地变成了崭新的水泥地了。

　　在永平村推进连户路硬化项目中，陈坤及村委的其他同事，也常常需要相互配合斗智斗勇，有些故事听起来让人深受感动，却又惊险、紧张、刺激。

　　村民何元俊家，住在通组路下方百来米的地方，房屋与通组路靠一条狭窄的泥路连接。因为地势原因，该路段道路陡峭，一到下雨天，摩托车上下都常打滑摔倒，有极大的安全隐患。在硬化工程中，何元俊因为历史遗留的问题，也极为不配合，故意给村委找麻烦。"我家修房子没有补助，其他什么也没有，既然什么也没有，路也不必硬化了。"村委做了多次工作，何元俊就一直抵触，简直可以用冥顽不化来形容。此事陷入僵局，搁置了好一阵子。

　　但陈坤并没有放弃，因为连户路硬化是硬性指标，只要有一点没有硬化，第三方检查就会认为不过关。后来，陈坤得知，2018年6月下旬，何元俊的儿子要结婚。陈坤感觉，机会来了。眼看时间越来越接近，何元俊一家正为儿子的婚礼、酒席等事情忙碌，陈坤约着村委的同事，到了何元俊家。那天下过雨，通往何元俊家的路，看起来更烂更脏了。

　　他们在何元俊家里，听何元俊诉了半天的苦，又反复安慰了好久。后来，何元俊谈到儿子结婚的事情，他担心到时候车开不下来。陈坤抓住机会说："何元俊，你看看，这条路一下雨，就太难走了。如果打上了水泥，那得多干净。况且，你儿子马上结婚，打上水泥路，婚车随时可以从这里直接开到你家院坝里。"

何元俊说："路这么陡，没有车开得下来的。"

陈坤仔细观察了眼下的路，认真地说："如果开得下来呢？"

何元俊说："开得下也开不回去。"

陈坤再一次认真打量这段陡路，它狭窄、坡度陡，加上下过雨，泥地湿滑。何元俊说的不是没道理，这种情况下，就算开下来了，要开回去，会很困难，而且很危险。但他还是想试一试。他说："如果开得下来又开得回去呢？"

何元俊说："陈书记，你要真做得到，我没有二话，全听你的安排。"

陈坤说："那就说定了。我们打个赌，如果今天我们把车开下来，再开回去，你可就不能生事了。"

何元俊说："那就打个赌。"

赌是打上了，陈坤却犯难了。眼前这条路，按照自己还不娴熟的车技，要单独开个来回，他心里是非常没有底的。他只好把求助的眼光投向包村领导、洪水镇党委委员、副镇长熊杰。熊杰驾龄长，走过的烂路多，经验丰富，由他开车再适合不过。经过短暂商议，两人达成一致意见，决定由陈坤负责指挥，熊杰驾车掌舵，为了能尽快完成任务，两人都壮着胆量，决定试一试。

整个过程，说起来言语寥寥，但当时的紧张、刺激，至今言及，恍若昨日。熊杰坐上车，发动车子，对陈坤点了点头，陈坤提醒他小心点，车便下了通组路。车轮一落到泥路上，就止不住地滑了一下，围观的人一阵唏嘘，陈坤的心瞬间就提了起来，他赶紧跳下路基，踩着稀泥，紧紧盯着车轮，大声提醒熊杰，"小心，慢慢来，再慢点，左边打一点……"直到车轮落在何元俊家院坝里，陈坤才松了一口气。

但很快，陈坤的心又紧张起来。因为，还得把车开回到通组路上才算赢。熊杰掉了头，踩着油门往回走，不到三米，便打滑起来，车轮刨起稀泥，洒了后面一地，车轮几秒就刨出了两个坑。陈坤看在眼里，急在心里，指挥熊杰把车倒回去，再来一次。不幸的是，车又打滑了。再来，再打滑。再来，再打滑。围观的人，都吓得不再说话，死死地盯着车子，现场只有风声、车轮转动与泥地摩擦的声音和陈坤指挥的声音，喧闹又显得特别安静。一连打滑了六七次，车终于顺利地往前开了。陈坤一会儿在车的左边，一会儿跑到车的右边，时时刻刻盯着四个轮子。等到车开回到通组路上，陈坤的腿上，早已沾满了污泥。

赌是赢了，何元俊却又扯皮起来。"我说了不算，得我媳妇同意。"

陈坤一听，何元俊这是要耍赖啊，用起了激将法。"我说何元俊，还是不是男人了？愿赌服输你不懂吗？这点事你也做不了主吗？怎么什么时候都拿你媳妇来当挡箭牌？"

这么一说，何元俊的脸唰地红了。"谁说我做不了主？修就修，我愿赌服输。"

听到何元俊这么一说，陈坤心里松了一口气，按下了手机录音的停止键。为了避免何元俊反悔，他不得不偷偷录音以备后患。

何元俊家办喜酒时，婚车直接从通组路顺着崭新的水泥路开到院坝里。何元俊对陈坤说："陈书记，你说得没错，要是不打水泥路，现在得从半坡上背下来呢，说不定还得沾一腿的泥。"陈坤说："都说要致富先修路，所有好日子，都是从一条好路开始的。"

喜庆的鞭炮声噼里啪啦响起来。新郎新娘下车，有人喷出了五彩带，围观的村民们发出了欢快而热烈的起哄声。站在人群之外，陈坤由衷地为何元俊一家感到开心。一个新的家庭即将组建，他们会成为永平村的一部分，像一篇文章的一个标点，虽微小，但无时不释放着属于自己的能量。

彼时，山脊柔软浓绿，天空水洗般湛蓝，清风中带着淡淡花香，让陈坤不自觉地沉浸其中，仿佛穿过时光隧道，身在遥远的童年老家的某一片山林里。他恍然顿悟，像诗里写的那样，"直把他乡作故乡"，不知不觉间，他早已把永平村，当成了自己的家，蔓延在村民们脚下的幸福之路，也铺垫在自己走向未来新生活的步履中。

下篇：心有寒战，更有温暖

我和你一样／一样的坚强／一样的全力以赴追逐我的梦想／哪怕会受伤／哪怕有风浪／风雨之后才会有迷人芬芳／我和你一样／一样的善良／一样为需要的人打造一个天堂／歌声是翅膀／唱出了希望／所有的付出只因爱的力量

——李宇春《和你一样》

称职与不称职

行文至此时，已经是 2019 年 10 月 9 日。此时，陈坤在永平村的驻村生涯正好 1 年 7 个月又 15 天。

这个时间其实并不长，但这是陈坤投身脱贫攻坚战事业的其中一个时间段，它可以换算为 594 天、14256 小时、855360 分钟、51321600 秒，日渐增大的数据和减小的单位，所呈现出来的是陈坤一样的付出，一样的坚守，一样的收获，和这一路上同样的寒战和同样的温暖。

"我不是一个不称职的第一书记，但作为父母的儿子我不称职，作为丈夫我不称职，作为父亲我也不称职。"说着，陈坤几乎要掉下眼泪来。

在情况复杂、工作烦琐、要求严格、任务艰巨的驻村帮扶工作中，陈坤是百分之百称职的，是群众眼中一心为民的好书记、是同事眼中得力可靠的好同事、是领导眼中一身荣誉加冕值得托付重任的好干部。

但是抛开工作，与陈坤的谈话转向家庭时，这个原本一直开朗热闹的大男人，话却陡然少了起来，有长久的停顿和迟疑，言语里充满自责，眼眶里偶尔闪烁着泪花。"说起来惭愧，孩子五岁了，因为媳妇工作原因，孩子至今上过四家幼儿园，但直到现在，我连孩子在哪个班，班主任是谁都不知道，我知道的仅仅是他在哪个幼儿园上学。"他连续重复了两遍，"从没有接送过一次，我真的是一个不称职的父亲。"

"一开始，岳父岳母和妻子都不理解我。他们认为驻村是找罪受，甚至觉得领导安排我驻村是对我有意见，特意整我。"经历良久沉默，陈坤说，"好在现在家人都理解和支持我的工作了。"

陈坤的亲生父母对他的任何工作都是持理解和支持的态度的。作为地地道道的农村人，他们依靠土地生活了一辈子，脸朝黄土背朝天的日子刻骨铭心地刻写在他们的生命里。对他们而言，不管在哪里工作，都是为民办事。能摆脱祖祖辈辈赖以生存的三寸锄头把和一亩三分地，无论在什么地方，在什么岗位，都是日月换新天，与过去不可同日而语。但岳父岳母和妻子却不一样。岳父岳母是城里人，妻子李梅梅是独生子女，对农村的认知相对粗浅。陈坤讲了一个小故事，说妻子第一次跟随自己回到乡下老家时，看着农村家家户户堆成小山状的玉米秆，竟然认不得，还问他那是什么。

"一开始他们不理解，他们深知驻村后，对于整个家庭来说聚少离多，无法照顾家庭。尤其是家里有点什么急事的时候，亲人不在身边啊，工作忙没空接孩子啊，这时候又指望不上我，老婆的意见就特别大。"陈坤告诉我，因为脱贫攻坚工作脱不开身，他就算知道家里有事需要自己，也只能是有心无力。

　　好在，经过时间的洗礼，妻子、岳父岳母都慢慢改变了对脱贫攻坚的看法。只是，从不理解、不支持到理解、支持，陈坤要走上一段心酸的路。

　　陈坤有一个单纯美好的三口之家。妻子李梅梅在黔西县某医院做护士，儿子有着一个独特漂亮的名字，叫陈李秉臻，现在黔西县第三小学幼儿园学习。遗憾的是，自从驻村后，陈坤长期驻扎村里，再没接送过儿子上下学，再也不曾到医院去接妻子。

　　儿子年幼，并不知什么是驻村扶贫。有好几次，儿子好奇地问陈坤："爸爸，你到底在忙什么呀？"陈坤看着他天真的眼睛，心里会感到难过和自责，他告诉儿子："还有很多像你这样大的小朋友，生活在农村，他们走泥路、住危房，甚至难得买新衣服，爸爸就是去帮助他们的。"

　　李梅梅呢，工作忙，医院里事情繁杂，病人又常有刁难，每天需要早早起床，做早餐，照顾儿子洗漱，送儿子上学，下午还得赶去接儿子，有时候因为病人耽搁，等到了幼儿园，其他小朋友都走完了，只剩下儿子孤零零地等着她。每每此时，妻子心里都会特别难过，对陈坤就增了一分抱怨。抱怨越积越多，最后爆发出来，就是一场大吵，每当这时，陈坤从不接招，他知道自己对家庭有亏欠，对妻子儿子缺乏陪伴，对家庭责任缺乏分担，他只是默默地接受妻子的发泄，倾听她的抱怨，等她发泄完了，再紧紧地拥抱着她。他知道，妻子所有的抱怨和怒气，都因自己而起，就连每次他离家前的絮絮叨叨，也都是因为对自己的爱、关心、照顾。可以说，妻子是他的后盾，是他一路奔赴前线时在身后默默守候的人。虽然赌气时什么话都随口而出，但对他是用心的、关心的，对他的工作，是慢慢理解、支持的。

　　在村里，每日奔走烈日下、风雨中，陈坤被越晒越黑，加上生活不规律、经常熬夜工作、压力大等原因，来不及做饭时经常靠方便面充饥，他的体重不知不觉增了不少。开始那阵子，每次回到家，李梅梅都会被吓一跳，看到他脸又更黑了，眼圈又更深了，人又更胖了，有气恼，也有心疼。后来，竟也渐渐习惯了，好像那就是他的常态。

有好几次，李梅梅遇到特殊情况，急需要陈坤帮忙，但转念想到他在村里，杂事一大堆处理不过来，加上回城也有相当长的距离，她便打消了求助丈夫的念头，一个人想方设法克服困难把事情办了。事后陈坤知道时，抱怨她不告诉自己，她会假装生气地说："假，说得好像你能帮上什么忙一样。"

有一次，李梅梅深夜突然醒来，感觉头昏脑胀、身子疲软，她感觉自己生病了，摸索着找到体温计一量，竟高烧四十度。身为一名护士，她很清楚高烧如此意味着什么。她想给陈坤打个电话，让他回来陪自己去趟医院，拿起手机却又放下了，此时已经夜深，陈坤怕是已经睡下了，他白天走村串户，晚上经不起这样折腾了。何况熟睡中的儿子一早还得上学，也需要充分的休息。她叹了口气，艰难起床做了一些简单的物理降温处理，便强忍着难受陪同儿子睡了。一直到第二天上午，把儿子送进学校，她才赶到医院治疗。后来，陈坤从李梅梅的同事口中得知，李梅梅到医院的时候，整个脸都煞白了。他心里非常愧疚，自责自己在妻子生病的时候不能陪伴左右。李梅梅却说："这不已经没事了吗？以后有事都找你好不好？"话是这么说，但有事情的时候，李梅梅还是尽量自己承担，不到万不得已，决不告诉陈坤。

平日里，陈坤和李梅梅一个在乡下的村公所，一个在城里的医院，各自忙得晕头转向，他要面对形形色色的村民，她也要照顾形形色色的病人。他们如此不同，却又异常相似。跟这个世界上任何一对平凡的小夫妻一样，他们都在属于自己的岗位上，尽心尽力地挥洒青春，有过委屈退却，有过失落抱怨，但面对滚滚大时代，他们又会继续拿出同样的热情，相互鼓励、陪伴、扶持、支撑，以宽容、谅解、支持调和生活的波澜，生活平淡中有美好，起伏中有安稳。

伤疤与勋章

采访中，陈坤提到父母车祸时，再一次哽咽。

参加工作后，虽然离家了，但只要有空，陈坤都要回老家看看父母。一来是给父母送些自己购置的生活用品、营养品之类的，看看父母是否安好，陪他们说说话、吃吃饭；二来则是帮着父母干干农活，减轻他们的负担。

父母习惯了老家的生活，不愿意到城里来，陈坤只得常回去。永平村农户的农作物大多都收进了家，陈坤就开始挂念父母种下的那些农作物。小时候，每到这个时候，他都带着两个妹妹们，背着背箩，跟着父母下地抢收农作物，背箩装满了，金灿灿的玉米棒子围着背箩口插上一圈两圈，又能拦起不少的玉米棒子。趁着周末，他赶回到老家，想着赶紧回去搭把手，父母年岁不小了，作为家中长子，能分担一点是一点。

回家那天晚上，陈坤发现母亲有些反常，她老是揉腿，嘴里不时发出"哎哟"的声音。他发现异常，追问父母，二老都说没事，说可能是年轻时干体力活留下的小毛病发作了。经过再三追问，陈坤才得知父母不久前被人撞了。

几天前，陈坤的父母去帮舅舅家收玉米，好端端地走在路上，突然迎面开来一辆小轿车，两人躲闪不及，双双被撞倒在地。车祸发生后，路人将二老从地上扶起来，劝他们赶紧给陈坤打电话，二老却坚持不打。他们说："他的工作那么忙，为这点事跑回来，多耽搁时间啊，影响不好。"经初步查看，二老身体多处软组织挫伤，有的地方还脱了皮、流了血，疼痛难忍。肇事司机是一名女性，下车不但不安抚父母，反倒怪罪父母走路不看车，要他们赔钱。双方争执许久，二老也没追究司机责任，只叮嘱司机以后开车慢点，便让司机走了。

听着父母的讲述，看着他们疼痛的表情，陈坤心里异常难受和气愤。他一边帮母亲涂药，一边说："你们就应该给我打个电话，我回来带你们到医院去好好做个检查，现在倒是没什么大问题，但万一有什么内伤呢？"父亲说："哪有那么严重，这就是个小事故，人家司机也不是故意的，大家都不容易。再说了，你那么多事，忙都忙不过来，我和你妈不能什么事情都麻烦你。"陈坤要带父母去检查，被二老拒绝了，催他赶紧回去工作。

"我们的身体自己清楚，你赶紧回去工作，你把工作干好，安安稳稳的，健健康康的，我们就安心了。"一席话，说得陈坤心里又酸又暖，眼泪在眼眶里直打转。

如今，陈坤的左手腕关节处，还留有一道缝了十五针的伤疤。那是一起发生在走访中的车祸留给陈坤的信物。采访陈坤时，他轻微撸开袖子，指给我看。"现在天气变化时，还有点痛痛痒痒的。"那道伤疤横亘在陈坤的手腕处，看起来触目惊心。我半开玩笑地说："所有伤疤，都是你奋战贫困的勋章。"陈坤憨厚地笑，说："想起来，还是有些后怕，如果当时不拿手去挡，直接撞在头部的话，可能命都丢了。"

2018年6月5日，是极为平常普通的一天。那时候，为了工作方便，他常骑着一辆摩托车在村里穿行，有时候会想象自己是一名骑手，穿行在充满故事的旅程中，又像是古代的一名侠士，踽踽独行，行侠仗义。他骑着摩托车走村串户，每到一户，陈坤都热情地和主人寒暄，查看他们的住房、生活情况，听取他们对村委的意见建议和自己产业发展的想法等。他和那台摩托车，一度成为永平村一道独特的风景。车祸之前，村委为了协调村公所操场土地，和一户农户来回谈了几次，才谈下来。那天，补偿款到位了，陈坤联系对方，请对方过来领钱，对方说在地里干活，陈坤就骑上摩托车往地里去了。陈坤到了对方所在的田地里，把钱交给对方，两人热情地聊起了家常。天快黑时，陈坤接到群众电话，说有事请他帮忙，他骑上摩托车就往回走。他走得急，乡村路狭窄，加上天色向晚光线暗淡，行至转弯的路口时，被一辆未开车灯、未鸣喇叭的轿车在急转弯时撞飞。"砰"的一声，陈坤被撞飞五六米远，摩托车也顺势飞过来压着他的身体，让他翻不过身来，瞬间手腕奇痛无比，双脚膝盖、双手膀子肉上血与石沙子交织在一起，疼痛感几乎让他晕厥。陈坤被紧急送到医院，经检查，身体大面积软组织受伤，最严重的就是手腕关节严重粉碎性骨折，医生说必须马上实施手术，否则手就废了。

手术后躺在病床上，想到车祸的情形，陈坤心悸不已。"事发太突然了，路两边都是民房，又窄，对方车速又快，根本没法躲。当时就是本能地，伸手去挡那么一下，如果不挡，可能就是撞在头上，那可能就性命不保了。"深夜时分，想到驻村以来的种种，想到没时间陪伴的父母、妻子、儿子，想到没有精力实施的二孩计划，想到没有心思经营的个人爱好，心酸、无奈、疲惫、委屈涌上心来，陈坤如鲠在喉，无语凝噎。

他的心里动摇了——这样日日付出，值得吗？如果真的为此丢了性命，值得吗？

但村民们的举动，很快就打消了陈坤心中的疑虑。很多村民自发到医院看望他，给他带去自己家的鸡蛋、水果等，讲述他们的近况和计划，询问他的意见，叮嘱他要好好休息，早日康复。看着村民们热切的眼光，听着他们亲切的话语，陈坤的心暖极了，原本瘀滞的那些不良情绪一扫而光。他告诉自己，一定要好好养伤，争取尽早出院，回到村里去，回到村民们中间去。因为，他知道，永平村需要自己。

单位领导到医院探望陈坤，劝他好好静养，伤筋动骨一百天呢，好歹确保无大碍了再出院。但想到全县都在全力以赴迎接国家第三方的检查，入院仅八天，他不顾医生、护士、家人、领导、同事的劝阻，毅然出了院，直奔永平村而去。手术加住院共花去三万多，但让人气愤的是，肇事司机对他不管不问，撂下一句话，你要钱自己去找保险公司。提前出院后，一大堆工作扑面而来，陈坤觉得实在麻烦，加上忙得没时间去处理，也就自己认了这笔花费。

"迎检是一项非常重要的工作，我知道自己身上担子重，倘若这一仗没有打好，我们将失去这一个绝好的机会，那我就没脸面对组织，也没脸面对被我冷落的父母、妻儿。"时隔一年多，陈坤平淡地对我说。

2018 年 7 月，黔西县顺利通过第三方检查。知道结果的那天，陈坤正走在走访的路上。他打量着自己手腕上鲜活的伤疤，深深松了一口气。

这一路，对陈坤而言，虽然有寒战，但更多的是温暖；虽然有痛苦，但更多的是欢笑；虽然有失去，但更多的是收获。

回顾驻村生涯，陈坤言简意赅。"倒不是说自己有多崇高、伟大，只是因为职责所在，加之过够了苦日子，便全心全意竭尽所能去做好属于自己做的事情。"他说，"所有的荣誉，都是意外的锦上添花，属于所有默默奋战在脱贫攻坚工作第一线的人，我只是被推出来接受它的那一个幸运儿。它更是一种鞭策，让我心中责任更大、肩上担子更重、脚下步子更稳更快。"

如今，陈坤对未来有明确的计划。要一如既往地开展好走访，第一时间了解民情民愿；要积极活动"化缘"，为村委为群众筹措资金；要广开思路发展产业，重点要发展好特色种植业，创新采用网上挂牌认购方式，开辟一种集观光旅游、生活体验为一体的特色模式……

"我还有个计划，以天然大米为中心，开辟一个产业链。"他说到这个时，眼睛里闪着希望的光，"以合作社牵头的形式，通过抖音、微信公众号等，将一部分水田分区挂到网上供网友认筹，认购者对相应的田地，拥有一年的使用权。秧苗栽种、稻谷收割等，可以自己来田里干干活，也可由农户代为劳作，收成的大米，认购者可以带走，也可以卖回给合作社。平时周末、节假日，他们就可以带着家人到永平村来，看看自己的田，看看自己的稻子长成什么样。然后与经果林结合起来，发展乡村水上乐园、农家乐、露营基地等项目。"在他激情的讲述中，我眼前浮现出一幅欣欣向荣的乡村观光旅游景象。我忍不住说："你这是现实版的种菜游戏呀！"

现在，陈坤也正在积极减肥，注意饮食，调整作息，加强运动。他希望自己与身边的人，与驻扎的村庄一起变得更好。

采访结束，我即将启程离开永平村时，陈坤再一次驾车载我穿行在永平村的山岭、房屋、树木、田野之间，指给我看阡陌交通和那些翠绿的柔嫩的韭菜地、那些漫布山上的长势可人的经果林、那些坐落道路两旁金黄喜人的特色大米稻田……各式民居错落其间，靠一条条干净的水泥路相互连接，山岭小而温驯，池塘宽阔水雾氤氲，有一刻竟宛若仙境。

我们双双矗立高处，一幅悠然自得的秋日山居图投入眼帘。而陈坤站在我的身旁，脸上浮现微微笑容。他黝黑的脸上，有无限的自信，让我无比坚信，有陈坤这样无数扎根基层的驻村第一书记不计回报的努力和奋斗，来自党中央国务院关于全面建设小康社会的每一项伟大举措都会不折不扣地落细落实落地到位，开花结果，硕果飘香；散落辽阔大地上的每一个村庄都会越来越美、越来越好，耕耘在华夏大地上的每一个龙的传人都会过上属于自己的幸福的日子。

（注：本文创作素材主要来源于现场采访，另借鉴了《毕节日报》刊载文章《真帮实促沉下去 力拔穷根奔小康——记全省脱贫攻坚优秀村第一书记陈坤》，记者杨春兰、秦梦姣，特此鸣谢！）

作者简介

陈恩贵，笔名若非，80后，穿青人。业余写作，作品见《北京文学》《诗刊》《清明》《山花》《西部》《芳草》《人民日报》等报刊，出版作品《哑剧场》（诗集）、《花烬》（长篇小说）等。居贵州省毕节市。